U0895494

壹

塞上风云

庚新

中国出版集团
中国民主法制出版社
全国百佳图书出版单位

图书在版编目(CIP)数据

盛唐崛起 . 1 / 庚新著 . —北京：中国民主法制出版社，2017.7

ISBN 978-7-5162-1501-2

Ⅰ . ①盛…　Ⅱ . ①庚…　Ⅲ . ①长篇小说－中国－当代　Ⅳ . ① I247.5

中国版本图书馆 CIP 数据核字（2017）第 095628 号

本书为“上海文化发展基金会资助项目”。

图书出品人：刘海涛
图 书 策 划：谭　军
文 案 统 筹：高文鹏　崔　一
责 任 编 辑：翟瑛萍　王　宜

书　名 / 盛唐崛起 1
作　者 / 庚新 著

出 版·发 行 / 中国民主法制出版社
地　址 / 北京市丰台区玉林里 7 号（100069）
电　话 / 010-63055259（总编室） 010-63057714（发行部）
传　真 / 010-63055259
http: //www.npcpub.com
E-mail: mzfz@ npcpub.com
经　销 / 新华书店
开　本 / 16 开　710 毫米 ×1000 毫米
印　张 / 18　字数 / 271 千字
版　本 / 2017 年 7 月第 1 版　2017 年 7 月第 1 次印刷
印　刷 / 涿州市星河印刷有限公司

书　号 / ISBN 978-7-5162-1501-2
定　价 / 35.00 元

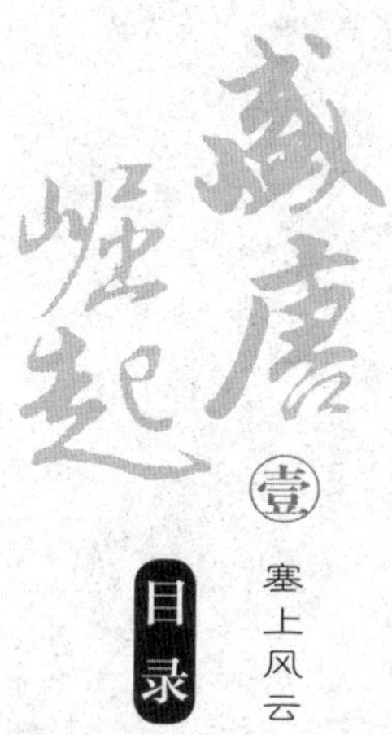

塞上风云

目录

第一章 一生逢圣历元年

“驸马，救我！”凄婉的声音在耳畔响起，他循着声音望去。

那是一座美轮美奂的宫殿，此刻却变成一片火海。一群身穿锦衣的宫娥彩女四处奔逃，在她们身后，则是一群手持刀枪、身披铠甲的军卒。

她穿着华美的宫装，跌跌撞撞从大殿里跑出来，一头云鬓散乱，可是面孔却格外模糊。即便他努力张望，也看不清楚她的样貌，可他知道，她是在向他呼救。

“驸马，救我！”

她那凄婉的声音，在阵阵喊杀声中，清晰地传入他的耳中。他本能地伸出手，而她似乎也看到了他，踉踉跄跄向他跑来……说来奇怪，两人的距离越来越近，可她的面貌却依旧模糊。他张了张嘴，却发不出声音。

眼看她就要跑到近前，他的眼中却流露出一抹惊惧。从她身后的火海中，冲出一匹白马，那马上端坐着一个青年，手擎明晃晃的宝剑，眨眼便到了她的身后。

“裹儿，小心！”他终于喊出声，但她好像没有听见，仍拼命向他跑来。

一道冷芒在空中闪过，那白马青年在她身后举起宝剑，恶狠狠地向她劈斩过去……

“裹儿！”杨守文额头布满细密的汗珠，他蓦地睁开眼睛，从草地上挺身坐起，大口喘着气，心怦怦跳得厉害。

夕阳染照虎谷山。山坡下，溪水清澈，可以看见溪中悠哉游动的鱼儿，两头黄牛在溪畔草地上正悠闲地漫步。远处，起伏的山峦被落日余晖染红，分外妖娆。从燕山方向吹来的风，带着丝丝凉意，吹在杨守文的身上，他不由得打了一个寒战，这才发现，自己的后背已经被冷汗打湿。

“呼！”杨守文吐出一口浊气，复又砰的一声躺在草地上，脑袋里一片混沌。这该死的梦，已经连续出现了十几天，每次都是同样的梦境，同样的人，同样的结果，可问题是，“裹儿”是谁呢？

杨守文不禁有些头痛，浑浑噩噩十七年，一朝清醒却意外发现，自己原来并不属于这个时代。他来自一千五百年后的未来，重生在这个时代后，却因为种种原因，神魂闭塞，以至于糊里糊涂地度过了整整十七年。若不是那一场突如其来的雷雨，说不定他依旧会这样过下去，做那个在普通人眼中一副呆傻相的“痴汉”。

这个“裹儿”究竟是谁？杨守文对天发誓，以他两世经历，根本不认识什么“裹儿”。可为什么这该死的噩梦从他清醒后就一直伴随着他，而且让他感到莫名心痛？

“阿閦奴，放牛郎，年十六，呆又痴；满山追着黄牛走，回到家中少一头；阿爹前来把他问，不知黄牛有几头……”一阵歌声打断了杨守文的思绪，他起身看去，原来是一群童子不知何时跑到了溪畔，一边玩耍一边脆声唱着童谣。

杨守文的脸色腾地沉下来，因为童谣里的“阿閦奴”，说的就是他。

他小时候因为呆傻，祖父带他在昌平的和平寺求佛祖保佑，于是就有了“阿閦奴”这个乳名。这歌里唱的事，发生在去年。当时的杨守文呆傻迟钝，以至于走失了一头牛都未曾察觉，回家父亲问及此事，他也没能回答上来。这其实算不得大事，可不知道是谁，竟把这事编成儿歌传出去，以至于整个昌平县尽人皆知。他的父亲杨承烈是昌平县尉，虽然只是个从九品下职务，但也入了品级。昌平是个小县城，虽不足三千户，却也有一万多人。整个县城，除了县令、县丞和主簿，就属杨承烈的官职最大，发生这种事，让杨承烈感到很没面子。

父亲杨承烈本是弘农杨氏子弟，在杨守文的记忆里，他原本是个军官，后来不知何故，才举家搬到了昌平；他的生母，似乎也是大户人家出身，不过在生下他不久后便过世了，他从小也就没了娘亲。后来父亲在昌平续弦，娶了昌平一个宋姓女子，宋氏为杨家又诞下一子一女，男孩叫杨瑞，女孩叫杨青奴。

杨守文的祖父叫杨大方，因为不喜欢住在城里，于是就定居在虎谷山下。由于杨守文从小呆傻，父亲对他不甚喜爱，于是他从小就跟着祖父一起在虎谷山下这个小村庄里过活。两年前，杨守文十五岁，祖父病故，从那以后，他就在家中厨娘杨氏的照料下，独自在虎谷山下的村庄里生活。厨娘杨氏有个女儿，乳名叫幼娘，伶俐乖巧，整日里笑脸嫣然。有这母女相伴，杨守文的日子倒也过得自在悠闲。父亲虽大多数时间在昌平城里，但村庄里有父亲的两百亩职田，靠着这些职田，他足以衣食无忧；至于放牛嘛，则是从小跟着爷爷养成的习惯。

此前十七年，杨守文浑浑噩噩，丝毫感受不到周围人的嘲笑；可他清醒过来后，却敏锐地觉察到这首儿歌背后隐藏着满满的恶意。

当童谣再次响起时，杨守文捡起一块石子，投向那些孩童。孩童们嬉笑着散开，可不一会儿又聚在溪畔，一边唱着歌，一边逗弄黄牛。杨守文无奈地叹了一口气。

这时，从山路尽头传来一阵马蹄声。杨守文扭头看去，西边山路上有几匹马正飞快奔来。那马上的骑士，都身着黑衣，头戴黑色斗笠，斗笠的边缘垂着一圈黑纱，看不清面孔。

这虎谷山是燕山余脉，是军都山的一部分，每天在居庸关和孤竹方向往来的人不算少，更不要说就要到仲秋八月了。前几年，由于契丹人作乱，昌平冷清不少；而今年，由于没什么战事发生，昌平也就重新变得热闹起来。特别是去年在昌平西北增设羁縻州，自东北迁徙而来的胡人增加，也注定了今年的昌平会比往年更加热闹。所以杨守文只看了那队骑士一眼，也没有再去留意，他掸去身上的尘土，迈步从山坡上走下来。

刚走了几步，溪畔突然传来一声尖叫，紧跟着一连串孩童的哭喊声响起。杨守文抬头看，只见一头黄牛在几个男孩的骚扰下发出一声怒吼，低头气势汹汹地向他们发起了攻击。十几个孩子四散奔逃，可有两个年纪小些的孩子，被黄牛的突然暴怒吓坏了，竟迈不动腿脚，呆呆地站在原地。

“石头，快跑啊！”有个男孩大声叫喊，可是那俩孩子却没有丝毫反应。

溪畔的骚乱，也惊动了那队骑士。为首的骑士立即勒住战马，从马背上摘下一张黑漆弓，正要弯弓搭箭，却看见一道人影从山路上掠过，眨眼间就跑到了溪畔，他弯腰抱起两个孩子，顺势在地上一滚，躲开了发狂的黄牛。黄牛见目标消失，立刻停下转身。

“阿闳奴，快跑啊！”已经跑到山路上的几个男孩大声呼喊。

当杨守文站起来时，那头黄牛已经掉过头，哞的一声低吼，向他猛扑过来。杨守文清秀的脸上刹那间闪过一抹青气，他双脚站定，身体猛然一侧，抬手抱住了黄牛的脖子，而后腰部用力，大吼一声，竟把那头黄牛生生摔倒在地。他的额头青筋毕露，手臂不断加力，数百斤重的黄牛四肢乱弹，拼命挣扎，更发出哞哞的低吼。可任凭它如何挣扎，也无法挣脱杨守文的钳制。黄牛的叫声越来越小，最后终于不再挣扎，安静了下来。

杨守文慢慢松开手臂，站起身来。

黄牛在地上躺了片刻，四肢一弹，呼地站起来。杨守文本能地向后退了一步，警惕地看着它。那黄牛晃了晃脑袋，哞哞叫了两声，然后把脑袋伸过来，贴着杨守文的身体摩挲，那模样，好像在承认错误一样。

杨守文的脸上，这才露出笑容，他拍拍黄牛的大脑袋，又看了一眼身后那两个惊魂未定的孩子："天色不早了，赶快回去，免得让你们爹娘担心。"说完，他嘬口吹了一声口哨，站在溪边的另一头大黄牛慢悠悠向他走来。杨守文跨坐在那头被制伏的黄牛背上，拍了拍牛头，两牛一人便优哉游哉地向山下走去。

两头黄牛踩着落日余晖，消失在山路拐弯处之后，两个孩子才反应过来，站在溪畔哇哇大哭，哭声在山谷里回荡。

"好凶悍的小子，看他体型瘦弱，没想到竟有如此神力！"事发突然，从杨守文冲过去救人，到他制伏那头黄牛离开，不过十几息时间。骑士本打算射杀黄牛，却不想看到这惊心一幕，也不禁啧啧称奇。他跳下马，快步走到路边，向那群孩童问："娃娃，刚才那少年是谁？"

几个男孩还有些后怕地看着他，其中一个仰头答道："你是谁？我为什么要告诉你？"这昌平毗邻居庸关，汉胡杂居，而虎谷山距离居庸关不远，这里长大的孩子，天生有一股子顽性，所以并不惧怕那骑士。

骑士笑了，从身上的皮兜里取出一柄短剑，递给那男孩："若你告诉我，这柄短剑就是你的。"短剑长一尺出头（唐代一尺，约等于后世三十一公分），绿鲨鱼皮剑鞘，黄铜吞口煞是漂亮，只看那做工精美的剑鞘，就知道这柄短剑价格不菲。山里的孩子，特别是男孩，就喜欢这玩意儿。

那男孩眼睛一亮，伸手一把夺过短剑："你是说杨阿痴吗？"

他话音未落，就觉得腿上一疼，原来，旁边一个年岁大些的男孩听他这话，立刻毫不客气地在他腿上踹了一脚，怒气冲冲道："不许你说阿闳奴哥哥！山狗子，以前你吹得天花乱坠，刚才却跑得最快。如果不是阿闳奴哥哥，小石头他们就没命了！我告诉你，再敢叫阿闳奴哥哥'杨阿痴'，我们以后就不和你玩了！"

山狗子显然平时惧怕那男孩，连忙低下头，嘴里嘟囔道："本来就是阿痴嘛！我阿娘说，他前世肯定是坏人，不然的话，好人又怎可能被雷劈中？"

“你还说？”男孩扬手要打他。

“好嘛，我不说了。”山狗子闭上了嘴巴。

年长的男孩抢过短剑，看着骑士，满脸警惕地问道：“你打听阿闼奴哥哥作甚？”

骑士愣了一下，笑道：“小娃娃不要担心，我只是看那少年神力，故而有些好奇。”

“哼，我告诉你，别想欺负阿闼奴哥哥。他阿爹是杨县尉，如果你们敢欺负他，到时候我就让我阿爹告诉杨县尉，把你们抓起来！”

“哦，原来是县尉公子。”骑士故作畏惧状，让那男孩放松了警惕。

男孩接着说道：“阿闼奴哥哥一个人住在山下，他虽然有些傻傻的，却是个好人。以前不管我们怎么欺负他，他都不生气，还陪我们玩，给我们好吃的。只是前些日子，他被雷劈了一下，从那之后，就不怎么陪我们玩了，总是一个人独来独往。我阿爹阿娘虽然不让我找他玩，可我知道，阿闼奴哥哥是个好人。”

骑士轻轻点头，笑道：“当然，他刚才为了救人独斗狂牛，不是好人可做不来。”又和男孩聊了几句，临走前骑士还是把短剑送给了他们。

“将军，怎么样？”他上了马，身后有骑士问道，“那小子有如此神力，而且胆气过人，是个人物。”

“可惜，是个阿痴。”骑士道，“他是昌平县县尉之子，不知为何却独居在这虎谷山下。算了，我们此来身负重任，若你真有兴趣，等事情结束了，可以找那县尉询问。好了，咱们再赶一程，天黑之前必须抵达昌平。”

夕阳西坠。杨守文骑着牛，踏着暮色，慢悠悠地回到山下的村庄。

这是一个无名小村，满打满算不过百人。这里距离昌平县城大约有十里地，毗邻官道，向北四五十里，就是居庸关；向西北五十多里，是一个羁縻州。

时乃圣历元年（698 年），圣母神皇，也就是那位千古女帝武曌已登基八载。在经历了无数次血腥杀戮后，朝堂上的政局正趋于稳定。然而已过古稀之年的圣母神皇，却呈现出迟暮之态。她坐镇神都，掌控天下，却始终无法平定边塞狼烟。没办法，当初为了稳定朝局，她不得已大开杀戒，无数能征善战的猛将死于莫须有的罪名之下，虽换来了朝局稳定，却也使得兵备废弛。同时，由于均田制的瓦解，使得府兵制度面临崩坏，而随着一段时间内对外战事接连失败，更让这位女皇对朝堂上的武将产生了莫名的怀疑。于是，女皇只能依靠武氏族人来强化军备，以期在未来可以扭转颓势。

不过这一切，对杨守文而言格外遥远。

昌平位于边塞，隶属于幽州都督府。这幽州，自古以来便是苦寒之地，距离繁华的神都有千里之遥，所以朝堂上的风云诡谲与他并没有太大关系。对那些达官贵人而言，这是一个黑暗的时代；但对普通百姓来说，这个时代也许并不算太坏。

杨守文骑牛走进村庄时，就见炊烟袅袅，小村呈现出一股宁静祥和之气。他的家在村后小溪旁，隔溪相望，是苍茫的虎谷山。家是一个独立的小院，三座五间七架的房屋，明堂在前，厢房在后，前后两进，透着几分别样的雅致。

门前停下，还没叫门，就见院门打开一条缝，从门后扑出一道娇小的倩影："兕子哥哥，怎么这么晚才回来？"一串银铃般的欢笑传来，紧接着那倩影扑进他的怀中。

除了"阿阏奴"，杨守文还有一个乳名叫"兕子"。听着女孩一如往常的欢笑，杨守文眉宇间透出一抹疼惜之色，笑着把女孩抱在怀中："今天大黄犯了性子，所以回来晚了些……幼娘今天在家，有没有乖呢？"

怀中的小女孩，也就八九岁的模样，梳着双丫髻，小脸像熟透的苹果一样，红扑扑的。她就是杨暖，乳名幼娘，家中厨娘杨氏的女儿，杨守文是从小看着她长大的。大约九年前，杨氏怀着身孕路过村庄时，晕倒在杨家门口，祖父杨大方看她可怜，便收留了她。几个月后，杨氏生下了个女孩，这女孩就是杨暖。杨暖出生后，杨氏便留在村里，成了杨家的厨娘。杨暖的父亲是谁，杨氏没有说，杨大方也没有问。总之，杨暖随女人的姓，变成了杨守文的"小尾巴"。杨大方死后，杨承烈回来得更少，杨氏就帮杨守文撑起了这个家，三个人相依为命。

幼娘仰头看着杨守文，脆生生道："幼娘最乖了，今天还帮阿娘给哥哥洗衣服了呢。"

"真的吗？"杨守文露出赞赏之色，把她高高举起来，"幼娘可真厉害！"

幼娘咯咯笑了。这时候，院门打开，从门后走出个中年妇人。她一身布裙，头戴一支木钗子，腰间系着一块碎花围布。看到杨守文，妇人脸上露出慈祥之色，轻声道："大郎今天回来得有些晚了，幼娘刚才还哭闹着，说要去找你。"

"让婶娘费心了，明天我一定早些回来。"

这妇人是杨幼娘的母亲杨氏，以前他头脑不清醒，记不得许多事，所以一直"婶娘婶娘"地称呼她，至于她叫什么名字，杨守文并不清楚。

杨氏上前牵起黄牛进院，把牛拴在牛棚里。杨守文则抱着杨暖跟在后面，待杨氏拴好牛，他才放下杨暖，牵着她的小手走进正堂。

“幼娘去给哥哥打水，大郎辛苦了一天，先梳洗下，晚饭马上做好。”杨氏吩咐幼娘道。幼娘答应一声，跑出去打水。

杨守文道：“婶娘，我先去给爷爷问安，待会儿就过来。”杨大方过世已经两年，但杨守文每天都会为他上香，也就是请安。

杨氏答应一声，便去伙房准备晚饭；杨守文则穿过正堂，进了后院。

后院里，有一个花圃，左右各一幢厢房，每幢厢房有三个房间。以前杨大方在世时，杨承烈每逢休沐日，就会带着一家人前来拜见。杨大方病故后，这个家也就冷清了许多，杨承烈习惯住在县城里，除非固定的祭祀日子，平时很少来这里居住。不过，杨氏是个勤快人，每天都会打扫房间。

此时，天完全黑了下来，杨守文走进一间厢房，点上油灯，走到灵位前，点上三炷香。

“爷爷，我回来了！”他上完香，自言自语道，“今天大黄发了狂，险些伤了村里的孩子，好在我从小跟爷爷习武，有一身好力气，总算制伏了大黄，也幸亏没出事，不然指不定又会传出些闲言碎语来。”杨守文说着，眼圈有些发红。

“阿闵奴如今已经好了，再也不会头疼了。不过，我觉得不开心，因为最近总做一个古怪的梦，梦到有一个女人喊我‘驸马’。”说完，杨守文跪下，在灵位前磕了三个头，复又站起来自语道，“不管怎么样，爷爷教我的东西，阿闵奴不会忘记，以后还会苦练不辍。婶娘待我很好，幼娘也很乖巧，现如今还学会了洗衣服……”每天和爷爷说说话，已经成了杨守文的习惯。之前他头脑不清醒时就这样；如今他头脑清醒了，也没有改变这个习惯。

走出厢房，他轻轻拉上房门，正要迈步去正堂，就听见从正堂天井传来一声响，紧跟着听到幼娘的哭声。杨守文心里一紧，三步并作两步跑到正堂。

门廊前，一只水盆被打翻在地，水流了一地，门廊上变得湿涔涔的。幼娘坐在一摊水渍中，正放声哭泣，而一个少年，正站在门廊下，大声呵斥着杨氏：“你这贱婢做的好事，怎么把水盆放在门口，还湿了我的衣服！我这衣服是新的，价值三百文呢；还有你这小贱婢，再敢哭我把你卖了！”少年气势汹汹，杨氏则吓得不敢说话。

杨守文的心中腾地生出一股怒火，他大步冲出正堂，把幼娘抱起来。

“呦，这不是我那阿痴大兄吗？”没等杨守文开口，少年抢先道，“大兄，你是怎么教导的这两个贱婢，一点规矩都没有！我敲了半天门，居然没人来迎接，还要本少爷开门，简直放肆！不过也是，我忘了大兄你……要不然，我给大兄找个懂事的过来？把这两个贱婢卖了，大兄也能过得舒坦些。”

幼娘吓得抱紧杨守文的脖子：“兕子哥哥，幼娘乖，兕子哥哥不要卖掉幼娘。”

少年叫杨瑞，是杨守文同父异母的弟弟，年十三岁。杨承烈续弦时，曾有意将新妇宋氏扶正，不过杨大方不同意。杨瑞自幼聪慧，甚得杨承烈喜爱，可是却背着一个庶子的名声，这让他很不高兴。

杨守文盯着他：“你来干什么？”

“我来干什么？”杨瑞哈哈大笑，“简直笑话，这是我家，我怎么不能来？”说完，杨瑞抬腿，一只脚便踏上了门廊，只是没等他另一只脚上来，杨守文突然抬腿，一脚踹在他的胸口上。这一脚，毫无征兆却力道惊人。

杨瑞一声惨叫，整个身体腾空飞起，砰地摔了出去。还没等他站起来，杨守文已经到了跟前，一脚踩在他脸上，恶狠狠地说道：“杨二，我有让你进门吗？”

“杨阿痴，你疯了？！”

“我疯了！”杨守文脸上一紧，抬脚狠狠地踹在杨瑞的肚子上。杨瑞再次惨叫一声，身体蜷成一团，好像一只大虾米，半晌说不出话来。

这时候，杨氏连忙跑过来拉住他：“大郎莫动手，若是被阿郎知道，一定会斥责大郎的。”

不等杨氏说完，杨守文把幼娘放在她怀中：“斥责？我就是不动手，他照样不会待见我。”说着话，他推开了杨氏，沉声道，“这座房子是爷爷盖起来的，爷爷把它留给我，就是我的产业。我要让这个家伙知道，在这个家里，还轮不到他作威作福，一个庶子，真以为自己是个人物吗？”

“杨阿痴，你等着，我不会放过你。”杨瑞挣扎着站起来，指着杨守文骂道。

杨守文抬手抓住了他的胳膊，向前一带，杨瑞被扯得脚步踉跄。他顺势抬腿，把杨瑞再次踹翻在地。“你不放过我，”杨守文冷笑道，“正好，我还不想放过你呢！”

杨守文自幼随杨大方习武，即便是他头脑不清醒时，杨瑞也不是对手，只是从前的他，不会随便动手。爷爷曾说过，他天生神力，脑袋又不清楚，若动起手来，根本掌握不住轻重，容易出事。之所以教他练武，一是为了让他强身健体；二是为他治病。现在，他的脑子已经清醒，对杨瑞自然不会客气。

“杨阿痴，你想干什么？”

“杨阿痴？”杨守文踩住杨瑞的胸口，恶狠狠道，“这三个字，也是你一个庶子叫的吗？杨二郎，你干的那些事情，我清楚得很！你若是不来惹我，我也懒得找你麻烦，现在你自己送上门来，那就别怪我和你算算总账。我问你，那首童谣是谁编的？是谁传出去的？”

杨瑞拼命挣扎，奈何杨守文那只脚却如一座山石压住他的胸口。

杨守文冷笑道：“杨二郎，去年马鹞子告老还乡，阿爹身边空出一个执衣的位子，按道理说，就算我傻，这执衣的位子也该由我来坐，如何轮得到你？偏偏那个时候，小黄牛跑丢了，县城里又传出那首童谣，让阿爹颜面无存，从那之后，你就变成了阿爹身边的执衣。别告诉我这都是巧合，这世上若真有那么多巧合，明天你变成死人也会是个巧合。”

“你……”杨瑞骇然看着杨守文。

这执衣，最初只是个童仆杂役，不过从隋朝始，执衣又有亲随之意。入唐之后，执衣进一步普及，更变成了一种身份地位的象征。一般而言，只有入品级的官员才会配给执衣，不但可以免除徭役，还可以拿到薪水，所以很多低品级的官员，会把执衣交给自己的亲人来做，一来可以多一份收入；二来也是为了带在身边，加以培养。按照杨承烈从九品下的职务，身边会配备两个执衣，并且在官府中有备案，每月可得八十文。

在唐朝，凡未成丁，且十一岁到二十一岁之间的中男，都可以充当执衣之位。依照年纪，杨守文身为嫡长子，是执衣的最佳人选，可就是因为那首童谣，使杨承烈在马鹞子告老返乡后，选择杨瑞来接手执衣一职。如果没有那首童谣，杨承烈的做法说不定会被其他官员反对，但正是因为那首童谣，杨瑞接任便顺理成章，甚至连县令、县丞和主簿对此也没有异议。

至于这童谣的始作俑者，只需略加思考，就能猜出端倪。说实话，杨守文并不在意执衣的身份，关键是杨瑞太过张狂，竟然吓哭了幼娘，这令杨守文无法忍受。杨承烈住在县城里，对他不闻不问，对杨守文而言，最亲的人莫过于爷爷和杨氏母女。幼娘在他的心里，绝不是什么奴婢，而是他的妹妹，他的亲人。杨瑞吓哭了幼娘，就如同触碰了杨守文的逆鳞。

“你什么你！”杨守文冷笑道，“是不是觉得奇怪，我居然能猜到真相？”

说着话，杨守文蹲下来，探手拍打杨瑞的脸颊：“我之所以不去说明，是因为我知道，家丑不可外扬，你以为这样就得了便宜吗？我告诉你，整个昌平上上下下，都知道是怎么回事，包括阿爹心里也清楚，只是你不要杨家的脸面，阿爹和我，却不能不要。”

“你不是……”

“我是痴汉，对不对？”杨守文森然道，“可你一定想不到，前些日子那道雷，竟然治好了我的痴症。对了，最近村里不少人说我前世是个坏人，所以才会遭雷劈，想必也和你脱不开干系。不过二郎，你知道什么叫塞翁失马，焉知非福吗？你今天若老老实实过来，我一样不会计较，随便你在这里装你的二少爷，只是你太得意了，得意到让我觉得，如果不好好教训你一顿，简直就对不起那道雷。”说完，杨守文左右开弓，啪啪啪一连给了杨瑞十几个耳光。这十几个耳光虽然没有真的用力，但还是把杨瑞打得满脸是血。

“兕子哥哥，别打了！”幼娘从杨氏怀里挣脱出来，抱住了杨守文的胳膊，“幼娘不疼，兕子哥哥不要再打二少爷，若不然被阿郎知道，一定会怪罪兕子哥哥的。”幼娘眼里噙着泪，眼巴巴地看着杨守文。

那可怜的小模样，让杨守文心里不由得一软，他停下手，把幼娘抱在怀中：“幼娘最乖了，是哥哥不好，不该打人，不过呢，有些人就是要教训才成。二郎，今天我看在幼娘的面子上不和你计较，下次想好了，如果再要讨打，你可以试试看！”

此时杨瑞脑袋发蒙，脸颊红肿，口鼻中流淌着鲜血。他有心机，他聪慧，他甚至会编童谣……可那又怎样？刚才杨守文那一顿巴掌，打得他心惊肉跳。见杨守文停了手，他这才从地上爬起来，恶狠狠地盯着杨守文。

“再瞪眼，我挖了你的眼珠子！”杨守文扭头说道。

杨瑞吓得脸刷白，连忙低下头，不敢再与杨守文对视。

“跟我进屋来，”杨守文把幼娘放下来，牵着她的小手往正堂里走，一边走一边道，“婶娘，可以开饭了，我饿了。”

第二章 村口命案

杨守文的晚饭是焖腊羊肉，粟米打底，腊羊肉放在上面，粟米中混杂腊羊肉的香味，同时还能消除一部分油腻。除了这个，还有两碟青菜，不过看上去清汤寡水，很难产生食欲。不要小看这顿简朴的晚饭，在这个时代已经算很丰盛了。

杨承烈身为从九品县尉，月俸不到两贯，外加五十石精粟。说起来，这算不得多，但比起贞观年间外官的俸禄，已经增加了不少。武瞾执政以来，一直在努力提高外官的待遇。如果是在贞观年间，似昌平县尉这个职务，根本没人愿意出任。杨家的主要收入，还是来自那两百亩职田。不过杨承烈久居县城，对职田基本上不问，杨大方在世时，职田收入基本上都掌握在杨大方手里。如今杨大方过世，杨承烈虽收回了大半收入，但依旧给杨守文留下了足够的生活费。

杨守文看上去很瘦，食量却不小，一顿晚饭，就消耗了一斤粟米，外加半斤腊羊肉。

杨瑞这顿饭吃得很艰辛，肥美香甜的腊羊肉在口中没有什么味道，略一咀嚼，腮帮子就疼得厉害，有心不吃，可杨守文眼一瞪，他也不敢再有脾气。杨守文这顿耳光，的确把他打怕了。

“说吧，好端端过来，什么事？”杨守文吃饱了肚子，跪坐在胡床上问道。

杨瑞放下碗筷，捂着腮帮子颤声道：“马上八月十五了，阿爹准备在弥勒寺赏月，所以让我先过来看一下，还说要杨……婶娘做些准备，免得到时有差池。”

杨守文这才想起，好像再过十几天，就是中秋了。中秋赏月，举家团圆，不过听杨瑞话里的意思，父亲杨承烈这次赏月恐怕不仅仅是为了团圆，似乎还请了什么人。父亲在昌平已经做了十多年县尉，十几年来，昌平县令换了四五个，可是父亲一直稳坐县尉的位子，迟迟不见升迁。按理说，哪怕论资历，他也该排到，不过，父亲好像并不着急，心甘情愿在县尉的位子上，一干就是十几年。

“阿爹要请客吗？”

杨瑞犹豫了一下，轻声道：“阿爹有位故人前来，说是贵客。”

“贵客？这昌平地处边塞，阿爹能有什么贵客？天已经不早了，你晚上也回不去了，”杨守文站起身往外走，一边走一边道，“我让婶娘给你准备被褥，今晚就住在这里，等天亮了再回去。对了，你脸上的伤，回去该怎么向阿爹解释？”

杨瑞心里一咯噔，连忙道：“我就说是自己摔的，绝不会出卖大兄。”

“哼！你不如实告诉阿爹，那不是白挨打了吗？”

杨瑞这时突然感觉到自己一向自诩聪明的脑袋瓜，一下子不够用了，他看着杨守文，哭丧着脸，若告诉阿爹，他岂不是自讨苦吃？

杨守文一副孺子不可教的表情，摇摇头：“回去告诉阿爹，就说是我揍了你，如果阿爹问为什么，该怎么回答你自己去想。”说完，杨守文头也不回便走出房间。

什么意思？杨瑞看着杨守文的背影消失在门外，脑袋乱成了一锅粥，他根本不明白杨守文是何意，莫非他那痴症又犯了不成？

夜深了，杨守文一只脚耷拉着靠在廊柱上，幼娘蜷在杨守文的身侧。

“兕子哥哥，为什么要二少爷如实禀报给阿郎？”幼娘仰着头，一双水汪汪的大眼睛看着他，脸上露出不解之色，“阿郎最疼爱二少爷，若知道兕子哥哥打了他，岂不是会责怪兕子哥哥？阿翁不在了，再也没有人护着兕子哥哥了。”

杨守文看着漆黑的夜空，天边飘来了一片乌云，正迅速向虎谷山方向逼近。他笑着揉了揉幼娘的小脑袋瓜，轻声道：“阿翁不在了，还有幼娘在；若是阿郎责怪我，幼娘会保护兕子哥哥，对不对？”

“嗯。”幼娘用力点了点头。

杨守文的眼中闪过一丝暖意，他把幼娘搂在怀中：“幼娘保护我，我也会保护幼娘。”

老天爷把他丢到了圣历元年（698年），并且让他浑浑噩噩地生活了十七年，而后用一道闪电把他劈醒，如此玄幻的事情发生在自己身上，也让他感到困惑。按理说，有如此玄幻的经历，他身上定然背负着巨大的使命，可他不想去承担什么使命，能够重活一次，对他而言已是很大的满足。前世，他不良于行,每天躺在病榻上,只能和书籍做伴,或是对着电脑屏幕发呆。现在，他可以自由自在地奔跑，感受着人世间的温暖，这对他来说已经足够了。

轰隆隆！一道雷声撕裂苍穹，紧跟着，电闪雷鸣，大雨倾盆。

杨守文忙把杨氏叫来，让她带幼娘回房睡觉，他则回房坐在胡床边，在床桌上铺开纸，就着那盏油灯的光亮，用炭笔在白纸上飞快舞动。这一夜，屋外电闪雷鸣，杨守文却灵感泉涌，差不多二更天才停下笔，这才倒在胡床上酣然入睡。

大雨在黎明时分停歇。豪雨过后，一轮红日喷薄而出。

杨守文从胡床上下来，拉开房门，一股清新的空气迎面扑来。门廊上，摆放着水盆、洗脸巾、青盐和牙刷。看着排列整齐的洗漱用品，杨守文不禁笑了，脑海中浮现出那小人吃力地端着水盆，摆放在门廊上的身影。每天早晨，幼娘都会这样，杨守文心里一暖，拿起牙刷，蘸了青盐，开始刷牙。

"呸呸呸！"这唐代的牙刷制作粗糙，用起来很难受，一个不小心，牙刷上的猪鬃就会脱落，卡在牙缝间。改天要想办法改良一下才是，要不然每天这么刷牙，实在痛苦。

洗漱完毕，神清气爽，杨守文迈步来到正堂，就看到幼娘从伙房里走出来，手里还捧着食盘："兕子哥哥早。"幼娘的小脸上露出灿烂的笑容。

杨守文把食盘接过来，轻声道："幼娘比兕子哥哥更早。"食盘里是早餐，一碗米粥，一个荷包蛋，一碟酱菜，两张厚厚的、加起来有一斤左右的肉饼，散发着浓浓的香味。

"幼娘吃过了吗？"

幼娘眼巴巴地看着托盘上的食物，摇了摇头。杨家的生活不错，可即便如此，杨氏和幼娘在大多数时候，也只能一天吃两顿。幽州苦寒，本就粮食匮乏，似杨守文这样每天三顿饭，而且顿顿有肉，并不常见。

"那陪兕子哥哥一起吃。"杨守文把食盘放在门廊上，盘腿而坐。

幼娘有些犹豫，可是在美食的诱惑下，最终还是放弃了坚持。她偷偷朝伙房看了一眼，发现阿娘还在伙房里忙碌，于是张开小嘴，咬了一口荷包蛋。不过荷包蛋很烫，烫得幼娘张着小嘴，小手不停扇动，但那张小脸上，却洋溢着幸福。

哐当！就在杨守文喂幼娘的时候，院门突然被撞开，杨瑞气喘吁吁地闯进来，大声叫着：“大兄，不好了！死人了！”

杨守文放下筷子，沉声喝道：“大清早的，喊什么喊？”

“大兄，死人了，村口死人了！”

杨守文眉头一蹙：“你说清楚点，别这么慌张，杨二郎，你可是阿爹的执衣，堂堂县尉之子，死个人就连话都说不清楚，以后如何做得大事？你刚才说村口发现了死人？”

杨瑞脸色煞白，如小鸡啄米般连连点头：“正是，正是！”杨瑞稳了稳心神，“我一早出门准备返回县城，不想出村没多久，就看到有具尸体横在路上。大兄，这是我第一次见到死人，我害怕。”杨瑞才十三岁，哪怕已经做了一年执衣，却从没有真正参与过案子，一直以来，他都是充当着秘书的角色，大部分时间是待在衙门里，更没有去过现场，如今突然发现尸首，他感到既紧张又惶恐。

听到喊声，杨氏也从伙房跑了出来。

杨守文对杨氏道：“婶娘，看好幼娘，我和二郎过去看看。”说着话，他大步流星往外走，杨瑞紧跟在他身后，两人一前一后出了大门。

沿着村中湿涔涔的小路，兄弟二人快步走出村子，在村口大约两里地外，看到了杨瑞所说的尸体。村口不远发现一具尸体，也让小村庄沸腾起来，人们围在不远处，议论纷纷，田村正还带着几个青壮在现场维持秩序。看到杨守文过来，田村正上前阻拦：“大郎，别过去了，我已派人去县城禀报衙门，最好等公差过来。”

杨守文对“大郎”这个称呼很不满意，因为他联想到后世书里那个又矮又丑的武大郎。可问题是，称呼长子为大郎，是当世的习俗，他再反感，也没办法改变。

“田村正，我只是想看看，不会妨碍你。”

如果是从前，村正绝不会放行。不过他知道，昔日的杨阿痴在被雷劈了一次后，脑袋似乎清醒了不少，而昨天，他更制伏了一头疯牛，救下他的儿子，于情于理他都不好再继续阻拦，只得轻声道：“大郎，那你小心点。”

杨守文刚要过去，却感觉有人在拉扯他的袖子。

“干什么？”他扭头看，是杨瑞。

“大兄，既然村正已经报官，咱们就别过去了。”杨瑞颤声劝说道。

杨守文叹了一口气：“二郎，你如今是阿爹身边的执衣，一言一行都代表着阿爹的颜面。区区一个死人，你就不敢面对，日后又如何为阿爹排忧解难？以前的事情，我不愿和你计较，但现在，莫丢了阿爹的脸。”说完，他甩开杨瑞的手，向尸体走去。

杨瑞站在原处犹豫了一下，最后一咬牙，还是跟了上来。

阳光照在那具惨白的尸体上，给人一种难以言表的寒意。他仰面躺在地上，一双死鱼般的眼睛瞪得溜圆，看上去好像很不甘心；他身上的衣物不知去了何处，只留下脚上一双黑色的靴子；他的身上遍布伤口，也许因为被雨水浸泡过，伤口两边泛着惨白色。

说实话，哪怕杨守文早有心理准备，看到尸体后，也觉得不太舒服。他蹲在尸体旁，强忍着要呕吐的冲动，仔细检查了一遍后，才慢慢起身。

“大兄，看出什么没有？”杨瑞两腿发软地走过来，轻声询问。

杨守文看了他一眼：“二郎，你现在是这里唯一的差人，何不自己看看，寻找线索？”

“什么？”杨瑞瞪大了眼睛，想到昨晚杨守文抽他耳光时的情形，那到了嘴边的话，又生生地咽了回去。

杨守文不再理会杨瑞，沿着山路往山里走，一边走一边四处仔细查看。

圣历元年八月初三，这里是昌平城外的虎谷山。距离这里不远是居庸关，还有契丹胡人群居的羁縻州，民风彪悍，死人并不稀奇。可稀奇的是，为什么那人会裸尸野外？他身上的衣物去了何处？那身上的伤口又从何而来？

大约一个时辰后，杨守文回到村口现场，围观的村民已经渐渐散去，只剩下七八个公差打扮的人，正在清理现场，搬运尸体。田村正站在一旁，陪着一个公差模样的男人说话。杨瑞规规矩矩地站在一旁，他最先看到杨守文，忙和那男人说了句什么。

男人转过身，向杨守文看来。

那男人身高大约六尺，身材魁梧，头戴黑色幞头，身着青衫，外罩半臂，脚下蹬着一双乌皮六合靴，腰间系着一根玉带。他手拿一根赶山手杖，手杖一端是一个六棱窝瓜形状的铁球，有婴儿拳头大小。

杨守文看到这男子，快步上前：“阿爹，你怎么来了？”

那男子眼中闪过一丝复杂之色，点点头，沉声吩咐道：“这里没你的事情，先回家去吧。今天就不要去放牛了，等这边事情了结了，我回去有话与你说。”

这男人是昌平县尉杨承烈，也是杨守文的亲生父亲。

杨守文已经习惯了父亲这种吩咐下属的口吻，可他却记得，在他被雷劈中卧床休息的几天里，每天晚上父亲都会坐在他身边喃喃自语。那几天，让杨守文知道，父亲不是不关心他，只是不知出于什么原因，在故意冷落他。

“那我先回去了。”杨守文恭敬地应了，转身往家走。

看着杨守文离去的背影，杨承烈浓眉微蹙，眼中露出忧虑之色。

小村里热闹非凡，人们聚在一起，交头接耳，讨论着发生在村口的命案。

对于这个时代的人来说，生活中没什么特别的乐子，难得遇到一桩命案，人们自然地显现出八卦的本能。一群孩子在村口的大洋槐树下奔跑嬉戏，杨守文出现时，几个孩童立即欢笑着跑过来，围在他身边说个不停。在他们眼中，有些呆傻的杨守文，其实也算是他们的朋友。

“兕子，你知道那个死人是谁吗？”

杨守文摇摇头：“我当然不知道，你们难道见过？”

那个叫山狗子的男孩大声道：“兕子哥哥，那个人我见过，昨天我上山采药，看到这个人往山里走。对了，他还跟我打听弥勒寺怎么走，还给了我两文钱呢。”说着，山狗子从怀里取出两枚开元通宝。

杨守文眼睛一眯，接过钱，在手里掂了掂，然后附耳低声道：“山狗子，这两文钱给我可好？我给你五文钱，但你不许把这事告诉别人。”

山狗子几乎没有犹豫，在他看来，兕子果然呆傻，居然用五文钱换两文钱。他从杨守文手里接过五枚铜钱，欢天喜地地跑开了。杨守文把两枚铜钱放好，便径自回家。

别看杨守文在村里生活了十几年，实际上和村里人并不太熟悉。村里人也不愿意和一个傻子打交道，杨大方在世时，家中有事自有杨大方出面；而杨大方过世后，家里还有杨氏；如果杨氏解决不了问题，自有人去找杨承烈交涉。

杨守文回到家，告诉杨氏待会儿父亲杨承烈会回来，就一个人来到后院。

“幼娘，给我弄碗水，要热水。”

幼娘正在花圃中玩耍，听到喊声，便脆生生地应了声，很快便端来了一碗热水。杨守文把水碗放在门廊上，撩衣盘膝而坐。

“兕子哥哥，你在做什么？”幼娘学着杨守文的模样，盘膝坐在他身边，好奇地问道。

杨守文笑了笑，轻声道：“幼娘，我给你变个戏法吧？”

“戏法？好啊好啊！幼娘最喜欢看戏法了！”幼娘笑逐颜开，拍着小手欢笑道。

杨守文取出那两枚铜钱，丢进水碗，然后坐在水碗边，静静看着水碗里的水，眼睛一眨也不眨。幼娘也瞪着一双乌溜溜的大眼睛，陪着他一起看，看了半晌，幼娘有些委屈地问道："兕子哥哥，你要变什么戏法啊？幼娘的眼睛都酸了，没看到什么戏法啊！"

"没有吗？"杨守文指着漂浮在水面上的一层油花，"幼娘看看，这是什么？"

"油花。"杨幼娘乖巧地回答，然后一脸疑惑地看着杨守文，"兕子哥哥，我刚才端来的碗是干净的，没有油花啊，这油花是怎么来的？难道是兕子哥哥变出来的吗？"

"闻闻看，这油花有没有味道？"

"有！"幼娘把水碗端起来闻闻，抽了一下秀气的小鼻子，"有点腥膻，好像羊油的味道。"

"那就对了，"杨守文把热水倒掉，然后把那两枚铜钱递给幼娘，"谢谢幼娘帮我变了戏法，这是给幼娘的奖励。"

幼娘有些茫然，但还是非常欢喜地接过了铜钱。

杨守文站起来，伸了个懒腰，活动了一下四肢，然后长长吐出一口浊气。他走下门廊，来到花圃前站定，目光却越过花圃后的小溪，投向了苍茫的虎谷山。

"弥勒寺？"杨守文喃喃自语，眼中充满了不解与好奇。

午饭时，杨承烈带着杨瑞回到家中，他先是带着杨瑞给杨大方上香，然后在正堂用饭。

按照唐代的规矩，杨大方过世，杨承烈应该解官守丧三年。不过，昌平地处苦寒边塞，生活环境恶劣，俸禄又低，还非常危险，一般人，特别是有点家世背景的人，大都不愿意跑来这里任职；再加上杨承烈在昌平十几年，一直很低调，人缘还算不错，所以杨大方过世后，杨承烈曾提出解官守丧，却被上官拒绝。

午饭过后，杨承烈把杨守文带到了灵堂。

"阿闵奴，你好大胆！"门一关，杨承烈的脸色便阴沉下来，"看样子你那痴症是好了，居然敢打自己的兄弟了！还让二郎如实禀报，你莫不是想趁机试探我的耐心？"

杨守文心里咯噔一下，低着头没有回答。被雷劈中昏迷在床时，他觉察到父亲对他的冷漠似乎有不得已的缘由，昨天杨瑞送上门来，他也就趁机发飙，确实想试探一下杨承烈的真实态度，可没想到，杨承烈竟一眼看穿了他的用意。

杨承烈并没有继续追问，而是看着杨大方的灵位，眼中噙着泪道："阿爹，兕子已经痊愈了，你这许多年的辛苦总算没有白费，在九泉之下也可以放心了。"

说完，他示意杨守文过来，给杨大方磕头。

"阿闳奴，你既然已经痊愈，以后就好好过日子，切莫逞强斗狠。昌平很复杂，前两年契丹作乱，虽然最后被朝廷镇压，但不代表他们会变得老实。如今朝廷又在西北设立孤竹，情况更加复杂，契丹人、奚人、突厥人气焰嚣张，你最好老实一点。本来，我打算让你到衙门里历练一下，不过现在二郎已经做了执衣，你就老老实实留在这边，算是代为父为你爷爷守丧。这些年你痴痴呆呆，耽误了不少时间，难得如今清醒过来，就在家里好好读书，每月应有的花费，我也不会缺了你。等再过两年，你学有所成时，我会为你另谋出路。"

父亲这番话，明摆着是话里有话啊！杨守文意识到，父亲对他一定有难言的苦衷，事情也不像他想象得那么简单。不过，父亲不说，他也没必要追问，只恭恭敬敬地应了一声，便陪着杨承烈走出灵堂。

"阿爹，村口的尸体，可有眉目？"

杨承烈看他一眼，眉头一蹙："这里是居庸关、孤竹和昌平三地交会之处，每日往来人员复杂，如何能查得清楚？再说了，獠子粗蛮，喜欢争强斗勇，杀人的事情时有发生，你不要再过问了。"

"可是，那个人不是獠子。"獠子，是汉人对契丹、突厥、奚人等胡人的称呼。

杨承烈眼睛一瞪："你怎么知道？"

杨守文赔笑道："阿爹，你不要觉得孩儿还是以前那样呆傻，连獠子和汉人都区分不来。那人虽是獠子的发型，可眉眼却是汉人的模样，阿爹来之前，孩儿曾仔细观察过尸体，此人双手粗糙，指关节粗大，乍一看像农人，可是两腿间却有非常明显的老皮，显然是长时间骑马所致。一个常年在马背上的人，怎可能是农人？还有，他身上伤口很多，虽被雨水浸泡，但能看出是刀剑所伤，据孩儿观察，他生前应是一名身手极高的武士。"

杨承烈看着这个曾经呆傻了十七年的儿子，轻声道："你还看出了什么？"

杨守文接着道："此人应该是昨日夜间被杀，死前曾与三到四个人进行过打斗。"

"何以见得？"

“他身上有刀伤，有剑伤，不过致命的，却是被人用箭矢所伤，所以，孩儿觉得围攻他的人，至少有三个，甚至可能有四个；而且尸体周围太过整洁干净，不像打斗现场。孩儿看罢尸体之后就觉得，他应该是被人弃尸。昨天那么大的雨，凶手杀人后不可能弃尸太远，于是孩儿沿着山路往山里走，在羊尾巴发现了明显的打斗痕迹，估计那里才是真正的现场。”

“羊尾巴？”杨承烈轻轻点头，“你又怎知是在羊尾巴，不是在官道上？”

“官道地形宽阔，不适合伏击，若死者在官道上遇伏，向南三里便是村庄，向北五里便有军营。昨夜豪雨来得突然，如果我是凶手，绝不会在官道上设伏，那样太容易惊动他人，也太容易被发现，更容易令死者逃脱。”

杨承烈不置可否，又问道：“你还看出了什么？”

“孩儿还看得出来，这个人应该常年在塞外生活。”

“怎么讲？”

“他皮肤粗糙，显然是常年受朔风侵袭，身体上至今仍留有冻伤；另外，我刚才回来时，村中孩童告诉我，曾在昨日见死者进山，并跟他打听弥勒寺的位置。如果他住在孤竹，或是经常往来昌平，不可能不知道弥勒寺在何处。他当时还给了那个孩子两文钱，我刚才回来后，把铜钱浸泡在热水中，发现铜钱上沾有很多油渍。但凡住在昌平或是羁縻州，大都会受当地人影响，注意清洁，唯有那塞外的胡人对此并不在意。”杨守文说完，抿嘴看着父亲。

杨承烈的嘴角不经意地抽搐了两下，而后沉下脸道：“所有这一切，不过是你的假设而已，没有任何证据。这件事，我会让快手班头管虎接手，你不要再过问了。”

一般来说，衙门里设有三班衙役，统称隶卒，不过隶卒的分工不同，又有不同的称呼。比如在衙门里值守，审判时分立两边，押送犯人以及执行刑讯的隶卒叫皂隶，类似于法庭上的法警；而负责传唤被告证人、侦缉罪犯、搜寻证据的隶卒，名为快手，如同后世的刑警；除此之外，还有民壮，值守城门、监狱、仓库，负责巡逻城乡道路，应付突发事件，这种民壮，类似于后世的武警。县尉统领三班，管虎是捕班快手班头，又称为缉捕班头，也是杨承烈的心腹。

听杨承烈这么说，杨守文知道，父亲已经相信了他的推测。只是他心里面有些不高兴，再过四年他就成丁了，他希望能够帮助父亲，可是现在看来，父亲似乎不想让他出风头。

“好了，我还要赶回县城，向县尊禀报案情。这两日让二郎留在这边，八月十五我要在弥勒寺宴请客人，你若有心，就帮衬一下二郎；如果不愿意，就不必理睬。总之，这件事你不要再过问，否则家法伺候。”杨承烈的语气变得严肃起来。

杨守文心里不禁暗暗叫苦，却只能躬身答应。

“还有，让杨嫂把房间打扫一下，明天我会让你小娘和青奴也过来。”青奴，是杨守文同父异母的妹妹。

第三章 夜探弥勒寺

目送父亲离去，杨守文转身返回家中。他向杨氏打听村中可有工匠，杨氏告诉他，村口的老胡头是附近最好的工匠。杨守文听后，回屋里取了昨夜用炭笔画好的图纸，也不管杨瑞，径自带着幼娘出了家门。

此时，已是晌午过后，阳光斜照，沿途不见行人，整个村子静悄悄的，透着几分令人心醉的静谧气氛。老胡头住在村口，是个铁匠，看模样大约五十岁出头，黑亮亮的脸庞，说起话来中气十足，声音格外洪亮。

“大郎做这个家什，做什么用处？”老胡头看了看杨守文递来的图纸。

杨守文笑道：“胡公休要唤我大郎，叫我兕子就成。”

“那怎么可以，大郎是杨县尉的大公子，尊一声郎君理所应当；再说了，你唤我胡公，才是折煞了老汉，不如就随这村里人，叫我一声老胡头就成。”

杨守文不再与老胡头争执，他拿着图纸，一边让老胡头看，一边向他解释。

“这个家什做倒是能做，不过需要费些周折。完成需要两日，大郎看可不可以？”

两天，似乎能够接受，杨守文当下留下定金，和老胡头约好了提货时间后起身告辞。离开时，他才发现幼娘缩在一旁的榻上，不知道什么时候睡着了。

杨守文心疼地抱起幼娘，又沿着村中小路返回家中。

晚饭后，杨氏带着幼娘去收拾房间，迎接两天后宋氏母女的到来；杨守文与杨瑞两人则坐在正堂说话。

“二郎，今天村口凶杀案，你可有看法？”说实话，跟才十三岁的杨瑞之间，杨守文很难找到共同话题。聊了一会儿闲话，他把话题转到了白天发现的那具尸体上。

杨瑞犹豫了一下，轻声道：“我能有什么看法？这里地处边塞，打架斗殴的事也时有发生，说出来大兄可能不信，我随阿爹做了一年执衣，死人的事情听了无数次。去年，我听管班头说，有一回县城里死了人，连尸体都没个完整。”

杨守文眼睛一转：“话是这么说，可为人子女，终究要为父母分忧才是。村口出了这么一个案子，到最后肯定要落到阿爹手中，若阿爹抓到凶手也就算了，可万一抓不到，势必会被上官责罚。我听说，如今的县尊可是个眼中不揉沙子的人。”

杨瑞连连点头：“阿爹也说，王县尊和以前的县尊不一样，以前那些县尊来昌平，大都想混个资历，可王县尊却好像是真做事情，上任以来，非常勤勉，而且断案如神。听阿爹说，王县尊出身名门，好像是什么太原王氏子弟，来昌平两年多了，居然从不回家省亲，逢年过节，也留在县里与民同乐。到现在，他都是一个人住在县衙里，也不去寻花问柳，好像一个苦行僧。大兄，什么是苦行僧啊？”

“苦行僧啊，就是对自己严格，一心求道之人。”

杨瑞搔搔头，似懂非懂。

杨守文沉声道：“县尊既然是这样的人，一定会重视这件案子。二郎，不瞒你说，上午我发现了一些线索，所以想要帮阿爹一回。”

没想到杨瑞连连摇头：“大兄，这事你最好别管，我听阿爹说，凶手人多，而且身手不弱。阿爹晌午前，曾带我去了一趟羊尾巴，说那里才是杀人现场。这事不是你我能够掺和进来的，阿爹既然已经委托了管班头，一定有他的想法。”

杨承烈早在自己告诉他之前，就找到了案发现场？看来，自己倒是小觑了阿爹，阿爹能够在昌平县尉位子上一坐十几年，必有他的手段。怪不得自己之前和阿爹说的时候，阿爹虽然吃惊，却没有迫不及待。

可越是如此，杨守文就越好奇：“二郎，我告诉你，这对你可是个好机会。”

“怎么讲？”

杨守文指了指杨瑞：“所有人都知道，你之所以能做执衣，是因为你是阿爹的儿子，你的年纪又小，更不会被人重视，如果没有令人信服的功劳，定会被人耻笑。你看，我如今找到了线索，如果你我兄弟联手，把这案子破了，阿爹一定会夸奖你，到那时，你在衙门里也能挺起胸膛，便是管班头也会对你高看一眼。”

杨瑞脸色阴晴不定，显然有些犹豫。他也想获得别人的认可，似管虎这种跟随父亲五六年的老人，靠着真本事从普通快手做到缉捕班头，如果没有真才实学，很难让他接受。谁都知道，捕班快手收入高，月俸八百文，加上各项例钱，一个月下来差不多就是一贯多钱的收入。如今自己年纪小，做不得快手，但大兄说得不错，如果他真能破了案子，也许用不了十八岁，就可以成为快手。

杨瑞犹豫许久，最终决定拼上一回。

其实，自从山狗子跟杨守文说，那死者向他打听弥勒寺的位置，杨守文就觉得这案子跟弥勒寺有关联，并动了探访弥勒寺的念头。探访弥勒寺有危险，起初他想孤身前往，可杨瑞毕竟有官身，可以出面和寺院进行交涉。这件事若办得好，对杨瑞有好处；就算没有收获，杨守文相信，以自己的身手保护杨瑞也不成问题。

天色已晚，等杨氏母女屋里的灯熄灭后，杨守文和杨瑞蹑手蹑脚出了家门。

沿着村中小溪走了一会儿，来到一座小木桥桥头，杨守文停下脚步："二郎，记得跟着我，别离我太远。"过了河，再往前走，就是入山的山口。

弥勒寺坐落于雀儿涧，距离山口还有十二三里的路程。

月光洒在溪水上，只见鳞波荡漾，秋蝉鸣叫，更为这寂静的夜色平添几分神秘气息。往山里看，漆黑一片，杨瑞也停下脚步，颤声道："大兄，要不然咱们天亮再去？"

"天亮了，管班头他们就会过去，到时候不管发现什么，都和你没关系。"杨守文看了杨瑞一眼，举了举手中的大枪，"二郎休怕，我练武十年，保护你绰绰有余。"

那杆大枪，是杨守文的爷爷杨大方所留，枪长六尺七寸，较之制式大枪要短些。枪重十四五斤，硬枣木制成的枪杆有婴儿手臂般粗细，枪身上缠绕银色丝线，在月光下泛着淡淡的银光；枪头用上好的镔铁打造，呈梭子形状，上面还有两个倒钩。月光下，枪刃散发着暗红色的光，似乎在说，它曾饱饮鲜血。这杆枪，名为虎吞，据说是早年杨大方所用兵器，而且用它杀人无数。

杨大方宠爱杨守文，对杨瑞却很冷淡。

小时候，杨瑞曾想跟随杨大方习武，却被杨大方拒绝。虽然之后杨承烈也教过杨瑞一些拳脚，可是在杨瑞看来，不管他练得如何，始终比不得杨守文。于是乎，杨瑞也就三天打鱼两天晒网，对习武不再热心，也对杨守文非常忌恨。这也是杨瑞去年陷害杨守文的原因，他一方面讨厌杨守文，同时又渴望得到杨承烈的重视。

“大兄等等我。”看到杨守文走上木桥，杨瑞一咬牙也跟了上来。

大兄这十七年究竟在做什么？一个傻了十七年的人清醒过来，怎可能懂得那么多的事情？而且，杨守文能说会道，也让杨瑞感到吃惊。

山路虽然崎岖，但对于常走山路的杨守文而言，没有任何问题。他一手持枪，一手拉着杨瑞，沿着山路走了近一个时辰，就见前方雾气弥漫，穿过那层薄雾，隐约可见山巅有座寺庙。杨守文喘了口气，从腰间取下水囊，灌了一口水，然后把水囊递给杨瑞：“再加把劲，咱们马上就到了。”

这近一个时辰的山路，对杨瑞而言，绝不轻松，他擦去额头上的汗水，问道：“大兄，这么晚了，僧人们怕是早已经睡了，咱们该怎么进去？可要翻墙？”

杨守文忍不住笑道：“翻墙作甚？咱们是来查案，而且你又是昌平县尉的二公子，自然是光明正大地上去叩门；再说，有僧人相伴，也能安全些。”

杨瑞点头道：“大兄说得极是。”

两人穿过薄雾，快步来到寺庙山门前。月光下，山门紧闭，大门上方有一幅黑色横匾，上书“弥勒寺”。这寺院历史不算长，大约兴建于七年前。当时正值圣母神皇改国号为大周，有人献出祥瑞，言圣母神皇是弥勒转世，武曌认可了这个说法，命人编撰《大弥勒经》，并在全国各地修建弥勒寺，以宣扬她的正统。仅昌平县一地，就修建了两座弥勒寺，其中一座在县城里，是由官府修建；而虎谷山上这一座，则是由昌平县缙绅捐建。当地人为了区别，称县城那座为“大弥勒寺”，而虎谷山这座，则被称为“小弥勒寺”。

“二郎，敲门。”杨守文吩咐道。

杨瑞挺起胸膛走上台阶，抓起门环，叩响门扉。

“谁呀？”山门里传来一个含糊的声音，并且隐隐有灯光闪动，紧跟着，山门打开，从里面探出一个光头，他眯缝着眼睛，带有几分怨气。

“我是昌平县尉座前执衣，奉县尉之命，连夜赶来这边查证疑案，请师父行个方便。”

“昌平执衣？”那僧人露出几分疑惑之色。杨瑞从腰间取下一块木牌，递给僧人，腰牌上面有他的名字、身份和年龄。

僧人把山门打开一条缝，接过腰牌在烛光下查看，待验明了身份，态度也变得和善：“既然是县尉差遣，两位施主辛苦了，不知有什么吩咐，可要通报法师知晓？”唐代寺院，有方丈、住持、知客僧等等级，不过，他们并不直呼其职务，而是多以法师代之。

“那倒不用。”杨守文持枪，领着杨瑞迈步走进山门，“我们这次来，想请教一件事。”

“施主所问何事？”

“敢问昨日，可有善男子前来进香？”

这座弥勒寺位于山中，香客并不多，那僧人想了想回答道：“不瞒施主，我们这座寺院地处偏僻，平日里没什么人来，不过昨日……哦，应该是前日了，的确来了几个人在此借宿。”

“借宿？”

僧人点点头：“前日正午时分，来了一个善男子，说要在敝寺修行几日，还给了挂单的香火钱。以前这寺中，十天半个月未必会有人来借宿，可是前天却来了两拨人。在傍晚时分，又来了三个人说要借宿，不过当天晚上，那四个人就不见了踪迹。我第二天打扫寺院时，才发现他们已经走了。”

“可看出他们是什么人？”

僧人笑道：“这如何看不出来？那四个人的打扮，一看就是獠子。先来的那个獠子能说一口流利的官话，后来的三个獠子，好像是突厥人……嗯，就是突厥人，他们的官话很生硬，私下交谈时，用的好像是突厥话。我早年曾去过塞外，和突厥人打过交道，虽然不会说，但也能听出一些。”

杨守文眉头一蹙，感觉有些不妙。昌平周围以契丹人和奚人为主，突厥人并不是很多。那些突厥人千里迢迢跑来，就为了杀一个人吗？这件事，似乎不是那么简单啊！他看了一眼杨瑞，发现杨瑞正无聊地打量寺院，很显然，他并没有听出问题所在。

杨守文沉声道：“那个孤身挂单的獠子住在哪里？当天可有什么异常举动？”

“他就住在那边的禅房。”僧人用手一指，解释道，“敝寺甚小，不过前后两进。那獠子来后，一开始便住在那边厢房里，不见动静；后来那三个獠子赶来，他便去了大雄宝殿，一直到晚课结束，才回了禅房，之后就没见动静。第二天我发现禅房已经没人了，而且干干净净，没有任何痕迹。”

“法师，你这寺中有多少人？”

“加上我，一共五人。”

杨守文点点头，双手合十道：“敢问法师，能否带我们先去禅房看看？”

“当然可以，不过没什么好看的，我昨天专门打扫过了。”僧人说着，便举着蜡烛在前面带路。杨守文跟在身后，杨瑞则拉着杨守文的衣襟，显得有些紧张。

那禅房正如僧人所言，干干净净，只有一张禅床和一个蒲团。

僧人道："来这里修行的人，大都要求不高，所以也很简陋，没有配备什么家什。"

杨守文点点头，目光在禅房里扫了一眼问道："法师，可否让我们去大雄宝殿看看？"

"这个嘛，"僧人想了想，答应道，"倒是可以，不过请两位施主轻一点，莫惊扰了佛祖。"

"那是自然。"杨守文当下随僧人来到大雄宝殿外。

僧人轻轻推开大门，发出吱呀呀一阵轻响。大雄宝殿的面积不大，正中央供奉着弥勒佛祖的金身佛像，两边则是罗汉菩萨的彩绘。杨守文不清楚昌平县里的弥勒寺是什么模样，但是眼前这座大雄宝殿，比起他记忆中那座少林寺的大雄宝殿，面积至少小了一半。

大雄宝殿的门敞开着，月光透过大门照在殿内，也映照在香案之上。

"这就是大雄宝殿了。"

"法师可还记得，那个獠子那天在这里都做了些什么？"

僧人苦笑摇头："小僧不清楚，那天我从门口路过一次，只看到那施主跪拜在佛前，"僧人说着，走到蒲团前，扭头对杨守文道，"就跪在这里，至于他还做了什么，小僧就不清楚了。那天寺里因为突然来了善男子，所以大家有些忙碌，只有晚课时才过来。施主，要不把法师找来吧，他可能知道得多一些。"

杨守文不置可否，慢慢走到佛像前，站在蒲团的正前方。沉吟片刻，他在蒲团上跪下，然后身体向前匍匐，双手摊开，以头触地，好像也没什么！杨守文直起身子，抬起头，正想再打量那佛像，却忽然间一个寒战，汗毛瞬间奓立起来，有个人影映在佛像之上。

"二郎，趴下！"杨守文大吼一声，然后一个懒驴打滚，起身顺势抄起大枪。

耳边，只听弓弦声响，紧跟着传来一声惨叫！那个僧人，此刻正瞪大了眼睛向大殿外看去，眼中透出惊骇之色，他的胸口，插着一支木撲头箭，箭尾上鹰翎颤动，在月光下看得格外真切。

"二郎，趴着别动！"杨守文提枪冲出大雄宝殿。他一只脚刚迈出门槛，又是一声弓弦响，一支木撲头箭向他射来。杨守文举枪拨打，啪的一声把箭打飞。与此同时，从大雄宝殿门前的广场台阶下，蹿出两道黑影，两个髡发结辫的胡人出现在杨守文的面前，一人手持大刀，一人手持长剑，一左一右夹击而来。

果然是獠子！

杨守文借着月光，看清了那两个獠子的长相，他并不惊慌，脚下一顿，身体微微一矮，口中怒喝一声，一枪刺出。

那杆虎吞大枪快若闪电，令持刀獠子大吃一惊，连忙举刀封挡，耳听得铛的一声巨响，獠子只觉一股巨力传来，手中大刀再也拿不住，当啷一声掉在了地上。他大声叫喊，另一个獠子趋身上前想要拦住杨守文，却见杨守文一枪刺出后，身随枪走，脚步一滑，矮身便让过那口宝剑，顺势又是一枪刺出。这一枪，比刚才那一枪的速度更快！使刀獠子无法闪躲，就听噗的一声，虎吞大枪狠狠贯入那獠子的胸口，鲜血喷溅在杨守文脸上。

从两个獠子蹿出，到杨守文出手击杀其中一人，不过几息时间。

弓弦声再响，躲在暗处的弓箭手显然没想到杨守文如此了得，匆忙再发一箭，只是心神有些乱了。

此时从寺院大树上，传来一声呼喊。持剑的獠子不等杨守文回身，便三步并作两步从广场上蹿下，健步如飞向山墙跑去。杨守文让过那支冷箭，抬脚把使刀的獠子踹倒在地，转身想要追击过去。那树上的弓箭手也不怠慢，纵身跳到院墙上，箭发“三星映月”，只见三点星芒飞来，杨守文闪身躲避。也就是这一停顿的工夫，使剑獠子已经纵身跳上山墙，然后和弓箭手一起跃入墙后。

杨守文快步追至山墙前，手中大枪在地上一撑，身体借力腾起，也跳上了墙头。

只见山墙外大雾弥漫，两个獠子已不知所踪；回头看，整个弥勒寺不知何时已经被雾气笼罩，看上去一点都不真实。

寺院里闹出这么大动静，也惊动了寺院中其他僧人。住持法师带着三个僧人赶到大雄宝殿时，杨守文正蹲在那獠子身前，举着蜡烛上上下下地打量。

“你们是何人？”住持法师高声喝问。

杨瑞已经回过魂来，他再次取出腰牌，大声道：“我是昌平县尉座前执衣，奉县尉之命前来查案，不想遇刺客偷袭，现已击杀其中一人。”

住持法师惠仁大吃一惊：“敢问施主，发生了何事？觉明他……”觉明，便是那个被射杀的僧人。

杨瑞把情况一五一十讲述一遍后，说道：“射杀法师的人，是个獠子，他们一共有三人，其中一个已经被我大兄击杀。”直到这时，惠仁才留意到杨守文的存在。

杨守文在检查完獠子的尸体后，没发现什么有用的线索，不免感到烦躁。

他没有理睬惠仁，起身后持枪又回到大雄宝殿。僧人们也跟着进来，一个个小心翼翼地看着杨守文，不清楚他在寻找什么。倒是杨瑞灵机一动：“法师，敢问还记得前日那个孤身挂单的獠子吗？”

“当然记得，”惠仁法师道，“那位施主非常豪爽，还给了一铤金饼的香火钱，他说准备在这里借宿半个月，想要参佛修行。”显然，惠仁法师对那铤金饼的印象更深刻。

唐代，以开元通宝为法定货币，但铜钱不好携带，而华夏自古以来缺银，所以银子也不能作为流通货币。如此一来，黄金也就变成了除铜钱之外的硬通货。

“二郎。”杨守文招手示意杨瑞过去。

他在杨瑞耳边低声言语几句，杨瑞点头，又来到惠仁身旁，问道：“觉明法师说过，那獠子当天曾在这大雄宝殿里待了很久，不知法师可有印象？”

“有印象。”惠仁法师道，“那善男子很是虔诚，在大雄宝殿面壁参佛了许久。贫僧记得，他在左面那幅壁画像前打坐参禅，贫僧当时还说，善男子为何不参弥勒？他回答说，非是不参弥勒，而是他幼时曾生了一场大病，后夜梦长眉，于是才得以痊愈。从那天之后，他便拜入长眉门下，这次入寺参禅，自当先拜长眉。”

杨守文听得真切，目光落在壁画上，只见大雄宝殿左右两面墙壁各有九尊罗汉，长眉便是其中之一。可这长眉，有何蹊跷？

杨守文摩挲手中大枪，看着壁画上朦胧的罗汉影像，他隐隐觉得，日间发现的死者，绝非无意前来，而是有着非常明确的目的。他当时要借宿半月，却在当晚冒雨离开，和那三个后来出现的獠子一定有关联。而那三个獠子杀死了那人后，并没有找到他们想要找的东西，于是夜探小弥勒寺。不想杨守文和杨瑞却出现，也进了大雄宝殿，獠子担心秘密泄露，于是想要射杀杨守文，却不料被杨守文发现，更将那三人中的一人当场击杀。

这大雄宝殿里，一定有蹊跷！而那獠子参禅长眉罗汉，恐怕有其他用意。

可是，他究竟留下了什么线索？杨守文想不出个端倪，于是便走到佛前，在蒲团上盘膝而坐，把大枪横放腿上。

“法师，现在天色已晚，外面更有大雾，我与兄长便在这里借宿一夜。天一亮，请法师立即派人前往县衙，通报县尉。我会留在这里，法师不必因此而感到担忧。”一晚上发生两起命案，见惠仁法师有些担心，杨瑞说道。

“那便好，那便好！”他连忙让人准备禅房，也把尸体搬走。

杨瑞拦住他：“尸体不要动，这是案发现场，就摆放在这里，等明日捕班快手到来，也好勘验。”他走到杨守文身边，轻声道，“大兄，咱们去禅房休息？”

可杨守文双眸紧闭，呼吸平稳，好像睡着了一样。

“我大兄，”杨瑞向惠仁解释道，“他武艺高强，只是脾气有些古怪，就让他留在大殿里吧。”

“也好，也好！”

几个僧人手忙脚乱了半天，总算安排妥当。杨瑞去旁边禅房休息，惠仁法师也带着其他人，回各自的禅房之中。

大雄宝殿里静悄悄的，杨守文慢慢睁开了眼睛。觉明的尸体就横在一旁，鲜血早已染红了身下的石砖，他站起身来，走到长眉罗汉壁画前，慢慢坐下来。

那人，究竟想做什么呢？

清晨，雾气仍未散去。

杨守文从大雄宝殿里出来，站在被露水打湿的广场上，伸了一个懒腰。一夜未睡，他眼睛通红，可丝毫没有困意。他一个人在静谧的寺院中游走，发现小弥勒寺的后院有个小门，推开小门，是个宽大的平台。站在平台上，可以鸟瞰雀儿涧中，云雾缭绕，倒是一个好去处，在这里吟风咏月，想必是别有一番韵味。他想起父亲说过，中秋节要在小弥勒寺招待一位故人。现在离中秋没有几天了，正好和惠仁法师说一下。

“大兄，起得好早。”杨瑞从小门快步走进来。

杨守文昨晚让他出面交涉，杨瑞明白杨守文的心思，就凭他杨瑞夜探小弥勒寺的勇气，就凭他敢面对刺客的胆色，想必自己以后在衙门里的地位，会越发稳固。说穿了，杨守文是在成全他。杨瑞发现，不知何时，只要有大兄在身边，他就很有底气。

“大兄这一大早，在这里看风景吗？”杨瑞满面笑容地凑上前。

杨守文看了他一眼：“你我自家兄弟，有什么话直说。”

“大兄，接下来怎么办？”

杨守文轻声道：“先是一条人命，而后又是两条人命，你以为咱们还能插手吗？现在的情况，莫说是你我，恐怕连阿爹也做不得主。连续三起命案，更发生了刺杀偷袭，两个刺客目前下落不明，我估计，县尊会插手此事。”

“大兄，那咱们？”杨瑞闻听，顿时龇牙。

“你听我说，估计阿爹会亲自过来，到时候会让你回城。你回城之后，帮我做件事，若是做得好，说不定能查出线索，到时候少不得阿爹夸奖。”

“请大兄吩咐。”

“那两个獠子虽然逃走，但我觉得不会离开，他们昨夜出现在这里，显然没有完成使命，所以还会再回寺院，但是他们一时半会儿不会回来，最大的可能是留在城里。对了，你在县城里有没有门路？”杨守文看着杨瑞。

杨瑞挺起胸膛道：“我有个朋友，叫盖嘉运，比我大两岁，身手高超，非常勇猛。他阿爹盖老军，是老军客栈的团头，这昌平县大大小小的团头，都听老军叔父的差遣。大兄想要打听什么事情，我去找盖嘉运，他一定能帮忙。”

团头，是唐代地下组织的头目。不管是昌平这种穷乡僻壤的小县城，还是神都洛阳、西京长安那样的大都会，少不得会有地痞、混混的存在，而团头，就是负责管理这些地痞的头目，也可以称为地头蛇。这些人自成体系，霸占一方，即便官府也无可奈何，但不可否认，这些人一个个耳目灵通，最方便打探消息。

杨守文没想到，这小子居然还有这种门路：“父亲知道吗？”

“当然知道。”杨瑞笑道，“不过父亲没有阻止我，有时候还会给我些钱，让我找盖嘉运去玩耍。”

杨守文明白了，杨承烈这是在培养杨瑞的耳目；估计盖嘉运和杨瑞结交，也有盖老军的意思。这，恐怕就是所谓的黑白勾结。

“那好，你若是回县城，就帮我留意一下，最近一段时间县城有没有可疑人物。”

“明白。”杨守文的信任让杨瑞心头一热，“大兄，以前我……”

“以前的事情过去了，我不怪你；再说了，以前我那痴症没有痊愈，就算进了衙门也是给父亲丢人。不过二郎，你要记住，从现在开始，你、阿爹、小娘、青奴，包括婶娘和幼娘，咱们都是一家人，一家人自当团结在一起，这样咱们杨家才能越来越兴旺。以前的事情我不会与你计较，可如果有一天被我知道，你敢背叛咱们杨家，休怪大兄心狠手辣，你听懂了吗？”杨守文说着，伸手拍了拍杨瑞的肩膀。

杨瑞激灵灵打了一个寒战，小鸡啄米般点头。

“好了，回大雄宝殿看看吧，记住我告诉你的话，这件事你要担起来，我只是跟着你前来，顺道保护你。若衙门的人来了，你不用通知我，只需告诉父亲，就说我在这边就好，其他休得赘言。”

“明白。”杨瑞彻底服了。

第四章——引蛇出洞

大雾渐渐散去，一轮红日升起，惠仁法师忙派人下山。

没过多久，杨承烈就带着衙门的差人来了。原来，天亮之后杨氏发现杨氏兄弟不在房间，顿时急了。于是一大早，她顶着浓雾跑去县城告知杨承烈，杨承烈二话不说，带着捕班二十多个差役赶来小村，路上，他们正巧遇到了下山报官的僧人，于是直接上山。

杨承烈劈头把杨瑞臭骂一顿，不过对杨守文却没说什么，只是让他带杨瑞赶快下山，不许杨守文离家半步："二郎下山后，立刻给我滚回衙门里值守，我就是太宠你了，才让你如此胆大妄为！"杨瑞好像受惊的小羊羔，根本不敢顶嘴。

目送他俩在差役的护送下离开，杨承烈一脸疲惫。

"兄长，这又何必呢？二郎也是想为你分忧，你别生气；再说了，二郎找到了线索，也有功劳。若不是二郎昨夜赶来，说不定……这样也好，至少给了咱们一个头绪。"说话的是缉捕班头管虎。

杨承烈揉着太阳穴，说道："这混账小子胆子真大，竟敢自己偷偷摸摸跑来。幸亏阿阏奴跟随，不然，他小命难保，若不好好管教，日后必闯大祸。"

管虎哈哈大笑："小孩子嘛，难免好奇，长大了自会改变，兄长不用担心。倒是兕子，着实出乎我意料，以前只知道他力大无穷，却没想到他枪法过人，兄长可看了那獠子的尸体？一枪毙命，绝无半点拖泥带水。兄长这也算是后继有人了，文有二郎，武有兕子，他日何愁杨家不扬眉吐气？"

杨承烈脸上露出笑容，轻声道："走吧，咱们再查看一下，莫辜负两个孩子的苦心。"

杨氏兄弟下山，杨瑞直接回了县城，杨守文回了小村庄。

杨守文走进院门，才刚过午时，就看到幼娘坐在正堂外的门廊上，双手捧着下巴呆呆地出神。以前，看到自己回来，幼娘早就迎上来了，可是今天她却不理不睬，小身子一扭，噘着小嘴故意不看他。杨氏在厨房门口忙碌着，看到杨守文回来，她松了口气，笑了笑道："大郎可回来了，稍等片刻，午饭马上就做好。"

"婶娘，我说过，以后不要叫我大郎。"

杨氏笑道："把这事忘了。"叫了十几年的"大郎"，想一下子改过来，的确不易。

杨守文把大枪靠在廊柱上，走到幼娘身边，蹲下身子笑嘻嘻道："幼娘这是怎么了？谁欺负你了？告诉兕子哥哥，哥哥帮你报仇。瞧瞧，这小嘴都能挂油葫芦了。"

"兕子哥哥不好！"幼娘噘着嘴，那双水汪汪的大眼睛里噙着泪，"兕子哥哥出去也不告诉幼娘，幼娘从早上起来就在担心，兕子哥哥最坏了。"

杨守文坐下来，把幼娘揽在怀中，安慰道："幼娘不生气，兕子哥哥出去有事，以后再有这种情况，一定告诉幼娘，不要幼娘担心。"

"真的？"

"当然！"杨守文说着，伸出小指头，"来，拉钩。"

"拉钩！"幼娘那张紧绷的小脸露出了灿烂的笑容。

"幼娘知道你昨夜出去，就坐在这里等你回来。"杨氏忙完手中活计，两手在腰间碎花布围裙上抹了抹，"兕子，以后可不要冒险了，山路难行，还有大雾，万一出了意外，我和幼娘都会担心。"她话语轻柔，却带着浓浓关怀。

杨守文忙起身道歉："婶娘放心，以后我会小心。"

吃过午饭，杨守文牵着两头牛，溜溜达达地出门。幼娘小尾巴一样跟在他身后，他索性把幼娘抱起来，让她骑在牛背上，这让幼娘笑个不停。还是熟悉的小溪，还是熟悉的山坡，两头黄牛在溪畔溜达，杨守文躺在山坡上，午后的阳光照在身上，暖洋洋的。幼娘则学着杨守文，躺在他身边草地上，两人一起看着碧蓝天空，白云悠悠。从山里吹来的风，很柔，不知不觉，倦意涌向杨守文……

依旧是那座巍峨的宫殿，美轮美奂；依旧是那片火海，到处是四散奔逃的宫娥彩女太监，喊杀声此起彼伏，忽远忽近；那个看不清相貌的女人再次出现，呼喊着"驸马"，踉踉跄跄向他跑来，而在她身后，持剑青年骤然出现……杨守文蓦地睁开眼，大口喘着气。

"兕子哥哥，你怎么了？"杨守文回过神来，见幼娘一脸担忧，坐在他身边看着他。

“幼娘不用担心，做了个噩梦。”

“噩梦最讨厌了，幼娘也做过噩梦。”她脸上的笑容，更像因为和杨守文一样做过噩梦，而有些开心。

“幼娘也做过噩梦啊，梦到了什么？”

杨幼娘轻声道：“幼娘梦到哥哥不要幼娘了，幼娘一直喊哥哥，可是哥哥不理睬幼娘，只管往前走，幼娘追啊追，可是兕子哥哥越走越远。然后，然后幼娘就摔倒了，兕子哥哥也没来扶幼娘……呜呜呜呜……”

那小模样让杨守文的心都碎了，他忙把幼娘搂在怀中，轻声安慰道：“幼娘不哭，兕子哥哥怎会不理幼娘？”

“可是，可是……”幼娘抽泣着，想要说什么。

杨守文把她紧紧搂在怀中，轻声道：“幼娘放心，这世上没人能阻止兕子哥哥保护幼娘，谁要是敢欺负幼娘，兕子哥哥绝不会饶恕他。放心吧，兕子哥哥永远在幼娘身边。”

“一辈子吗？”幼娘破涕为笑。

“嗯，一辈子。”杨守文坚定地点了点头。

晚饭后，杨守文独自提枪站在前院的天井中。他沐浴在月光里，猛然振枪舞动，那杆虎吞大枪在他手中，变得格外轻盈灵活，仿佛有了生命一样。

杨守文的爷爷曾是一员猛将，后来隐居武当山下。他曾在武当山学道，学得“金蟾引导术”，并且传授给了杨守文。据说，这“金蟾引导术”是武当山一位道士，偶然间观金蟾吞月有感，于是创出这门引导吐纳之术。

杨大方家传九路九子连环枪，枪法刚猛至极，但因为杀气过重，会造成诸多暗伤，以至于难以长寿；“金蟾引导术”，正可以中和刚猛之力。在杨守文看来，所谓的“金蟾引导术”，放在后世其实就是吐纳之术。十七年来，他虽浑噩，却在杨大方督促下，将“金蟾引导术”和“九子连环枪”融为一体，使得原本刚猛的枪法，平添了几分阴柔狠辣。

“好枪法！”杨守文忽听一声喝彩，连忙收枪横在身前，转身看去，只见院门口站立两人，一个是杨承烈，还有一个是喝彩的壮汉。那壮汉，他不陌生，正是杨承烈的助手，昌平县捕班缉捕班头管虎。管虎体型粗壮敦实，一脸络腮胡子，相貌有些凶恶。

杨承烈眼中也露出赞赏之色，只是脸上平静如水。

"阿郎怎的不提前通报一声，火上已没了吃食。"杨氏迎上来。

管虎笑道:"杨嫂不必担心，我与县尉带了酒菜，杨嫂做些蒸饼就可以了。"说着话，他扬了扬手中的酒坛子，"兕子也来吃酒吧。"管虎跟着杨承烈走进正堂，示意杨守文过去。

杨守文拒绝了:"叔父不必管我，我不会吃酒，而且昨夜未睡，也有些乏了。"

"那早点休息。"看样子，杨承烈和管虎今晚不会回县城。也难怪，昌平天一黑就城门紧闭，哪怕杨承烈是县尉，一旦城门关闭，也难叫开城门。这是规矩，与职位无关。

杨氏准备了两个食盘，分别送到坐在正堂上的杨承烈和管虎面前。

管虎喝了一碗酒，忍不住好奇道:"兄长，兕子说话挺正常的，可不像有病之人。"

"说话倒是正常，不过有时候还是糊涂。"杨承烈道，"若他脑袋清醒，怎会跟着二郎胡闹？也幸亏家父生前对他管教严格，特别是在习武上，从没有半点马虎，才练出如今的身手。"

管虎颇以为然，接着说道:"兄长，这突然间连续发生命案，恐怕要惊动县尊。王县尊是个眼睛里不揉沙子之人，如果他较真起来，咱们这边的压力怕是不小。"

杨承烈撕了一只鸡腿，狠狠地咬了一口，说道:"这件事透着古怪，照今日盘问的结果来看，对方恐怕不会就此罢手。他们前日伏击那个假獠子得手，却没有得到他们想要的东西，所以昨晚再回小弥勒寺，却不想被兕子和二郎破坏。老虎，我倒是有个想法。"

"不过我也有个主意，不知道是不是与兄长不谋而合。"这缉捕班头，就如同后世的刑侦队长，要长着七窍玲珑心才行。管虎武艺高强，便是十几个壮汉也休想将他留下，但他之所以能成为缉捕班头，成为杨承烈的心腹，还因为他心思细腻。

"哦？"杨承烈抿了一口酒，看着管虎。

管虎用手蘸了酒水，在桌子上写了一个"诈"字。

杨承烈哈哈大笑:"老虎果然甚知我心。"

"兄长今日故意拖到最后才走，还把我留下来，我就猜出兄长的意图。"

"没错，那凶手既然没有得手，恐怕还会行动，以我们手中的人力，不可能专门调拨人手留守小弥勒寺，那就只有转移他们的视线，来个引蛇出洞。我准备明日回去后，放出风去，诈称已找到了线索，让那些人跳出来。"

管虎道："引蛇出洞固是好计，却未免有些被动，他们一天不出来，咱们就只能等一天。这世上只有千日做贼，却没有千日防贼的道理，依我看，咱们还得查！不但要查，更要大张旗鼓地查，逼他们尽快跳出来。"

杨承烈微微点头："怎么查？"

"城里这边好办，只需增加人手，盘查严谨，倒是孤竹那边……二郎也说，凶手是两个獠子，咱们这里地处边荒，獠子本来就多，城里面还好办，但是孤竹那里却有些麻烦。那些獠子去年才到这边定居，人员本就有些驳杂，若凶手藏匿其中，查起来着实困难，最重要的是，孤竹是羁縻州。"羁縻州，大都是胡人自治，从县令到县尉，乃至最下面的差役，全都是胡人。

杨承烈轻轻敲打额头，沉吟片刻后道："这样吧，老虎你先着手安排引蛇出洞的事情，同时加强县城治安。羁縻州这边，最好是通禀县尊知晓，此事关乎朝廷律法，你我就算有动作，也务必小心谨慎。"

"我明白。"

两人一边吃酒，一边聊天，不知不觉一夜过去。

天亮之后，杨承烈没有叫醒杨守文，就和管虎匆匆离去。

杨守文今日没有出门，陪着幼娘修整完花圃，幼娘才搂着杨守文的脖子，娇声道："兕子哥哥，给幼娘讲个故事嘛。"

"讲故事？"杨守文愣了一下。在后世他瘫痪在床时，也读过不少书，最喜欢的还是《西游记》，唐僧师徒西天取经，历经九九八十一难。他的脑海中闪出一道灵光，"幼娘，你可听说过玄奘法师？"

杨幼娘摇着小脑袋："玄奘法师是哪个寺庙的？"

恰好杨氏路过，杨守文问："婶娘可知道玄奘法师？"

"倒是听说过，那是太宗时的法师吧。我听人说，他为了求取真法，不远万里前往天竺，经历了很多磨难；另外，他还著有一部《大唐西域记》，写的就是西行路上所见所闻。"杨氏驻足说道。

对，《大唐西域记》，杨守文知道自己要讲什么了。

"咱们今天讲的，是一个关于猴子的故事。"杨守文刮了一下幼娘的小鼻子，讲道，"诗曰：混沌未分天地乱，茫茫渺渺无人见。自从盘古破鸿蒙，开辟从兹清浊辨……"

杨守文讲的，自然是后世被称作四大名著之一的《西游记》。事实上，《西游记》的故事，就是从"玄奘取经"的故事中衍生出来，最终在明代成书。

正如杨守文所料，幼娘听得入了迷，那只后世令万千人喜爱的猴子，成功吸引了幼娘。从灵根育孕源流出，一口气讲到了悟彻菩提真妙理……

午后，杨守文带着幼娘放牛，又给她讲了两段《西游记》。

当晚，杨守文正准备上床休息时，杨氏在门外轻声唤他："兕子，快起来，阿郎来了。"

父亲这么晚还过来，难道出事了？杨守文翻身爬起，披衣快步来到正堂。一进正堂，杨守文一愣，父亲一身皂色衣衫，俨然一副商人模样。在唐代，屠商衣皂，庶人着白，士卒衣黄。就见杨承烈正襟危坐，身前还放着两个包裹和两顶笠帽。

"阿爹，你这是？"

"阿阅奴，坐下。"杨承烈一指身前席位，说道，"昨天的事情，你做得好，若非你临时赶去小弥勒寺，说不定会发生更大的案子。不过，你也知道，凶手没有得手，甚至被你击杀一人，他们必不会善罢甘休，我担心出岔子，和你老虎叔父定计，准备引蛇出洞。"

杨守文眼睛一眯，沉默不语。

"我已对外放风，说在小弥勒寺找到了重要证据，不过单纯等待也不是好办法，我们还要再设法暗地里调查。你老虎叔父如今坐镇城里，已调动民壮进行查找，可凶手未必会躲在城里，也可能躲在其他地方。"

杨守文明白过来："阿爹的意思，他们会在孤竹？"

杨承烈点点头，轻声道："孤竹非我昌平所属，且情况复杂，一不小心就会打草惊蛇，所以我准备秘访孤竹，恳请那边官府给予帮助。衙门里的差役不适宜轻举妄动，我想带你前去，你如今痴症痊愈，以前也没有抛头露面过，去孤竹不会有人认识你，你可敢随我前往？"

在杨守文的记忆里，他从四岁搬来昌平，就没离开过村庄多远，他轻声道："能为阿爹分忧，孩儿求之不得。"

杨承烈把身前一个包裹递过来："这是给你准备的衣服，你换一下，咱们连夜动身。"

"喏！"杨守文伸手接过包裹，起身返回房间。包裹里，是和父亲身上相同的皂衣。换好衣服，抄起虎吞大枪，他来到前院。

"兕子，跟随阿郎出门，要千万小心！"出门前，杨氏拉着杨守文的手，反复叮嘱。

"婶娘放心！只是明日幼娘起床，还请婶娘代为安抚，告诉她等我回来再给她讲故事。”说罢提枪走出院门。

院门外，杨承烈头戴笠帽坐在马车上，朝他招了招手。等他上车，杨承烈扬鞭吆喝一声，赶着马车缓缓向村外走去。回头看，杨氏站在院门口，正朝他挥手告别。

月色朦胧，繁星在夜空闪烁，仿佛顽皮的精灵。

官道上没人，杨承烈赶着车也不说话，大约走了十余里，杨承烈突然开口：“兕子，你可在怪我？”

“啊？”杨守文一怔，忙摇头道，“阿爹说哪里话，我怎会怪你呢？”

“按理去年我该让你出缺执衣，却最终由二郎替代了你；二郎做的那些事情，我也知道，若我换作你，必会心怀怨念，可你如此识得大体，却让我感觉为难。”杨承烈沉默良久，突然道，“兕子，你可知道，有时我更希望你能继续疯癫下去。”

杨守文一听，目瞪口呆，天下父母哪有希望子女痴呆疯癫的？

杨承烈继续说道：“你不必问我原因，该告诉你时，我会告诉你；我想说的是，明年开春后，我打算送你去荥阳。”

“去荥阳？”

杨承烈点点头：“你若是继续浑噩，我会很乐意你留在我身边，可是从这两天的事情来看，你有胆识，也很聪慧，留在昌平会耽误了你，我不希望你一辈子像我一样过活。明年我会送你去荥阳你母亲家里，到那时，你会换一个身份，开始新的生活。等这件案子破了之后，我会找人教你读书识字，免得到时被人耻笑。”

离开昌平，开始新的生活，换一个身份？杨守文越听越糊涂，更有一种心惊肉跳的感受。我不会是皇家私生子吧，抑或有某种高贵的血统，以至于阿爹要为我这样安排？

“阿爹，我阿娘是谁？”

“你阿娘……是天下一等一的贤淑女子。”杨承烈露出笑容，“她出身名门，是荥阳郑家之女。只是你阿娘过世后，咱家又惹了麻烦，所以少有联络。不过，我与你舅舅一直没断了书信往来，他也知道你。以前也就罢了，可你现在继续留在这里未免有些可惜，倒不如去你舅舅家中求个身份，将来若飞黄腾达，也可以重振门庭。”

杨守文吓了一跳。唐代有五姓七大家之说，分别是太原王、赵郡李、陇西李、荥阳郑、范阳卢、清河崔、博陵崔，没想到，母亲竟然出身荥阳郑氏！

当然，自武曌登基以来，对望族的打压非常严厉。五姓七宗比之鼎盛时期已经大有不如，可瘦死的骆驼比马大，望族始终都是望族。杨守文旋即就联想到，自己这个“杨”恐怕来历也不会小，能够和郑氏通婚，并且始终和郑氏保持联系……一时间，杨守文不禁胡思乱想，脑袋里更乱成了一锅粥。

杨承烈没有继续说下去，而是赶着车，任由杨守文平静下来。

“阿爹，咱们家到底惹了什么祸？”

杨承烈苦笑道：“这件事你不用问，问了我也不会告诉你，我只能说，咱家的仇人势力太大，大到咱们招惹不起的地步。虽说当初是个误会，可是招惹了就是招惹了，也正是这个原因，我和你阿翁才不得已带你来昌平隐居。你别问了，等到来年开春，你舅舅会派人来接你。”

“我不去！”杨承烈话音未落，杨守文就激动地喊起来，“阿爹，我不去荥阳，我要留在昌平，这里有爹，有婶娘，还有幼娘……我宁可没出息，也不会去做改名换姓的事情。你是我阿爹，若为了荣华富贵，我连阿爹都不认了，就算有朝一日能飞黄腾达，又能怎样？我不去荥阳，除非阿爹和我一起去。”

杨承烈的眼眶一红：“兕子……”

“阿爹，别说了，我不会抛下你们！”杨守文犯了倔劲儿，不再理睬杨承烈。

父子两人之间突然冷场了。

杨承烈想着心事，杨守文同样也心事重重。从阿爹的话语中，他听出了很多有用的信息。首先，他不是流落民间的贵公子；其次，家里早年间惹了仇家，以至于不得已搬到昌平，可那仇家是谁？父亲能够和郑家结亲，本身就说明出身不俗，一个有着不俗出身的人，为了躲避仇人，竟然隐姓埋名？这说明，仇家更厉害。杨守文在心里轻轻叹了口气，已隐隐约约猜出仇家来历，能够让两大家族噤若寒蝉的，除了坐镇神都的圣母神皇，还能有什么人呢？

不过，郑家犹在，而杨承烈又希望杨守文能出人头地，说明此仇家并不是圣母神皇。不是她，那就只可能是她的亲眷家属和族人。杨守文依稀记得，武家在武则天执政时，势力非常庞大，听说武承嗣前段时间因没有坐上太子之位抑郁而终。武承嗣死了，可是父亲仍旧小心翼翼，难道说自家的仇人，是武三思？杨守文下意识握紧了手中的虎吞大枪。

如果是武三思，那还真是一个惹不起的大仇家。

就在这时，马车突然停下，杨守文回过神，但见父亲马鞭遥指前方：“兕子，孤竹到了，记着不要惹事。”

孤竹，后世又名“太舟坞”，距离百望山五里之遥，与黑龙潭相呼应。

贞观十九年，唐太宗在此设立带州，聚契丹、奚人与突厥等塞外归化游牧部落居住。虽依照的是唐代的官制律令，但从上到下都由胡人自治。这里的水草肥美，是放牧的天堂。想当年，太宗在位时，号称天可汗，四夷臣服。大批胡人向中原迁居，给中央政权造成巨大的压力，太宗也担心这些胡人居住在长安周围会有威胁，于是又下令胡人返回边塞，并创立羁縻州制度。

杨守文站在马车上，举目眺望。

太宗治政能力不俗，但在民族问题上，似乎犯下了与当年东汉政权类似的错误。遥想东汉时期，汉人击溃匈奴，平靖北方，这原本是个开疆拓土的良机，却因为南匈奴来降，东汉政权将河套地区交给匈奴自制，养虎为患最终演变成“五胡乱华”的糟糕局面。太宗的羁縻州制度，在某种程度上虽可以暂时稳定胡人，但这些胡人盘踞水草肥美之地休养生息，只怕到最后，又会演变成养虎为患的局面。历史上，契丹人不就是这样在塞外崛起的吗？

不能说李世民能力不够，也不能说他身边谋臣智谋不足，只能说在这个时代，人们还没有真正意识到华夏文明的伟大之处，更不清楚华夏文明那巨大的包容力。只有在经历过无数次磨难之后，华夏文明的光辉才会闪耀苍穹。

“整个孤竹，有大约六万胡人，是昌平人口的五倍之多，这里汇聚了契丹、突厥、奚人以及鲜卑等诸多种族，彼此间矛盾重重。朝廷之所以能容忍他们存在，一方面是因为居庸关驻扎万余守军，同时也因为昌平县是他们南下的一道天堑。为了安抚他们，从太宗陛下开始，朝廷准许他们保留自己的风俗习惯，任由他们在这里生活。”说到这里，杨承烈轻轻吐出一口浊气，扬鞭催马向孤竹行去，又扭头对杨守文说道，“到了孤竹，我会去拜会孤竹县令。你可以在四周走走，观察一下情况，不过要记住，千万不要和他们发生冲突。”

杨守文点头道：“阿爹放心，兕子晓得轻重。”

马车从山坡上缓缓驶入孤竹驻地，沿途没有遇到任何阻拦。

整个孤竹，就好像一个巨大的集市，不过天色已晚，集市显得有些冷清。马车进入之后，虽有人向这边张望，却没有人出来盘查询问。也难怪，往来孤竹的人员很杂，其中不乏从中原赶来的商人。父子二人在一顶帐篷前停下，杨守文下车拴马，跟着杨承烈走进帐篷。

两个胡姬坐在条案后打盹，听到声音，睁开眼睛。

“还有没有干净安静的帐篷？”杨承烈一开口，杨守文笑了。原本在昌平时，杨承烈开口就是幽州话，甚至带着一点昌平口音，可这时，他却说一口流利的官话。

胡姬本来已经困倦，可一听杨承烈的官话，顿时露出灿烂笑容。这年头，能说一口流利的中原官话，绝对是一种身份的象征，对于孤竹的胡人而言，中原官话是高贵的代名词。

“客人要什么样的帐篷？”胡姬询问道。

“只我父子能休息，就足够了；不过若能干净安静些，便更好。”说着话，杨承烈取出一块金饼，放在条案上。

胡姬的笑容更加灿烂，年长些的胡姬道：“客人放心，我这里是整个孤竹最好的住处，若我这里没有客人满意的，便是整个孤竹，都不能让客人感到满意。绿珠，呆坐着作甚，快带客人去看住处。”说话的胡姬差不多四十岁的样子；那名叫绿珠的女子，看起来三十岁上下，素面朝天，透着清秀之气，想来年轻时一定是个绝色的美人。

绿珠答应一声，提盏灯在前面领路。杨承烈父子跟在绿珠身后，来到了一顶小帐篷外。绿珠挑起帘子，进了帐篷，点上油灯，声音柔柔地问：“客人看这里，可还算合意？”

杨承烈扫了一眼，点头道：“就这里吧，烦劳姐姐。”

绿珠微微一笑，躬身退出帐篷。

杨守文把大枪靠在门边，看了看帐篷里的摆设，忍不住笑道：“阿爹，这环境还算不错。”

杨承烈撩衣坐下，笑道：“孤竹是关内最大的羁縻州，塞外的胡商，中原的商人大都会在这里进行货物转交，如果环境不好，又怎可能吸引人呢？”说着，他从席上拉起一条褥子，便躺倒下来。

杨守文应一声，在另一张榻床上仰面躺下，脑海中仍思索着父亲在路上的那番话。到底发生了什么事情，竟使得杨家一家老小迁来昌平，又在这边荒之地一住十几年？

“驸马，救我！”那熟悉又陌生的声音再次在耳边回响，杨守文睁大眼睛，却发现眼前景象，和从前的梦境有些不同。

一处荒野之中，一群人正在舍生忘死地搏杀，突然间，一位老人从天而降，他手持大枪，枪如蛟龙，人似猛虎，在人群之中左突右冲，眨眼间便到了杨守文面前。咦，虎吞？杨守文一眼认出，老人手中的枪，赫然就是虎吞大枪；而老人，那不是爷爷杨大方吗？

一名妇人怀抱着刚出生的女婴，躺在不远处。幼娘？那女婴竟和幼娘一个模样，她看着杨守文，却露出陌生的表情。忽然，女婴手里出现了一把长剑，挺身恶狠狠地向杨守文刺来，剑光四射，杨守文的身体好像僵住了一般，眼看着那利刃到了跟前，竟动都没有办法动……

“幼娘！”杨守文大喊一声，猛地睁开双眼。刺眼的阳光从帐篷小窗照射进来，他连忙闭上眼睛，伸手阻挡。

“小官人醒了？”一个柔柔的声音在帐篷门口响起。

杨守文坐起来，却见一个胡姬正在打扫帐篷门口的席榻，那胡姬是昨日领他们来帐篷的绿珠。他扭头看，却发现另一边榻床上空荡荡的，父亲已不见人影。

“大官人一早就出门了，临走时吩咐奴转告小官人，不必等他，只管四处走走。”

杨守文揉了揉脸，在榻床上恢复了一下心情，而后站起身来。

“洗漱器具在外面，”绿珠赤足踏上席榻，一边整理杨承烈的那张榻床，一边说道，“大官人已让人准备了早饭，小官人到堂上去，只管吩咐就是。”

绿珠的官话说得不错，比昨夜的另一名胡姬要强很多。杨守文走出帐篷，一边漱口刷牙，一边问道：“听姐姐的口音，似乎去过中原？”

绿珠笑道：“奴曾在长安生活过一些时候，想必小官人便是以此推测？”

“只是觉得这苦寒之地，出不得姐姐这等人物。”

“小官人真会说话。”绿珠忍不住笑起来，笑声非常悦耳。

入唐以来，十万胡姬入长安，在那些胡人眼中，长安就如同后世的国外一样，充满了吸引力。大批胡姬远离家乡，前往长安讨生活，待到她们人老色衰时，又离开长安，或是回到故土，抑或远嫁他乡，来到这塞外的苦寒之地生活。绿珠，想必也是其中之一吧。

杨守文洗漱完毕，提枪来到大帐篷里。此时，帐篷里已经聚集了不少人，杨守文见找不到位子，索性让人把做好的巨胡饼切好用油纸包起来，他把大枪背在身后，一手拿着油纸包，一边吃一边走出帐篷。

外面，阳光充足，集市中人来人往。杨守文在集市上转了一会儿，就蹲在街边，看着往来行人，悠闲地吃着饼子。刚吃几口，身后传来窸窸窣窣的声响，他扭头看去，就见不远处有只狗，那狗身长一米多却瘦骨嶙峋，最有趣的是，狗脖子上挂着一个褡裢，褡裢里还有四只小狗，它们正扒着褡裢边缘，露出小脑袋，好奇地看着杨守文。那只大狗眼睛盯着杨守文手里的饼子，颇有些期盼。

杨守文能辨认出来，这只狗似乎是一只突厥狗。在后世，这个品种被称作蒙古獒，是一种生活在草原上的獒犬。据说，后世的藏獒就是从这种獒犬演变而来。不过在这个时代，蒙古还没有出现，故而被称作突厥獒。突厥獒是一种很安静的生物，同时又有非常敏锐的观察力，行动敏捷，骁勇善战，被草原牧民用来看家护院。只是眼前这只獒犬，看上去似乎没有主人，是只流浪狗。杨守文后世时极喜欢狗，如今看到它，心里竟生出一种莫名的喜爱，他从油纸包里取出块饼子，伸手递给突厥獒。

那只突厥獒后退了两步，眼睛里露出警惕之色。

“别怕，过来吃。”杨守文面带笑容，把饼子放在地上，起身后退了几步。

“这只狗，没有人要吗？”杨守文向旁边摊上的一个胡商询问。

那胡商看了眼突厥獒：“你是说毛伊罕吗？它可是一只好狗，它以前的主人叫胡塔尕，不过去年胡塔尕的生意垮了，现在只能靠给人打杂工为生，还把毛伊罕赶出了家门。毛伊罕刚生了一窝狗崽子，警惕心很重。毛伊罕，在突厥语中是‘丑丫头’的意思。”

杨守文和胡商聊天时，毛伊罕突然过来，一口把那张饼子吞了下去。

“没有人收养它吗？”

“怎么没有，可是它不愿意离开四个孩子，整天把它们带在身边。这种狗食量很大，一般人养一只还行，再养四只，就有些承受不起，除非是有钱人。”

杨守文听罢，目光再次落在毛伊罕身上。丑丫头这次没有后退，蹲坐在原处，静静地看着他。杨守文蹲下来，又取出了一块饼子，丑丫头试着向前走了一步，看了看杨守文，一伸头，就把饼子咬在嘴里。它的动作快如闪电，却没有伤到杨守文分毫。

“真是个厉害的丑丫头。”杨守文说着，把油纸包打开，放在地上。丑丫头走过来，狼吞虎咽地吃着，杨守文伸手摸了摸它的脑袋，它没有抗拒。

“丑丫头，跟我走吧！”等丑丫头把饼子吃完，杨守文轻声说道。没想到，丑丫头并没有理他，只是围着他转了两圈，然后用脑袋蹭了蹭他的腿，便转身离开。

就在这时，远处传来一阵吵闹声，紧跟着一声惨叫，有人喊起来：“杀人了！杀人了！”杨守文一愣，连忙快步跑出集市，见不远处有一条小溪，溪畔围了一群人。他挤进人群，看到小溪旁倒着一具尸体，那尸体仰面朝天，胸口插着一把匕首。

“绿珠？”杨守文一眼认出死者来，“怎么回事？”

“不知道，刚才看她和一个人在这里争吵，那个人突然杀了她，往那边跑了。”有人手一指小溪对面，杨守文二话不说，冲了出去。他一边跑，一边摘下大枪。追出去大约有两里地，就看到前方有个身着胡服的男子，那名男子已跑到一匹马旁，解开缰绳，准备翻身上马。杨守文心里一急，脚下猛然加速，随后猛然振臂将手中虎吞大枪掷出。

那大枪在空中转动，呼啸着划出一道弧线。噗！正扎在马的身前，那马一声长嘶，前蹄扬起，一下子把男子掀翻在地。那人落地后打了个滚，翻身站起，顺势拔刀出鞘。

杨守文冲上前，抬手将大枪拔出，刚要扑向那人，就看到从旁边蹿出一头突厥獒，一跃而起，张口狠狠咬在了那人手腕上。当啷！那人刀落地上，抱腕发出一声凄厉的惨叫。

杨守文惊愕万分，仔细看去，不禁笑了：“丑丫头，干得漂亮！”

丑丫头也不知道是从哪儿蹿出来的，听到杨守文的称赞，转身冲着杨守文叫了两声，似乎是在向杨守文请功。杨守文上前一脚把那人踹翻在地，大枪向前一探，抵住那人的胸口，沉声道：“再乱动，就杀了你！”

胡人瞪着眼，嘴里却叽里咕噜地叫嚷不停，咬牙想从地上捡起腰刀。杨守文眉头一蹙，抬脚踹在对方的肚子上，那胡人嗷的一声惨叫，身体蜷缩成一团。

“为什么杀绿珠？”

那胡人口中吐出一连串音符，杨守文一句都没听懂。

“他说，绿珠偷了他的东西，还勒索他。”一个胡商跑过来，对那胡人破口大骂，“绿珠是个老实勤快的女人，在孤竹哪个不知？她怎会偷你的东西？”

胡人脸色一变，似乎急了眼，嘴里叽里咕噜不停，却招来周围人更多的责骂。杨守文眉头一蹙，扭头向胡商看去。那胡商说：“小官人不必为难，这厮既然冥顽不灵，待会儿就送去衙门，到时候看他老不老实。”

胡人变了脸色，大声喊叫，就在这时，从人群中飞出一柄匕首，正中他的咽喉。胡人仰面朝天摔倒在地，顿时气绝身亡。刹那间，人群中传来一连串的惊呼声，呼啦啦地向两边散开。杨守文也吓了一跳，持枪闪身跳到一旁，警惕地打量着周围。只是，胡人大都喜欢带着武器，从一柄匕首想要辨认出来凶手，却是不太可能。

杨守文厉喝问：“是谁，是谁在杀人灭口？”

围观人群交头接耳，看上去一脸恐惧。连续两条人命，似乎预示着什么，杨守文有种预感，这事恐怕不那么简单。他眼睛扫过周围，当目光从蹲在尸体旁边的丑丫头身上掠过时，灵光一闪：“大家都盯着身边人，谁这时候离开，就是凶手。”说完，他从身上撕下一块衣襟，走到尸体旁，伸手拔出那柄匕首，蹲下身子，把匕首凑到丑丫头的鼻子前，轻声道，“丑丫头，帮我个忙，嗅一嗅，然后找到它的主人。”

丑丫头不动，看着杨守文。

杨守文把匕首放在鼻子前，作出嗅的动作，然后又把匕首递到丑丫头面前。丑丫头抽了抽鼻子，在匕首上嗅了嗅。杨守文轻轻地拍着它的头，丑丫头立刻蹿出去，每跑到一个人身边，它就嗅个不停，使得围观者紧张万分。

嗅到一个胡商身边时，丑丫头疯狂地叫起来。那胡商脸色一变，猛然从腰间抽出一口雪亮的腰刀向丑丫头砍去。一直留意着丑丫头的杨守文，在胡商拔刀的瞬间，已经箭步上前，一式圈蓝虎抱，抢入胡商怀中，把他生生抱起来，砰地摔在地上。这圈蓝虎抱，是爷爷杨大方传授给他的“金刚八大式”之一，是肉搏拳术，全凭两臂力量，施展起来威力惊人。

那胡商虽然壮硕，却经不住杨守文这一摔，顿时昏了过去。

这时候，一群皂衣公人从远处赶来，看到眼前情景，也不禁大吃一惊。好在，有围观人群里的胡商为杨守文作证，询问杨守文时，也客气了不少：“你虽是路见不平，可毕竟人死在你面前，还要烦劳你随我们走一趟。”

杨守文没有拒绝，把虎吞大枪交给公人保管，随着公人来到了孤竹县衙。

孤竹县衙看上去更像一个寨子，外面一圈木栅栏，里面一个大帐篷，两边有十几个小帐篷。除此之外，寨子的一角还有十几个木笼，按照那些公人的说法，木笼是孤竹县的监狱。这些公人没有把杨守文投进监狱，而是让他待在一座小帐篷里。

杨守文独自坐在帐篷里百无聊赖，竟迷迷糊糊睡着了。

也不知睡了多久，一阵喧哗声把他惊醒，紧跟着，从大帐外走来几个公人，见到杨守文先是躬身行礼，然后道："小官人久等了，事情已经查明，这件事与小官人没有关系，现在，小官人可以走了。"

就这么解决了？杨守文心里奇怪，谢了两声，起身走出帐篷，公人把那杆虎吞大枪还给了杨守文。被送出寨门，杨守文突然停下脚步，他看到，丑丫头脖子上套着褡裢，就蹲在寨门外。看到他出来，丑丫头摇着尾巴迎上来，然后蹲在杨守文的面前，汪汪叫了两声。

杨守文不禁露出惊喜之色，他连忙蹲下身子，伸手抚摸丑丫头的脑袋："丑丫头，你一直在等我吗？"

"汪汪！"丑丫头又叫了两声。

杨守文知道，丑丫头对他没有敌意，他站起身，笑着说道："走吧，以后你和你的孩子，就跟着我吧！有我一口吃的，就不会让你一家子挨饿。好了，咱们先回客栈。"他迈步向前走，丑丫头跟在身后。夕阳斜照，把杨守文和丑丫头的影子拉得老长。

回到客栈，天已经黑了，杨守文没去大帐篷，而是带着丑丫头一家，径自来到了自家的小帐篷前。帐篷里，杨承烈坐在榻床上，捧着一卷《春秋》正在油灯下品读。看到他进来，杨承烈哼了一声，没理睬他。

杨守文让丑丫头一家在门口等着，坐在杨承烈对面，他有些心慌。阿爹一再警告他不许惹是生非，结果他还是惹了祸事，更被关进了衙门。嘴巴张了张，杨守文道："阿爹，我错了。"

杨承烈站起来，厉声道："你还知道错了！你知不知道……"

"汪汪……"杨承烈话没说完，趴在门口的丑丫头一阵疯狂咆哮，头上的毛都奓立起来。

"这狗是怎么回事？"杨承烈一下子蒙了。

杨守文连忙道："丑丫头，趴下，不许叫。"丑丫头听到呵斥，这才悻悻止住叫声，重新又在门口趴下。

待丑丫头平静下来，杨守文才说道："阿爹，这是我收养的流浪狗，叫'丑丫头’。你不知道，丑丫头真厉害，晌午我去追凶手时，它一口就把那胡人的手腕咬断。刚才我在衙门里，它就在衙门外一直等着我。”

杨承烈的脸色缓和了一些，他看了一眼丑丫头，却见丑丫头趴在地上，下巴垫在两只前爪上，一双眼睛紧闭；四只小狗围在它身边，颜色各异，却非常可爱。

“是突厥獒，不错！”杨承烈慢慢坐下来，“我和你说了多少次，孤竹这边情况复杂，不要惹是生非。”

“阿爹,我没惹事,只是绿珠人不错,今天早上还叫我吃早餐。她被人杀死，我也是本能地想要追赶，但没想到，居然有人在大庭广众之下杀人灭口。幸亏丑丫头机灵，找到了真凶。”

“我知道你没惹事，可……”杨承烈不知道该怎么说了。这种任侠之气，似乎也是老杨家祖传下来的品性。当年杨大方就是任侠气发作，惹了天大的祸事，以至于杨承烈不得不抛弃果毅校尉的身份，跑到昌平隐姓埋名。现在，杨守文似乎也这样。

责备的话到了嘴边，杨承烈最终还是咽了下去，他沉声道：“你能路见不平，拔刀相助，我很高兴，只是你要分清楚事情的轻重缓急，切莫一味逞强。幸亏这里没人认识你，否则岂不是暴露了行踪？也幸亏我找了县令说情，否则你现在能坐在这里？兕子，我今天和孤竹县尊了解了一下，情况不太妙。塞外突厥，如今蠢蠢欲动；淮阳王前些日子奉旨北上黑沙，恐怕不会太顺利。据我在孤竹的细作报告，前些日子靺鞨族的首领大祚荣，还派使者秘密与这里的奚人联络，你知道这意味着什么吗？”

杨守文呆愣住了，不知说什么好。

其实，后世对武则天后期的了解并不多，特别是在武则天登基之后，到唐玄宗继位开创开元盛世之前。杨守文倒对这段历史有些粗浅了解，他依稀记得，在这段时间里，由于武则天对外军事失利，以至于塞外游牧民族极为猖狂，屡次兴兵作乱，给边塞和中原造成巨大影响。其中最大的一次，莫过于契丹人李尽忠、孙万荣之乱，叛军一度打到了黄河边。在这次叛乱中，武则天最为倚重的大将王孝杰也战死沙场。

这件事发生在去年，距今不过一年时间，最后还是靠着突厥单于默啜出兵，捣了孙万荣的老巢，迫使叛军撤兵，才算结束了中原战乱。不过即便是这样，河北道元气大伤，唐军损失惨重，同时也使武则天对塞外民族产生了惧意。八月，突厥单于默啜恳请与大唐结亲。武则天也是怕了这些塞外民族，于是派淮阳王武延秀，也就是武承嗣之子出使黑沙。

武延秀出飞狐时，正是杨守文被雷劈的那天。

听杨承烈这么一说，杨守文意识到，他所身处的时代，并不是那么美好；换句话说，这个时代随时可能爆发战争。

见杨守文不说话，杨承烈叹了口气："我和你说这些，不是想要吓唬你，只是想告诉你，我们目前的情况并不好，这次昌平发生命案，同样让人捉摸不透。我来孤竹，一方面是想和这边的官府进行交流；另一方面也希望寻找一些线索。若我是獠子，就会藏身在此，因为这里到处都是胡人。"

杨守文抬起头，轻声道："阿爹，我错了。"

"不过，你今天做得很好，大丈夫练得一身武艺，就要主持正气，为民除害。绿珠那女人死得可惜啊！"

第六章 官道激战

一夜无事，杨守文难得睡了个好觉。第二天醒来，他正要起床，就听到帐篷外脚步声响起，杨承烈呼地坐起来，穿好衣服出去了。杨守文也披衣下床，走到帐篷门口，发现丑丫头正警惕地盯着前方，他示意丑丫头继续趴着别动，然后走出帐篷。

帐篷外雾气蒙蒙，不远处，杨承烈和一个人交谈几句后，转身回来。

“阿爹，你的人？”

杨承烈看他一眼，轻声道：“兕子，进去说话。”

父子二人进了帐篷，杨承烈把油灯点亮，坐在榻床上，严肃地说道：“刚得到消息，你昨天抓到的那个人，在衙门里死了。”

杨守文心里咯噔一下，本能地站起身来。

“坐下！”杨承烈一瞪眼，沉声道，“死了一个人而已，算不得什么大事情！不过这人一死，也说明绿珠之死，可能并不像你我想象得那么简单。从昨天到现在，已经出现了三起命案，怕是……兕子，赶快收拾一下，咱们准备回去。”

“现在？”

杨承烈点点头道：“对，现在就走，那人死在衙门里，说明他身后恐怕还有更大的势力。你昨天坏了他们的事，迫使他们不得不连续杀人灭口，说不定会迁怒于你。这不是咱们的地盘，趁着大雾还没散，咱们马上回昌平，我去结账套车，你抓紧收拾。”

杨守文点头，简单收拾了一下，提起虎吞大枪，又走到丑丫头身前，把四只小狗放进褡裢里，然后轻声道：“丑丫头，咱们离开这里。”说着话，他把褡裢搭在肩头，丑丫头跟在他身后，悄无声息地出了客栈。

杨承烈已经套好马车，丑丫头噌地跳到车上，杨承烈忍不住道:“兕子，这狗不错！”从昨晚到今天，杨承烈这话已经说了不下十遍。

杨守文要是再不明白阿爹的意思，那就真是白活了两世，他警惕看着杨承烈道:“阿爹，我的。”

“兕子，你看阿爹平日办案，总缺一只好狗帮忙，你不是还有四只吗?干脆把丑丫头让给我;对了，你阿翁那口刀，可以还给你。”杨大方生前给杨守文留下一枪、一刀，枪名虎吞，刀名断龙。那口断龙宝刀，据说是北齐铸刀大师綦母怀文所造的宿铁刀，削铁如泥，吹毛断发。杨承烈自幼练刀，枪法倒是普通，所以就拿了这口宝刀;如果不是他不用枪，说不定连虎吞也会拿走。

“断龙是我的，丑丫头也是我的！”

“好了好了，都是你的！那断龙刀我早晚还你。”杨承烈有点恼羞成怒。

父子二人边说边扬鞭欲离开客栈，马车才走几步，从一旁突然跑出来两个人。为首一人，正是客栈前晚接待杨家父子的那个胡姬。胡姬身旁站着一个大个子，体格魁梧壮硕，髡发结辫，穿着一身破旧衣服。

杨承烈勒住马，从车上跳下来，一只手按住刀柄:“原大娘，有事吗?”

胡姬名叫原熏雨，看杨承烈的紧张模样，顿时笑了:“客人莫要紧张，我没有恶意，乌力吉，快去拜见主人。”她说着话，伸手拉那个大个子过来。

那大个子走上前:“主人，我叫乌力吉。”

杨承烈下意识地后退两步:“原大娘，这是何意?”

“他是绿珠的儿子，今年十三岁。”原熏雨苦笑道，“若不是绿珠死了，我也不会把他交给你们。奴虽不认识客人是谁，但小官人是个好人，奴却知道。昨天绿珠被害，小官人二话不说追踪凶手，算是为绿珠报了仇，可是……想来客人也得到消息，凶手昨夜被人害死在衙门里。”

“你怎么知道?”杨承烈握刀更紧。

原熏雨笑道:“蛇行蛇径，鼠有鼠道，奴在孤竹经营这客栈已有多年，如果没有些手段，又怎可能立足?客人不必担心，这件事还没有传开，不过奴相信，客人已经感觉到了危险，所以才会趁雾没散去，就要上路。说实话，奴本可以不用麻烦两位客人，凭奴在这里的声望，也能勉强保护乌力吉周全，只是奴不知道绿珠究竟惹了什么麻烦，对方连续灭口，显然这事情不小，乌力吉如果继续留在孤竹，早晚会遇到危险。奴得知消息后，左思右想，觉得还是让他离开这里，最少可以保他一条性命。”

这时候，杨守文也从车上跳下来，大个子面皮黝黑，长得有点凶，可一见杨守文，却露出憨厚的笑容："乌力吉饿了。"杨守文从腰间兜囊里取出一块饼递给他，乌力吉咧开嘴，笑着接过饼子，蹲在车旁狼吞虎咽地咀嚼起来。

原熏雨笑意更浓："小官人，乌力吉的脑袋不清楚，但是却善良，你看，他对你笑了，乌力吉很少对人笑，他对你笑，便是说他对你有好感。"又对杨承烈道，"乌力吉这个样子，留在草原上，早晚会被人害死，客人有贵气，何不把他收留？他虽然能吃，但是也能干活，放牛养马都是一把好手。"

"兕子……"杨承烈有些犹豫，扭头看杨守文，他发现杨守文已经蹲在乌力吉身边，还拿着一个水囊让乌力吉喝水。乌力吉的确很能吃，只这一会儿工夫，半斤重的饼子就被他吃了个干净。

"阿爹，我们带他走吧！原大娘说得不错，乌力吉留在这里，那些人一定会找他。"杨守文说着话，站起身来，"看到这家伙，孩儿突然想到自己，想必我从前和他差不多，所幸的是，孩儿有阿翁、阿爹、婶娘和幼娘照顾，可他唯一的亲人却被杀害。阿爹，让他跟着我吧，大不了我养活他。"

话说到了这个份上，杨承烈就算想要反对也不成了："大个子，上车吧。"

"哦！"乌力吉站起来，走到马车旁，把系在背上的包裹解下来，随手往车上一丢。这是什么东西？杨守文试了一下，沉甸甸的，少说有七八十斤重，把包裹打开，里面是一对洗衣槌。

原熏雨道："这孩子力气大，帮绿珠给人家洗衣服，普通的洗衣槌两三下就被他弄断了，后来绿珠就找人打了铁制的洗衣槌，最开始十几斤，到现在差不多有七八十斤。客人，这孩子哪怕是让他跟在身边看家护院，都能安心。"

杨承烈点点头，没再说什么。

原熏雨上前，把一个包袱递给乌力吉，声音哽咽道："乌力吉，一定要好好的，要听小官人的话，不许给你阿娘丢脸，否则她会不高兴。"

"大娘，我记下了。记得告诉阿娘，等乌力吉长大了，赚了钱，就来接她去享福，到时候大娘一起去。"

"那样最好，那样最好。"原熏雨说着话，眼圈又红了，看得出来，她没有把绿珠的死告诉乌力吉。

"原大娘，我们走了。"

"客人一路顺风，以后若有机会再来孤竹，定要来奴的客栈。"说着话，原熏雨向后退了一步。杨承烈扬鞭，马车吱呀吱呀地移动起来，来的时候是父子两人，回的时候却变成了三男五狗。

杨承烈赶车前行，杨守文抱着丑丫头，乌力吉则坐在车上，好奇地向四周打量。乌力吉的全名叫作乌力吉胡塔尕，突厥语的意思是“多祥”。杨守文道：“阿爹，乌力吉这个名字不太好听，以后他就算是咱们杨家人了，给他重新起个名字，好不好？”

乌力吉听见提到他的名字，好奇地看过来。

杨承烈哼了一声：“倒也有理，既然你想要他做长随，就叫杨茉莉吧。”他的目光有些恍惚，轻声道，“你阿娘生前最喜欢茉莉花，她在世的时候，在院子里栽种了很多茉莉花，每到花开季节，院子里到处都是茉莉花的芬芳。”

杨守文沉默了，半晌后，他突然转身道：“乌力吉，从现在开始，你就叫杨茉莉，懂了吗？”

“乌力吉是杨茉莉，杨茉莉是乌力吉。乌力吉听懂了，以后乌力吉就是阿郎的杨茉莉。”

杨守文哭笑不得，在杨茉莉的脑袋上轻轻敲了一下：“哪里来的那么多话，你只要记得自己叫杨茉莉就好。”

沿着坑洼的官道，一路摇摇晃晃。这一路上走来，倒是风平浪静，眼看翻过前面的山坡就要抵达昌平了，杨承烈松了口气。就在这时，一阵急促的马蹄声从后面传来。

杨守文回头看去，脸色大变，只见十几匹战马风驰电掣般从车后驰来，越来越近，近到杨守文可以看清楚对方的模样。那是一群髡发结辫的突厥人，手持刀枪，呼啸奔来，而那个为首的突厥人，突然把武器收起，从身上摘下弓箭……

“阿爹，茉莉，小心弓箭！”杨守文的汗毛顿时奓立，他手持大枪，呼地一下从车上纵身跃下，与此同时，一支利矢向马车疾来。杨承烈反手抽出宝刀，寒光一闪，便将那支利矢劈落。紧接着又有三支利矢呼啸而至，拉车的那匹驽马发出一声惨嘶，栽倒在地，马车哐当一下翻倒。说时迟那时快，杨承烈腾身而起，在空中翻了个跟头，稳稳落地。

丑丫头也从车上跳下，可杨茉莉抱着那四只小狗没能及时逃开，被扣在车下。

“茉莉！”杨守文大喊一声。他站在官道中央，将虎吞大枪横在身前，就见为首的突厥人跨坐马上飞驰而来，大刀狂舞，刀口寒光映在他那张狰狞的脸上，眨眼便到了杨守文面前。

杨承烈瞪大眼睛，大喊：“兕子，躲开！”

面对突厥骑士，杨守文却不躲不闪，眼见战马冲到身前，他身形陡然一转，大枪滴溜溜在手中一转，一只手探出，一把将那突厥骑士从马上拽下来，抬手一枪刺透那突厥人的胸口。

“该死的獠子，全都给我去死吧！”杨守文拔出枪，另一匹战马旋风般就在眼前，他错步拧腰抬手就是一枪，正刺中那马的脖子。战马惨嘶一声，扑通一声倒地，扬起一片尘土，把那马上骑士摔飞出去。那骑士落地打滚，正要忍痛爬起，却见眼角闪过一道黑影，一只巨犬张开嘴，一口咬在他的喉咙上。

丑丫头浑身毛发被鲜血染红，它嘴里咬着一块血肉，飞快退到了马车边上。

追兵来时，如神兵天降，可一眨眼工夫，就死了两个同伙。剩下的胡人旋即发出一连串狼嚎般的叫喊声，其中有六人纵马而来，把杨守文围在了中间；另有四人逼向杨承烈，剩下两个胡人则朝着马车打马而去。

“丑丫头，躲起来！”杨守文怒吼，同时闪身躲过一刀。

六个胡人围着杨守文打转，向他发起攻击。杨守文虽说身手灵活，但是被这六骑联手围攻，一时间也有点忙乱，一个闪躲不及，一匹马从他身后掠过，马上胡人挥刀就砍。杨守文矮身躲过，却还是慢了半拍，那口刀撕裂他的衣服，在后背留下一道伤口。

杨守文大叫一声，强忍着后背的疼痛，错步扭身，手中大枪崩开一口大刀，而后旋身一枪刺出。这一枪快如闪电，身后的胡人甚至没反应过来，就被戳中了肚子。杨守文两膀用力，把那胡人从马背上直接挑飞出去，摔落在地。

与此同时，杨承烈那边也斩杀了一个胡人。

只是胡人人数明显占优，而且清一色骑兵，两人的情况不妙。杨守文心中大急，枪法一变，全然不顾胡人对他的攻击，一枪快过一枪，瞬间又击杀两人，他却为此付出了一刀一箭的代价，对方用箭矢射中了他的大腿，同时胸口又被抹了一刀，鲜血顿时染红了衣衫。

剩下那三个胡人，攻势越来越猛。杨守文半跪在地上，大枪上下翻飞，拼命抵挡对方的猛攻。

那两个奔向马车的胡人，一个纵马追击丑丫头；另一个则径直驰到马车边，正想看个究竟，没承想耳边突然传来一声炸雷般咆哮，紧跟着，那倒扣的马车一下子飞了出去，一个雄壮的身影出现在那胡人面前。

“我打死你们！”杨茉莉手持两支洗衣槌，从地上爬起来。在他身下，四只小狗汪汪狂吠，没有受到半点伤害。原来，在马车翻车的一刹那，杨茉莉把四只小狗藏在身下，双手撑在地上。此刻，他掀翻了马车，左手洗衣槌抡出去，带着隐隐的风雷声。

那胡人吓得连忙举刀相迎，就听铛的一声响，那口百炼钢刀竟被砸裂开来。不等胡人反应，杨茉莉右手洗衣槌流星赶月，啪地就落在那胡人的脑袋上，胡人顿时脑浆迸裂。

“阿郎休慌，杨茉莉帮你！”说话间，杨茉莉大步流星赶到了杨守文身旁，他身体一矮，一支洗衣槌脱手飞出，正中一匹战马的前腿，那马惨嘶一声，摔倒在地，杨守文垫步上前，一枪把马上的骑士刺杀在地。

“杨茉莉，去帮我阿爹！”

“哦！”杨茉莉闷声应了一句，拎着另一支洗衣槌赶去支援杨承烈。

杨守文则抖擞精神，虎吞大枪一翻，迎着那冲过来的胡人骑士腾空跃起，一枪把对方刺落马下。与此同时，杨承烈方向传来一声惨叫，杨茉莉再次施展出撒手槌的绝招，把围攻杨承烈的一个胡人砸落马下。

眨眼间，十四个胡人骑士，除了那个追杀丑丫头的，只剩下三人。三人见情况不妙，连忙呼啸着撤退。杨守文紧追不舍，眼见对方越来越远，他心中一急，猛然振臂将大枪掷出，正中最后那个胡人的后心。那胡人惨叫一声，跌落马下。

剩下两个胡人，越跑越远。

杨守文一屁股坐在了地上，从伤口传来的剧痛，让他忍不住龇牙哼了一声。杨承烈也好不到哪儿去，遍体鳞伤，在杨茉莉的搀扶下，慢慢走到了杨守文身旁，问道：“兕子，没事吧。”

杨守文抬头苦笑道：“阿爹莫说笑，你看我现在这样子，像没事吗？”

路边的林子里传来一阵犬吠，紧跟着就见一匹马从林子里飞奔出来，丑丫头跟在那匹马的后面，嘴上全都是血，两只前爪也沾着殷红的鲜血。

“丑丫头！”看到丑丫头无恙跑来，杨守文大喜。

丑丫头先和那四只小狗磨蹭了一下，然后把脑袋扎进杨守文怀中。

杨承烈挣扎着起身，走到那几具尸体旁，在尸体上摸来摸去。

“茉莉？”杨守文吩咐杨茉莉，“你把马收拢一下，把我的枪取回来。”

“哦。”杨茉莉瓮声瓮气答应了一声，转身便走，不过走了两步，他又停下来扭头看着杨守文，郑重其事道，“我叫杨茉莉。”

对方一共十四个人十四匹马，除了逃走的两人外，杨茉莉不一会儿工夫，就收拢了九匹马过来。仅这九匹马，若是牵到昌平的马市去贩卖，也至少能卖五千金。

“兕子，这些人是靺鞨人，”杨承烈检查完那些人的尸体，手拎着十几个皮囊走过来，他们身上有标志，是粟末靺鞨人的标志。

“阿爹，这件事我觉得最好禀报县尊，靺鞨人如此猖狂，必有原因。”说着话，杨守文的目光落在了不远处的杨茉莉身上。

杨承烈没再说什么，只招呼杨茉莉赶紧上路。马车已损，拉车驽马已亡，只能骑马而行。孤竹发生的事情，让杨承烈意识到事态严重，他相信，那些粟末靺鞨人要追杀的不会是他们父子，目标恐怕是杨茉莉；也就是说，绿珠一定知道些什么，粟末靺鞨人才要斩草除根。

沿着官路翻过山坡，便进入了昌平县境内，岔路口上，杨承烈道：“兕子，与我回县城吧。”

杨守文摇摇头：“阿爹不用管我，我自回村里便是，这些伤不过是皮肉伤，我回去之后再处理一下。倒是茉莉，先跟着阿爹，等办理好了户贯，再让他过来。阿爹，我觉得粟末靺鞨人的动作很诡异，阿爹要做好准备才是。”

杨承烈点了点头，但有些不放心。

“阿爹放心，有丑丫头在，足够保护我周全。”杨守文说着，用手一指身后的马匹，“我带回去两匹马，其他的阿爹便带去城里吧。”

杨守文挑选了两匹看上去雄壮的马，把缰绳系在马鞍上，与杨承烈分道扬镳。

从这岔路口到村子，距离不算远，可杨守文这次走过来，心里却萦绕着一种别样的情绪，他说不清楚这究竟是一种怎样的情怀，只是感觉很亲切。沿着小路缓缓而行，丑丫头在左右奔走，不久就看到了村口那块两三米高的巨石。

走进村口，就遇到在外面晒太阳的老胡头，看到杨守文浑身是血，他吓了一跳：“兕子，你这是怎么了？”

杨守文笑道：“老胡头，我没事。对了，我要的东西，做好了吗？”

“当然！”老胡头牵过缰绳，笑道，“我老胡头别的不成，可说一就是一，东西今天一早就送到你家里了。兕子，你真没事吗？要不我去找老田，让他去家里给你看上一看？”老田是村里的田村正，懂得一点医术，村里人若是得了病，都是他来诊治，若田村正拿不准，才会去城里找医馆。

“也好。”杨守文没有拒绝老胡头的好意。此时此刻，杨守文的样子有点吓人，脸色煞白，身上的衣服被鲜血染红，裸露在外的伤口，触目惊心。他和老胡头说话的时候，已经有人跑去杨家报信。

杨守文来到家门口的时候，杨氏和幼娘都已经站在门外。

“兕子哥哥！”看到杨守文这副模样，幼娘忍不住扑上来。

杨守文疼得一咧嘴，但还是抱住了幼娘，轻声道:“幼娘，兕子哥哥累了，想休息一下。对了，看兕子哥哥给你带了什么礼物？这是丑丫头，这是它的孩子，你要好好照顾它们。”说着，把那四只小狗也放了出来。在褡裢里憋了一路，小狗一出来就要撒欢，丑丫头发出一声低吼，那几只小狗顿时老实下来。

“兕子，你这是怎么了？”见杨守文浑身是血，杨氏也吓了一跳。

“婶娘放心，没大碍。”杨守文把缰绳交给杨氏，“帮阿爹做了些事情，不小心伤了皮肉。这几匹马，婶娘拴好，我先回屋休息，有什么话，晚上再说。幼娘，照顾好小狗，先想一想，给它们取什么名字。”说完，便提枪进了院门。

杨守文一下子带了三匹马回来，着实引起了轰动，不少人围在院门口，看着杨氏把马拴好。田村正拎着一只药箱赶来，和杨氏打过招呼，便进屋去找杨守文。

说起来，杨守文身上的伤口看着很严重，可实际上都是皮肉伤，没有伤到筋骨。

“我这金疮药，还是早年间从孙神医的弟子那里讨来的。别看这虎谷山地处边荒，可是满山都是好东西，我每年都会做一些伤药贩卖出去，生意相当不错，连县城的回春堂里，用的都是我这伤药。”

不得不承认，田村正的金疮药效果不错，涂抹在伤口上，有一丝丝凉意往里渗透，也驱散不少疼痛感。把伤口处理好后，田村正告辞离去，杨守文躺在榻床上，只感到一阵阵眩晕感袭来，眼皮子越来越沉。

这两天的经历堪称丰富，同时杨守文心里面，也有一种莫名的恐慌。圣历元年，究竟发生了一些什么事？杨守文脑子里空空荡荡的，有些想不起来了。后世他虽然看过一些这个时代的书籍，但大多是为了消磨时光，并未留心。浑浑噩噩十七年，如今突然一下子让他回忆，还真有些困难。越想越觉得心烦，杨守文索性闭上眼，沉沉睡去。

这一觉，睡得很香甜。

杨守文醒来时，已是日落西山。屋子里，光线昏暗，他挣扎着坐起来，披衣往外走，却听到门外传来一个稚嫩的声音：“从今天开始，你就叫菩提祖师。”

杨守文轻手轻脚走到门口，拉开一道门缝。屋外，夕阳斜照，幼娘一个人孤零零地坐在门廊上，丑丫头蹲坐在门廊下，不停摇动着尾巴。幼娘手里拿着一块肉饼，慢慢伸出手，丑丫头随即后肢直立，竟站起来，一口就吞下那块饼子，而后又蹲坐着，露出讨好的模样。

菩提就是丑丫头。

“菩提菩提，你告诉幼娘，是谁伤了兕子哥哥？”

看着幼娘的背影，杨守文心里生出一种莫名的悸动，他想起了那个梦，那个在孤竹客栈里做的噩梦。他轻轻拉开房门，走到幼娘身后蹲下。幼娘似有觉察，扭头看过来，小脸上顿时露出灿烂的笑容，甜甜道：“兕子哥哥，你终于醒了，幼娘真担心死了。”

生活，似乎又恢复了正常，唯一的变化，就是原本平静的家里变得热闹许多，鸡飞狗跳，马嘶牛吼。

“菩提，过来！”

“菩提，去把篮子拿来。”

“菩提，不许在这里尿尿，打你哦！”

看着幼娘蹲在那里一本正经地对着丑丫头胡说八道，杨守文顿时有一种莫名的无力感。若这世上真有诸佛和神仙，看到幼娘对着一只狗叫菩提，又会是怎样的感受？

不管怎么说，丑丫头已经变成了菩提，那四只小狗，也该有自己的名字。杨守文坐下来，给最大的那只小狗取名叫悟空，其他三只分别叫八戒、沙僧和小白龙。虽然他的《西游记》才说到“龙宫得宝”的情节，可在第一只小狗被命名为悟空时，杨守文没有理由不给其他三只起这些名字。幼娘虽然不清楚其中的缘由，但却知道，兕子哥哥一定有他的理由。

第七章 杨氏一家

第三天，杨守文已经可以正常行走，身上的伤口也在慢慢愈合。

这具身体很奇怪，之前那么吓人的刀伤，只三天就开始愈合。杨守文隐隐猜测，他之所以有如此强大的自愈能力，想必是和当日被雷劈中有莫大关联。那道雷，让他恢复清醒，同时也改变了他的体质。

早饭后，杨守文在门廊上静坐，忽听门外一阵马嘶声，杨瑞推开院门一头闯进来。菩提随之起身，冲他发出一阵嘶哑的低吼。

“菩提，别乱来，是二郎。”杨守文止住了菩提，站起身来。

“大兄，出事了！”杨瑞慌慌张张冲进院子，“今日凌晨，县衙遭遇袭击，阿爹在衙门里值守，没想到被贼人所伤，他让我来找你，请大兄即刻随我回城。”

杨守文大吃一惊：“阿爹受伤了？”

杨瑞道：“昨日阿爹看管虎叔父接连数日值守疲乏，所以让他回家休息，却不想今日凌晨，突然有十几个贼人冲入县衙，阿爹仓促应战，如果不是茉莉昨天跟随阿爹，阿爹怕是性命不保。那些贼人在民壮赶来之前，纵火烧了衙堂，然后趁乱撤离。如今，县衙里已经乱了，县尊对此大为震怒。”

杨守文闻听不敢耽搁，他来到马厩，牵马出院，杨瑞也上马紧随其后，二人打马扬鞭朝着县城方向疾驰。

后世记忆里，杨守文来过几次昌平，它只是首都的一个行政区；而现在，它却是幽州北部的要塞，守护着蓟县和居庸关之间的安全。昌平城墙大约高六丈，厚厚的城墙上，残留着斑驳痕迹，两年前，这里曾经遭受契丹人的猛攻，险些城破。

杨守文和杨瑞抵达昌平县城时，县城的气氛格外紧张。

城门口，一队民壮设置了哨卡，对进出行人严格盘查；几个商贩因为身上携带武器，被当场缉拿。

“二郎，你回来了。”二人在城门口下马，有民壮队正迎上来。

“这是我大兄，阿爹让我找他前来。”

民壮队正连忙道：“原来是大郎！进城吧，见到杨县尉，还请代我问好。”

杨瑞道谢，和杨守文复又上马，过了关卡。二人进城后，便放慢了速度。街道上的行人不多，每一个坊门外，都有坊丁值守，一个个表情严肃，如临大敌。

杨承烈在县城里的宅子，位于番仁里。整个昌平县，共有八个坊市，其中和平坊为商业区，其余坊市则供百姓民众居住。番仁里是八个坊市中规模相对较大的坊市，县衙就设在番仁里的一侧，里面每天都会有值守的武侯，治安也还算不差。

杨守文和杨瑞进了番仁里，便从马上下来。沿着坊内大路径自来到坊市中央，在一座宅院门口停下，这就是杨府。

相对于整个番仁里，杨府的大门颇有气派。杨瑞拴好马，带着杨守文来到大门前，抓起门环，叩响大门。不一会儿，门开了，从里面探出一个脑袋来，看到杨瑞，忙不迭道：“二郎，王县尊来了，正在与阿郎说话。”

“县尊来了？”杨瑞下意识地回头，看了杨守文一眼。

杨府的下人这才留意到杨守文的存在，脸色不由得微微一变，连忙躬身道：“宋安见过大郎。”

宋安是杨瑞母亲家里带来的奴仆。杨瑞的生母宋氏，出身于昌平一个小户人家。宋家靠贩卖野货起家，当年杨承烈在一个偶然机会里，曾帮了杨瑞外祖父一个忙，之后杨瑞的外祖父就竭力推销自己的女儿，并且成功把女儿嫁入杨家，凭借杨承烈县尉的身份，宋家这些年也水涨船高。不过，几年前杨瑞的外祖父病故，宋家的几个儿子争夺财产，闹得满城风雨，宋氏也因此感到心冷，渐渐与宋家疏远，虽偶有走动，却不亲密。

杨守文能感觉得出来，宋安看他的眼神，带有敌意。

“大兄，请随我来。”杨瑞示意宋安让开，带着杨守文走进大门。

杨府分前、中、后三进院落，杨瑞带着杨守文沿长廊而走，来到中进一间偏房里：“大兄恕罪，王县尊既然来了，阿爹怕是不能立刻见你，请大兄在这里稍等片刻。”

“茉莉呢？”

“茉莉在后进院子里。”杨瑞解释道，“自从今早出事之后，茉莉便跟在阿爹身边，所以在后院护卫阿爹。”

“这样好！”杨守文撩衣坐下，示意杨瑞也坐，“二郎，之前在路上我没有仔细问。这会儿既然县尊来访，你好好与我说一下情况，待会儿我见阿爹，也能有个准备。”

杨瑞学着杨守文撩衣坐好，把今天发生的事情，详细讲述了一遍。

杨承烈回到昌平后，养了两天伤，这几天里，他已发出手中握有证据的消息，却不见凶手有任何动作。看管虎连日值守辛苦，于是伤势才有好转，他就到衙门里接替了管虎，而一连几天都平安无事，也让杨承烈放松了警惕。

今早寅时，一群贼人突然闯入县衙，这些人出现得非常突然，县衙的皂隶甚至没有来得及作出反应，就死伤惨重。杨承烈匆忙应战，却被几个蒙面人围攻，险些当场丧命。幸亏他带了杨茉莉去，危急时刻，杨茉莉突然杀出，并当场击杀了其中两人。贼人觉察情况不妙，立刻纵火烧了县衙，等民壮闻讯赶来，整个前衙有三分之一被火海吞噬。那些贼人趁乱撤离县衙，后来民壮追击，交战中反而折了三条性命。

杨瑞脸上露出恨色：“可恨我今日不在衙门，若不然又怎会让阿爹受伤。”

“好像你在衙门，阿爹就不会受伤一样。”杨守文心中哂然，不过却没有开口。他看得出来，杨瑞是真的懊悔，不管他本事如何，有这份孝心是好的。

杨守文正要开口，忽听门外传来女声：“说得你好像万人敌，到时候弄不好还要拖累阿爹。”话音未落，从门外走进来一个小女孩，看上去和幼娘差不多大，个头比幼娘略低一些，脸蛋圆圆的，带着几分青涩之气。

她走进来，看到杨守文，便怒气冲冲道：“杨瑞，你怎么把他领来了？”

杨守文脸色微微一变，这小女孩，应是杨瑞的亲妹妹杨青奴。他的记忆里，就没怎么见过杨青奴，却不知道她对自己何以如此敌视。

“青奴，你这是干什么？”杨瑞眉头一蹙，“大兄是阿爹让我找来的，你见了大兄，怎么这么说话？”

“哼，什么大兄，一年到头见不得两次。”女孩丝毫不理杨瑞的不满，直视着杨守文道，“你可真是个丧门星，你怎么不说话，莫非觉得害得我家还不够吗？”

杨守文猛然睁开眼，目光中透着一股冷峻之气：“谁告诉你，我害了杨家？”

“难道不是吗？”杨青奴毫不畏惧，迎着杨守文的目光道，“自古以来，没听说过好人会被雷劈！以前你还是个傻子的时候，累得阿翁住在城外，阿爹想要在膝下尽孝，也无法如愿。现在好了，你清醒了，便要害我一家吗？先是害得我阿兄在山上遇险，又累得阿爹在外面受伤归来，现在阿爹又被贼人袭击，不都是被你牵累？你今天来我家，还不是想要掌控家里，赶走我和阿娘？”

“我何时要赶你们走？”杨守文莫名其妙，扭头向杨瑞看去。

“你不用威胁我阿兄，我告诉你，我阿兄痴，青奴不痴；我阿兄怕你，青奴不怕你。”

“青奴，大胆！”门外传来一声娇叱，进来一个中年妇人，她衣着朴素，素面朝天，脸上不施半分粉黛。杨守文认得，这中年妇人就是杨承烈现在的妻子，杨瑞和杨青奴的亲生母亲宋氏。

“阿娘！”妇人进屋，杨瑞连忙起身；杨守文也站起来，躬身向那妇人一揖。

“兕子，你阿爹叫你过去。”

“喏。”杨守文应道。

宋氏面沉似水，瞪着杨青奴一言不发。杨青奴刚才还很强硬，可是宋氏进来后，却吓得好像小猫一样，低着头不敢和宋氏对视。

“阿娘，”杨守文走了两步，停下来，扭身道，“青奴年纪小不懂事，有时候难免会受他人影响，她也是关心阿爹，其实并无恶意，你别责怪她，我不会和她计较。”说完，和杨瑞离开。

宋氏一愣，片刻后突然笑了，眼中噙着泪花，自言自语道：“兕子居然叫我阿娘，他叫我阿娘了……”

嫁入杨家十余载，宋氏一直小心翼翼。杨承烈是个大手大脚的人，根本不会持家，凭他的俸禄，维持一个家庭并不容易，虽然有两百亩职田的收入，可那收入却在杨大方手中掌控。宋氏很清楚，杨大方其实有些看不上她，或者说看不上她身后的宋家。不过有一点杨大方做得还不错，他看不上宋氏，却也没有阻止杨承烈娶宋氏过门。

宋氏嫁到杨家后，就知道那城外住着一个老太爷，可偏偏，杨大方也不是个持家之人。宋氏一方面要操持着城里的家，同时还要兼顾着城外的家，这其中的艰辛和委屈，宋氏没有告诉任何人，一直在心里默默承受。以前，杨守文是个痴汉，更别指望他能懂得什么礼数。宋氏每次陪杨承烈去城外请安，少不得会被杨守文戏弄，可她却不能发作，难道要她和一个痴汉傻儿计较？

杨大方死后，宋家有人对她说，把那职田收回来，这样至少可以让家里好过些。宋氏没有同意，因为她觉得，那职田就是杨大方留给杨守文的。再后来，杨承烈把职田收回来，宋氏在暗地里，没少关照杨氏，否则以杨守文的食量，再加上他那浑浑噩噩的脑子，就算杨氏持家有道，也未必能够撑得住。即便是这样，杨守文却从未叫她一声“阿娘”，今天，杨守文突然改了称呼，让宋氏有些受宠若惊。

杨青奴见母亲久久不语，想偷偷溜走，刚起身便惊动了宋氏：“青奴！”

“阿娘。”

“谁告诉你刚才的那些话？”宋氏脸色阴沉下来，“你大兄不和你计较，但是为娘却不能容忍你这般无礼，你记住，这个家，除了你阿爹之外，便是你大兄可以做主。有道是长兄为父，你大兄以前虽有些痴症，可那也是你大兄，你刚才那些话，实在是让阿娘失望。”

“阿娘，孩儿只是为阿娘不值。”

杨青奴话音未落，宋氏扬手一巴掌，狠狠地打在她的脸上：“值与不值，不是你说了算。以前你年纪小，我不与你计较，可是现在，家中出了这么多事情，你阿爹请你大兄过来，便是要你大兄稳住家里的局势。别以为我不知道是谁在背后教你这些话，那些个嚼舌根的，我自会处置，但是从现在开始，你给我老老实实待在房间里，没有我的吩咐，不许踏出房门半步，若不然，休怪为娘心狠。”

宋氏的决绝，吓坏了杨青奴，她扑通跪在宋氏面前，泣声道：“阿娘不要，青奴知错了。”

“既然知错，那就立刻回房去。”

“喏！”杨青奴胆战心惊地走出房间，但心里对杨守文的怨念，却越来越深。

兄弟两人走进后院，杨守文见杨茉莉坐在门口，正低头摆弄着手里的洗衣槌。听到脚步声，杨茉莉抬起头，见到杨守文，他那憨厚的脸上一下子露出灿烂的笑容。

“阿郎，你来了。”杨茉莉站起来，瓮声瓮气道。

杨守文笑着走上前，拍了拍他的肩膀：“茉莉，这次多亏了你。”

“是杨茉莉。”杨茉莉一本正经地提醒他。

“对，是杨茉莉。”杨守文忍不住笑了。

父亲的那间房门虚掩着，杨守文走到门口，轻轻叩响门扉。

“是兕子吗？”屋里传来杨承烈的声音，带着些许嘶哑。

杨守文拉开房门，走进去。屋里，光线通透，杨承烈侧卧在榻床上，身下垫着厚厚的褥子，身上穿着一件月白色的汗衫，汗衫的衣襟半敞开，露出缠绕在身上的绷带。看到杨守文，他的脸上露出温和的笑容：“兕子，快来见过县尊。”

在杨承烈旁边的席榻上，正襟危坐一名男子，头扎幞头，身着青衫，体型微胖，却不失儒雅之气，看年纪在三十岁左右。他就是那个任职三载却从未回家探亲的县令王贺吗？杨守文跟他并不熟悉，但听杨瑞说过，王贺出身名门望族，是太原王氏子弟。说起太原王氏，那可是和杨守文母亲所在的荥阳郑氏齐名，同为五姓七宗之列。虽然这些年来，在圣母神皇武则天的打压下，五姓七宗的影响力有所削弱，可是对许多普通人而言，太原王氏也好，荥阳郑氏也罢，都是高不可攀的望族。

杨守文赶忙躬身行礼：“草民拜见老父母。”古人称县官为父母官，所以也叫“老父母”。

县令王贺笑道：“我早听说过大郎，不承想今日才得见。杨县尉，观大郎举止，可不像你说的那样不堪，有如此佳儿，应早些让人认识才是。”

杨承烈哈哈一笑：“县尊过奖了。”

“好了，请杨县尉安心养伤，衙门里混乱不堪，公务繁杂，我不便在这里久留，先告辞了。”王贺说罢，起身拱手道别离去。

王贺离开后，卧房里只剩下杨承烈父子。

“刚才县尊与我商议，这件案子暂时不上报都督府，最好还是由县里处置，如果上报，到时县里面子上也不太好看。”杨承烈翻了个身，半靠在褥子上。

杨守文为他掖了下被子，轻声问道：“那阿爹怎么说？”

“于我而言，不上报都督府最好。”杨承烈示意杨守文在一旁坐下，“这案子如果呈报上去，都督府那边一定会派人下来查访，到时候，打草惊蛇且不说，更重要的是，我们将无法掌握主动了。昌平现在的局势有些乱，不能再有波折，所以我赞同县尊的意见，这案子先压一压，待有了头绪再计较。”其实，官场自古都是如此。地方官员怕问责，且拔出萝卜带出泥，天晓得会引发什么变故。如今孤竹情况不明，昌平县城命案频出，人心波动，如果都督府再派人下来添把火，很可能出现无法控制的局面。再说，杨承烈吃了这么大的亏，自然不甘心把案子轻易交出去。

“阿爹，我想去县衙看看。”杨守文轻声道，“獠子还有后援，倒是让我有些意外。我听二郎说了个大概，隐隐觉得刺客身后，怕还有蹊跷，所以我想先去县衙看看，顺便再去看看那几具尸体。我有个直觉，这案子一定有不为人知的内幕。”

杨承烈点点头：“你和我想得差不多，那让二郎陪你走一遭吧，他在衙门里还算熟悉，说不定能给你一些帮助。”

父子商议完毕，杨守文起身离开，又叮嘱杨茉莉保护好阿爹的安全。

“二郎，我可是你阿舅，你拦我作甚？”杨守文来到中堂时，听到前院传来一阵争吵声。

“三舅，不是我拦你，阿爹受了伤，需要静养，实在不方便见你。”

杨守文快步来到前院，就看到大门口那里，几个人吵吵嚷嚷，跟杨瑞推搡着要闯进府里去。那些人有男有女，衣着华美，可周身上下透着粗鄙气息。

“二郎，阿爹需要静养，什么人在这里喧哗？”杨守文上前，沉声喝问。

为首那人大声道：“你又是什么人？竟在这里指手画脚？”

“杨县尉是我阿爹，我是杨家的嫡长子。”

“你是，杨阿痴？”为首那人一愣。

杨守文眉头一蹙，面露愠色。

“阿舅，你休得胡言，这是我大兄。阿爹受伤，命人把大兄招来，从现在开始，家里无论大小事宜，皆由我大兄做主。大兄，这是我三舅，他听说阿爹受伤，想要进去探望。”

杨守文还没言语，倒是那三舅急了：“你这傻儿，这杨府何时轮到他一个痴儿做主？你阿爹真是糊涂了，这不是给自己添乱吗？不行，我要找你阿娘。”

“阿娘去城外了。阿爹说城里现在有点乱，让她和青奴到城外去避避风头。”杨瑞道。

杨守文刚才还见到了宋氏，怎么可能这么一会儿就搬去了城外？他一下子明白了缘由，很明显，宋氏不想见她这个三哥，更不想让这个三哥去打搅杨承烈，所以就把家中主事权都推到了自己身上。他对此倒不在意，反正他和宋家又没什么交情，宋氏既然不待见对方，他又何必客气？

“二郎，你明知道阿爹需要静养，为何还要在这里吵闹？”杨守文脸一沉，怒声道，又对宋三郎一拱手，道，“非是我不讲情面，只是刚才县尊离开时，再三叮嘱，要让阿爹静养休息，早日康复。阿爹刚与县尊谈话，有些疲乏，刚刚睡下，三舅你若没什么重要的事情，改日再来吧，若不然县尊责罚，我可消受不起。”

宋三郎听到有县尊的吩咐，闭上了嘴巴，他悻悻地看了杨守文一眼，扭头想要找杨瑞说话，却听杨守文又道：“二郎，县尊刚才吩咐，让你我去衙门一趟，他有事情叮嘱。咱们赶快动身，莫让县尊久等。”

“啊，大兄怎么不早说？”杨瑞说着，对宋三郎道，“三舅，非是我不招待你，实在是……”

“既然县尊吩咐，那你赶快去吧。”宋三郎不再纠缠，无奈告辞。

杨瑞又叮嘱了宋安几句，然后跟着杨守文出了杨府大门。

“大兄，刚才的应对真是漂亮。”杨瑞一出府门，便忍不住低声赞道。

杨守文一笑，轻声说：“这招叫‘拉大旗，作虎皮’。对了，你三舅来做什么？你阿娘为何不愿见他？”

杨瑞苦笑一声：“还能有什么事？他有一批货物要送往蓟县，可现在全城戒严，许进不许出，他还不是想找阿爹出面说项，把他的货物送出去？以前睁只眼闭只眼也就是了，可现在出了这么大的事情，他却只想着他的货物。”听得出来，杨瑞对宋三郎也不满意。

杨守文拍了拍杨瑞的肩膀，没有把这个话题继续下去。

第八章 鸿福客栈

从番仁里出来,沿着大街往南走,很快便到了昌平县衙。

县衙位于昌平东南一隅，毗邻十字大街，算不上醒目，灰色的外墙上残留着岁月的斑驳，衙门口不大，就连那张匾额，也透着几分岁月的沧桑。此时，县衙正门紧闭，门口有站班皂隶值守。

杨瑞轻车熟路，带着杨守文从侧门走进县衙。

“今早的战况，很激烈啊！”杨守文一走进县衙，就感受到弥漫在县衙中的紧张气氛。迎面走来几个差役，和杨瑞点了点头，便匆匆离开。杨承烈办公的地方，位于县衙大院右侧，是一排红瓦青砖房屋，不过有大半已经损毁。

“二郎，你怎么来了？”迎面走来一人，远远地就开口说话。杨守文认出来,那人正是缉捕班头管虎,他头戴乌帽,身着官服，额头上密布汗水。

“大郎也来了，县尉他可好？”

“阿爹很好，让我带大兄来看看。”杨瑞说明来意。

管虎脸上透着一股狠色，咬牙切齿道:“县尉这次是代我受伤,若不把那些刺客捉拿归案,我管虎无颜再面对县尉。二郎，你带大郎到处看看，有什么事就找我。”

“烦劳管叔父。”

如今杨承烈受伤，衙门里县尉职责内的事情，是由管虎来负责。三班衙役中，捕班责任最重，权力也最大，管虎寒暄两句就匆匆离去。这县衙，杨瑞熟悉得很，不需要有人陪伴；再说了，杨守文跟着杨瑞，不会有什么危险。没有人在意杨守文的存在，却正合了杨守文的心意，他可以冷眼旁观，仔细观察眼前的一切。

“管班头倒是很尽责。”看着管虎离去，杨守文道。

“是啊，管叔父是阿爹的心腹，跟随阿爹五年了，平日里阿爹对他很放心。”杨瑞解释道，却突然停下脚步，用手一指正中央的房间，“大兄，那边就是阿爹昨夜值守的房间。”

“阿爹都是在这间班房里办公？”

“那倒不是，”杨瑞回答道，“这间班房，主要是存储证物所用，阿爹一般在左厢办公。”

“证物？”杨守文从台阶上跳下来，向前走了两步。

“闲杂人等，不得靠近。”他正要过去，却听到有人厉声喝道，紧跟着，从班房旁边的房间里走出几个差役。

杨瑞连忙上前：“十五哥不要误会，这是我大兄，他不懂衙门里的规矩，只是听我说阿爹昨日在这里遇袭，所以想要过去看一看。”

为首之人见是杨瑞，脸上的紧张随即缓解：“原来是二郎啊！二郎莫怪，卢主簿有吩咐，不许任何人靠近。”卢主簿，名叫卢永成，资历比杨承烈还老。据说，他出身于五姓七宗之一的范阳卢氏家族，后来迁到昌平，便定居下来。二十八岁时，凭借家族荫荫成为昌平主簿，此后在这个位子上，一坐就是二十年。

“便是我也不能靠近吗？”十五哥话音未落，从杨守文身后传来一个声音。杨守文兄弟转身看去，就见王贺背着手，从右厢大门外进来，他朝杨守文兄弟点点头，便迈步向班房走去。

“不知县尊驾临，还请恕罪。”十五哥是站班皂隶，连忙躬身行礼。

“忠于职守是好事，但也要懂得变通。大郎和二郎也算自己人，杨县尉如今受伤，为人子者想要为父亲分忧，孝心可嘉，何必不讲情面？大郎，你想看什么只管看，说不定能发现什么线索。”

“多谢县尊通融。”杨守文拱手表示感谢。

十五哥脸上，露出嘲讽之色。显然，他对于杨守文兄弟发现线索的事情并不看好，只是当着王贺的面，他不敢多嘴，这县衙里，可不是外面看上去那样一团和气。整个县衙，有县令、县丞、主簿和县尉四个官员，县丞年纪已经大了，几乎不怎么管事，在衙门里可有可无。

杨承烈负责缉捕盗贼，维持治安，又与世无争，他有自己的权力范围。所以，这衙门里的权力之争，主要在县令王贺与主簿卢永成之间。两人同为五姓七宗子弟，论出身谁都不输给谁，不过，王贺这个县令，是经过了科举，由朝廷委派的；而卢永成则是靠着家族荫荫，从官位的正统性而言，王贺要高出一筹。但卢永成当了二十年主簿，昌平虽然不是范阳，却距离范阳不远。可以说，这两人一个占据天时，一个拥有地利，两人现在争的是人和，谁要是能得到杨承烈的支持，就可以实力大增。所以，不管是王贺还是卢永成，在对待杨承烈的问题上，都是小心翼翼的。

杨守文没有理睬十五哥，和杨瑞径直来到班房前。

“凌晨刺客偷袭，折了七人，其中有三人死在县尉刀下，还有两人被县尉身边的长随击杀。剩下两人，一人在突围时，被我等所杀，还有一人在放火时，不小心葬身火海。”杨瑞在杨守文耳边轻声汇报，不时向王贺偷偷看去。只见王贺站在班房门外，脸色非常平静地背着手，神色也很轻松。

“都是獠子吗？”

“也不是，从死者特征来看，似乎是汉人，并非塞外异族。”

杨守文脑海中突然闪过一个念头：“这里是存放证物的地方，是不是所有证物，都存放在这里？”

“是啊！”杨瑞疑惑看了杨守文一眼，轻声道，“只要是证物，都会在这里存放。”

“那外面的人，可知道这班房的存在？”

“说不准，衙门里人这么多，天晓得谁不小心说漏了嘴呢。”

杨守文点点头，没有再询问下去，转身从班房里走出来。见王贺还站在门口，杨守文躬身施礼道：“多谢县尊通融，已经看完了。”

“可有什么发现？”王贺笑道。

“草民愚鲁，倒是没看出什么。”

“二郎可看出什么端倪了？”

杨瑞也连忙躬身道：“回禀县尊，小人也没有看出什么来。”

“没关系，这种案子，需仔细探查，怎可能马上就有线索？连管班头在这里待了半日都没有收获，更何况你们。若没什么事，就回去吧。”说完，王贺点点头，转身离去。杨守文的目光追随着王贺的背影，他隐隐有一种直觉，这位看上去挺年轻的县令，恐怕不简单。

走出衙门，站在大街上，杨守文左右观瞧；杨瑞看到有人在不远处朝他招手，杨瑞犹豫了一下，见杨守文没有留意他，连忙快步走过去，和那人拐进一条巷子。等他回来时，杨守文正坐在距离县衙不远的一个石阶上。

“大兄！”杨瑞兴致勃勃地跑上前，脸上带着兴奋，“大兄可还记得，之前我与你说过的盖嘉运吗？就是那个老军客栈团头盖老军的儿子。”

杨守文露出恍然之色：“你不说这个人，我险些都忘了。”

“大兄之前吩咐我，让我找盖嘉运帮忙，打听最近有没有可疑之人出现，他刚才派人传来消息，还真发现了可疑之人。”

是夜，杨守文没有回村子。不过出于对杨氏和幼娘的保护，他让杨瑞带着杨茉莉离开县城，前往虎谷山下的村庄。

“到底哪边是你的家啊？”晚饭时，青奴有些阴阳怪气。

杨守文没有往心里去，在他的心目中，虎谷山下的那个家，才是他真正的家，至于县城里的杨府，他并没有多么深厚的感情。

“青奴，闭嘴。”宋氏不满地呵斥，杨青奴翻了个白眼，没有继续讥讽。

夜幕降临，昌平县恢复了平静，只是弥漫在县城上空的紧张气息，没有丝毫减弱。差不多每隔半个时辰，就会有武侯在街上巡查；坊市外面，每隔一个时辰，就有民壮巡视；所有人家都早早关门落锁，今天凌晨县衙被袭的事情已经传开，这让昌平百姓感受到了一种莫名的恐惧。

城门楼处，传来街鼓的声音。杨守文猛然睁开眼，从榻床上翻身下地，探手抄起放置在枕边的断龙宝刀。这口刀，此前一直在杨承烈手中，今日杨守文前来，没有携带兵器，而杨承烈又受了伤，所以断龙宝刀就回到了杨守文手中。他把刀负在背上，侧耳聆听，只听到从隔壁传来若有若无的鼾声，已经过子时了，想必一家人都已经安歇。

他走到窗边，推开窗户，然后纵身跃出去。

盖嘉运传信杨瑞，说他发现城中有一伙陌生人，行踪诡异。这伙人住在和平坊的鸿福客栈里，根据盖嘉运的消息，那些人大约在七天前抵达昌平，他们出手阔绰，包了一个独立的院落，平时吃饭都是让客栈的人送去。杨守文不知道这是不是他要寻找的人，不过按照盖嘉运的说法，他们的确很可疑；最重要的是，这伙人出现的时间，恰恰就是第一起命案发生前后，这难免让人心生疑窦。

杨守文确定左右没人，猫腰一路小跑，便来到后院墙下，猛跑两步，垫步腾身而起，双手搭在墙头，两膀用力，身体唰地一下子飞起，越过墙头后，轻飘飘地落在地上。杨府后院的院墙，和坊市连为一体，杨守文翻墙而过，就已经到了坊市外的大街之上。街上不见人迹，只隐隐约约从远处传来民壮巡逻和兵器相互碰撞的声音，他贴着坊市墙边，猫腰飞奔。

白天时，他让杨瑞带他去过和平坊，也弄清楚了鸿福客栈的位置。此刻，他在夜色和雾气的掩护下，躲过两拨民壮，便到了和平坊外。见左右无人，杨守文搭着墙头，噌地一下子跳上去。和平坊面积，是番仁里的两倍，这里房舍相连，街道纵横，更有许多阴暗小巷。这里是昌平的商业区，同时也是昌平治安最为混乱的地方，当整个昌平都归于寂静的时候，和平坊内却是灯火通明，街道上更是人来人往，俨然和坊外两个世界。

这是唐时一个非常普遍的现象。城市中，坊市外戒严，坊市内营业，相互并不干扰。只要不走出坊门，在坊内，特别是在商业区内，不会有任何问题。

杨守文从坊墙上跳下，整了整身上的衣衫，迈步走向坊内街道。两边店铺林立，酒肆旗幡晃动，从酒楼里传来喧哗嬉笑的声音，并伴随着丝竹声，仿若步入了一座不夜城。他一边闪躲着胡姬的热情招呼，一边往前走。

这条街道的尽头，有座三层高的酒楼，酒楼大门前，挂着朱红匾额，上书“鸿福客栈”。

杨守文停下脚步，在街对面的小巷口站立。他默默观察了一阵，突然快步斜插入对面的一条小巷里，顺着巷子往里走，就看到一个小门。白天的时候，他和杨瑞来勘察过，这个小门是鸿福客栈的侧门。见左右无人，杨守文走到门前，手腕一翻，从袖子里滑出一柄匕首，透过门的缝隙，他挑开门闩，推开一条缝，然后闪身没入门后。

鸿福客栈是昌平名气最大的客栈，从外面看，似乎很平常；可是进去，就见里面亭台楼榭、假山池塘应有尽有。整个院子，大约分成三个部分，前面的酒楼供人吃喝；中间一片亭台楼榭，供人欣赏游玩；后面则是高级客房，类似于后世的别墅区。每一处高级客房，都是一个独立的院子，非常清静。

“甲三号！”杨守文牢记盖嘉运提供的门牌号，沿着湿涔涔的小路往前走。

甲三号在鸿福客栈的最后面，是一座独立的小院，里面有十几个房间供人居住。小院门口有棵大树，不过入秋之后，树叶已经开始凋零。杨守文再次看了一下周围的环境，猛然从阴影中蹿出去，如同一只灵猫，机巧地爬到了树上。他隐到粗壮的树干后，探头向院子里张望。

甲三号庭长三十米，宽大约四十米，里面有三排房舍。正中央天井里，十几个黑衣人正聚在一起，他们分坐在门廊上，身边有胡姬相伴。天井里摆着一个箭靶，一个黑衣人站起来，手持弓箭走到门廊边缘，弯弓搭箭，嗖地一箭射出，正中那箭靶之上，周围人顿时一阵欢呼，而正对着院门外大树的门廊上，则端坐着一个白面黑须的中年人。

“敬虎，好射！”中年人哈哈大笑，端起面前的酒碗道，“看样子你倒是下了功夫，如今能射中箭靶了。”

周围人哄堂大笑，射箭男子露出赧然之色。接下来，又有几个人轮流射靶，庭院中不时传来欢声笑语，那些陪酒的胡姬，更是娇呼不停，惹得黑衣人兴致高涨。不过，杨守文发现，这些黑衣人虽然兴致很高，却很守规矩，他们始终与胡姬保持着距离，似乎是有所顾虑。

杨守文觉得，这些人不一般。在树上站得久了，他下意识地挪动脚步，一个不小心，脚下树枝咔嚓折裂，吓得杨守文立即停住动作，把身体紧贴树干，所幸声音很小，似乎没有惊动到院里的黑衣人。

小院里有人道："今夜良辰，不如请李公子一展神射功夫？"

"请公子神射，请公子神射……"众黑衣人开始起哄。

就见那白面黑须男子站起来，笑骂道："你们这些家伙，莫不是欺负我吃多了酒？告诉你们，就算我再吃十碗，也能胜过你们。"

"公子不要说笑，我等不需要公子吃十碗，只需三碗便可。"

"三碗就三碗，怕你们不成？"那男子说着，便端起一碗酒，一饮而尽，周围黑衣人齐声喝彩，而中年人身后的胡姬，立刻为他又满上一碗酒，中年人豪气干云，连喝三碗，手持弓箭迈步向前，在门廊的边缘处站定，"小子们，让你们知道什么是神射。"说着话，他抬手取出一支利矢，弯弓搭箭，正中箭靶。趁着众人喝彩，中年人的眼睛突然一眯，抬手又是一箭，却射向院外。

喝彩声戛然而止，众人面面相觑。

那支箭，几乎贴着杨守文的脸擦过，杨守文打了一个寒战，就听到中年人洪声道："外面的朋友，你已经看了半天热闹，何不进来与我们一同畅饮？"呼啦啦，门廊下的黑衣人纷纷起身。

杨守文心里一紧，连忙把身体缩在树后，不敢稍动，他不知道那一箭是无意，还是有心；更不清楚，院子里的中年人，是不是在诈他。

"既然朋友不肯现身，想必是李某礼数不够。"中年人嘴角微微一翘，猛然抄起三支箭，施展出连珠箭法"三星拱月"，只见三点寒星呼啸射来。杨守文知道，对方肯定发现了他的行踪，当下不再犹豫，猛然长身而起，拔刀出鞘，只听一声龙吟响，刀光闪闪，啪啪啪将三支箭打飞。

瞬息之间，院门打开，三个黑衣人冲出小院，迅速围在树下。

杨守文沿着树干疾走两步，噌地一下蹿出。他想要跳到房顶撤走，哪知道刚落下，还没等他站稳身形，那中年人已经纵身跳到了庭院中，连珠箭发，生生把杨守文从房顶上逼到了庭院中。杨守文一跳到天井，两个黑衣人便蹿出来。

"要活的！"中年人把杨守文逼下来，便退到屋檐下，捻须观战。

有道是行家一伸手，就知有没有。两个黑衣人联手上前，各持刀剑，把杨守文困住。门口站着三个黑衣人，尚有七八个黑衣人立于廊下，一个个都虎视眈眈。

杨守文单刀舞动，抵住了两个黑衣人。这两个人的身手不俗，恐怕比杨承烈还要高一筹，这些人，绝不是偷袭县衙的刺客，恐怕是另有来历。想到这里，杨守文有些心慌，不过他很快稳住心神，断龙宝刀划出一道道奇诡弧光，一时间两个黑衣人被杨守文逼得连连后退，已呈败象。

“咦？看这身手，可不像是痴汉。”中年人露出惊讶之色，他沉声喝道，“王荣、马成你们两个真是废物，回去之后定要好生操练。张进、张彪，你们上！”

又有两个黑衣人从屋檐下蹿出，一个手持大枪，另一个提着宝剑。这两人一加入，杨守文立刻感到压力倍增：“喂，你们以多欺少，不是好汉！”

“嘿嘿，你小子既然敢夜探我等，必存歹意，我们又何必与你客气？”中年人说着，哈哈大笑。只是不等他笑声落下，就见杨守文突然一矮身，身形在原地奇诡一扭，一道黑影飞出，啪地打在张进的面门上，打得张进满脸是血，啊了一声丢掉大枪，捂住了鼻子。

“小子敢用暗器？”中年人勃然大怒，噌地站起身，“再上四个人。”

门口三人，外加从门廊上蹿出一人，眼看着就要把杨守文围在中间。就在这时，杨守文手中连发三枚暗器，从门口逼上来的三个黑衣人连忙闪身躲避，趁着他们一闪之机，杨守文手中断龙宝刀猛然劈开身边三人，健步往门外蹿去。与此同时，那中年人抄起弓箭，对准了杨守文，不过，他迟迟没有射出这支箭。

“都不要追了。”他一声喊喝，那些黑衣人立刻停下脚步。

其中一人诧异道：“公子，为何不让我们去追？”

中年人微微一笑：“何必要追？不过是个痴儿，我既然已经知道了他的来历，还怕他跑了不成？再者说了，跑了他，还能跑得了他老子？”

“可是……”

中年人一摆手，轻声道：“不必紧张，他今天来，怕是为了昨日县衙的那场大火，并非针对我们。如果他聪明的话，自然不会声张；就算他不聪明，他老子也不会让他声张。咱们现在还不好出现，等着看吧，早晚我会收拾这个小家伙的。”话说完，他脸色一沉，走到院门口，弯腰从地上拾起了一枚拇指大小的鹅卵石，“你们三个，居然被一块石头吓得闪躲？”

原本在门口守护的三个黑衣人，顿时低下头，露出羞愧之色。

“张进，亏你还是千牛之虎，还有你们三个，四个人联手，居然收拾不了一个痴儿。”

“公子，非是我们无能，那小子……”

“要我说，是你们过得太舒服了。等回了洛阳，全都给我去邙山，不把你们操练得脱一层皮，你们就不会长记性。”中年人冷哼一声，负手走出院门。

湿涔涔的小径上人迹全无，他脸上的怒气渐渐消失，仿佛自言自语道：“没想到这昌平县竟然藏龙卧虎，不过这样也好，接下来的事情，怕是会越发热闹了。”

第九章 替父分忧

从鸿福客栈出来，杨守文一路狂奔，不敢停留。

这昌平县里竟然藏着这么多高手，着实出乎他的意料。他可以肯定，鸿福客栈的黑衣人绝不是昨夜偷袭县衙的人，如果是这些人的话，别说杨承烈，就算是杨茉莉估计都有危险。从刚才的交手中，他觉察到，那些人不但身手高超，彼此间似乎还有一种默契，在配合的时候颇有章法。

杨守文来到番仁里杨府后院的院墙外，他蹿上墙头，纵身跳下去，但就在落地的一刹那，只觉得被什么东西绊了一下，脚下一个踉跄，险些栽倒在地。没等他反应过来，从暗处蹿出一个人影，举棍就打。

“来人啊，有贼！”一个尖锐稚嫩的声音传来。

杨守文猝不及防，被那人影一棍子打在肩上，他闷哼一声，腰部用力，身体一扭。对方第二棍正要落下，被他一把握住了棍子，抬脚把那人给踹得噔噔噔退了几步，摔倒在地。没等杨守文站稳，一股香风袭来，一个娇小身影从他身后扑来，一下子就扑到他的背上。

这时候，杨承烈屋中的灯亮了，他手持一根短杖从屋子里冲出来。

“阿爹，是我！”杨守文哭笑不得，转身看了一眼扑过来的青奴，又走到墙角边，伸手把倒在地上的人拉起来，“老宋，你怎么在这里？”

之前持棍打杨守文的，正是宋安。他被杨守文踹了一脚，五脏六腑都好像被踹散了一般，站在那里，脸色苍白如纸：“刚才小娘子说，墙外面好像有动静，小人听说后，担心有贼来，所以就躲在暗处。看到有人从墙外跳进来，只当是贼人，就冲过去打了一棍，还请大郎恕罪。”宋安的嘴角微微翘起，看得出来，这家伙是故意躲在那里偷袭。

“兕子，怎么回事？”杨承烈来到后院，发现宋安也在。

“没事，我刚才出去了一趟，回来时可能惊动了青奴，所以她找来宋安帮忙。”

“别说了！”杨青奴大叫一声。

杨守文没有理睬杨青奴，一只手抓着宋安的肩膀，安抚道：“老宋，刚才那一下，我真不是故意的，我也没看清楚是谁，刚才那一脚有点重，要不要请人来看看？”只是那手，好像钢爪一样，死死抠住宋安的肩膀。他习练的金刚八大式中，有一招叫作“鹞子双抱爪”，专练手上的功夫，有点类似于少林的龙爪手。

宋安疼得直翻白眼，想喊却又不敢喊。

“阿爹，咱们屋里说话。”杨守文松开手，跟杨承烈说道。

夜色已深，院子里弥漫着雾气；屋里，一盏油灯闪烁。杨守文把今晚所遇一五一十地讲述了一遍，最后道：“幸亏那些人没有追我，否则麻烦大了！阿爹，城里居然藏着这么一伙人，我觉得问题不小。”杨守文心有余悸地说。

杨承烈沉吟道：“依你所说，偷袭县衙的应该另有其人，不是今晚这伙人。你之前和我说的，我觉得很有道理。那伙偷袭县衙的刺客，恐怕是为了那所谓的‘证据’，而且他们能准确找到存放证据的班房，说明他们对县衙的地形非常熟悉。另外，当时起火非常突然，火势好像一下子大了起来，现在仔细想想，那火源应该是提前准备好的，否则火势不可能蔓延那么快。你说得不错，昌平县有人在庇护他们，或者说这衙门里，有人在帮助他们。”

杨守文倒吸了一口气，轻声道：“那阿爹可猜得出来，是谁在帮他们？”

“这个我可不敢说。”杨承烈笑道，“县衙里人多嘴杂，几乎人人都知道存放‘证据’的班房在哪里，而且，右厢的人员进出也多，三班衙役，甚至还有诸曹吏员，平时都会在那边出入，想要安置火源，绝不是一件难事。这样吧，这件事先冷一冷，我觉得那些人这次没有成功，短期之内应该不会再来冒险。”

“我也这么认为。”

“接下来，应该把注意力转移到粟末靺鞨人的身上。他们之前那么急迫地追杀茉莉，我总觉得有些古怪，按道理说，是绿珠在威胁他们，但绿珠已经死了，应该不会再有威胁了，而且，茉莉是个痴汉，什么都不知道，为何还要追杀他呢？”

杨守文摇摇头，也百思不得其解。

“城里现在守卫森严，不会再发生什么变故，你要是不愿意搬过来，就让茉莉和你一起住在城外，明天你就带着你阿娘还有青奴回去。再过几天，我有个故友要来，你和小弥勒寺的人联系一下，八月十五，我想在小弥勒寺的清风崖摆酒，与故人畅谈风月。”

杨守文大笑起来：“阿爹，你那故友是什么人啊？”

“已有很多年没联络，不过两年前，他以右拾遗监军幽州军事，于偶然中重逢。此人为高士，我自当好好接待；再说了，我也想打听一下，如今中原那边的局势如何。”

杨守文没听懂，就又把话题扯回杨茉莉身上：“阿爹，你的意思是，粟末靺鞨人的秘密，还要在茉莉身上找答案？”

“嗯。”杨承烈点点头，说道，“我估计，茉莉也不是很清楚，但我相信，绿珠肯定会交代他，只是不知道用的是什么方式。你回去之后，要好生查找。”

“阿爹，那盖老军你可认识？”

“问这个干什么？”

杨守文咬牙切齿道：“我被盖老军的儿子给耍了，今晚这伙人来历不明，但他还是把消息给了二郎和我，这小子用心险恶，别有目的。我浑噩十七年，却不代表我可以被人耍，我要找那小子讨回一个公道。”

杨承烈眉头一蹙，半晌后开口道：“这件事你不要出面，我会让盖嘉运给二郎交代；至于盖老军，你别去招惹，那厮是个亡命徒，而且手下亡命之徒也多。昌平县的泼皮，有八成听他的差遣，这个时候如果招惹了他，会让局势更乱。”

一个团头，能有这么大的力量？

一夜无事，第二天天一亮，杨守文就被外面的吵闹声惊醒。他迷迷糊糊地走出房门，就看到宋氏正指挥两个健仆抬着一个箱子往外面走，他疑惑地问道：“阿娘，你这是作甚？”

“你阿爹没告诉你吗？”宋氏嫣然笑道，“你阿爹让我和青奴，今天随你一同去城外，他说城里最近有点乱，让我去那边帮你操持一下。”

杨守文咧开嘴，用力打了个哈欠，说道：“阿娘，那边什么都有，不用这么麻烦。”

“要住好几天呢，青奴不太习惯用别人家的被褥，所以……对了，昨天的事，你别往心里去。”宋氏说的，是昨晚杨青奴找宋安偷袭他的事情。

杨守文笑着摆摆手：“阿娘说笑了，青奴有这样的警惕性，是好事。”

“劳烦‘大兄’让让。”正说着话，杨青奴拎着一个小包袱，站在旁边，她喊“大兄”二字的时候，很明显加重了语气，杨守文听得出来这小丫头心里的不屑。

“啊，青奴起得真早。”

“当然了，‘大兄’以为别人都和你一样懒吗？”小丫头一身刺，说起话来一点都不讨人喜欢。

入秋以来，昌平天气还算不错，除了偶尔会有大雾和暴雨，大多数时候是碧空万里，阳光明媚。杨守文在杨府外上马，刚坐稳，就见杨承烈拄着拐杖从府中走出：“兕子，把这个带上。”说着话，他把断龙宝刀递给杨守文。

杨守文诧异地看着杨承烈，从孤竹回来，阿爹说要把断龙宝刀还给他，可是父亲手中没有件趁手的兵器怎么行？

“这把刀，和那杆虎吞一样，都是你阿翁留给你的。以前你脑子不清醒，如今你痴症痊愈，正好物归原主。今后你的路还很长，可以用来防身，更不要忘了你阿翁生前的教诲。”杨承烈面带笑容，杨守文却看到了父亲眼里的一丝期盼和自豪。

杨守文接过断龙宝刀：“阿爹，我先走了，有事情就让人去虎谷山找我，你自己在城里，要多加小心！”父子两人没有太多言语上的交流，不过从彼此的目光中，都体会到了对方的关心。杨守文一提缰绳，催马便走；在他身后，宋氏和青奴也上了马车。

宋氏拦住宋安：“宋安，你留在城里照顾阿郎。”

“大娘子……”宋安一惊，到了嘴边的话又咽了回去。他知道，昨夜棍袭杨守文之事，宋氏肯定看出了真相，这是在警告他，也是在惩罚他。他知道，在杨府里如果没有宋氏撑腰，他宋安什么都不是；他心里明白，从今天开始，这杨府中除了杨承烈夫妇，真正能够做主的是杨守文，宋氏是在警告他，他是杨家的人，不是宋家的人。

“阿娘……”杨青奴想要为宋安求情。

“你闭嘴，虎谷山是你大兄的住处，到了那边，要听从你大兄的吩咐；另外，那边有你杨婶娘关照已经足够，宋安去了平添纷乱。你阿爹让咱们去虎谷山，也是想让你大兄保护你我周全。”

杨青奴咬着嘴唇，靠在车厢上，透过窗帘向外看，就见那个平日里她看不起的杨阿痴，跨马捧刀，跟在马车左右。他头戴幞头，一袭白袍，骑在马上，沐浴在阳光里，透着一种说不出来的韵味。杨守文不胖，在这个以高、白、胖为美的时代里，算不得英俊，但是那曲线柔和的面庞，在阳光中却有一种难言的美感，看似文弱，却又英武，阳刚与俊美糅合在一起的相貌，让人不由得心中为之赞叹。

“臭美！”杨青奴把车帘垂下，嘴里嘀咕一声。

马车逶迤前行，行至西门，路旁突然蹿出一个人来。杨守文正和城门的民壮门卒递交通行令牌，忽听身后一声马嘶，那匹拉车驽马受到惊吓，希聿聿长嘶一声，猛然仰蹄直立而起，眼看着它就要发狂。杨守文健步上前，一把抓住辔头，单臂用力向下一拉，口中发出一声沉喝。那马拼命挣扎，可脖子被死死勒住，任它如何用力，都不能前进半步。马车里的宋氏母女被吓得魂飞魄散，脸色发白。

“你怎么赶车的？”杨守文忍不住对车夫吼道。

“小郎君，非是小人不小心，是他突然跑出来才惊了马。”那车夫吓得面色煞白，指着突然跑出来的那人辩解道。

杨守文扭头看去，那拦路的人竟是宋三郎。“阿娘，是三舅，”杨守文瞥了宋三郎一眼，走到车帘旁，低声道，“看他模样，似乎有急事。”

宋氏一听，觉得一阵头疼：“兕子你看着处理吧！”宋氏有三个哥哥，这宋三郎年纪最小。宋老先生过世之后，宋家三兄弟为了家产，斗得不亦乐乎。宋氏最初还出面平息一下，可后来发现，夹在这三兄弟之间，无论做什么都不落好，弄得自己里外不是人。于是，她干脆不再理会这三兄弟的事情，这两年总算是得到了一些安宁。如今既然杨守文已经恢复了正常，那就让他去处理。

杨守文答应一声，转身走到那宋三郎面前，看他这副模样，气就不打一处来。怪不得宋氏不愿意出面，这宋三郎根本就是个扶不起来的阿斗。杨守文咬着牙喝问道：“谁能告诉我，堂堂宋三郎，为什么像个乞儿一样的躲在这里？”

“这个事……”在城门下值守的门伯见状，连忙走上来，附在杨守文耳边轻声道，“三郎从昨天开始，就一直待在这里，他有一批货要出城，检查的时候，发现有违禁品夹杂其中，我等看在县尉面子上只把货物扣下，并没有为难他，可他一直赖在这里，我们也拿他没办法。”

“违禁品？”杨守文皱眉，“送往哪里的违禁品？”

“是运往关外的货物。”

昨天这家伙不是说，那些货物是送往蓟县吗？如果只是普通货物，让杨承烈出面也就罢了，可涉及违禁品，而且还是往关外送，就相当于走私了。

这种时候，阿爹如果被牵连进去，那是跳进黄河也洗不清了。想到这里，杨守文心里有些恼怒："既然是违禁品，就当彻查！"

"啊？"门伯吃惊地看着杨守文。

杨守文沉声对门伯道："如今昌平也不太平，正需严加治理，若我阿爹知道他向关外贩卖违禁品，也绝不会饶他。来人，把他拿下！"

门伯以为自己听错了，吓了一跳。杨守文怒道："你不知道县衙发生了何事吗？你不知道县尊已经下令戒严，并且要严查可疑之人吗？他虽是我家亲戚，但不彻查清楚，将来岂不是要累得我阿爹一个包庇罪人的名声？把他拿下！"

门伯不敢怠慢："来人，把宋三郎拿下。"

宋三郎这时也反应过来，顿时慌了，大声喊道："杨阿痴，你要干什么！小妹，我是三哥啊！小妹，救命啊！"他想要扑到马车前，却被民壮按倒在地上。

杨守文面无表情地看他一眼，压低声音对门伯说道："待会儿你去禀报我阿爹，把这件事一五一十告诉他。宋三郎未必真有心向关外贩私，不过在这非常时期，最好关他几天；另外，那批货物也一并转交我阿爹，相信我阿爹一定会赞赏你。"

门伯闻听，眼睛一亮，这宋三郎不是烫手山芋，而是杨大郎送的进身之阶啊！门伯左右看了一眼，说道："小人朱成，大郎只管放心，这件事我会办妥；另外，三郎货物里的违禁品，我觉得可能是有人栽赃陷害，那批货物如今就放在和平坊的货场里，只要小心，很容易就可以把麻烦解决。"

杨守文满意地点点头，不再理睬大喊大叫的宋三郎。倒是朱成很有眼色，他抓过一团布，上前就塞入宋三郎口中："宋三郎莫闹，大郎这么做是为你好。"

杨守文在马车旁，隔帘低声向宋氏解释了一番。宋氏沉默片刻，轻声道："这件事兕子做得好，咱们走吧。"

"出发！"杨守文一挥手，他搬鞍认镫上马，在从朱成身边路过时，看了他一眼，朱成心领神会。

"阿娘，他这么折腾三舅，你不管吗？"马车上，杨青奴忍不住嘟囔道。

宋氏微微一笑，轻声道："青奴，你不懂，你大兄是在帮你三舅，也是在为你阿爹扬名。"

杨青奴一脸茫然。宋氏伸手轻轻揉着她的脑袋："青奴，你要记住，现如今你大兄已不再是那个杨阿痴了，从这些日子来看，他自有想法，已经开始撑起这个家了。以前，你阿爹身边没个帮手，你二兄虽然跟随左右，但最多也就是跑腿报信，根本无法为你阿爹分忧。可是你大兄，虽然没入公门，但私下里已经在为你阿爹做事了，同时也在为咱们老杨家努力。我不管你怎么想，以后对你大兄，必须要时刻尊重。阿娘有一种预感，你大兄用不了多久，就会出人头地。”

杨青奴眨着眼，似懂非懂。

杨守文并不知道，他在城门口的这出苦肉计，已经被人看在了眼里。

“那小子手段高明得很，真怀疑他以前是装傻。”鸿福客栈甲三号院的中年人听了禀报，放下手里的弓箭说道。在他身后，是昨天被杨守文打伤鼻子的张进。

张进有点疑惑：“将军，卑职不懂。”

“自古以来，阴沟里翻船的大人物比比皆是。宋三郎不过是个小人物，如果我是杨承烈的对手，绝对会揪着这件事情做文章，让杨承烈身败名裂。当今圣上是何等人物，那眼睛里可不揉沙子，想当年，便是阁老也险些认栽，这小子这一招，等于是洗清了杨承烈身上的嫌疑，以后就算有人拿这件事做文章，杨承烈也能摆脱干系，甚至还会因此得到奖赏。看着吧，宋三郎最多关几天就会被放出来，那些货物也会还给他；而杨承烈，会得到铁面无私的美誉，以后仕途上必会一帆风顺。”

“那傻小子，有这么深的心计？”

“你可别小看了他。”中年人脸上露出一抹淡淡的笑容，“这件事我会写信告知阁老，相信阁老也会对那个杨大郎产生兴趣。”

在明媚的阳光中一路顺风，大约正午时分，杨守文一行人便来到了虎谷山下的村庄。

杨守文一下马，就是一阵鸡飞狗跳，菩提带着悟空、八戒、沙和尚与小白龙从院子里跑出来，围着他一阵狂吠；杨氏在杨瑞和杨茉莉的陪伴下也来到门外，只是不等他们上前，一道娇小的身影便扑将过来，一头扎在了杨守文怀中：“兕子哥哥！”

“嘿嘿，幼娘这两天乖不乖？”

“幼娘很乖，就是想兕子哥哥。”

那边，杨氏上来给宋氏请安，并招呼车夫抬行李。

杨青奴看着杨守文抱起杨幼娘在原地转圈，五只狗也围着杨守文打转，不免心中生出些许忌妒，她恶狠狠地瞪了杨幼娘一眼，低声道："真是个狐媚子。"可内心里，又何尝不期盼着，那个在杨守文怀中欢笑的人是自己呢？

"二兄，帮我拿行李。"

"你自己不会拿吗？"杨瑞很不情愿。

杨青奴勃然大怒，一脚踢在杨瑞腿上："你看看大兄，再看看你，你是怎么为人兄长的？"

"青奴！"宋氏在一旁看着，忍不住笑了，小女儿的心思，她如何看不出来？这次杨承烈让她们母女先来虎谷山，何尝不是想要杨守文兄妹三人培养感情，只是这小丫头有点要强，明明羡慕，却不肯承认。不过，这也是一件好事，在这里住一段时日，相信他们兄妹之间的感情，一定会好很多吧。想到这里，宋氏心里倒是多了些许安慰。

是夜，在检查了家中安全之后，杨守文回到了自己的房间，刚坐下来，房门被轻轻叩响，紧接着从外面探进来一个小脑袋："兕子哥哥，你好几天都没给幼娘讲猴子的故事了。"

杨守文的脸上浮现出温和的笑意，朝幼娘招了招手。幼娘嘻嘻一笑，像小猴子般钻了进来，紧跟着在她身后，又跑进来四只小狗。

"幼娘不困吗？"

"不困！"幼娘趴在杨守文身边，那双眼睛好像一对弯弯的月牙儿。

杨守文揉了揉她的小脸，轻声道："若是不困，幼娘就坐在这里陪兕子哥哥，等兕子哥哥忙完之后，就给幼娘讲猴子的故事，好吗？"

"嗯！"幼娘用力点头。

第十章 洗衣槌的秘密

夜里给幼娘讲故事，一直讲到了近子时，还是杨氏过来，才把听得入迷的幼娘强行抱走。

杨守文一觉睡到天明，蒙眬中一阵隐隐的哭声把他惊醒。那哭声不像是幼娘，他披衣出门，哭声似乎是从前院传来，杨守文赤足沿门廊来到前院。没想到，大哭的人居然是杨茉莉！他坐在门槛上，两手各拿一个大饼，哭一声，吃一口饼，鼻涕和眼泪混在一起，也不见他去擦拭。杨氏和宋氏站在一旁，有些不知所措；杨瑞则坐在客厅门廊上，一边笑，一边看着边吃边哭的杨茉莉。

“兕子，你来得正好，快劝劝茉莉吧。”看到杨守文出现，宋氏和杨氏似乎看到了救兵。

杨守文蹲下来，“杨茉莉，怎么了？”

“阿郎，断了！”

“什么断了？”杨守文有点摸不着头脑。

杨茉莉用力又咬了一口饼，用手一指：“槌槌，断了。”

杨守文看去，不远处有三个铁疙瘩，仔细一看，那不是杨茉莉娘亲绿珠为他打造的洗衣槌嘛！他走过去，把那只断了的洗衣槌拿起来。杨茉莉的洗衣槌，一支重四十二斤，一支重三十六斤，断裂的是那支三十六斤的铁槌。仔细看了看，杨守文发现，这只铁槌并非受外力击打才断成两截的，它们原本就是扣在一起的，因为连接处松动，才会变成两截。

杨守文笑了，拿起铁槌想要连接起来。就在把断口对在一起时，他意外发现铁槌里有一段中空，里面好像塞着什么东西。他诧异地把里面的东西掏出来，竟是一张羊皮卷。把羊皮卷打开，赫然一幅地图，上面清晰地画着各种箭头，有的地方还标注着奇怪的字符。

“阿娘，你看这上面写着什么？”杨守文不认得这些字符，忙把宋氏喊来。

宋氏和杨瑞走过来，宋氏看了一眼，摇头道：“我虽认得字，但这个不是字。”

“阿娘，这是突厥数字，孩儿认得，”杨瑞在一旁开口，指着上面的一串符号道，“以前衙门里曾抓过一个突厥商人，当时孩儿对他颇为照顾，所以他教会我一些突厥字。”

“数字？”杨守文疑惑道。

“这个数字，是八和十的意思；这个是八和二六；还有这个，是八和二八。大兄，这些数字是什么意思？还有这幅地图，我好像在哪里见过。”

“在哪里见过？”

杨瑞挠着头，苦思冥想：“大兄，我想起来了，这是飞狐地图。”

“你是说飞狐关？”

“嗯，就是飞狐关。”杨瑞肯定地点了点头，“我记得有一次在县尊那里看到过类似的地图，当时我还问县尊这是哪里，县尊说是飞狐；他还说，远水救不了近火什么的。”飞狐关好像在定州，位于昌平西南方。杨守文一激灵，这幅地图会不会就是与绿珠被杀有关的秘密？

“二郎，备马！我们立即回县城，把这个交给阿爹。”杨守文沉声吩咐，又转身对宋氏道，“阿娘，你们今天不要出去，我会让茉莉留下来在这边守护；至于小弥勒寺的事情，等我回来之后再去和他们讲。”

宋氏知道事关重大，点头道：“那你们一路小心。”

杨守文匆匆回房，换好衣服，与杨瑞翻身上马，打马扬鞭而去。

昌平县的戒严仍没有解除，甚至比昨日更加严格。守门的还是朱成，看到杨氏兄弟，他直接让人挪开了关卡，放两人通过。

二人直奔杨府，却发现杨承烈不在府里。原来今天一大早，因在城外发现有可疑人出现，杨承烈便带伤与管虎出城去了。杨守文眉头紧蹙，对杨瑞道：“要不这样，你在家里等阿爹，我去县衙。若是阿爹回来，你就到衙门里找我；若是阿爹直接去了衙门，我把东西交给他，咱们再一起回去。”杨瑞点头。

杨守文再次上马，直奔县衙。不过他没有进去，而是在县衙外一处酒肆找了个靠窗座位，从窗口往外看，县衙门前尽收眼底，如果杨承烈回来，一眼就能望到。杨守文叫了两个小菜，又点了一壶酒，边喝边注意着县衙门前的动静。

等待间，一名男子在他对面坐下：“兄台似乎有心事？”

杨守文看了对方一眼，并未理睬。

“别误会，我看你进来后，一直往衙门那边看，想必是遇到了麻烦，想要找人疏通？”杨守文立刻明白了，对方想必是个掮客，他刚要开口，就见那人左右看了一眼，轻声道，“兄台若是想要找人疏通衙门里的关系，我倒是有些门路，我有个朋友，是杨县尉的公子，他最近手头有点紧张，所以就委托我帮忙。你看，你有麻烦，却不得衙门的路径；而杨公子呢，衙门里轻车熟路，他父亲是县尉，有什么事情，他都能帮你托着，你只需要花点小钱，就可以解决麻烦，你若是有心，咱们可以详谈。”

杨县尉的公子？看起来，这货不认得他杨守文是谁。杨守文眼睛一眯：“我听说杨县尉有两个儿子，却不知你说的是哪个？”

“还能是哪个，自然是杨二公子了，这昌平县上上下下谁不知道杨县尉的大公子是个连牛都看不住的放牛郎，听说前些日子还被雷给劈了。我说的杨公子，是如今在衙门里做事的杨二公子，杨瑞。”

杨守文闻听，放下了筷子。如果是真的，这件事就必须告诉杨承烈；如果是假的，这人就是骗子。

“钱，不成问题。”杨守文从腰间解下钱袋，那钱袋里有一贯多，“但是让我怎么相信你？杨二郎我听说过，如果能见到他，这些钱就是你的。兄台，我的确想去衙门里疏通，但这不是小事，我不能仅凭你嘴皮子一碰，就把钱给你，是不是？”

那人看了一眼钱袋，眼中闪过贪婪之色，笑道：“兄台是个实在人，谨慎一点没错。这样吧，我这就去问问，如果杨二郎同意见你，自然不成问题；若是不同意……”

杨守文打开钱袋，取出大约一百文铜钱，在那人眼前晃了晃：“自然也不会亏待了兄台，就当是买鞋钱。”

“爽快！”那人站起来，转身走出了酒肆。杨守文目送那人消失在小巷深处。

大约一刻钟的工夫，那人出现在大街尽头，他步履匆匆，径自走进酒肆，看杨守文还坐在原处，脸上露出喜色：“兄台，你运气不错，杨二郎最近不怎么在城里，不过今天正好回城了。我把你的事情和他说了，他倒没有反对，不过呢，二郎身份敏感，不太好在这里见你，如果兄台真有心，不如随我来，我带你去见二郎。”

从这里到番仁里，来回一刻钟足够，只是，这个人所去的方向明显不对，杨瑞现在应该在杨府，不可能擅自离开。杨守文有些疑惑，起身道："既然如此，那就走吧，可不要让杨二郎等得太久，若是二郎不高兴，我的事情可就麻烦了。"

"兄台说得没错，不过这买鞋的钱……"

杨守文没有推脱，拿出那串铜钱，放在桌子上，那人伸手在桌子上一抹，铜钱立刻不见了踪影。不得不说，这家伙的手还挺快。

杨守文跟他出了酒肆，沿着大街，过了县衙的大门，转到一条巷子里。

"二公子在哪里？"杨守文眼中寒光一闪，作出急切的模样问道。

那人笑道："兄台跟我走就是，二公子就在前面不远，走不得多久。"

这条巷子挺深，杨守文和那人走了大约七八百步，终于走出巷子，却发现外面是一块空地。空地里有二三十人，空地中央，几个彪形大汉簇拥着一个少年。看到杨守文，那少年轻笑道："十六，干得漂亮。"

"人我带来了，就交给小爷处置，我们之间的那笔账？"

"放心，真若是肥羊，不会亏了你。"

杨守文面露惶恐之色，大声说道："你们是谁？二郎呢？"

"二郎，我就是二郎喽！"少年哈哈大笑，从类似于后世马扎一样的胡床上起身，笑着向前逼近；身后，三个彪形大汉也围裹过来。杨守文故作恐惧，后退两步，扭头看，巷子口已经被几个地痞堵住，先前那个带他来的人早就跑到了地痞堆里，正满脸得意地看着他。

"你们是谁？光天化日之下，竟然敢杀人不成？"杨守文沉声喝问。

少年一翻手，掌中现出一柄短刀："爷爷既然在这里，有什么不敢？"那少年说着，猛然摆手，两个地痞来到杨守文身旁，伸手搭在他的肩膀上，"聪明的，把钱拿来！"

杨守文似乎猜到眼前少年是谁了，他突然直起了腰板，恐惧之色随之消失，看了一眼少年，脸上浮现出笑容："杨二郎就会说大话，说什么与你是莫逆之交，他其实就是个傻子，被你蒙在鼓里。"

此话出口，那少年一愣怔。

杨守文叹了口气："你之前骗了杨二郎，杨二郎没有找你麻烦已经给了你天大的面子，没想到你不领情不说，居然还打着他的名头在外面招摇撞骗，为非作歹，就不怕给你爹惹祸吗？"

少年脸色骤变，盯着杨守文："你是谁？"

"我是谁不要紧，要紧的是你不该打着杨二郎的旗号浑水摸鱼！"说时迟，那时快，杨守文突然探手，啪地握住身旁两个地痞的手腕，鹞子手发力，就听咔吧咔吧两声响，那两个地痞惨叫一声，手腕被他生生扭断，“想发财可以，但是你不能毁我杨家名声。”

“你……你是杨阿痴？”少年脱口道。

杨守文冷笑道：“知道我是谁了，晚了！”话音未落，他已经垫步冲向少年。

那少年在短暂慌乱过后，厉声喝道：“拦住他！”

听到少年下令，三个彪形大汉闪身横在他身前，少年则藏在三人身后，大声道：“你走你的阳关道，我过我的独木桥，杨阿痴，你我无冤无仇，今天你送上门来，那就别怪我把你再变回杨阿痴！都站着干什么，给我打！”

三个大汉一拥而上。

杨守文冷笑一声，抬手猛虎硬爬山。他个子没有对方高，但是速度极快，力气惊人，砰的一声，一个彪形大汉被打翻出去，倒在地上大口吐血。杨守文一顿足，口中发出一声虎啸，不理另一个彪形大汉打过来的拳脚，身形一扭，身体像被丢出去的炮弹，狠狠砸在大汉身上，耳边只听咔吧一声响，那大汉的肋骨被撞断。杨守文没有停留，双脚落地瞬间，身体往下一蹲，顺手抄起了先前少年坐的胡床，脚下一个横扫千军，旋身而起，手中胡床向上飞舞，狠狠拍在第三个彪形大汉的下巴上，打得对方满嘴是血，仰面跌去。

眨眼间，三个彪形大汉就失去了战斗力，那些一拥而上的地痞们顿时被吓呆了。

“我阿爹是昌平县尉，谁敢惹我？”杨守文厉声喝道，眼角余光一扫，看到先前把他骗来那人正顺着墙角溜到巷子口，想要逃走。杨守文紧走两步，手中胡床呼的一声脱手飞出，正中那人后背，把那人打得直接趴在地上，惨叫连连，动弹不得。

“还不给我滚！”杨守文看了一眼周围，那少年已经不见了踪影；那些地痞一愣之后，齐刷刷发出一声喊，四散奔逃。

杨守文看都没看地上那三个大汉，迈步走到巷子口：“你，叫石榴？”

“郎君饶命，郎君饶命……我叫马十六，是数字的十六，不是石榴。”那人哭喊着，抱着杨守文的一条腿，“我是被逼的，是他指使我的。我伯父离开之后，我在城里无亲无故，只能跟着他讨生活，他让我借用二郎的名义把人骗来，抢劫一空后，赏给小人一口饭吃，小人真的没有办法啊！”

“你伯父？”

“我伯父是马鹞子，以前跟着县尉的快腿马鹞子。”

杨守文对“马鹞子”这个名字，多多少少有些印象，他好像做过杨承烈的执衣，去年因为年纪大了告老还乡，杨瑞顶替的就是他的职缺。想到这里，杨守文冷哼一声，探手抓住马十六的领子，迈步往外走。那马十六哪敢反抗？杨守文提着他穿过小巷，走上大街。

“你是何人？”经过县衙大门口时，里面走出一个中年人，看上去比杨承烈年纪要大一些，他负手站在台阶上拦住杨守文。

“我找我阿爹。”

“你阿爹？”中年人露出愕然之色，又看了一眼鼻青脸肿的马十六，“这不是马鹞子的侄子吗？”

马十六一愣。中年人道：“我是昌平县主簿卢永成，可需要我为你做主？”

卢永成？就是那个和县令王贺不太对付，范阳卢氏的卢永成？杨守文没见过卢永成，同样卢永成对杨守文也没什么印象。

马十六眼珠子一转，嘴巴张了张：“多谢卢主簿关心，是小人自己不小心摔了一跤。这位是杨县尉的大公子，我陪他来找杨县尉。”

卢永成看了杨守文一眼，那张原本严苛的面容，骤然间露出和煦的笑容：“你是杨大郎？”

“正是。”杨守文憨声答道。

卢永成笑意更浓：“听说你身子好了？”

“嗯，好了些。”

“你阿爹出城了，你要找他，可以到班房去等。来人，带大郎去杨县尉的班房，好生伺候。大郎先去歇息，我还有事，就不相陪了。”

“多谢卢主簿。”杨守文躬身行礼；卢永成则面带笑容，走下了台阶。

这卢永成似乎并不像传闻中那样阴柔嘛！杨守文转眼就想通了其中的关节：卢永成和王贺斗得旗鼓相当，甚至隐隐被王贺压制，谁能得到杨承烈的支持，谁就可以彻底掌控昌平县。也正是这个原因，王贺对杨承烈客客气气，卢永成也对杨承烈礼让三分。

衙门里的差役带着杨守文和马十六来到班房，房间里的陈设很简单，一张矮桌，一张榻床，还有几个墩子。杨守文坐在榻床上，饶有兴趣地看着马十六：“你要是告状，说不定卢主簿会为你做主。”

“大郎说笑，小人伯父曾为县尉效力，小人自然也是县尉的人。大郎代表县尉，打也好、骂也好，都是对小人的关照，更何况是小人有眼无珠，先得罪了大郎。”

杨守文哈哈大笑，指着马十六道："你这家伙虽是个泼皮，倒也算伶俐，说吧，那个人是不是盖嘉运，盖老军的二儿子？"

马十六犹豫了一下，说道："是他，其实盖二郎人不错，只是胆子大。他性子豪爽，平时大手大脚，常常入不敷出，所以只好在外面打秋风，否则他根本拢不住周围那些人。"

"为什么要用我兄弟的名义？"

"这个……"马十六苦笑道，"县令孤家寡人在这边，没有子侄亲人跟随；县丞当不得事，而且大门不出、二门不迈，躺在床上等死的人，谁又会害怕？卢主簿，那是范阳卢氏的子弟，范阳卢氏在幽州的影响力很大，若是冒用卢氏子弟的名头，死得会很难看。算来算去，这昌平县里能撑得起的人，只有杨二郎了。而且杨二郎和盖二郎相识，盖二郎虽然用他的名头打秋风，却主要对那些生面孔。那些外乡人不敢在这边闹事，吃亏之后只能打落牙齿肚里咽，不会惹来麻烦。盖二郎觉得，杨二郎不在市井里混，自然不可能知道什么。"

"是看杨二郎笨吧，"杨守文冷笑，靠在榻床之上，"那这么说，盖二郎对杨二郎还算有些顾忌，可既然这样，他怎敢乱传消息？"

见马十六一脸迷惑，杨守文干脆点明了："鸿福客栈是怎么回事？"

马十六一愣："什么鸿福客栈？小人不清楚啊！"

杨守文呼地坐起，吓得马十六扑通便跪在地上，脸色发白。

"看你那点胆子，也敢出来混？你伯父好歹跟着我阿爹那么多年，怎么到你这，变得这么没出息！"看着马十六战战兢兢的样子，杨守文突然笑了，"看起来，你伯父快腿的本事你没有学到一成，但是这嘴皮子功夫，倒是胜出他不少。算了，我懒得和你计较，你去衙门外面等着，我待会儿有事情吩咐你，别想跑，否则我打断你的腿！"

"小人明白，小人明白。"马十六战战兢兢地离开。

杨守文躺在榻床上，顺手从矮桌上拿起一本书。那书，通篇繁体字，满满之乎者也。只看了一会儿，他就眼皮子打架，躺在榻床上迷迷糊糊睡去。也不知道过了多久，听到一阵脚步声传来，紧跟着房门打开。

"兕子，你怎么在这里？"杨承烈一脸怒气，走进了班房。管虎跟在身后，见杨守文在，便没有跟进来。

"我来，是有重要事情禀报。"杨守文从榻床上跳下，倒了一杯水递过去，"阿爹，你怎么了？我听人说，你出城去了，可有收获？"

杨承烈仰脖将水喝下，才气呼呼地道："哪有收获？又死了三个人。"

“又出命案了？”

杨承烈点点头：“我今早得到消息，说发现了那日袭击县衙暴徒的踪迹，可等我带着你管叔父赶到时，已经人去楼空，只有三具尸体。更可气的是，我把案子呈报县尊后，县尊却说暴徒既然已经遁走，就不必继续追查了，让我不要再为这事烦恼。兕子，你听听，县尊这话……唉，就凭三具尸体，如何就能确定对方遁走？就算对方已遁走，他们在县城的同党，却不能放过啊。可县尊分明想尽快结束这个案子，我和他争辩了几句，他就把我赶出来，实在是恼人。”杨承烈说着，用力一拍桌子。

杨守文一愣，按理说，这一连串案子很复杂，里面一定隐藏着什么秘密。如果案子破了，王贺身为昌平县尊，非但无过，反而有功。既然是这样，他为什么不愿意继续侦破，反而要急着结案呢？他想不明白，难道县尊大人跟这桩案子有关联？

“对了，我不是让你待在虎谷山等我，你怎么又回来了？”杨承烈问道。

杨守文一拍额头，从怀里取出那张图递上去：“阿爹，这是我在茉莉的洗衣槌里发现的，二郎说好像是飞狐地图，上面还有一些用突厥语标注的数字，我怀疑，绿珠就是因此被杀的；而那些粟末靺鞨人之所以追杀我们，也一定是因为它。”

杨承烈接过地图，铺开来看，片刻后把地图收好：“这件事我知道了，我会把地图交给县尊大人，跟他再作商议。兕子你这次做得好，不过接下来，你还是留在虎谷山照顾好家人，莫再插手这事。”

杨守文嘴巴张了张，最终还是点头答应了。

“对了，还有一件事。”沉吟片刻，杨守文又把今天遇到的事情，一五一十地告诉了父亲。在他看来，盖嘉运的事情，一不小心就会变成祸事，不管他是否对杨瑞造成了伤害，有一点是明确的，盖嘉运并没把杨瑞当朋友，并且损害了杨家的名声。

杨承烈听完，脸色变得铁青，朝屋外喊道：“管虎！”

“卑职在。”

“立刻持我令牌，集结民壮，包围老军客栈。若盖老军老老实实就缚，就对他客气一些；若他敢抵抗，或者客栈里任何人胆敢抵抗，就地格杀，以作乱论处。”管虎领命而去。

杨承烈怒气未消，沉声道：“我敬那盖老军是条好汉，所以一直以来，对老军客栈都是睁只眼闭只眼，可如果盖老军把我当成傻子，我不会放过他。”

“阿爹，其实，那天晚上鸿福客栈的事情，我到现在还有一个疑问。”杨守文在榻床另一边坐下，“阿爹与盖老军合作，应该有些年头了，盖老军就算再不明智，也不可能这么得罪阿爹，可那天的事情，却很怪异。据我所知，鸿福客栈里的那些人深居简出，很少和外面人联系，甚至不怎么露面。鸿福客栈是昌平一等一的豪店，哪怕是盖老军都没资格进入，可盖老军的儿子盖嘉运，一个在昌平靠打劫为生的地痞，如何能知道那些人的存在？我觉得，这里面一定有问题。”

杨承烈看着杨守文：“兕子，你想做什么？”

“没什么，不过想看看这里面，究竟有什么蹊跷。”

杨承烈手指轻轻敲击矮桌，颇有节奏和韵律：“说实话，我和盖老军认识有十年之久。我还不是昌平县尉时，他已经是这里的团头了，我刚坐上县尉位子时，老军也给过我不少帮助。这些年，我们虽然不怎么接触，但彼此间都保持着互敬。我不知道这件事情是盖二郎自己的主意，还是盖老军在背后唆使，如果是后者，我不会手下留情。如果在两天之内你无法找到答案，不管老军是否老实，我都会给他个教训。”

“阿爹，我明白。”

“去吧，你去把二郎找来，本想着他年纪小，不要掺和这些事情，现在看来，如果他不早点成熟起来，杨家迟早会被他害得凄凉。”

“我知道了。”杨守文躬身一揖，退出班房。

走出左厢，来到县衙大门外，只见外面冷冷清清，不见一个人影，他正准备去不远处的酒肆门前骑马，就见一个人从旁边小巷里跑过来，眨眼间就到了跟前。

“大公子，我在呢。”

“十六啊！”看到他，杨守文心里旋即有了主意，他取出一串铜钱，“十六，帮我做件事。”

“大郎客气了，能为大郎做事，是小人的福分。”话这么说，但马十六的目光盯着杨守文手里的铜钱，露出渴求之色。

杨守文笑了笑，把铜钱放进马十六手中，轻声道：“我不管你用什么方法，给我找到盖嘉运，帮我传句话，就说最迟明天天黑之前，我要在虎谷山下村子里见到他；若不然，等着给他阿爹收尸吧。”

“啊？”马十六吓了一跳。

“怎么，不愿意？”

“大郎说的哪里话，既然大郎吩咐，小人一定尽力。”

“我不是要你尽力，我要你一定找到盖二郎，做不到的话，可别怪我翻脸。”杨守文的目光中透出一丝冷色，他快步走到酒肆门前，解缰上马，又对马十六道，“十六，你是个聪明人，好好做事，我不会亏待你。”

杨守文催马离去，他相信，盖嘉运一定会出现在虎谷山下。

杨守文天黑之前回到了虎谷山。只是一进家门，他就觉得气氛不对，一向会在第一时间跑出来迎接他的幼娘没有出现，菩提和四只小狗也没见到影子。只见宋氏和杨氏坐在正堂，两个人都露出尴尬之色；杨茉莉则坐在门廊上，看上去似乎有点害怕，一直到杨守文出现，他才算放松了一些。

“阿娘，婶娘，家里出了什么事？”

“这个……”宋氏苦笑，“两个丫头打架了，各自被关在房间里。”

杨守文的脸色顿时一沉：“幼娘一向乖巧，从不和人争执，是不是青奴欺负了她？”

待搞清楚事情的原委，杨守文不禁乐了。幼娘乖巧，青奴霸道。见到与自己年龄相仿的青奴来到村里，幼娘欢欣鼓舞，缠着青奴问这问那；青奴却因为幼娘身份，不愿意跟她一起玩耍，并把她推倒在地……唉，小女孩的心思，确实难猜。

杨守文轻声道：“阿娘、婶娘不必担心，我有办法。对了，近来事多，差点儿忘了件大事，再过几天就到八月十五了，阿爹那天要在弥勒寺招待故友，我今晚要去寺里一趟，把幼娘也带上，两个小女孩暂时分开一下也好。我带幼娘在山上住几天，家里有茉莉，不用担心。”

第十一章 再探弥勒寺

天已经黑了，山里格外安静。

菩提带着四只小狗在前，杨守文扛着枪，把自己和幼娘的包袱挂在枪上，踏踩着遍地银霜上山。山路崎岖不平，幼娘像个受惊的小兔子，一只手死死抓着杨守文的衣襟，一步一步地向山里走，她的小脸红扑扑的，额头上香汗淋漓。

杨守文停下脚步："幼娘，累吗？"

幼娘倔强地摇了摇头："幼娘不累。"

杨守文把手指头放在嘴里，吹了一声响亮的呼哨，菩提和四只小狗立刻转头跑了回来，绕着杨守文转圈。他左右看了看，指着路边的一块石头："幼娘，咱们在这里休息一下，估计你也饿了，这里有婶娘准备的巨胡饼，咱们一人一半分掉它。等吃饱了肚子，兕子哥哥带你上山，这几天咱们就在山上待着，好吗？"

幼娘高兴地点点头。其实，对她而言，住在哪里、吃什么东西都不重要，重要的是能够和兕子哥哥在一起，天天听他讲猴子的故事。虽然阿娘不在身边，会有些想念，但幼娘觉得，兕子哥哥和猴子故事也重要，更何况还有菩提。她乖巧地在石头上坐下，拿了一块饼子，细嚼慢咽起来。

杨守文取了一块毛巾，走了几步来到一处泉水旁，用泉水打湿了毛巾，走回来在幼娘面前蹲下，帮她擦去脸上汗水。明月如洗，风柔柔的，吹在身上格外舒适。杨守文突然来了兴致，他站起身，从树上摘了两片叶子，清洗干净后坐回幼娘的身旁："幼娘，给你吹个曲儿好吗？"

幼娘疑惑道："兕子哥哥还会吹曲子吗？"

杨守文微微一笑，把树叶含在嘴里，试了两下："开始喽！"

"嗯嗯！"幼娘靠着杨守文，看着他的侧脸。

杨守文想了一下，轻柔地吹响树叶，悠扬的旋律从他口中发出。他吹的这首曲子，是后世电视剧《西游记》里的插曲《女儿情》，旋律悠长，曲声幽幽，在山间回荡。这曲子幼娘没听过，她不知道这曲子的歌词，但是却听出了一种别样的女儿情怀……菩提和四只小狗，趴在杨守文脚边，似乎也在聆听这美妙的旋律，而幼娘靠在杨守文的身上，不知不觉闭上了眼睛。

一曲终了，杨守文刚要说话，却发现不知何时，幼娘已经趴在他的腿上进入了梦乡。那漂亮的小嘴，微微翘起，小脸上带着幸福的笑意，似乎在做一个美丽的梦。

杨守文轻舒一口气，伸手把枪背在身上，把幼娘抱在怀中，站起身来。月光下，两个人、五条狗在山路上缓缓行走，渐渐消失在起伏的山峦中。

这一晚，幼娘做了一个美好的梦，她梦见自己和兕子哥哥一起在山路上奔跑，后来她跑不动了，兕子哥哥就背着她继续跑，跑啊跑……

幼娘猛然睁开眼睛，却发现自己睡在一张禅床上，她吓得坐起来，扭头却发现床下匍匐着四只小狗，正睡得香甜，悟空、八戒、沙和尚还有小白龙都在，可是兕子哥哥呢？还有菩提去哪里了？幼娘顿时慌了神，从禅床下来，蹬上鞋子就往外跑。四只小狗也被惊醒，跟在幼娘的身后跑出了禅房。

禅房外，太阳正在缓缓升起。

菩提趴在禅房外，杨守文赤裸上身，四肢匍匐在房顶上，正对着初升的朝阳吐纳，这是杨大方传授给他的“金蟾引导术”。他不时发出咕咕的声音，喉咙和腮帮子一鼓一鼓的，但是嘴唇紧闭，那声音就好像是从他肚子里发出来似的。这也是“金蟾引导术”的独特之处，借用发声，震荡内腑，强化气血。

幼娘小时候见过兕子哥哥修炼这门功夫，所以并不奇怪。她轻手轻脚地在门廊上坐下来，两只小手托着下巴，坐在那里静静瞧着。阳光沐浴在兕子哥哥身上，仿佛为他披上了一层金色的光芒。幼娘恍惚中似乎看到还有些许氤氲之气，那是杨守文气血沸腾后产生的幻象。

清晨，微风阵阵，给这偏僻的禅院，增添了几分静谧祥和的气息。

当一轮红日跃出地平线，杨守文气行九转，精神焕发，他从房顶上一跃而下，看到幼娘，微微一笑道：“幼娘，早啊！”

“兕子哥哥早！”幼娘红着小脸回应了一声，轻声道，“兕子哥哥，这里的风凉，你快点把衣服穿上。”

杨守文答应一声，走进了另一间禅房。

“兕子哥哥，这里好安静。”等杨守文穿好衣服出来，幼娘疑惑地看着他问道，“兕子哥哥，怎么不见这里的法师呢？”

杨守文苦笑一声，揉了揉幼娘的脑袋。事实上，这小弥勒寺的情况，完全出乎他的意料。昨夜他抱着幼娘来到小弥勒寺时，已经天近子时，到了之后他才发现，寺院已经空无一人。想必，在那晚发生命案后，惠仁法师他们就离开了这里。

伙房里的炊具还在，把昨天带来的巨胡饼热了一下，两人饱餐一顿。

吃过早饭，杨守文在庭院里清扫；幼娘则跟在他身边，一边走一边洒水，原本有些破落荒凉的寺庙里，回响着幼娘银铃般的笑声。

打扫完庭院，杨守文走进大雄宝殿，他点亮香烛，环视着空荡荡的殿堂，目光最终又落在墙壁上的罗汉图上。杨守文静静地站在大殿中央，脑海中却浮现出一个身影：他心怀恐惧，一个人在大殿里徘徊，最后坐在墙下，参拜长眉。他缓缓走过去，在墙下站定，脑海中不停地回忆着当夜的情形，忽然灵光一闪，他似乎想到了什么。

“兕子哥哥，有人来了。”杨守文沉思时，幼娘在大殿外喊道。

杨守文从大殿里出来，只见杨氏带着杨茉莉站在大殿外。他们身前，还跪着两个人，嘴里塞着布团，那两人，其中一个身材魁梧，看起来十分彪悍；一个年纪不大，看上去有十五六岁的模样。

“盖嘉运？”杨守文一眼认出那少年，他猛然想起来，他让马十六通知盖嘉运来虎谷山见他。

杨氏将手里的大包袱放在脚边，心有余悸道：“正要与兕子说，这两个人天不亮突然闯入家中，幸亏茉莉警醒发现了他们，并把他二人捉住。他们说，是你让他们来的，奴与娘子也不知道该如何是好，所以就让茉莉押着他们上山来见你。”

“杨茉莉，把他们嘴里的布团拿出来吧。”杨守文走上前，说道。

杨茉莉二话不说，上前按住两人的肩膀，把布团扯出来。

“呸呸呸……杨大郎，你意欲怎样？”盖嘉运显得气急败坏，“你让我来找你，却如此对我？”

杨守文一笑，在盖嘉运身前蹲下来，他手腕一翻，掌中变出了一柄匕首。

“你要干什么？”盖嘉运面露惊恐之色，挣扎着想要站起来，只是，杨茉莉一伸手便按住了他的肩膀，好像一座大山压在身上，任凭盖嘉运如何挣扎，也没有半点用处。

杨守文扬手，一道寒光掠过。

盖嘉运闭上眼睛，可好半天不见有动静，他睁开眼睛，却发现身上的绳索已经被割断，杨守文正盘坐在他身前："你……"

"我让你来找我，可没有让你天不亮就不请自来，知道什么叫负荆请罪吗？我估计你不知道。我知道，你想学那些刺客偷袭县衙一样偷袭我家，可你是否知道，你这样做非但不会成功，更可能会给你们整个盖家，惹来灭门之祸！"

盖嘉运的脸色，顿时变得格外难看："我借用杨二郎的名号，那是我的事情，你不要连累我的家人。"盖嘉运拼命挣扎，杨茉莉却突然松手，盖嘉运扑通就摔在地上，只是没等他爬起来，一个硕大的狗头就出现在他面前，并且露出森森的利齿。

"菩提回来！"杨守文召唤一声，又问杨氏，"婶娘，现在什么时候了？"

"已经过了午时。"

杨守文站起来，低头看着盖嘉运，沉声道："天黑以后就是你满门遭难之时，别和我谈什么律法，昌平如今正处于动荡之中，有些事情可以先斩后奏。山下有马，你可以在天黑前赶回昌平。"

盖嘉运鼻青脸肿，抬头看着杨守文："你何苦为了这点小事，就要为难我全家？"

杨守文叹口气，蹲下来拍了拍盖嘉运的脸："盖二郎，你还是没明白你究竟哪里错了。"

"什么意思？"

"杨二郎的事情和我有什么关系？他虽然姓杨，但和我是同父异母，在此之前我们几乎没有交集。说实话，如果不是你影响了我杨家的名声，这件事我根本不会理睬，不过，这事情不重要，我想知道，那鸿福客栈究竟怎么回事？"

盖嘉运一愣："我不明白。"

"是谁告诉你，鸿福客栈甲三号院的人可疑？"

"这个……"

"别告诉我是你觉察到的，你盖二郎在昌平也算个人物，但那是对普通人而言，鸿福客栈就是你老子都没资格进去，更别说你一个泼皮。是谁让你给杨二郎传信，说那甲三号院的人行踪可疑？如果你今天不和我说清楚，我可以保证，我阿爹虽不是县尊，但灭你全家是没有问题的。"

盖嘉运这一次真的怕了，他听得出来，杨守文可不是和他开玩笑。说到底，他阿爹盖老军就是个混地下的，屁股不可能干净。以杨承烈十几年来在昌平打造的势力，真要想要盖老军和他兄弟二人的人头，易如反掌，他突然很后悔，何苦为了几个小钱，得罪杨家！

“我说，我说，”盖嘉运哭丧着脸道，“这件事真的和我阿爹无关，前几日二郎找到我，让我帮他留意城里的可疑人物。那天我和阿爹吃饭时随口说起这个事情，寇书生说，他前几日看到有一帮可疑的人住进了鸿福客栈，还说那些人看上去很彪悍，不像什么好人，而且来路不明，出手也阔绰。阿爹不让我掺和这件事，可后来二郎又催了一次，我正好手头有些紧，就把这事告诉了二郎，至于那甲三号住的什么人，我是真不太清楚，但寇书生既然说他们可疑，想来不会有假，我想着也不会有什么事。”

杨守文蹙起了眉头：“寇书生是谁？”

“寇书生名叫寇宾，原是个落魄书生，据说他早年间在蓟县惹了麻烦，于是跑到昌平，投奔到我阿爹门下。你也知道，我阿爹虽然说大字不识几个，却一向敬重读书人，所以对寇书生很看重，还把店里的账本交给寇书生打理。”

“对了，寇宾最近花销不少，我曾见他出入鸿福客栈，还与那里的胡姬调笑。我阿爹虽然看重他，给他工钱不低，可要想经常出入鸿福客栈，却远远不够。”盖嘉运补充道。

旁边的彪形大汉，突然在盖嘉运耳边低语了两句。

“另外，老三看到过，他曾从卢主簿家里出来。”

“卢主簿？你是说卢永成？”杨守文诧异道。

盖嘉运这时也醒悟过来，他已经卷入了一桩大事件。现在已不是单纯解救盖老军的问题，很可能会关系到盖家和老军客栈的存亡：“老三，你告诉杨大郎。”

老三是盖嘉运的心腹，开口道：“大概是六天前吧，当时天都快黑了，我奉二郎的差遣，去收一笔债，路过卢主簿家后门时，看到寇宾从里面出来，而且卢青还把他送出大门。再后来，我就把这事给忘了，若非刚才二郎说起寇宾，我都想不起来，对了，我还见过他和卢青出现在鸿福客栈。”

“卢青又是谁？”杨守文再次转头看向盖嘉运。

“卢青是卢主簿家的管事，也是卢主簿最信赖的人，一般有什么事情，如果卢主簿不好出面，就要卢青出面。”说着，盖嘉运搔搔头，对老三说道，“老三，你不会是看错了吧！卢青那厮的眼皮子高，怎会看上寇宾，还亲自把他送出来？”

寇宾、卢青、卢永成，还有那甲三号院里的神秘人，不知不觉中，杨守文脑海中已经串起了一条线，也使得原来的谜团，清晰了很多。

杨守文在大殿门口踱步，片刻后，他从腰间皮囊里取出一块腰牌，丢给盖嘉运：“你现在拿我的腰牌回城，找到我阿爹，把你刚才说的事情再详细说与我阿爹听。盖二郎，你是个聪明人，天天在街头坊市中混迹，不是长久之计。如果你愿意，我可以让我阿爹想办法，给你谋个差事，虽然未必有多大成就，但也好过你整日吊儿郎当。”说完，他又对杨氏道，“婶娘，烦劳你再下山一趟，给他备上一匹马，让他回城。”

杨氏点头答应，和杨茉莉带着盖嘉运两人下山去了。

杨守文坐在门槛上，看着在院子里奔跑玩耍的幼娘，脑海中思忖着盖嘉运刚才一番话。一个又一个的谜团，似乎有了一点儿眉目。卢永成发现了神秘人，然而他不希望神秘人在昌平，于是他让卢青联络了寇宾，想要设法赶走神秘人。这时候，杨瑞跑去让盖嘉运打听消息，寇宾得知后，就故作无意地透露了神秘人的消息，然后盖嘉运想弄点钱花，就告诉了杨瑞。但问题是，神秘人是谁？卢永成为什么想要赶走神秘人？

一个心思如此缜密的人，绝不简单。杨守文突然想起来，他昨日怀疑王贺与县衙遭袭有关联，其实卢永成也有嫌疑。事实上，卢永成对县衙的熟悉程度，以及他在昌平县的实力，似乎比王贺更有可能。若果真如此，卢永成在县衙袭击案中，究竟扮演什么角色？

杨守文意识到，想要解开这个谜团，就必须弄清楚那个山中死者的身份；还有，他究竟留下了什么线索，让那些刺客不惜偷袭县衙？想到这里，杨守文站起身，又走回了大殿。那个家伙不可能无缘无故在大殿里停留，还有他所说的长眉罗汉，到底藏着什么秘密？

杨守文再次站在罗汉壁画前。说实话，壁画上的罗汉，画工并不精美，甚至有些粗糙，杨守文已经看了不止一遍，都没有看出什么。那个人，究竟想要说些什么？

“兕子哥哥，兕子哥哥快来！”大殿外传来了幼娘的叫喊声。

杨守文走出大殿，循着幼娘的喊叫声，从禅院的后门出去，来到观景平台上。一个人、五只狗都坐在平台上。

“兕子哥哥，快看！”落日余晖里，幼娘指着不远处的一座山峰，俏皮道，“兕子哥哥，你看那座山，像不像一个长了一对长眉的老爷爷。”顺着幼娘手指方向，越过雀儿涧，有一座山，那山岭起伏，恍若一对长眉；而整座山，正如幼娘所说，好像一个长了长眉的老爷爷，或许，是长眉罗汉？

杨守文灵光一闪，似乎想到了什么。这个长眉罗汉，可能并不是什么人，也不是什么地点，只是一个长得像长眉罗汉的事物。至于幼娘看到的长眉山岭，杨守文已经排除了，死者对这边并不熟悉，甚至不知道小弥勒寺的位置，又怎可能知道那只有在小弥勒寺才能看到的长眉山岭？他说的长眉罗汉，可能只是临时想到的，也就是说，在此之前他并没有提防，一直到刺客追过来后，他才匆忙把东西藏好。那么，那东西一定就藏在禅院里。

杨守文的心情大好，他把幼娘抱起来，原地旋转。

幼娘惊叫一声，感受到了杨守文内心的喜悦，也忍不住咯咯地笑了。

傍晚时分，杨氏和杨茉莉上山了，宋氏和青奴也来了，同时还牵着一匹马，驮了很多物品，杨守文上前，抓住了缰绳："阿娘，你怎么也上来了？"

"我不上来怎么办？杨嫂说要来照顾你，青奴也想过来，家里就剩我一个人，冷清得紧。怎么，兕子不欢迎我？"

杨守文摆手笑道："阿娘说哪里话，兕子求之不得哪！正好，这禅院的法师都跑了，宽敞得紧，我和茉莉住在前院禅房，你和婶娘还有青奴、幼娘可以住在后面。这禅院里，就算住上一二十个人都绰绰有余。青奴，你说呢？"

从进了禅院，杨青奴就躲在宋氏身后，听到杨守文的问话，她怯生生地答应一声。

杨守文脸上露出一抹笑容："青奴，山上虽然冷清，不过却有很多好玩的去处，到时候让幼娘带你去玩吧。"

"是啊是啊，青奴娘子。"幼娘似乎忘了昨天的不快，笑嘻嘻地跑到杨青奴身边，"还有，兕子哥哥会讲故事，晚上我们让兕子哥哥讲故事，就讲那个猴子的故事。"

杨青奴看着幼娘，轻轻嗯了一声。

多了好几个人，禅院一下子变得热闹起来。只是，那长眉罗汉，到底是什么？杨守文在禅院里走了一圈又一圈，一直到吃晚饭时，也没有找到答案。

晚饭后，杨氏和宋氏整理房间。杨守文则盘坐在广场上，似老僧入定般一动不动。

"兕子哥哥，快来讲故事。"幼娘拉着青奴，气喘吁吁地从寺院外跑进来。天已经完全黑了，一轮皓月当空，月光柔和，洒落在禅院，仿佛披上了一层白霜。

“哦！”杨守文这才清醒过来，拍了拍额头。

青奴下意识地后退一步，杨守文朝她招招手，示意她也在身边坐下来。不知何时菩提带着四只小狗也跑过来，齐刷刷地坐在杨守文面前。

“上次咱们讲到孙悟空被压在五指山下……”杨守文讲得绘声绘色，幼娘和青奴听得聚精会神，甚至没有察觉到杨氏和宋氏也来到了旁边，坐在那里聆听。不知不觉，故事发展到了高老庄，当青奴听到八戒出场时的模样，忍不住咯咯笑起来，更引得四只小狗里的八戒狂吠。

“原来，你就是八戒啊！”青奴把小狗抱在怀里，忍不住笑道。

“兕子，是不是以后还会有沙和尚与小白龙呢？”宋氏在一旁开口问，杨守文轻轻点头。

“我说呢，好端端的怎么给它们起了这么个名字。”宋氏说完，站起身，又看了看天色，“好了，已经不早了，都早点歇着吧。你们兕子哥哥忙了一天，让他早点休息，明天还有很多事情要做呢。”

幼娘和青奴一副不情愿的模样，两个小丫头相视一眼，青奴道：“阿娘，我晚上要和幼娘一起睡，可不可以？”宋氏点了点头，同意了青奴的请求。

“好喽，睡觉去。”幼娘拉着青奴跑回房间，悟空和八戒则跟在两人身后边跑边叫。倒是沙和尚和小白龙，老老实实地跟在菩提身边，一同陪伴在杨守文左右。

“这两个孩子，昨天还打得不可开交，今日就好像变了个人。”宋氏说道。

宋氏和杨氏回房休息去了，而两个小丫头就住在前面的禅房里，和杨守文做起了邻居。禅房里传来一阵阵嬉笑声，还不时有小狗的叫声传来。杨守文依旧站在广场上，片刻后，他对身边已经睡眼惺忪的杨茉莉道：“杨茉莉，你也早点回房去睡觉吧。”

“那我先睡了，阿郎也早点休息。”杨茉莉住在山门旁边的门房里，距离禅房不远。

杨守文目送他进了门房，复又走到大雄宝殿门口，把大殿的门关上，这才带着菩提和两只小狗，回到了自己的房间。

长眉罗汉，长眉罗汉……到底是什么东西？这一夜，杨守文在禅床上翻来覆去无法入眠，脑海中不断浮现长眉罗汉的模样，一直到三更天，他才迷迷糊糊地睡去。

第十二章 油纸包

夜幕再次降临，杨茉莉带着菩提在禅院里巡视一圈，确定没有危险才回房去了。杨守文则抱着青奴和幼娘，坐在禅房外的门廊上，她俩缠着杨守文，让他继续讲故事。

杨守文当下又把高老庄、流沙河讲述了一遍，一直讲到了黄风岭。

“大兄，”杨守文正讲着，青奴突然指着前方，“你看那棵树，好像一个长了长眉毛的老爷爷呢。”顺着青奴手指方向看去，就见禅院一隅，有一棵古树，树叶已经凋零大半。杨守文一愣，那棵树，就是那晚刺客藏身并用弓箭偷袭他的那棵树，他眯起眼睛，看着那棵树久久不语。

长眉罗汉？他脑海里一闪，扶着杨青奴让她坐好。

“大兄，你要去做什么？”青奴那张小脸上，露出楚楚可怜的表情。

杨守文笑了笑，伸手按了按她的脑袋：“我马上回来。”他纵身从门廊上跳下来，快走两步来到了大树前。树干很粗，需两人合抱才可。他围着这棵树转了几圈，蹲下身子才发现，树的底部有个小洞，洞口有拳头大小，由于杂草遮掩，如不仔细寻找，很难发现。

“幼娘，取火把来。”

“哦。”幼娘答应一声，三步并作两步地跑到伙房，不一会儿举着一根火把跑了过来。

杨守文取过火把擎在手里，照着那个树洞，隐隐约约觉得里面似乎有一团东西。他取出匕首，在树洞里拨弄两下，确定没有危险，才把手伸进去。树洞不深，有点潮湿，杨守文觉得自己手好像抓住了一团软绵绵的东西，他拿出来看，是一个不大的油纸包。

幼娘露出了惊讶的表情：“兕子哥哥，这是什么？”

杨守文在手里掂量一下，朝幼娘点点头，幼娘立刻会意地用手捂住嘴巴，用力点头。他们之间的默契，不需要用言语来表达。杨守文把油纸包放入腰间皮囊里，牵着幼娘的小手又回到门廊下。

“大兄，你在找什么？”青奴的视线被粗壮的树干挡住，疑惑地问。

杨守文把火把插在廊柱的孔洞里，把青奴抱在怀中：“没什么，咱们继续讲故事……”

第二天，杨守文醒来时，只觉嗓子都是哑的。昨晚一直说到了“三打白骨精”，两个小丫头越听越精神，杨守文实在撑不住了，好不容易把她俩哄睡，他回到禅房，倒头一觉睡到了天亮。没想到，天亮后，虎谷山却下起了淅淅沥沥的小雨。

杨守文坐在禅床上，呆呆地看着眼前的油纸包，他伸手想要把油纸包打开，可又把手缩了回去。他有一种直觉，这个油纸包一旦打开，必然会带来又一场腥风血雨。到目前为止，就是因为这个油纸包，已经死了很多人，那个曾住在这里的假獠子，还有那个死于自己之手的刺客獠子，小弥勒寺的僧人觉明，偷袭县衙被杀的刺客，加起来有七八条人命。这油纸包里的东西，不会是无关紧要的物品，但越是如此，他就越好奇，这油纸包里到底藏着什么，让那么多人为它丧命。

杨守文有种抓心挠肺的感受，他抬手，又放下，再抬手……一连好几次，他最终下定决心，油纸包的事情，等见到父亲再说。

午后雨歇，一道彩虹横跨山峦，格外动人。

天将黑时，有人砸响山门，杨茉莉打开山门，就见杨承烈和杨瑞站在山门外。

听到动静，众人迎出来，杨守文很诧异：“阿爹，你和二郎怎么这么早就来了？”

杨承烈迈步走进山门：“我还要问你们，怎么都跑上山了？”

杨守文不知道要怎么回答，宋氏接过了话茬儿，她把近日发生的事情，与杨承烈简略叙说一遍：“山下太小了，兕子前晚上山，发现山上的法师都跑了，就让我们早点过来。你看，这山上其实也挺好，房间也够多，地方也充裕。”宋氏欢喜道。

众人见毕，各自忙活去了。禅房里，只剩下杨承烈父子三人。杨承烈对杨守文道：“我已经把盖老军一家放了，盖嘉运的事情，算是就此揭过。他说你答应的，要给他一个出身，所以我让他先去壮班做个门卒；另外，盖老军应诺帮我盯住卢永成。我做昌平县尉十数载，原以为对昌平非常了解，没想到竟看走了眼，没有发现卢永成的手段。”

“阿爹，发生了什么事？”

“那个寇宾找到了，不过已死，不仅寇宾已死，就连卢青也被人杀死了……”杨承烈把来龙去脉叙说一遍之后，轻声道，“原以为日子就这样无风无浪地过去，没想到今年的局势，较之两年前李尽忠兵进幽州时更加险恶，更让人捉摸不透。特别是这几宗命案，处处透着怪异，我心里面总觉得不安宁。”

杨守文大吃一惊：“县尊怎么说？”从父亲的话语中，他听出了焦虑。

杨承烈道：“县尊的意思，二人之死都是意外，就这么算了。”

“怎能就这么算了？”杨瑞忍不住，激动地说道，“寇宾明明是被人谋杀，还有那卢青，说是酒后失足溺死，怎么可能？我打听过，卢青身手不弱，而且颇有酒量，怎可能溺死？”

“不是溺死，凶手是谁？”杨承烈反问道。

“分明就是卢永成！”

“证据在哪里？你这是诽谤上官，按律当充军发配。”杨承烈手指敲击桌面，沉声道，“卢永成乃从九品上的主簿，你老子的品级比他还要低半级，他是我的上官，我如果要侦办此案，根本躲不过他的眼睛；若县尊肯侦办此案，我也有个由头，但现在县尊都想息事宁人，你要我这个县尉如何下手？你还真以为你阿爹能一手遮天？”

杨瑞低下头，不再说话，可杨守文却从他的眼中看出一丝不甘。

感觉气氛有些凝重，杨守文笑道：“好了，这件事到此为止，咱们不说了。”又陪着父亲吃了几碗酒，便告辞走出了禅房。

杨瑞跟在他身后，两人来到大雄宝殿门外，月光洒在广场上，透着几分清冷之气。

杨瑞抬起头，仿佛鼓足了勇气道：“大兄，要不我向阿爹请辞，还是你来做执衣吧。”

“我？”杨守文的脑袋摇得像拨浪鼓，“我才不要去衙门里受罪！你看我，现在多快活，无忧无虑，何苦到衙门里修行？”

“可是我真的觉着自己很笨，被盖嘉运耍得团团转不说，我还以为他一直对我心存畏惧，”杨瑞显得非常苦恼，挠了挠头，“今天我去现场，看到卢青的尸体，连我都能看出卢青绝不是溺水，偏偏阿爹却能够一口一个溺水，和卢永成谈笑风生，好像什么都没有看到。大兄，我真的糊涂了，以前我觉得我很聪明，甚至在大兄清醒之前，我都是这么认为，可现在……”说着，杨瑞蹲在地上，双手抱着头。

杨守文能够理解他此刻的心情，从某种程度上说，杨瑞是个颇具正义感的少年，只是他还不太明白忍耐的含义。杨守文拍了拍他的肩膀，在他身边坐下：“二郎，你看这月光多美，但是却无法抓住；你闭上眼，感受一下这风，多么柔和，但是却无法看到；你闻这花香，多么美妙，但是却无法保存。”

“大兄，你在说什么？”杨瑞被弄糊涂了，愕然看着杨守文。

杨守文笑了：“我在说废话，其实我的意思是，你大可不必如此在意。二郎，你很聪明，只不过你从小受尽宠爱，所以你根本看不到那些隐藏在阴暗中的丑恶。”菩提从门廊上跳下来，跑到了杨守文身边趴下，杨守文继续说道，“衙门里的事情，你要学会忍耐。我和你讲个故事吧，曾经有两个差人，同样的满腔热血，同样的疾恶如仇。有一次，两个差人侦办一桩案子，那案子的背后，隐藏着一只幕后黑手。其中一个人正义感十足，要惩恶扬善；而另一个人则对他的主张表示反对，为此，两个人最终分道扬镳，甚至变成了仇人。那个正义感十足的差人，拼了性命也要把那个幕后黑手绳之以法，可结果呢？他暴露了，最终变成了残废。而另一个差人，则虚与委蛇，一边与对方周旋，一边在暗地里默默搜集证据。差不多十年之后，他搜集了足够的证据，同时自己也身处高位，而后发出了致命一击，幕后黑手被干掉了，他也成了英雄，还得到美人青睐。”杨守文说的，是他自己的后世经历。

杨瑞忍不住问道：“那个残废的差人呢？”

杨守文轻轻摇头：“那个笨蛋在病榻上躺了十年，最心爱的人走了，家里为了给他治病，倾家荡产。可是十年之后，没有人会记得他曾经付出的努力；就算是有，也是在私下里嘲讽他。二郎，若换作你，会怎么做呢？”

“我……”

杨守文拍了拍菩提，从地上站起来：“你自己好好想想，别总是书生意气。”说完，带着菩提离去。

第二天，天还没亮，杨守文起来练功。

早饭后，杨承烈吩咐杨守文和杨茉莉下山买些酒菜来，准备明天故人的到来。杨守文诺一声，疑惑道：“阿爹，今日你不在衙门里当值吗？”

“我昨日已经向县尊禀报身体不适，要休养两天。”杨承烈道。

告辞了阿爹，杨守文带着杨茉莉一道下山，他先去田村正家里看了看寄存在那里的马，然后又去了老胡头家中。见到老胡头，他拿出一张图纸："老胡头，照着这个图样和尺寸，先给我打二十个出来。"

"这是什么？"老胡头仔细看过图上的马蹄铁，一脸茫然。

杨守文拿过图纸，佯装生气道："你别问那么多，你若做不出来，我进城找人做。"

老胡头一听，一把将图纸抢过来："一个三十文，二十个五百文，三天后你过来取。"

杨守文笑着从老胡头家里出来，准备到村里的店铺里买些酒菜。

虎谷山下的这个小村子是个无名小村，这里的百姓，更习惯称呼自己的村庄叫虎谷山。

村庄不大，人口不多。村里有家熟食店，专门烹制山中野味，然后贩卖到昌平县城，据说生意不错。杨守文在这里生活了十七年，这家熟食店的野味也吃过很多次，说实话，他并不认为有多好吃。这个时代，烹饪的方法不多，主要以烤、蒸、煮、焖等为主，况且也没有那么多调料。虎谷山毗邻官道，每天往来于孤竹和昌平以及居庸关的行人不算少，所以，那家熟食店一边卖酒，一边卖熟食。

杨守文把酒菜买好，正与杨茉莉准备离开时，有人在身后喊住了他。

"少年郎，你可是杨二郎吗？"那是个三十七八岁的男子，齿白唇红，相貌俊美。

杨守文不认得对方："你是谁？"

"刚才我听店家和你聊天时，提到了文宣的名字，故而猜测你当是文宣家的二郎。"文宣是杨承烈的字，杨守文知道，在这个年代，知己好友才会直呼别人的字。

见杨守文面露惊愕，男子继续说道："我叫陈子昂，与你阿爹相识多年，前些日子说好要来拜访，并约定中秋一起赏月，可刚才到你家，你家却空无一人，询问之下才得知你们一家上了山，正想找人带我上山呢！"

陈子昂？杨守文心里一惊，难道说，他就是那个写出"前不见古人，后不见来者。念天地之悠悠，独怆然而涕下"的陈子昂？说起陈子昂，最为后世熟知的似乎只有那首《登幽州台歌》。事实上，从初唐到盛唐的诗风转变过程中，陈子昂绝对是一个避不过的存在。卢藏用曾在《右拾遗陈子昂文集序》里赞道："横制颓波，天下翕然质文一变。"而被后世无比推崇的诗圣杜甫，也称赞陈子昂“千古立忠义，感遇有遗篇”；金代元好问更在《论诗绝句》里写下了“论功若准平吴例，合着黄金铸子昂”的赞语，由此可见陈子昂对于文风兴盛的盛唐乃至于后世，有着何等卓绝的影响。

难道陈子昂就是阿爹的故人？杨守文实在无法把自己只做小小昌平县尉的阿爹，和大名鼎鼎的陈子昂联系在一起。

杨守文按下心中的疑惑，笑道：“大叔，杨二郎不是我。”

“抱歉，实在抱歉，我认错人了。”大叔那如白玉般俊美的面上浮现出一抹红色，他尴尬一笑，转身欲走。

“大叔，我虽不是杨二郎，可没说杨县尉不是我阿爹啊！”

大叔愣了一下，脱口道：“你莫不是阿痴儿？”

杨守文一脸苦笑道：“大叔，我是大郎，二郎是我兄弟，我那痴症已经好了！”见大叔有些疑惑，杨守文解释道。

“原来如此，怪不得我看你第一眼时有些眼熟，简直和你阿娘年轻时一个模样。”

这大叔口中的“阿娘”，应该不是现在的宋氏，既然不是宋氏，难道是自己的生母？听上去陈子昂和阿爹的交情不浅，可怎么从未听阿爹提起过？想到这里，杨守文笑道：“既如此，请随我一起上山吧，我阿爹昨晚就已经到了山上。”

“如此甚好，那咱们现在就上山。”陈子昂背起包袱，与杨守文二人一起出了村子。

“说起来，我与文宣也有十几年没见了，以前他在均州折冲府出果毅校尉之职，若非今年初他去蓟县查案，我都不知道他在幽州。”陈子昂神色轻松，边走边说，“对了，大郎你如今有十七了吧，在何处读书？”

“我没读过书。”

“没读过书？”陈子昂停下脚步，“文宣忒不像话，怎能如此糟践你？想当年，熙雯何等文采，她的儿子怎能不读书！传扬出去，岂不是丢了熙雯的脸面？”熙雯，是杨守文的生母，郑熙雯。对于生母杨守文其实知道得并不多，听陈子昂这么一说，他才知道母亲生前，似乎名气不小。

“先生莫如此说，这事怪不得阿爹。我前些年一直浑浑噩噩，患了痴症，直到前些日子，才算清醒过来，故而没有进学，非是我阿爹不肯让我读书。”

陈子昂不再言语，他的神思，好像一下子飞到了九霄云外。

回到小弥勒寺，已过正午，距离山门还有百十步，陈子昂就大声喊：“杨文宣，我来了。”他一边喊，一边加快了脚步。

山门里，出现了杨承烈的身影，看到陈子昂，他愣了一下：“陈伯玉？你还是老样子，每次都提前出现，不是说好明天来吗？”

“哈哈，我就是要让你大吃一惊。”说着话，陈子昂已经到了山门外。

杨承烈迈出山门，和陈子昂拱手一揖；陈子昂没有还礼，而是上前一把抱住了杨承烈。

午后，杨承烈和陈子昂就在禅房里说话，他们似乎忆起往事，时而争吵，时而又大笑，给人一种疯疯癫癫的感觉。杨守文陪了他们一会儿，便告辞离开，他大体已经弄清楚了陈子昂和杨承烈之间的关系，如果用一个词来概括，那就是情敌。

陈子昂是梓州射洪人，也就是后世的四川省射洪县。杨守文的母亲郑熙雯，早年曾随其父亲，也就是杨守文的外祖父入川。杨守文的外祖父时任射洪县令，与陈子昂的父亲交好，故而收陈子昂为门生，教授他四书五经。陈子昂就在那时，认识了郑熙雯，并且对她心生爱慕。可惜那时，郑熙雯把他当作弟弟，几年后，郑熙雯随父亲离开梓州。

一晃数年过去，昔日少年陈子昂已成饱学之士。调露元年（679年），陈子昂怀经世之才，出三峡北上长安，参加科举；也就是那一年，郑熙雯嫁给了杨承烈，为此，陈子昂情绪十分低落。那一年，陈子昂科举失败，杨承烈赠二十金作为路费，陪着陈子昂一直返回射洪。

永淳元年（682年），杨守文出生。陈子昂再次踏上科举之路，而杨承烈则带着郑熙雯母子南下，前往均州任职。当时陈子昂说，他必能高中，到时候去均州找杨承烈。可那一年，陈子昂科举再次失败，他无颜前往均州，悄然返回家乡。此后，杨承烈和陈子昂二人失去了联络。文明元年（684年），陈子昂第三次科举，进士及第；也就是在这一年，杨承烈带着失去母亲、痴痴傻傻的杨守文离开均州，来到昌平。

算起来，两人已经有十多年未曾相见。半年前，杨承烈去蓟县查案，在蓟县的幽州都督府二人邂逅，不过时间仓促，当时幽州都督张仁亶刚上任，身为右拾遗监军的陈子昂协助他稳定局势，而杨承烈当时也公务繁忙，以至于两人匆匆重逢，又匆匆分别。从那之后，杨承烈和陈子昂再也没有见过。直到月初，陈子昂突然派人送信，说是要找杨承烈赏月。

人生有四大喜，两人这次相聚，也算是“他乡遇故知”吧！

只是不知道为什么，杨守文觉得陈子昂有点古怪。他和父亲既然是故旧，这大半年里却没有任何联系，这时为何突然间跑来昌平赏月？直觉告诉他，陈子昂来昌平，一定有别的目的。

“大兄，这位陈先生有点怪怪的。”晚饭后，明月当空，杨瑞找到杨守文，把他拉到了僻静处。

杨守文道：“为何这么说？”

“大兄，你不知道，刚才陈先生拉着我，一直问我那天晚上发生在这里的事情，他还向我打听了那个獠子，问我有没有发现什么特别之处。”杨瑞说道。

杨守文笑了笑，拍拍他的肩膀：“二郎不用多想，明日就是中秋，大家还有许多事情要做，早些睡吧。”

入夜后，山间云雾缭绕，把整个小弥勒寺笼罩其中，周围静悄悄的。杨守文躺在禅床上，突然睁开眼睛，翻身从禅床上下来。趴在门口的菩提被惊醒，呼地站起来。杨守文轻嘘一声，示意菩提不要动，他轻手轻脚走到窗边，推开了窗子。外面不知何时下起了雨，杨守文翻身从窗户跳出去。禅院内，空无一人，杨守文看了看四周，确定没人后，如同一只灵猫般穿过禅院。

“谁！”一个低沉的声音从暗处传来。

杨守文心里一紧，反手按在刀把上，没等他回答，杨承烈从暗处走出来：“阿爹。”看清楚来人，杨守文放下心来。

杨承烈拉他躲到柴堆后：“这大半夜的，你跑出来作甚？”

“嘿嘿，”杨守文故作神秘地一笑，“阿爹来做什么，我就来做什么。”

“我做什么？”杨承烈把短刀收好，轻声道，“你以为我真吃多了酒？我告诉你，你老子文采或许比不得那个家伙，可心眼不比他少。若不如此，当年你阿娘又怎会选择我？”说着，杨承烈便扭过头，不再说话。

看着阿爹，杨守文的眼睛不自觉地眯成了一条线。

一个外来人，在昌平做了十年县尉，并且稳如泰山，这可不是一件容易的事情。唐代的地域观念很强，甚至比后世的地域观念更加严重。可整个昌平县的人，似乎对杨承烈没有任何排斥，只这一点来说，就不是一个没有心眼的人能够做到的。杨承烈那一口几乎与本地人没有区别的昌平口音，绝不是什么语言天赋……嘴角微微一翘，杨守文脑海中浮现出一句话来：人生在世，全凭演技！看起来，以后还真不能小觑了阿爹。

“阿爹，有件事我想问你。”杨守文打破沉默。

“何事？”杨承烈躲在柴垛后，目光盯着禅院，头也不回地说道。

杨守文半晌后才开口道：“阿爹，我只是想问，你怎么会来昌平？”

“这个鸟不屙屎的地方，你以为我想来？”杨承烈缩回身子，示意杨守文代他监视外面，他用一个舒服的姿势坐下，然后道，“当初我本打算带你回老家弘农，可是你阿翁却不同意。他找了你叔公，正好族里凭余荫求来了一个县尉的职位，由于昌平远离京畿，我那族弟不愿意来，于是你阿翁就让我顶替出缺。”

杨守文脸上露出恍然之色。杨承烈出身弘农杨氏，那可是关中豪门，若论历史，恐怕不逊色五姓七宗，甚至还要久远。远的不说，近的只说隋朝开国九老之一的杨素，就出身于弘农杨氏。而杨氏族人中，更不乏皇亲贵族，就比如杨素的孙女，后来还嫁给了李渊，只是声名不显。总之，弘农杨氏人才不少，而距离杨守文最近的，莫过于“初唐四杰”之一的杨炯。相比之下，陈子昂的出身就有些不够看了。

“不过，当初你阿翁让我接手昌平县尉的时候，就已经说好，与杨家划清关系。”杨承烈靠着柴垛，露出怅然的表情，“兕子，若将来你能出人头地，定要记得重归家族，也算了却你阿翁心中的遗憾。”

杨守文心里一凛，扭头看向杨承烈。在这个亲族观念浓重的时代，与家族划清界限，绝对是一件非常痛苦的事情。他越发肯定，当年杨家得罪的仇人是武氏家族的成员，若非如此，爷爷杨大方又怎可能为了这小小的昌平县尉，甘愿与杨家划清关系呢？这年头，能够让一个关中豪门都要退避三舍的对手，除了武族还能有什么人？

外面的雨不知何时停了，乌云散去，一轮皎月又重新出现在夜空中，清冷的月光下，静谧的禅院更透出一股难言的诡异气息。

杨守文还想再问下去，却突然神色一凝：“阿爹，有人！”

一个人影从禅房里出来，轻手轻脚来到大雄宝殿外，距离虽然有些远，但不管是杨守文还是杨承烈，都能看得清清楚楚，那人是陈子昂！

那位在后世享有文名的才子，此刻却蹑手蹑脚来到大雄宝殿外，他向左右看了一下，然后轻轻推开了大殿的门，高抬脚、轻迈步走进大殿里，然后关上大门。紧跟着，大雄宝殿内有烛光跳动。

杨守文向杨承烈看去，却见杨承烈也朝他看来，父子两人相视笑了。

“阿爹，怎么办？”

“就当什么都没看见，从现在开始，这件事你我都不要再插手。”杨承烈压低声音道，“儿子，我知道你聪明，可你还是太年轻。如果伯玉没有出现，我一定会严查到底；但现在，伯玉牵扯其中，咱父子最好别再管了。想起来，还是县尊高明，他恐怕早就猜到了什么，所以从一开始就打算把这桩案子压着。”

杨守文还打算把油纸包的事情告诉父亲呢，听父亲这么说，杨守文也清醒过来。

陈子昂在幽州做右拾遗监军，所谓拾遗，也就是后世所称的言官。唐代进谏使命，由门下省和中书省共同担当，门下省设给事中，中书省则有右谏议大夫，除此之外，唐代还创立了补阙和拾遗两个职务，均为谏官，正八品。官职不大，却很重要。陈子昂才名满天下，又从京都而来，现在居然为了一个獠子的事情，亲自来到这荒郊野岭，说明这件事牵扯到了神都洛阳，而牵扯到了朝堂的事情，那就一定不简单。

想想就知道，那油纸包里的东西关系重大，这种事弄不好就会得罪某一方势力。要知道，如今在昌平县城里，就至少有三股势力在暗地里进行较量。假獠子和陈子昂，应该是一伙人；杀死假獠子的凶手，以及袭击县衙的刺客，是另一伙人；还有那些来历不明的神秘人。卢永成现在很可能是那些刺客背后的主使，如果真是这样，那些神秘人想必来头也不会小。

杨守文长出了一口气，他看看阿爹，眼中露出一丝无奈。

就在这时，大雄宝殿的门开了，陈子昂从里面走出来，轻手轻脚地折回禅房。

杨承烈压低声音道：“他不会就此罢手，明天他会继续找你和二郎打探消息，我倒是不担心你，可是二郎……”

眼前这案子，错综复杂，牵连也很广，对于杨承烈而言，这已经超出了他一个县尉的能力范围。在这个时代，上有所命，下必随之，万一出点意外，杨氏一家都要受到牵连，甚至有可能满门被害。他当年为了躲避仇家，不得已隐居昌平，好不容易安稳过去了十几年，实在没必要为此付出更加沉重的代价。

第十三章——风雨欲来

窗外圆月，寺冷风清。杨守文静静地坐在禅床上，强忍着打开油纸包的欲望，最终他还是把油纸包塞进随身挎包里，他下定决心，暂时不打开它。

杨守文在疲惫中睡去，天亮时，他来到大雄宝殿广场上打了一套拳，也许是淋了雨，加上一夜没睡，杨守文的精神不是很好。他没有强撑着，就一个人坐在大雄宝殿的门槛上休息。脑袋昏沉沉的，杨守文闭上眼睛，就在这时，他感觉得有人在他身边坐下。

“陈先生。”杨守文和来人打过招呼。

陈子昂一袭青衫，依旧如昨日那样，整个人看上去温文如玉：“兕子脸色看上去不好，昨天晚上没睡好吧？”

杨守文心里一咯噔，陈子昂似乎话里有话，难道说，他已经觉察到自己昨天在监视他？

“前些日子，听说这里发生了命案？”陈子昂笑道，“我听二郎说，那天晚上你还杀了一个刺客，果然是少年英雄。”

杨守文心里愈加警惕，轻声道：“先生说笑，我哪算得什么少年英雄，只是当时情况险恶，不得已才出手。也是我运气好，若不然就死在这弥勒寺中了。”说着话，杨守文露出了后怕之色。

陈子昂笑容更盛：“说得也是，这世上最怕的莫过于强出头，有些事情能避免就避免，若是强出头，反而会惹来杀身之祸，以后兕子可不要再像那日一般莽撞。”

杨守文此时如果还听不出陈子昂话有所指，那真的是浪费了重活一次的机会。他眸光一凝，刚要开口，却见陈子昂已经起身，目光环视禅院，最后落在正在院中玩耍的幼娘和青奴身上：“烦恼皆因强出头，有的时候，你一旦站出来，也就等于没了退路；有的时候，我真希望你阿娘还活着，至少能给我不少的警醒。”说完，陈子昂施施然离去，仿佛什么事情都没有发生。

杨守文听得出来，陈子昂这是在警告他，抑或是想要通过他，来警告父亲。他眯着眼睛目视陈子昂的背影消失。难道说，陈子昂觉察到了什么？

急匆匆找到杨承烈，却发现他才起床，正在门廊上洗漱。杨守文走过去，在阿爹耳边低语了几句。杨承烈一愣，用毛巾擦了一把脸，深吸一口气道："这件事就当没有发生过，你也不要再继续追查了，咱们接下来，要把目光落在粟末靺鞨人身上。至于那几桩命案，我们就不要再管了，自有人接手。"

"阿爹的意思是？"

"伯玉不愧是才子，在官场上历练十载，也算是练出了真本事。他这次来，其实未必是想要查案，恐怕还是想提醒我们，不要再追查下去。"

杨守文低头沉思，想想还真有这种可能，若非如此，他怎么会一上来就露出破绽，拉着杨瑞打听？他怕是想要通过杨瑞，来提醒杨守文；而后再通过杨守文，来警告杨承烈。

自从清醒之后，杨守文总有一种莫名的优越感，可是在发生了这件事之后，他才发现，他好像有些小觑了古人。没错，这些古人或许没有他的前瞻性，但是能成为一代人杰，哪一个又是好相与的人物？说起来，陈子昂在后世以他那首《登幽州台歌》扬名，对他的权术和智谋，却少有人传颂，可现在看来，他的心思怕也不轻。

经此一事，禅院里的气氛似乎发生了微妙的变化。

今天是八月十五，午饭时，杨承烈和陈子昂依旧十分热络，可是彼此间却好像隔了一层什么似的，不复昨日那样自然。杨守文在一旁看在眼里，心知肚明。吃过午饭，陈子昂和杨承烈去禅院后面的观景台上去下棋，而杨氏和宋氏则在厨房里忙碌，为晚上的赏月做准备。杨守文午后小睡了一觉，醒来便带着幼娘和青奴在禅院前面遛狗。

"大兄，怎么感觉着有点不对劲？"杨瑞凑过来，轻声问道。

"哪里不对劲？"

"阿爹，还有那位陈先生。"

杨守文左右看看没有别人，拍了拍杨瑞的肩膀，低声道："这件事不要再问，也不要再管，有些事情知道得太多，会掉脑袋。"

杨瑞吓得一缩脖子："大兄，不是吧……"

二人正说着话，就见管虎带着两个差役出现在山路上。远远看到杨守文兄弟，管虎大声喊："大郎、二郎，杨县尉在哪里？"

杨瑞看了杨守文一眼，答道："管班头，发生了什么事？我阿爹在里面陪客人说话。"

"快带我去！"管虎满头大汗，一脸紧张焦虑之色。

杨守文心中有种不好的预感，两人带着管虎直奔禅院后门而去。

"县尉，大事不好了！"一见杨承烈，管虎连忙上前禀报，见有陌生人在，他立刻闭上了嘴巴。

杨承烈沉声道："这是右拾遗陈子昂陈伯玉，监军幽州军事，有什么事情只管说。"

管虎这才跨步上前道："刚得到消息，突厥单于默啜起兵作乱，扣押了淮阳王等使团成员；静难军军使慕容玄崱于前日率部五千归降默啜，并偷袭清夷军，攻破妫州。"

"什么？"杨承烈和陈子昂不由得大吃一惊，齐刷刷站了起来。

管虎接着道："如今，默啜先锋已兵进檀州；从居庸关还传来消息，关外的契丹人以及粟末靺鞨人蠢蠢欲动，似乎有集结的迹象。县尊命我前来，请县尉即刻返回县城，商议对策。"

"慕容玄崱，为何归降蛮虏？"陈子昂蹙眉。静难军军使，若放在后世，就是静难军的基地司令，这样一个人物，居然归降了默啜，的确让人费解。

管虎答道："目前具体情况还不清楚，只知道那默啜在淮阳王等人抵达黑沙之后，突然反目，而后集结人马，于五天前起兵，偷袭平狄军，随后慕容玄崱便起兵造反，与默啜夹击清夷军，致使平狄军和清夷军同时溃逃。"

静难军基地，大约位于后世北京延庆附近，慕容玄崱归降，也使得昌平县的压力陡增。杨承烈闭上眼睛，沉吟片刻后道："既然如此，我立刻下山。"又与陈子昂道，"伯玉，本想与你今晚在此赏月，可现在看来……"

陈子昂道："文宣休要客套，罢了，我随你一同下山，去昌平查探消息。"

杨承烈匆匆换好官服，准备下山，临走前，他叮嘱杨守文道："如今发生了这种事，只怕这里也不会安全，你保护大家下山，回去收拾一下后就搬去县城。我担心，虎谷山会有危险。"

杨守文点头应下，杨承烈拍了拍他的肩膀，准备离开。

"阿爹且慢！"杨守文唤住父亲，回房取出断龙宝刀，递到他手中。

"这口刀，孩儿用着不太习惯，想必还是在阿爹手中才有用处。如今既然发生了大事，阿爹更要有一口趁手的兵器防身，孩儿有虎吞足矣，阿爹先把这口刀收走。"说完，他向前凑了一步，贴在杨承烈耳边轻声道，"阿爹留意管班头，他似乎与陈先生认识。”

杨承烈接刀，脸色先一变，随即又恢复了平常：“我早就说过，你哪能使得这种宝刀？”杨承烈点点头，别人看不出什么；可杨守文知道，父亲这是回答自己：知道了。

“杨茉莉！”杨守文喊道，“你立刻收拾东西，随阿爹一起回县城。”

听到杨守文的吩咐，杨茉莉倒是麻利，飞奔回房，拎着那对洗衣槌就走了出来。

众人站在山门口，目送杨承烈一行人沿着山路匆匆离去，杨守文脸上的笑意也随之变得越来越淡。

夕阳斜照，杨守文一行人回到山下。

一进村，杨守文就把田村正找来，听说又起了战乱，田村正也慌了手脚：“兕子，我们该怎么办？”

杨守文道：“秋收已经结束，可让大家带上粮食，到山上避难，山上的小弥勒寺已经空下来，估计容纳三五十人不成问题；若城里有亲戚，就去县城。现在还说不准情况，也许叛军根本过不了居庸关，大家有充足的时间做准备。”

这时，杨瑞已经套好牛车，他赶着车从院里出来，冲着杨守文大声招呼。

“田村正，这里就交给你了，我先护送我阿娘回县城。”杨守文牵着马从田村正家中出来。

来到村口，杨守文正准备上马，却见老胡头拖着一辆小车，正吃力地从小院里出来，大声喊：“大郎，等等我！”

杨守文忙把缰绳递给杨瑞，快步走上前，伸手拉住小车，手臂一用力就把小车从院子里拉出来：“老胡头，你这是干什么？”

“前年，你还记得吗？前年契丹人打过来时，杨县尉把你们一家从这边接到城里。我年纪大了，可不想再折腾下去，大郎，和你商量件事，我打算投身到你家，哪怕当个门房也好过现在这般提心吊胆。”有道是人老精似鬼，老胡头就是如此。

前年的事情，杨守文倒是有那么一点印象。当时爷爷已经过世，契丹人打穿了居庸关，兵临昌平城下，杨承烈匆忙把杨守文和杨氏母女接到了县城里，住了大概有十几天。后来，契丹人离开，杨守文才又回到虎谷山，他依稀记得，那一次虎谷山狼藉一片，死了不少人。

“老胡头，你？”

老胡头笑道:“大郎，我知道你想说什么，我觉得，你如今既然清醒过来，总要有个能跑腿办事的人跟在身边。老胡头年纪虽然大了，可打扫个庭院，看守好门户总归可以。再说了,我看你奇思妙想甚多,也需要有人帮衬不是？”

杨守文脸上浮出一丝笑意:“老胡头，你可要想好了。”

“有甚想不好的，左右是个糟老头子，有个安身立命的去处，高兴还来不及呢。”

杨守文还有些犹豫，却见宋氏掀开车帘，探出头来说道:“兕子，老胡头愿意来咱们家，这是好事，左右家里也需要人手，就让他跟来吧。二郎，牵头牛过去，给老胡头把车套上。”

宋氏开了口，杨守文就没有再拒绝。

“老胡头，还不知道你的大名呢。”

老胡头笑道:“老汉贱名胡琏,阿郎你还是唤我老胡头吧,听着也顺耳些。”从大郎到阿郎，老胡头改口没有任何生涩，好像一切都很自然。

“老胡头，你不会真的是为了安身立命，才要投到我家吧。”

老胡头看与前面宋氏的车拉开些距离，压低声音道:“果然瞒不过阿郎，实话实说吧，如果真要打仗，我可不想再去做什么徭役，以前每次做徭役，都好像死了一回。前年，我跟着朝廷的兵马去了卢龙，差点儿死在那边。我已经这把年纪了，还想过几天安稳的日子，能投到阿郎家中，正好可以躲过徭役，在县城里，总好过在外风餐露宿。”

杨守文明白了老胡头的用意，这年头，借卖身到官宦家躲避徭役的事情太多了，老胡头的选择算不得错误。

“老胡头，东西都做好了吗？”杨守文把话题扯到马蹄铁上。

老胡头眼皮子一翻，轻声道:“阿郎昨日才吩咐下来，我本打算过了中秋去准备材料，不承想……不过阿郎放心，家什我都带着，等进了县城，说不定会做得更快。”

杨守文轻轻点头。马蹄铁的制作势在必行，以前他没有马也就算了，现在有了马，正好可以派上用场。当下，一行人两辆车，沿着官道直奔昌平。

昌平城门下，已经聚集了很多人，似乎是在等着进城。

“大郎，这是要进城吗？”城门口的守卫，依旧是那个朱成，他看到杨守文一行人，连忙驱散聚在城外的百姓，快步走到他面前，“刚才县尉已经下令，要对进出县城的人严加盘查，非本县百姓，暂时不得入内。县尊已经命人在城外设立营地，以方便从静难军逃来的难民居住；城里面也是人心惶惶，还好没出乱子。”

“那我们是否可以进城？”杨守文问道。

“大郎说得甚话，便是其他人不让进城，大郎也必须进得！大郎快些过去吧，这边的人越来越多，我担心会出乱子。对了，那批货物已经清理完毕，昨日宋三郎的婆娘派人过来提走了，只是那宋家人忒不识好歹，竟然还无理纠缠，要求放掉宋三郎，小人一怒之下，让人把宋三郎的家里人打了一顿。”

杨守文笑了：“做得好，我回去之后，会让宋三郎在里面多待上几日。”说着话，两串铜钱无声地落入朱成手里。

朱成眼睛眯成了一条缝，熟练地把钱塞进口袋，转过身大声吆喝道：“让开让开，休阻了大郎的车马。”城门口的栅栏立刻挪开，杨守文牵着马，跟着马车就进了城门。

天色已经黑下来，城门口堆放的篝火点燃，火光熊熊。

杨守文上了马，哑然失笑，上辈子最恨那种官二代，不承想自己重生一回，居然会享受到这官二代的福利：“二郎，加快速度，咱们赶紧回家。”

“好！”杨瑞催赶牛车，两辆车一前一后，朝着番仁里的方向疾速行进。

“阿娘，待会儿我要出去一趟。”在杨府吃过晚饭，杨守文对宋氏说道。

“兕子，这么晚要去哪里？外面快要夜禁了。”说实话，日间听说要打仗，宋氏心里一直很乱，偏偏杨承烈还被县尊唤去县衙里议事，外面到底什么状况谁也不清楚，听杨守文准备出去打听一下外面的情况，宋氏没有反对，她听杨承烈说过，如今在县城里，杨守文似乎也有那么一些势力了，“你既然是去做正事，那阿娘不拦你。”

宋氏起身走出房间，一会儿手里拿着一块腰牌进来，递给杨守文：“县城里不比虎谷山，规矩也多，待会儿夜禁开始，你身上若没有通行腰牌，被武侯抓到，便是你阿爹也没有办法。顺便带上二郎，也让他长长见识。”

杨守文站起身：“阿娘放心，兕子心里晓得！二郎，收拾一下，咱们现在就出发。”

一般而言，夜禁自亥时开始，不过由于是非常时期，戌时才过去一半，昌平城里的夜禁就已经开始执行，如果换算成后世的时间，此刻也不过八点左右。

杨氏兄弟走出番仁里坊门时，街道上已经冷冷清清，看不到一个行人。

“二位郎君要出去吗？”两人准备出坊门时，被武侯拦住，“现在已经开始夜禁，若无通行腰牌，两位最好还是不要出去。坊内走动倒是无甚大碍，我等兄弟可以无视，但是若出了坊门，被巡兵民壮遇见就很麻烦。”

那名武侯也是好意，不管怎么说，武侯也算是杨承烈的手下。总体而言，武侯归属于民壮，主要负责看守巡查职责，每一个坊市，都设有武侯铺，安排有数名武侯轮值。

杨守文取出腰牌，递到武侯手中：“我们有通行腰牌，是出去帮我阿爹做事。”

“哦，原来是县尉吩咐。”武侯验了腰牌，确认无误后打开坊门，“二位郎君出去要小心些，最近外面不太平静，如果遇到麻烦，只管招呼民壮。”

杨守文笑着和武侯道谢，然后带着杨瑞走出坊门。

“大兄，咱们去哪里打探消息？”一到大街上，杨瑞就兴奋起来，看着杨守文，一副跃跃欲试的样子。

杨守文道：“咱们去老军客栈。”

“老军客栈？”杨瑞像奓了毛似的，顿时跳将起来，“大兄，你疯了？之前阿爹把老军客栈给抄了，还差一点杀了盖老军一家，咱们现在去那里，岂不是自投罗网？”

杨守文笑而不语，只是静静地看着杨瑞。杨瑞慢慢低下头，轻声道：“大兄，老军客栈地处蟒山坊，客栈里鱼龙混杂，多有亡命之徒，也是昌平县最混乱的地方，就连衙门里的人，都不愿意去蟒山坊那里厮混。”

看着杨瑞有些发白的脸，杨守文道：“蟒山坊虽然混乱，却是消息最灵通之地。老军客栈或许是有亡命之徒，但盖老军是个聪明人，这个时候不敢节外生枝。”说完，杨守文大步而去。杨瑞嘀咕了两声，虽然有些不情愿，可还是跟在杨守文的身后。

路上两人遇到了一队巡兵民壮，民壮在查验腰牌后，让兄弟二人离开。

“大兄，你说慕容玄崱好端端的军使不做，为什么要投降默啜呢？”杨瑞边走边说。

“二郎，你还记得那张飞狐地图吗？”

杨瑞点头道：“大兄说的是从茉莉的洗衣槌里找到的地图？当然记得。”

“那你是否还记得上面的数字？”

杨瑞搔着头，想了想，轻声道：“倒是记得几个，有八和十、八和二六、八和二八，只记得这几个。大兄，你可有什么发现？”

杨守文摇摇头:“现在还不确定，父亲已经把地图交给了县尊，不知道他们商议的结果如何，等回去之后，再与阿爹商议。”

“我可以参加吗？”杨瑞的眼中，流露出期盼之色。

杨守文揉了揉他的脑袋:“你当然要参加，你可是关键人物呢。”打虎亲兄弟，上阵父子兵，想要在这个时代站稳脚，靠他一个人不可能成功，身边要有可以信赖之人，而杨瑞，无疑是一个绝好的选择。

第十四章 老军客栈

蟒山坊位于昌平县东北一隅，是昌平的贫民区。这里治安混乱，昌平县的地痞大都出自于蟒山坊，而昌平最具威慑力的几个团头，也都住在蟒山坊，听从盖老军的差遣调派。蟒山坊的坊墙很矮，夯土筑成，甚至不到一人高，坊墙上，还有凌乱的杂草和树枝，在夜色中透着一丝颓败的气息。

杨守文敲开坊门，将通行腰牌递给值守的武侯，他只看了一眼就把二人放了进去。

“大郎、二郎若没什么事情，还是速速离开。”其中一名武侯道，“最近这边有些混乱，几个团头似乎要寻老军的麻烦，时有殴斗发生。”

杨守文点头道谢，顺手塞了一串开元通宝在武侯的手中。蟒山坊乱得不成样子，也穷得不成样子，有钱的人，武侯不敢招惹；没钱的人，武侯也榨不出来油水。一下子得了一串钱，这可是一笔不小的收入。

“大郎，你们没带防身武器吗？”

“出来时，担心被巡兵民壮盘问，所以没有携带。”

两名武侯对视了一眼，其中一人转身进了武侯铺，出来时手里拿了两口唐刀：“在这边行走，若没有武器防身，不晓得会出什么事情。”那武侯说着话，又从身上取下一枚哨子递给杨守文，“如果遇到那麻烦，二位郎君可以吹响哨子，我二人会尽快赶来。虽说我二人算不得什么，但在蟒山坊，大家多少也给些面子。还是那句话，办完事情，尽快离开这里。”

杨守文又道了谢，可这样一来，杨瑞更紧张了，他拎刀紧跟在杨守文身后。

正如武侯所言，蟒山坊如今是浓浓的火药味儿，沿途二人看到几伙不三不四的人在坊内游荡，个个衣衫褴褛，面目丑恶，他们看着杨守文两人，就好像看到了两只肥羊。不过，杨守文手里的刀和身上聚敛的淡淡杀气，令他们不敢靠前。

“二郎，几个泼皮，不过是纸老虎罢了，你强他就弱，你弱他就强。”见杨守文如此镇定，杨瑞用力点了点头。

“咦，这不是二郎吗？”两人左拐右拐，老军客栈就在前面不远处，二人加快脚步，没承想前方突然横着过来几人，拦住他们的去路。为首之人，袒胸露怀，一只手还在胸口搓来搓去。

“杨老三，”杨瑞脸色一白，这是昌平县的一个小团头，“大兄，阿爹以前抓过此人，我认得他。”

杨守文点点头，把杨瑞护在身后，沉声喝问道：“你是何人，为何拦住我二人！”

杨老三眼一瞪：“你是什么东西，老子和你说话了吗？”

杨守文笑了：“给我滚开！我兄弟今天来有正事，不想招惹麻烦，你若不识相，别怪我心狠手辣。”

“呦，我还没发狠呢，你倒威胁起我来了？”杨老三嚣张地抬手一指杨守文。

杨守文眉头紧蹙，当啷一声唐刀出鞘，一抹冷芒掠过，鲜血喷溅，对方一只手落在了地上，杨老三举着犹自喷着鲜血的手腕，发出一声凄厉的惨叫。

“什么人，敢在蟒山坊惹事端？”周围看热闹的泼皮，发出一声喊，齐刷刷围了上来。

杨守文不慌不忙，厉声喝道：“我乃县尉杨承烈之子，今日奉命前来公干，哪个敢乱来，休怪我不客气！”这声厉喝，令那些泼皮顿时驻足，他们互相看了看，随即呼啦啦一下子散开。别忘了，前些日子县尉杨承烈刚下令抄了老军客栈。

杨守文心里松了口气，自古民不与官斗，果然如此。

杨守文看了一眼地上哀号的杨老三，没再理睬他，而是径自昂首挺胸往前走。杨瑞连忙跟上，在他身后轻声问：“大兄，为什么不问问他，他到底有什么事情？”

“左右不过是想逞威风，对这种人，莫要理睬，咱们现在代表的是阿爹的脸面，就算是杀了他，也是给他面子，何必和他啰唆！”杨守文头也不回地说道。

两人边走边说，快步来到老军客栈门口。这是一座简陋的两层客栈，门口聚集了不少泼皮，里面吵闹声不绝。兄弟二人来到客栈门口，那些泼皮一下子呼啦啦地散开。很明显，刚才杨守文在不远处挥刀断手那一幕，给这些无赖地痞内心带来了巨大的震慑。

“大兄，这就是老军客栈。”杨瑞道。

正说着话，从客栈里走出一个人来：“杨大郎，你们来这里作甚？”

来人是盖嘉运。杨瑞又一次见到他，眼都红了，破口大骂道：“盖二郎，你还敢出来？”

盖嘉运斜眼看向杨瑞，冷笑道：“我有何不敢？”

“二郎，住嘴！”杨守文淡淡一声喊喝，迈步上前，紧紧盯着盖嘉运，“我找盖老军。”说罢，一把推开被他盯得心里发毛的盖嘉运，迈步往里走。

老军客栈里乱成一团，二楼站着一群衣服各异的人，乱哄哄地看热闹；而在一楼大堂，一群人正高声乱糟糟地争论着什么。正中央一张榻床上，斜卧着一个中年人，看年纪和杨承烈相仿，只是容貌略显苍老，两鬓透着花白。他的脚边，一名衣装暴露的胡姬正在给他捶腿，而在他面前，几个团头模样的家伙挥舞着手臂，大喊大叫。

“是盖老军。”杨瑞在杨守文耳边悄声道。

盖嘉运走到盖老军身边，低声耳语了几句，一直未发一语的盖老军从榻床上坐起：“好了，我今天来了客人，这事咱们明天再说。”他挥挥手，想让这些人散去。

这些人没有听盖老军的吩咐，有一个人站出来道：“老军，你不要找借口，不过是两个小崽子，算得什么客人？最近一段时间，兄弟们听你的吩咐，没在外面惹是生非，可这日子总要过不是？你总要给我们一个交代，什么时候才能继续讨生活？现如今昌平是有些乱，但是与咱有什么关系？”

“是啊，大伙没事儿何必装扮成良民？”

……

杨守文只听了一会儿，就听出了端倪。盖老军被放出来后，变得非常谨慎，他严厉约束昌平大小团头，更不许手下人在外面为非作歹，于是引发了昌平大小团头的集体不满。当然，这只是诱因，最根本的是他们早已不满盖老军的统辖，想要寻机把盖老军掀翻。这次杨承烈捉拿盖老军，从某种程度上也给了这些团头一个契机，他们认准了，盖老军如今被官府盯上，虽然被暂时释放，但迟早会被官府收拾。

杨守文笑了，饶有兴趣地盯着盖老军，他想看看，这个有些声名的人如何度过眼下危局。

“诸位兄弟的想法，老军已经知道。”盖老军神色如常，看不出一丝恼意，他从榻座上下来，环视四周，目光最后落在眼前几个人身上，说道，“非是老军想要断了兄弟们的财路，实在是如今局势太过混乱。此前，县城连番发生命案，引得官府盯上了咱们；如今又有消息传来，说是那蛮虏酋首默啜起兵造反，真是山雨欲来啊！两年前，契丹人打到了昌平城下，造成何等惨况大家想必都还记得，所以，老军就想着，这个时候大家都谨慎一点，免得被官府找到借口，到时候趁机把咱弟兄给灭了，只是我没想到……”

没等盖老军说完，人群中走出一个彪形大汉：“老军，别说好听的，便是没有蛮虏打过来，官府就不盯着咱们了？老军，听说你前些日子被抓了，别是进了一次大牢，连胆子都给吓没了？我只问你，我手下百十号弟兄不能出去，每日两餐，谁又能够保证？老军，你如今家底丰厚，可别忘了这都是咱弟兄帮你打下来的，你想要躲太平没关系，可弟兄们还要讨生活，这一天天下来，你总要给个说法。”那大汉身高六尺出头，身材雄武壮硕，肤色黝黑，声音洪亮，长着一脸络腮胡子。

“这是谁？”杨守文低声问。

杨瑞凑上前，轻声道：“这厮复姓东门，家中行九，唤作东门九郎，他是和平坊的大团头，一向与盖老军不和。”

杨守文哂然，继续看盖老军，只见盖老军坐下来，笑问道：“那九郎以为，我该如何？”

东门九郎左右看了两眼：“老军，别说咱们为难你，实在是手下人也要讨生活，你若拿不出章程，弟兄们只有自谋生路了。我这也是为大家着想，弟兄们说对不对？”几个大团头窃窃私语，更有人低声响应。

盖老军点点头：“九郎说得也有道理，如今我老了，我看不如这样，我盖老军以后只管这老军客栈里的事，外面的事情，就交给九郎来打理如何？”

“啊？”东门九郎万万没想到，盖老军这么爽快地就交出了权力。虽然这是他一直想要的结果，但来得太快了，他一下子激动起来，那张黑脸顿时变成了绛紫色，印堂发亮，整个人甚至都有些颤抖。

“九郎，你跟了我这么多年，每年和平坊交上来的抽头，也是昌平八坊里数量最多的，前些日子我从大牢里出来，就考虑着是不是把龙头印交给你。今天各坊团头都在，我也正好了了心事，九郎，龙头印在这里，以后昌平就交给你来打理。”盖老军说道。

“老军，这怎使得？”虽然兴奋，但推辞一下也是应该的。

盖老军笑了：“自家弟兄，哪有许多客套，当着兄弟们的面，你来取吧。”说着，盖老军从木枕旁边拿出一只檀香木制成的盒子，打开后从里面取出一枚龙头印。这龙头印用镔铁打造而成，上面是一只龙头雕像，雕像里吐出一柄短剑，长约一尺，而在龙头下方，则是一个四四方方的生铁印。这龙头印，怕是有年头了，但外表没有丝毫锈迹，光亮如初。那东门九郎一边客套，一边走过去。也许是因为太激动，脚下一个踉跄，差点儿栽倒。

盖老军一把搀扶住他：“九郎，做大事，脚下的盘子要稳，你连路都走不好，我怎么能把这么大的基业给你？”盖老军的声音突然间夹着一股生冷之气。

东门九郎打了一个寒战，抬起头：“老军，你？”

没等东门九郎明白过来，就见盖老军抓起龙头印，狠狠砸在他的头上。东门九郎头破血流，发出一声凄厉的惨叫，说时迟那时快，老军手里的龙头印一转，短剑就穿透了东门九郎的手掌，东门九郎又发出一声哀号，盖老军揪着他的头发，把他的脑袋按在榻床上。东门九郎还要挣扎，就见一直静坐在盖老军身边的胡姬，手里突现一柄匕首，匕首落下，东门九郎的血手就被钉在榻上。盖老军手下不停，龙头印一下又一下砸在东门九郎的头上，直到东门九郎声息全无，慢慢瘫死在地上。

杨瑞看得目瞪口呆，刚才还处于弱势的盖老军，突然间变成了吃人的老虎，那凶残的模样，与他以前印象里的完全不同，他扭头朝杨守文看了一眼，却发现杨守文神色凛然。

盖老军松开了东门九郎的脑袋，把龙头印交给胡姬。胡姬早就准备好了一块白布，接过之后，把龙头印上面的血污擦拭干净，然后把布蒙在了东门九郎的头上，鲜血迅速浸透了那块白布。

“老了，才打了几下，就打不动了。”盖老军扶着榻床的扶手，喘息了片刻，“好了，弟兄们还有什么只管说，老军我喜欢听大家一起说话。”

各坊团头齐齐闭上了嘴巴，面面相觑。

盖嘉运和一个青年从后堂出来，在他们身后，几十个人抬着八只箱子随后进来。盖老军招招手，盖嘉运和那青年上去，挨个把箱子盖掀开。

众人眼前金光闪闪，箱子里放着的，是一铤铤黄金，大厅里顿时传来一声声惊呼。

唐代黄金，一铤十两，若按照圣历元年黄金和开元通宝的汇率，一两黄金差不多是四贯五百文；也就是说，一铤黄金能换四十五贯。盖老军瞥了众人一眼，沉声道：“这些时日，弟兄们日子艰难，老军都看在眼里。可是民不与官斗，这种时候，弟兄们顶风而上，那不是不给我老军面子，那是不给官府面子，不给朝廷面子，不给圣母神皇面子！结果会如何，想来我不说，大家也都清楚。以前，大家散漫惯了，不会觉得官府有什么了不得，我告诉你们，不是官府收拾不了咱们，是愿不愿意、想不想收拾咱们！直娘贼，这昌平县有多少弟兄？加起来不过几百人，可官府呢，且不说居庸关两千兵马，就说这县城里的民壮巡兵，加起来也有几百号人，如果再算上捕班快手和站班皂隶，想要动咱们，易如反掌。”

大厅里，所有人站在原处，不敢轻举妄动。

盖老军一指身前八个箱子：“这里面，是我盖老军这些年辛辛苦苦攒下来的家当，我知道弟兄们生活不易，所以就想着把这些钱分给大家，熬过这些日子。这里，一共有一千二百两黄金，还有一千五百贯钱，各坊团头分一下，把这些钱拿回去，该安家的安家，该讨生活的讨生活，算是老军我给你们的礼物。但我把丑话都说在前面，这段时间，若让我知道哪个混蛋在外惹是生非，东门九郎就是他的下场。你们传个话出去，就说有我盖老军在昌平一天，弟兄们就不会饿着。”盖老军说完，长出一口气。

大堂上的大小团头，齐声呼喊：“老军高义！”

“软硬兼施，一手黄金一手屠刀，盖老军这一招玩得漂亮啊！”杨守文轻声道。

杨瑞已经蒙了！以至于那些团头们告辞离开，他都没有注意，脑袋里，不断闪现着盖老军杀人分金的场面。

老军客栈，突然安静下来。盖老军面带笑容拱手道：“让两位郎君久等了！家门不幸，出了几个跳蚤，耽搁两位郎君的时间，请多包涵。”他一摆手，胡姬飘然离去。

杨守文躬身道：“老军客气，刚才进来时，也遇到一个跳蚤，不过我已经替老军清理了，还请老军莫怪。”

“这位，想必就是大郎君喽？”盖老军笑道。

“大郎君不敢当，若老军不弃，就叫我兕子吧。”

盖老军大笑道：“也罢，那老军就斗胆唤大郎君一声兕子，还请大郎君莫怪！兕子，咱们屋里说话。”

进了屋里，盖老军直接坐在主位上，他肃手请杨守文兄弟坐下，然后道：“兕子，明人不说暗话，此前二郎得罪了二郎君，我父子是罪有应得。恕我直言，两位郎君也是千金之躯，为何屈尊来这里找我？”

杨守文道：“我来，是想请老军帮忙。”

“帮忙？”盖老军哈哈大笑，“兕子，你是官，我是贼，自古官府与贼势同水火，我有什么能帮上你？我怎么觉着，你这是在威胁我？”

“老军雄霸昌平十数载，连我阿爹都称赞，”杨守文似乎毫无觉察，一脸平静，“我说帮忙，你也可以理解为互相帮忙。”

“我如今已到知天命的年纪，早没有了争强斗狠的心思，莫说你一个娃娃，就算是你阿爹来了，又能帮我什么？我无欲无求，哪里需要你一个娃娃帮忙？”

杨瑞听了半天，也不知道杨守文要怎么帮盖老军，更不知道盖老军为什么要拒绝。他只知道，盖老军笑了两声后，突然停下来，然后目不转睛地盯着杨守文；而杨守文却很平静，他正襟危坐，也静静地看着盖老军，一言不发。

屋子里的气氛似乎一下子凝固了，也似乎只在转眼间，杨守文一笑，盖老军也笑了。

“文宣兄有子如此，果然令人羡慕。”盖老军话锋一转，“想必兕子刚才在外面，已经看出了什么。”

杨守文点点头：“其实，我阿爹那边，与老军何其相似啊。”

盖老军闭口不语，等着杨守文继续说下去。

“有人不安分，想破坏如今昌平来之不易的局面，”杨守文停顿了一下，“想来老军能看得出，刚才外面那些人，并非无故跳出来与老军作对。我阿爹说过，老军执任昌平大团头以来，赏罚分明，手下人都很服帖，现在一下子跳出这么多人，想必老军也该明白这其中的玄妙。”

盖老军点头道：“兕子说得不错，老军执任昌平大团头十七年，同样的情况不晓得遇到过多少次，可这一次，他们来势汹汹，背后若没人指使，老军就挖了这对招子。今天杀了东门九郎，只是权宜之计，和平坊是整个昌平县油水最丰厚的地盘，其他七坊团头一定会拼命争夺和平坊的利益，我也想趁此机会，弄清楚到底是谁在对付我，然后再做打算。”

杨守文道：“偌大昌平县，要说能够动老军的人，不超过一巴掌之数，县尊、县丞、我阿爹以及卢主簿。我阿爹不可能对付你，这一点我可以向你保证；县丞卧床多年，说不定什么时候就会断气，而且他根基不在昌平，也没必要找你麻烦。所以兕子以为，要置老军于死地的，无非县尊与卢主簿两个，你以为如何？”

杨瑞在一旁倒吸一口冷气，诧异地看着杨守文。

盖老军沉默片刻，点点头道：“若说文宣要对付我，尽可不必如此大费周章，他前些日子只需把我关在大牢里久些，我这老军客栈也就彻底灰飞烟灭了。事实上，文宣只关了我三天，时间不长不短，所以不可能是他对付我。如兕子所言，如今要对付我的人，只可能是县尊和卢主簿两人，可我不明白，我不过一个鄙夫，又不可能影响到大局，何至于要对我动手呢？”

房间里，陷入沉默。过了良久，杨守文道：“老军，现在昌平的情况，绝非你我想象得那么简单，我阿爹怀疑县衙里有内奸，而且推动昌平内乱的幕后之人，究竟是什么来历还不清楚，以我阿爹执掌昌平县尉十三年之久，仍不免被人算计，可见对方的来头不小。这也是我今晚来找你的缘故，我可以代表我阿爹答应你，官面上会尽量给你照拂，只要你做得不过分；相应的，这昌平县若有什么风吹草动，或者发现什么可疑之人，我希望你能设法通知我，这样大家也能彼此扶持。”

原来，大兄下的是这么一盘棋！杨瑞似乎明白了，他有些惊讶地看着杨守文，兄长的心思，果然不是自己能够揣测的，原来阿爹身边已有如此多的凶险，自己日日跟随阿爹，却什么也没有看出来。

盖老军盯着杨守文：“我如何信你？”

“你错了，我不需要你信我，你只需要信我阿爹。阿爹曾对我说过，老军是条好汉；他还说，当初他初到昌平，你曾帮过他。我家二郎和盖二郎之间，说穿了不过是小孩子把戏，当不得真，我阿爹之所以动你，并不是真的生气。”杨守文笑着说道，却让一旁的杨瑞面红耳赤。

盖老军大笑：“兕子，我现在不信杨县尉，我更信你，就依你所说，咱们一言为定。”盖老军说着，起身伸出手来，杨守文和盖老军击掌三下，算是订立下了契约。

在老军客栈里已经停留了一个多时辰，杨守文起身告辞，盖老军让盖嘉运把杨守文兄弟送出了客栈。坊门前，他和那两个武侯打过招呼，带着杨瑞离开了蟒山坊。从亥时过后，昌平县城里的巡街武侯一下子变得密集很多，从蟒山坊到番仁里，杨守文兄弟竟遇到了三队巡街武侯，而且无一例外地都要查看通行腰牌。

回到家，已经快到子时，敲开坊门，杨守文两人径自回到家中。

出乎杨守文的意料，杨承烈已经回家了。他刚回自己的房间，就听到有人敲门。

杨守文走到门口，把房门拉开：“阿爹？”

杨承烈穿着宽松的汗衫，闪身挤进屋内："怎么样，消息打探得如何？可有收获？"

杨守文关上门，在一旁的席榻坐下："我去找盖老军了，今天我去时，正好遇到他那些手下造反，老军把问题解决了，不过，那些人的背后明显有人在推动。老军也很担心，所以和我达成协议，愿意和咱们合作。"

"怎么合作？"

"干掉七坊团头。"杨守文看着父亲，"老军保证，只要那七坊团头被干掉，他手下不会有任何动荡，他也会充当咱们的耳目，并且解决咱们不好出面解决的麻烦。"

"那就是官匪合作了？"杨承烈喝了口水，笑道，"告诉老军，站班皂隶班头黄七，我不太满意。"

"怎么，已经查清楚站班里的内奸了？"

杨承烈点点头："也是我疏忽了，没想到黄七已经被卢永成给收买了。我现在怀疑，那天晚上袭击县衙的人，八成就是卢永成指使。黄七每天进出右厢，很容易把火种藏起来，这家伙以为投靠了卢永成，我就奈何不得他吗？告诉老军，后天黄七会去蓟县送东西。"

杨守文点头："那黄七走了，阿爹打算让谁接手站班？"

杨承烈蹙眉不语。

杨守文建议道："朱成如何？"

"朱成，"杨承烈一愣，"谁是朱成？"

"民壮的一个队正，他有心投靠阿爹，之前宋三郎的事情就是他办的，办得挺干净利索，应该是个能用之人。"

杨承烈轻轻点头："这样，我先把他调到站班值守，他是队正，到了站班先做个捕头想来不成问题。等黄七的事情解决了，我再设法把他提上来，看那卢永成还有什么招数。"

"阿爹，今天县尊找你，商议何事？"

杨承烈道："其实也没商量什么，只是说要加强巡视，维持治安，同时准备着手接收难民，说起来今天这事，我总觉得有些不太对劲。"想了想，他继续说道，"卢永成不在，说是去了蓟县，而县尊的情绪看上去有点心不在焉，也不知道为何。我总觉得，县尊在担心什么事情，可是我又想不明白，最近昌平县处处透着古怪，就连县尊也不太正常。"

杨守文也感觉到了一些不正常，只是梳理不出头绪。

“对了阿爹，你还记得茉莉那张飞狐地图上的数字吗？”

“数字怎样？”

“我记得第一个数字，是八和十，阿爹可有什么触动？”

杨承烈闭上眼，沉思片刻，他突然睁开眼睛：“默啜，八月十日起兵。”

杨守文点点头，轻声道：“如果我没猜错，上面的数字全都是日期。”

杨承烈倒吸一口凉气，他呼地站起来，在屋中徘徊了一阵子，对杨守文道：“那你还记得其他数字吗？”

“二郎倒是还记得两个，一个是八二六，一个是八二八。只是这两个数字具体标注在地图上的什么地方，他也不记得。阿爹，你难道不觉得古怪吗？”

“当然古怪，哪有行军打仗，会标注时间的？”这年月，行军打仗只能是一个大概时间，但若说要准确到某一天，未免太不可思议，除非敌军已经埋伏在那里。

杨承烈激灵灵打了一个寒战：“我这就去找县尊，把那幅地图要过来。”

“这么晚了，县尊恐怕已经歇息了，不如明天再去找他讨要。”

看看时间，已经过了子时，杨承烈点点头：“兕子，天不早了，你也早些休息。”说罢，起身离开。

杨守文躺在榻上，翻来覆去地睡不着。自清醒以来，发生的一幕幕不断在他脑海中闪现，杂乱无章。他试图从他所知道的那些线索中梳理出一个头绪，但是却没有任何结果。翻身坐起来，他从牛皮挎包翻出那个油纸包，翻过来覆过去地摆弄。若不是脑子里有一个声音提醒他，说不定真的会忍不住，把这油纸包打开来翻看。

不知不觉，杨守文沉沉睡去。

“驸马，为什么不来救我？”一个哀怨的声音出现在杨守文耳畔，还是那座美轮美奂的宫殿，宫殿被大火吞噬，到处都是尸体，一个女人，全身上下被鲜血浸透，冲着他伸出手来，“驸马，救我！”

“啊！”杨守文大吼一声，一下子醒了。

“兕子哥哥，你怎么了？”怯生生的声音从身边传来，杨守文感觉有些昏沉沉的，扭头看去，却看到了幼娘那张动人的小脸，她伸出小手，摸摸杨守文的额头，“我给哥哥送洗脸水，听到哥哥在屋里大喊大叫，所以我就进屋来看看，兕子哥哥，裹儿是谁啊？”

杨守文感觉快要被这个该死的噩梦折磨疯了！从孤竹回来后，他没有再做过这个梦。可是在另一个梦里，却又被幼娘提着剑追，满世界疯跑，让他有些摸不着头脑。现在，那个该死的“裹儿”又出现了！他用力晃了晃头，掀开被子从榻上下来，从幼娘手里接过湿巾，用力擦了擦脸，脑袋也变得清醒了一些：“我也不知道裹儿是谁，我不认识这个人。”

杨守文一脸苦恼，把湿毛巾丢进水盆里，又拿起牙刷来。

呸呸呸，连顺序都错了，这可真是一个糟心的开始啊！

午后，阳光明媚。

杨守文带着幼娘和青奴，又开始讲起《西游记》里的故事。这段时间事情频发，故事只能断断续续地讲着。听众从最开始的幼娘，后来多了个青奴，如今还增加了宋氏和杨氏。果然不愧是四大名著之一，老少皆宜，只要听过的，都会喜欢。

随着八戒、沙和尚与小白龙陆续登场，小狗们也各自有了主人。杨瑞宣布了沙和尚的主权，而宋氏则表示喜欢小白龙，杨瑞不在的时候，沙和尚就交由杨氏照顾。而菩提老祖，也就是以前的丑丫头，则如同一个得道高僧，趴在门廊上，半闭着一双狗眼，卧看潮起潮落，云淡风轻，令人羡慕。如今的菩提，已经不是在孤竹时那样瘦骨嶙峋；四只小狗也是胖乎乎的，看上去非常可爱。

杨守文把"车迟国"的故事讲完后，幼娘和青奴咋咋呼呼地在庭院里玩耍，非常欢乐。

"兕子，兕子！"老胡头跑过来，他手里拎着一个布兜，里面的东西丁零当啷响个不停。

"你要的东西，做出来了！"他跑到杨守文面前，打开布兜，从里面拿出一块U形铁器。

"老胡头，这是什么？"青奴跑过来，好奇问道。

"回小娘子的话，这东西是兕子……哦，是大郎君定制的东西，老汉也不清楚做什么用。"

幼娘也围过来，两个人把目光转移到杨守文身上。杨守文笑了笑，对杨茉莉道："杨茉莉，去把那匹前几日伤了脚的枣红色突厥马牵过来，你在外面守着，没有我的吩咐，任何人不得进来。"

杨茉莉憨声应了，离开后院，一会儿牵来了瘸马。杨守文示意老胡头牵着缰绳，他上前把马蹄子抬起来，拿出一柄短刀，在马蹄上削了几下，然后又拿着U形铁比对片刻，取出一枚钉子，把U形铁固定在上面，再把钉子砸进去。

“兕子哥哥，马儿会痛。”幼娘和青奴觉得这样做有些残忍。

“放心吧，马蹄子上的角质层很厚，钉上去不会有感觉。我这是在给它穿鞋子，只要把鞋子穿上，以后再走山路，就没有那么容易把蹄子给伤了。”说着话，杨守文已经钉好了一个马掌。而那匹马，除了有些不适应，似乎并没有知觉，依旧安静地站在那里。

“宋四娘，你给我出来！”眼见最后一个马掌就要钉好，外面传来一阵喧哗，一个尖锐高亢的女人声音响起。刚才还很安静的突厥马似乎受到了惊吓，一声长嘶，猛地尥蹶子，差点儿把蹲在杨守文身边看热闹的青奴踢倒，青奴一屁股坐在地上，吓得哇哇大哭。

“老胡头，抓住辔头。”杨守文也吓了一跳，忙不迭把杨青奴抱起来。

“宋四娘，出来！宋安，你再拦着我，休怪我不客气！”外面的声音越来越大，而且听上去人不少。

杨守文示意老胡头把马安抚住，他放下青奴：“谁在吵闹？”

“怕又是三舅娘吧！”青奴嘤嘤哭道。

话音未落，卧房的门打开，宋氏从里面出来：“兕子，你去拦住他们，真是不知好歹。”

杨守文应一声，揉了揉青奴的脑袋：“杨茉莉，跟我走。”两人一前一后，穿过长廊来到前院，就看到宋安正拼命拦着几个女人，看宋安的模样，有些惨不忍睹，脸上一道一道的全是抓痕，身上衣服更是凌乱不堪。

“宋安，出了什么事？”杨守文背着手，从门廊上下来，向那几个女人看去。为首的，是个年约四旬的粗壮女子，看上去颇为剽悍；在她身后，还有几个健妇，膀大腰圆。

见杨守文出来，宋安松了口气：“三娘子，大郎来了，你有什么事情，可以找他商量。”

粗壮女人看了杨守文一眼，脸上露出不屑：“我道大郎是哪个，原来是杨阿痴！宋四娘，你以为找个痴汉出来就能拦住我吗？我告诉你，今天你必须给我一个说法，我家三郎好歹是你兄长，你们扣了他的货物也就罢了，还把他关在大牢里，这一关就是许多天。有你这样的妹子吗？你忘了，当年三郎是怎么疼爱你的吗？”她扯着脖子冲后院喊叫，丝毫没把杨守文放在眼里。

杨守文眸光一凛：“宋安，把大门关上。”门外已经围了不少人，正指指点点地看热闹。

“不许关，我要让所有人都知道，她宋四娘是怎样的蛇蝎心肠。”粗壮女人大声叫嚷，伸手拉住了宋安的胳膊。只是没等她说完，就见杨守文突然上前，抬手一巴掌抽在她的脸上。这一巴掌，直打得妇人满嘴血沫子，扑通便坐在地上；另外几个健妇一见，上前就要和杨守文拉扯。

“杨茉莉！”杨守文吼一声。

杨茉莉噌地冲过来，伸手把一个健妇推倒，抬脚把另一个健妇踹翻。趁着粗壮妇人发蒙的工夫，宋安忙不迭把房门关上。

“你个痴汉，居然敢打我？”粗壮妇人看着杨守文，捂脸哭起来。

“杨茉莉，不要打了。”杨守文在门廊上坐下，“三舅娘，你只管哭骂吧，不过你记住，你哭喊一声，宋三郎就会挨一顿板子；你骂我一句，我就让人揍他一顿。我虽然不是公门中人，但要做到这一点并不难，我保证，明天你再见他，他身上不会有一块好肉。”杨守文声音不大，却透着一股森冷之气。

那妇人的哭骂声戛然而止，抬头咬牙道：“杨……大郎，你怎如此心狠？”

杨守文笑道：“我为何心狠不得？你闯进我家里，又哭又闹，我杨家虽不是本地望族，可我阿爹好歹在昌平做了十几年县尉，你现在这样子，可考虑到我杨家的声誉？若你没有考虑，我又何必在乎宋三郎死活？听着，我阿娘认得你是亲戚，我却不认得。这是杨府，不是宋府！你敢来我家闹事，莫不是看我阿娘好欺负？如果聪明，就立刻离开我家，以后休要再来吵闹。至于宋三郎的事情，等时机成熟，阿爹自会放他出来。阿爹关他，是为他好，别不识好歹，若继续来我家纠缠，可别怪我真的心狠，昌平大牢里死个把人，其实不难。”杨守文说完，凝视那妇人。

妇人的脸顿时煞白，她看着杨守文，半晌后低下了头。

宋三郎的家人灰溜溜地走后，宋氏才出来：“兕子，幸亏你在家，否则……不过，三嫂并无恶意，想必也是急了眼。三兄在大牢里已经关了许久，不如放他出来，你看可好？”这个家如今毕竟不同以往，杨守文清醒过来后，在家中渐掌话语权。

“阿娘，若几天前你说这话，我一定会和阿爹商量，把宋三郎放出来。”杨守文垂手站在一旁，“可是现在，却不能放他。”

“为何？”宋氏一怔。

杨守文叹了口气道：“阿娘可能还不清楚如今阿爹的情况，阿爹现在的一举一动，都可能有人在暗中监视，弄不好，他们就等着阿爹犯错，到时候把咱们杨家扳倒。”

“嘶！”宋氏倒吸一口凉气，怔怔地看着杨守文。

杨承烈现在的困境，杨守文没有告诉任何人，包括宋氏；不是他不相信宋氏，而是告诉她也没用，只能给她平添许多担心。

“阿爹现在已经开始反击，不过还需要一些时日。阿娘，不瞒你说，我这两天仔细想了想，觉得宋三郎这批货物非常古怪，只怕宋三郎也是对方安排对付我阿爹的一颗棋子，我不是说宋三郎和人联手坑害阿爹，估计他自己也被蒙在鼓里。”

宋氏连连点头：“三兄他……不会有事吧？”

“阿娘放心，阿爹如今还是昌平县尉，昌平大牢还没有脱出他的掌控，宋三郎在大牢里，说不定会更加安全。若阿娘不放心，我这就去趟大牢，顺便叮嘱他们照顾好宋三郎。”

“如此，就辛苦兕子。”宋氏松了口气。

杨守文换了衣服，匆匆离开杨府。他可不是虚张声势，吓唬宋氏，而是确实感觉怪异。总体而言，宋三郎算是个聪明人，宋老太公过世后，宋家三子分家，宋三郎靠着分家得来的财产，虽说不上能振兴家业，但小日子过得还不错。这人有小聪明，但是胆子并不大，杨守文不相信，像宋三郎这种胆小的人，会冒着风险走私违禁品，可问题是，如果那些违禁品不是宋三郎有意所为，究竟是何人怂恿？

之前，杨守文并不知道卢永成在密谋对付杨承烈，所以也没往深处想，可现在，他却不能不考虑这背后是否有阴谋。谁都知道，武曌登基以来，吏治严格，杨承烈包庇宋三郎，只要不传出去就算不得什么大事，可一旦有人跳出来指责，杨承烈就会遇到麻烦。卢永成费尽心思想要架空杨承烈，难保不会在宋三郎的事情上做文章。

杨守文发现，昌平县虽然地处偏荒，可是这官场上的云谲波诡，却一点也没少。倘若当初不是他让人把宋三郎抓起来，说不定杨承烈现在已经倒霉了。

昌平大牢在离县衙大门两公里外的狱神庙内，杨守文没受到什么刁难，很容易就见到了宋三郎。宋三郎被关押了七八天，面容略显憔悴，但看得出来，他并没受什么罪。不管怎么说，他是杨承烈的大舅子，自然会受到些许关照。

牢室的面积不小，床榻桌椅都有，矮桌上甚至还摆放着酒菜，只是光线昏暗，加之牢室阴冷，杨守文进来时，甚至感觉到一丝寒意。

“大郎，你是来放我出去的？”看到杨守文，宋三郎激动得站起来。

杨守文笑了笑，在矮桌旁坐下，轻声道：“宋三郎，按辈分来说，我应该唤你一声三舅才是。不过我今天来，并不是要放你出去，而是有些事情要问你。”

“为什么不放我出去？大郎，我是被人陷害的。”

“被谁陷害？”

“这个……”宋三郎露出苦恼之色，挠着头，“这件事我也想了很久，可实在想不出来，我宋某人平日里有些贪财，但很少得罪人，阿爹在世时，就告诉我和气生财的道理，我平时很少欺压同行，缺斤短两的事情倒是有过，可这也用不着害我坐大牢吧？”

杨守文点头，表示赞成，他沉默片刻，突然开口道：“三舅，我今天来是受阿娘所托，来找你确认一些事情。你我之间虽然关系疏远，也没什么交情，但相信我也不会跑来陷害你，对不对？”

“那是自然。”

“好，咱们开门见山吧。”杨守文手指轻轻叩击桌面道，“我觉得，陷害你的人，恐怕是项庄舞剑，意在沛公。”

“大郎，这是何意？”

杨守文凝视宋三郎：“我和宋家没有交情，可我是杨家长子，二郎是我兄弟，青奴是我妹子，而我阿娘是你的亲妹妹，所以，宋杨两家唇亡齿寒，那你想必更清楚，若是没了我杨家，你宋家的日子也不会好过。”

宋三郎点头：“大郎所言极是。”

“三舅，现在的情况是，有人在对付我阿爹。县里的主簿卢永成一直想要把我阿爹架空，以便在掌控三班衙役之后，对抗县尊；而且，如今昌平的局势很不稳定，所以阿爹的一举一动，都必须小心谨慎。”

对宋三郎而言，卢永成这个名字并不陌生，他咽了咽口水：“卢主簿要对付文宣？”

“我什么都没有说。”杨守文制止宋三郎说下去，压低声音道，“我不知道是不是卢主簿陷害你，但我知道，他盯着我阿爹手里的三班衙役已久，若阿爹现在放你出去，卢主簿难保不会借题发挥，找我阿爹的麻烦，毕竟私藏军械、贩运私盐绝非小事。另外还有一件事，突厥造反了！若我没有记错，你那批货物是准备送往塞外？”

宋三郎的脸色顿时变得煞白，突厥造反，而他手里的货物又送往塞外，货物里还夹带着军械和私盐，说难听一点，他这就是谋逆。一旦罪名被确定，他难逃一死，家人也会受到牵连。这种情况下，杨承烈县尉的位子越稳固，能给他提供的保障就越大，他明白，谁都可以倒，唯独杨承烈不能倒。

“大郎休再说了，三舅不是不懂利害的人，请转告县尉，请他不必考虑我的事情，这里虽说环境不太好，但却没有人刁难。”

“如此甚好。”杨守文知道，家中此后不会再有人上门闹事了，“三舅，你那些货物，是从哪里进的？”

“宝香阁，我一直是从宝香阁进货。阿爹过世后，我也是因为认识宝香阁的林掌柜，才能在分家之后，迅速站稳脚跟。要说林掌柜那人不错，宝香阁更是昌平县的老字号……”说到这里，他突然停下来，回忆道，“我那天从宝香阁的货场提货，之后便准备出城，可没想到在城门口被发现了问题。对了，我好像听人说过，宝香阁似乎是范阳卢氏的产业。”

杨守文一拍桌子：“卢永成，也是范阳卢氏的子弟。”

“该死！”宋三郎狠狠抽了自己一巴掌，“我早就该想到这些，货物之前一直放在宝香阁的货场，除了宝香阁，谁能把那些东西塞进去？以前我和他们没有恩怨，所以也就没有想太多，如今思之，他们是想要利用我来陷害文宣。那该死的林掌柜，他从一开始就没安什么好心！”

杨守文长出一口气：“三舅既然能猜出幕后黑手，倒也省了许多事。这样，请你再委屈几日，待我回去禀报阿爹知晓，再想办法把你解救出来。”说完，扭头准备离开。

宋三郎像是突然想起了什么，喊道：“大郎且慢！”

杨守文停下脚步，诧异地向宋三郎看去。

宋三郎道：“说起宝香阁，我突然想起一件事，那天我一早去提货，天已蒙蒙亮，我隐约看到一伙人进了宝香阁的后门，而那天凌晨，县衙正好遭了贼人的袭击。”

杨守文凝视着宋三郎，半晌说不出话。这就能解释通了！那天县衙遇袭后，紧跟着就是全城戒严，那些凶手根本无处躲藏，可偏偏杨承烈把昌平几乎翻了个遍，也没有找到贼人的线索。之后杨承烈曾梳理了一下几个有可能疏漏的地方：县衙、杨府、卢府、县丞家中，以及城中校场；除此之外，唯一被排除的，就是宝香阁。

按宋三郎所言，宝香阁是范阳卢氏的产业，卢永成是范阳卢氏的子弟，卢永成要对付杨承烈，宝香阁又包庇了袭击县衙的贼人，把这些线索连在一起，就不难发现，卢永成所做的一切，绝对是范阳卢氏家族在幕后推动，若不然他为何要与杨承烈开启战端?

“三舅，你确定?”

“我能确定。”宋三郎信誓旦旦道，“我记得非常清楚，那天我从宝香阁的货场提货出来，就听说城中戒严，但我并未在意，于是押送货物出城。对了，那天的事情说来也怪，一般而言，城门的民壮就算检查，也大都是匆匆扫一眼就会放行。可那天，当值的民壮队正是陈一，那厮和我关系一直不错，可不知为什么，那天他对我的货物却检查得非常严格，不仅一辆车一辆车地检查，甚至还让我打开货物。”面对存亡之时，宋三郎的头脑一下子变得极为清晰，当日发生的事情，一幕幕在他脑海中闪现。

又是一个奸细！杨守文记下了陈一的名字，安抚了宋三郎几句，便匆匆离开大牢。

此时天色已晚，杨守文并没有回家，而是直奔县衙。以前这个时候，杨承烈说不定已经回家了，但如今的情况，他肯定还在县衙值守。果然，杨守文来到县衙时，杨承烈正在衙门里安排夜禁巡防的事情，三班班头，除了站班皂隶班头黄七之外，其他人都在。

杨承烈从班房里出来：“兕子，找我有事?”

见杨守文点头，他朝杨守文使了个眼色，迈步沿着长廊而行，走出左厢大门之后，从一旁的小门走了出来。小门外，是条偏僻小巷，巷子里光线昏暗，冷冷清清的。

杨承烈见左右没人，这才长出一口气，恶狠狠骂道：“直娘贼，老子如今在这县衙里也要小心翼翼，就连出恭，都觉得有人在暗中窥觑！兕子找我何事?”

杨守文将自己今日探监之事低声叙说一遍，然后问道：“阿爹可知道，民壮中有个陈一?”

“陈一?”杨承烈点头，“我当然知道。”

“他可能是奸细。”

杨承烈听得真切，脸色不由得一变。

“还有，宋三郎与我说，县衙遇袭那天清晨，他看到有十几人进了宝香阁的后门。阿爹，宝香阁是范阳卢氏的产业，卢永成是范阳卢氏子弟，我担心，这次卢永成找你麻烦，很可能是范阳卢氏在幕后指使；另外，三郎货物中夹带违禁品，很可能也是卢永成暗中设计。如果真的是范阳卢氏要对付你，你可一定要多加小心。”

杨承烈听到“范阳卢氏”四个字，神色瞬间变得沉重起来。

事实上，对于门阀贵胄的打压，自太宗李世民时就已经开始。从贞观以来，至今近六十年光景，世家大族的确不复当年的盛况，可即便如此，范阳卢氏为五姓七宗之一，底蕴也依旧深厚。如此庞大的势力，绝非杨承烈一个小小县尉可以抗衡。如果杨承烈没有脱离杨氏家族，说不定范阳卢氏对他还可能有些忌惮，可现在……

“阿爹，怕了？”杨守文忍不住轻声取笑。

杨承烈老脸一红：“休得胡说，我怕什么？”对自家这个儿子，他有些看不透。杨守文表现得不像一个大病初愈的傻小子，而是一个有着很深心思的人，看来，还是要早些把他送去荥阳，若久居昌平，怕是要耽误了他的前程。

回家时，天已经完全黑了，杨守文把探监的事情与宋氏汇报一遍，不过却隐瞒了关于卢氏的所有情况。

晚饭后，杨守文带着幼娘和青奴在院子里玩耍，杨瑞拖着疲乏的身子，从外面回来。

“大兄过得好自在，却苦了我在外面奔波。”他一屁股在门廊上坐下，苦着脸抱怨道，“早知道这样子，我才不要做执衣这么辛苦。”

“还不是你自找的？”杨守文忍不住笑道，然后示意幼娘和青奴带着四只小狗玩耍，菩提则匍匐在他身旁，“二郎，你认识陈一吗？”

杨瑞笑道：“怎会不认识他？”

“他今晚，可有当值？”

“最近一段时间，三班衙役都少不得当值的差事。”杨瑞想了想道，“他今天在西山坊当值，大兄问这个作甚？”

杨守文轻轻点头：“只是随便问问，对了，这家伙身手如何？”

“身手嘛，倒是不错！”杨瑞说道，“在民壮之中，陈一应该算是一个好手。我记得管叔父曾和我说过，陈一的刀法不错，两年前契丹人造反时，他曾斩杀了三个獠子，只可惜这家伙好酒又贪色，所以才一直待在民壮。”

杨守文又询问了一些关于坐班值守的规矩，这才让杨瑞离开。

第十六章——联手出击

夜幕降临，杨承烈处理完公务，在书案后坐下，顺手拿起一个卷宗，在灯下翻阅。

这几日卢永成不在昌平，倒是让局势平静了不少，不过正因如此，杨承烈反而觉得比以前更加辛苦。卢永成在时，虽然暗地里勾心斗角，但在公务上堪称一丝不苟，很多事情卢永成会梳理清楚后，再由杨承烈接手，可现在，卢永成请假离开，一应繁杂公务就落到了王贺与杨承烈的身上。老县丞是指望不上了，王贺与杨承烈自然要承担起来。

说起来，杨承烈也很困惑。他与卢永成合作了十几年，虽然没什么交情，但彼此间并没有什么冲突。哪怕是王贺与卢永成相争，他在大多数时候也是置身事外。如今，卢永成突然对他发难，这里面，有什么玄机？

杨承烈正翻阅卷宗，就听到外面传来脚步声，有人问："文宣在吗？"他起身拉开房门，县令王贺一身便装进来，身后还跟着一个小厮，手提一只食盒。

"原来是县尊来了，卑下正在等马市那边的消息，却不知县尊有什么吩咐？"杨承烈拱手说道。

王贺笑着摆手："文宣不用这么拘谨，我一个人闲得无聊，想找个人聊天。"说着，他命小厮把食盒打开，里面三个菜，两壶酒，还有一张热气腾腾的巨胡饼。杨承烈把桌子收拾干净，小厮把酒菜摆在桌上后离开了，杨承烈请王贺落座。

"这两天，文宣辛苦了。"

"分内之事，何来辛苦？倒是看县尊这两日，着实憔悴了许多。"

王贺摸了摸脸颊，捻须笑了："以前卢主簿在时，倒没有觉得公务繁杂；而今卢主簿才请假两日，这衙门里就变得有些凌乱，若非文宣在，我也无法照顾周全，来来来，我先敬文宣一杯。”

咦，话锋不对！杨承烈敏锐地觉察到，王贺话里有话。

“你昨日找我要的那飞狐地图，我给你带来了。”吃了两杯酒，王贺像是突然想起什么，从随身挎包里取出地图来，放在了杨承烈面前，“文宣，可是看出了什么？”

“倒也说不上，不过二郎前些日子突然提起这地图，倒是让我想到了一些事情。县尊，你说那慕容玄尌放着好端端的静难军使不做，何故要与那蛮獠勾结？”

王贺端起酒杯，轻声道：“慕容玄尌所勾结者，未必就是默啜吧。”

“啊？”

“文宣，你心思虽巧，但秉性刚直，以后还需多多留意。这次默啜起兵，怕也不会持续太久，你只管做好本分，不要掺和其他事情。我知道你担心什么，你所惧者，无非是静难军兵临城下，不过我以为，虽然静难军和昌平之间只隔了一座居庸关，但慕容玄尌未必会打过来。”

“为何？”杨承烈觉得王贺今天很古怪，说话更是云山雾罩，静难军和昌平既然只隔了一座居庸关，为什么不会打过来？

就在这时，有小厮在门外禀报，说是幽州都督府派人前来。王贺把杯中酒一饮而尽，站起身道：“与文宣聊天颇为快意，可惜公务繁杂，不能再把酒详谈了，我先去处理公务，以后有机会，再与文宣畅谈，到时候定要一醉方休。”

“文宣恭候。”杨承烈有些摸不着头脑，只是他不好追问，起身把王贺送到门口。

“文宣。”

“县尊有何吩咐？”

王贺目光幽幽，看了杨承烈一眼，突然压低声音道：“如今的情况其实挺好，莫要再试图改变！好了，我先告辞，文宣多保重。”王贺说完，大袖一甩，扬长而去。

看着王贺没入长廊的背影，杨承烈一头雾水，县尊今天来，说了一大堆莫名其妙的话，到底是何用意？

夜深了，气温陡降，差不多将近子时，突然起了雾，整个昌平被笼罩在一层浓雾之中。

一队巡街民壮从番仁里坊外的大街上行过，渐去渐远。杨守文从巷子里钻出来，看清方向后，猫腰贴着坊墙而行，很快就来到和平坊外。确定四周没人，他猛跑两步，单脚在坊墙上一蹬，身体腾起越过坊墙后悄然落地。

和平坊街道上冷冷清清，这和天气有关，更与最近的局势有关。静难军屯兵居庸关外，一副大兵压境的态势，和平坊自然冷清很多，昔日街道两边的酒楼乐坊，此刻大都已经停止营业，虽然还有几家酒楼亮着灯笼，但却给人一种萧瑟的感受。

杨守文一身黑衣，贴着墙脚而行，很快就拐进一条漆黑的小巷之中。这条小巷，坐落在一家客栈的后门，站在巷口，可以清楚看到坊门旁边的武侯铺灯火通明，也隐约传来说话声。根据杨瑞所说，和平坊武侯铺共有六人，分为两班，每半个时辰就会出来巡查一次。陈一今夜作为坐班值守的铺头，也会出来巡街。黄七，有盖老军的人解决；至于那个陈一，杨守文觉得，自己动手杀了此人可能效果会更佳。杨承烈要对七坊团头下手，需要一个由头。这是杨承烈和盖老军之间的交易，干掉陈一，正好可以给杨承烈提供一个借口。

杨守文半蹲在巷口的阴影中，看着浓雾中越来越冷清的和平坊。不多时，武侯铺方向传来一阵吵闹声，紧跟着就见火光闪动，三个人影从里面出来。

“陈队正，外面这么冷，还要巡街吗？”

“是啊，街上连个鬼影都没有，巡个鸟来？还不如在铺子里博两把痛快。”

“你懂个屁，爷爷今天手气太差，出来走一圈，转个运。”

一个粗豪的声音传来，带着浓郁的昌平口音。杨守文眼睛一亮，打起精神，向外面观瞧，一个穿着坎肩，手拿唐刀的壮汉走在最前面，他一边走，一边骂骂咧咧；在他身后，两个武侯举着火把慢悠悠行进。三个人越来越近，朝着小巷走来。

“你他娘的懂什么，现如今我跟了卢主簿，杨县尉又怎能放过我？卢主簿现在不在昌平，我更要小心一点才是，万一有人告上去，岂不正好给了县尉借口？等过了这几天，卢主簿从蓟县回来，到时候就算县尉也奈何不得我。”

“陈队正，你说卢主簿真能收拾得了县尉？”

粗豪的声音再次响起：“你也不看看，卢主簿背后是什么人？范阳卢家！在幽州这块土地上，除了圣人之外，就是卢家。卢主簿这次是被卢家召回去，等他再回昌平，必然会有变化。老子做了三年队正，可惜不得县尉赏识，如今改换门庭，将来等卢主簿得了势，老子怎的也能做个班头。”

“陈队正说得不错，杨县尉虽然有些本事，又怎可能是卢主簿的对手？”

“以后，说不得还要陈队正多关照。”

三个人说笑着，从巷子口走过去。杨守文眉头微蹙，有心上前偷袭，又怕惊动了其他人；可如果不动手，岂不白来了一遭？想到这里，杨守文脚下往外挪动了两步。

就在这时，那陈一突然停下脚步，向左右观瞧。

“陈队正，怎么不走了？”

“直娘贼，老子先方便一下，你们在这里等着我，我去那边巷子里。”说着话，他扭头朝着小巷走来。

杨守文立刻后退，悄无声息地没入小巷深处。之前正头疼怎么才能干掉陈一，没想到他自己就送上门来，这样也好，省了一番手脚。

陈一走到巷子口，可能觉得太过显眼，他又往巷子里挪了两步，整个人都没入了黑暗之中。他哼着小曲，解开裤子，却激灵灵一个寒战，感觉有些不太对劲。他连忙转身，可未等身子转过来，一只大手已经捂在他的嘴上，另一只手则绕过他的脖子，掐住了他的喉咙。

“呜呜呜呜——”陈一想要挣扎，可是杨守文却没给他机会，手上猛然发力，就听咔吧一声轻响，便扭断了他的脖子，陈一的身体顿时瘫软下来。

杨守文拖着他的身体，把他靠在墙边，向外面看了一眼，就见那两个武侯站在不远处的大街上，正背对着巷子轻声交谈。杨守文不敢迟疑，沿着小巷往里走，而后贴着墙脚轻步来到坊墙脚下，探手搭在墙头上，两臂用力，跃出坊墙。此刻，和平坊外面雾气更浓，街道上更是静悄悄的，不见一点声息。

杨守文不敢再耽搁，加快步伐，来到番仁里杨府的后墙外。从巷子里往外看，火光跳动，尖锐的哨声更是此起彼伏，越来越近，他知道，恐怕是陈一的尸体被人发现了！

杨守文纵身翻过院墙，进入杨府后花园。

“兕子哥哥，快来抓我啊！”

阳光明媚，虎谷山山坡上山花盛开。幼娘奔跑着，在花丛中忽隐忽现，她一边跑，一边开心地喊叫着。杨守文笑呵呵地跟在幼娘身后，眼看着离她越来越近，他忍不住喊：“幼娘，我抓到你了！”伸手没抓到幼娘，杨守文一怔，大声呼喊幼娘的名字。

“兕子哥哥，我在这里。”从山花丛中传来幼娘的声音，杨守文拨开花丛，看到了幼娘，只是她的脸上没有半点笑容，手里多了一柄利剑，“奸贼，纳命来！”一道剑光冲天而起，但见满山花瓣飞舞，幼娘手中的利剑直刺杨守文……

“幼娘！”杨守文呼地从榻上坐起来，额头上汗涔涔的，后背被冷汗打湿。

“做噩梦了？”一个清冷的声音传来，是杨承烈坐在身旁。

“阿爹，你怎么在这里？”杨守文长出一口气，掀起被子，从榻上下来。

杨承烈看着他道：“刚才听你一直喊幼娘的名字，到底梦到了什么？”

“没什么。”杨守文坐在榻床边，轻轻摇头。这个梦，很怪异，这应该是他第二次梦到幼娘杀他，开玩笑，幼娘怎么可能杀他？他伸出手，用力搓揉面颊。

“阿爹什么时候回来的？”杨守文把话题扯开。

杨承烈没直接回答，而是目光灼灼盯着他：“兕子，你好大胆子，竟然自作主张杀了陈一！洗漱一下，吃完早饭到书房找我，我有话要和你说。对了，把二郎也叫过来。”说完，出门而去。

看阿爹的样子，似乎并没恼自己，杨守文摇摇头，从榻上下来，穿好衣服出了房间。

“幼娘，怎会杀我？”杨守文自言自语着。门廊上，摆放着水盆和一应洗漱用具，还有一块雕刻成小狗模样的皂角。他一眼看出，这东西是幼娘为他准备的。杨守文觉得那个梦实在太不靠谱了，幼娘怎么会杀自己呢？

吃完早饭，杨守文叫上杨瑞，一起去杨承烈的书房。

“大兄，陈一……”杨瑞似乎猜到了什么，在去书房的路上，忍不住低声问。昨夜杨守文找他打听陈一的事情，今天一早就听说陈一在和平坊巷子里被杀，他又不是傻子，怎能猜不出其中的奥妙？

“陈一是谁？”杨守文瞪了他一眼，“杀就杀了呗，二五仔从来不会有好下场，难不成你和他关系不错，觉得难过？”

“我跟他不熟，难过什么，不过大兄，二五仔是什么意思？”

“叛徒！”杨守文说完，两人已经来到了杨承烈的书房外，他上前一步，轻轻叩门，然后和杨瑞走进书房。

杨承烈坐在书案前，示意两人坐下：“昨夜陈一被杀，显然是得罪了什么人。我听说，他和昌平许多团头有牵连，所以昨天夜里我得到消息，就立刻命人突袭各坊，将可疑之人全都抓了起来。最近两天，城里会有些动荡，卢主簿不在，我要经常在衙门里值守，所以家里你二人要多用心。”

杨守文笑了，阿爹果然是心有灵犀；想必这时候，盖老军也听到风声了吧！这样最好，也能让盖老军彻底安心。

杨瑞也明白过来，当日杨守文和盖老军谈判时，他就在旁边。他看了杨守文一眼，心情复杂。想当初，他制造谣言，然后成为阿爹身前执衣，也未尝没有想为杨承烈排忧解难的想法，但一直碌碌无为，如今大兄清醒过来后，稳扎稳打，招招利落，看来自己跟大兄的差距真不是一星半点啊！他对大兄，已是彻底敬佩。

“二郎，待会儿你去城门时，代我与盖二郎说一声，让他转告老军，就说你大兄答应他的事情，我已经做到，现在，是他履行承诺的时候了。”杨瑞点头，杨承烈继续说道，“另外，让盖二郎告诉老军，动静小点，不要闹得满城风雨。”

杨承烈目光转向了杨守文：“昨夜，县尊突然找我吃酒。”他把那幅地图拿出来，放在书案上，“你前几日让我找县尊讨要地图，他给我了，不过，他昨夜表现得非常古怪，要我保持现状，莫要做出改变。”

杨守文露出诧异之色：“保持现状？难道说，县尊不准备和卢永成争下去吗？”

杨承烈轻轻摇头道，“我不知道，也许县尊觉得无趣，不想再与卢永成争斗下去；抑或他想置身事外，让我和卢永成鹬蚌相争。可不管他是什么想法，问题在于，我必须和卢永成争斗下去，否则，早晚会被卢永成架空。”他站起身来接着说道，“这里面，或许还有太原王家的意思。五姓七宗，盘根错节，相互之间的关系颇为复杂。而今圣人对世族不满，一直以来多有打压之举，也使得各大家族更加团结。王家也许不希望因为这件事而与卢家交恶，何况卢永成就算是真的得势，卢家也未必会太过为难县尊。”

说到这里，杨承烈轻揉太阳穴，脸上苦色更浓：“可这样一来，却把我害苦了！我绝不会放手三班衙役，否则日后在昌平更难立足，不管怎样，我都会和卢永成斗到底，不过……”杨承烈叹了口气，看了看杨守文，“我必须要做最坏的打算，所以我想让你去荥阳。”

“啊？”杨瑞诧异看着杨承烈，“阿爹，让大兄去荥阳作甚？”

杨承烈没有理睬杨瑞，而是看着杨守文继续说道：“我要你去荥阳找你舅舅，请他设法收留你。”

“大兄的舅舅？”杨瑞一脸茫然，扭头看向杨守文。杨瑞从来不知道，自家大兄还有一个舅舅，听阿爹话语里的意思，大兄的舅舅好像很有势力？

杨守文目光炯炯，凝视着杨承烈：“阿爹，我不去，你现在处境艰难，我不能离开。阿爹的心意，孩儿知道，但我若离开，你身边可还有信得过的人？”不等杨承烈开口，杨守文接着说道，“别和我说二郎！二郎聪慧，我从不否认，但问题是，二郎年纪还小，很多事情根本无法帮到你；而且他在明处，大家都会盯着他，所以根本无法做事。孩儿虽不才，却有几分蛮力，更无人会关注我。阿爹在明处，我在暗处，处理些许腌臜事，更不会有人在意，我留下来，让二郎去荥阳吧。若舅舅肯接纳我们，二郎去也是一样；若舅舅不愿接纳，就算我去也没有用处。阿爹，你说过，我们是一家人。就算舅舅收留了我，我一个人在荥阳也不会快活。总之，孩儿不孝，这件事不应阿爹。”

杨瑞在一旁听得目瞪口呆，大兄身上，绝对还有他不知道的事情。

“你这孩子，怎这般固执？”杨承烈有些恼怒。

杨守文毫不退让，梗着脖子道：“若孩儿还是浑浑噩噩，阿爹送我走绝无怨言，可现在，孩儿清醒，阿爹又面临困境，若孩儿这时候离开昌平，那是不孝。”

“你……”杨承烈哑口无言，半晌，指着杨瑞道，“二郎年纪太小，况且荥阳距离昌平千里之遥，路上风险难测啊！”

“让宋安带他去，实在不行再带上茉莉。宋安虽然身无所长，可他对二郎忠心耿耿，有他跟着二郎，二郎不会吃亏；再加上茉莉的勇武，路上定不会有什么风险。”

“这个……”杨承烈有些犹豫，向杨瑞看去。

“大兄，你在说什么？”杨瑞彻底糊涂了，他看着杨守文，期期艾艾地问道。

杨守文瞪他一眼，沉声道：“让你去搬救兵，若你能搬来救兵，则阿爹在昌平便稳如泰山；若你搬不来救兵，就老老实实待在荥阳，休再回来。”

“我不去！”杨瑞气哼哼道。

“二郎，此事就听你大兄的。”刹那间，杨承烈思绪百转。杨守文说得没错，他留在昌平，多少能够给自己一些帮助，二郎终究还是嫩了些。况且，正如杨守文所说，如果荥阳郑氏愿意帮忙，就算杨守文不去也会帮忙；可如果他们不愿意帮忙，杨守文去了也没有用。荥阳郑家同为五姓七宗之一，不比范阳卢家的门户低，可问题是，郑家愿意为自己得罪卢家吗？在这一点上，杨承烈心里没底。

如果他真的输给卢永成，凭他和杨守文的能力，离开昌平另起炉灶，当不在话下。想到这里，杨承烈心中已经有了决断。

正如杨守文猜测的那样，杨承烈抓捕收押了七坊团头之后，盖老军立刻展开了行动。

地下世界的争斗，比官场上更加血腥。之前，有那些团头在，盖老军不好发作，可现在，那些团头已经成了阶下囚，盖老军立刻露出了獠牙，仅一天工夫，昌平八坊悄然蒸发了几十条人命。七大团头被关在大牢里，一些比较凶狠的小团头，也都离奇失踪，一时间人心惶惶。

杨守文没有再去理睬这件事，因为他清楚，盖老军和杨承烈已经结成了同盟。盖老军能够盘踞昌平多年，不是不晓得轻重的人，到目前为止，衙门里没有接到一桩命案，那就说明，盖老军处理得非常得体。没有命案，衙门自然不会理睬。

相信等那七大团头从牢里出来时，会发现昔日的地盘已经被盖老军接手。

第十七章 卢永成归来

从清醒至今，差不多快一个月了。杨守文发现，自己变得越来越像个保姆，要帮助阿爹稳定局势，要安抚后妈的玻璃心，要哄劝小自己很多的妹妹，更要时不时开导一下杨瑞这个小兄弟。

杨承烈做的决定，宋氏自然知道，她也没想到杨守文的舅舅居然是荥阳郑家的人。荥阳郑氏，那可是不输于范阳卢氏的存在，五姓七宗这种门阀贵胄，对于普通百姓而言，绝对是高不可攀的。宋氏当然愿意杨瑞能够和郑家搭上关系，同时，她更加感激杨守文。她知道，是杨守文给了杨瑞这样的机会，更重要的是，宋氏发现，她对自己的枕边人，其实并没有想象中那么了解，杨守文的舅舅是郑家人，那么杨承烈又是什么人？

杨瑞决定去荥阳，但不可能马上动身，毕竟，和荥阳郑家太久没有联络，也需要做一些准备。像荥阳郑家这种百年高门贵胄，自有一番规矩。好在，杨承烈当年也算是贵胄子弟，对于高门贵胄的规矩了然于胸，闲暇时，他会教导杨瑞一些郑家规矩；不仅杨瑞要学习，就连随同杨瑞一同前往的宋安也要学习。

不知不觉，两天过去。这天，杨守文正坐在家里给幼娘和青奴讲故事，杨瑞突然闯进来：“大兄，大事不好了。”

“又有何事？”杨守文看着有些慌里慌张的杨瑞，“二郎，阿爹和你说过多少次，一定要注意姿容，将来你到了荥阳，这么慌张定会被人耻笑。阿爹不是说过，要有泰山压顶，面不改色的风范吗？”这两日，杨承烈教导杨瑞规矩的时候，杨守文也会在一旁聆听。在他看来，所谓名士风范真心是一件痛苦的事情，看着杨瑞每天坐卧行走都要遵循规矩的模样，他就暗自庆幸自己没有答应阿爹，否则现在难受的恐怕就是自己了。

“大兄，你还有心情调笑？”

“发生了何事？”杨守文这时才问杨瑞的来意。

“卢永成回来了！”

“回来就回来，何至于如此慌张？”杨守文示意幼娘和青奴去一边玩耍，走到杨瑞身边，轻笑道，“再说那卢永成是昌平主簿，他回来又有什么稀奇？”

“不是……”杨瑞努力让自己冷静下来，低声道，“卢永成这次回来，带了不少人，我刚才听人说，有个都督府的长史也来了，还带来了都督府的三百兵马，如今他们已经到了县衙。”

杨守文一怔，脸上的笑容随即隐去。这幽州都督府的前身，是由隋文帝设立的幽州总管府，专门为抵御突厥而建。隋炀帝大败突厥之后，北方压力骤减，曾一度撤销总管府，然而隋末唐初，突厥趁中原混战，东山再起，再度成为威胁唐王朝的心腹之患。所以，唐高祖李渊在建唐之初，就承隋制重开幽州总管府，辖幽、易、平、檀、燕、北燕、营、辽八州之地，其首任大总管，也就是后世人们耳熟能详的罗艺，幽州总管府所辖之地北到长城，东至营州，包括关外之地，形成了一条与长城平行的带状防御区域。

武德七年（624年），总管府更名都督府，当时的太子李建成坐镇幽州，成为第一任大都督。之后，太宗李世民开创贞观之治，为北方带来了近四十年的和平。然而，从高宗李治末年开始，突厥再次兴起，数次寇边。

万岁通天元年(696年),契丹人攻陷营州,威逼幽州。武则天为加强防御，赋予都督府极大的权力，现任幽州大都督名叫张仁亶，也是武则天一手提拔起来的名将。此人是武则天开创武举后的第二个武状元，不但勇武过人，同时精通兵法。

都督府长史此来，绝对是受张仁亶差遣。张仁亶为什么派人前来？杨守文心里，顿时有一种不祥的预感。

“老虎，县城里这两日还算平静，不过城外的难民却越来越多。黄七去了蓟县到现在也没有回来，陈一又出了意外，我想让你这几日多留意城外的难民，城里的事情暂时由我担着。等黄七回来之后，你再回城巡查，如何？”班房里，杨承烈一脸肃穆。

管虎轻声道：“可是陈一的案子？”

“陈一的案子不用担心，我会亲自处理。好了，这件事就这么定了。”杨承烈不给管虎拒绝的机会，笑道，“其实我现在更担心城外的情况。慕容玄崱谋反，静难军陈兵居庸关外，虎视眈眈，万一难民营里有叛贼的细作，到时会给昌平惹来灭顶之灾。你先把注意力放在那边，等局势平静，再回来查找凶手。”

“县尉，我……”他正要开口，忽听外面一阵骚乱。

杨承烈眉头一蹙，与管虎起身走出班房，就看到一队军卒冲进县衙，迅速将左厢包围，卢永成施施然走进了左厢。

“卢主簿，怎么回事？”杨承烈脸色一变。

“文宣休怒，我先介绍一下。”卢永成与杨承烈拱手见礼后，侧过身子，让出站在他身后之人，“这位是都督府的王长史王直，也是太原王氏族人。”

杨承烈拱手见礼：“卑下见过王长史。”

那王长史并没有理睬杨承烈：“大庵，休要耽搁，带我前去抓捕贼人。”说着话，他上前一步，想要推开杨承烈。

大庵是卢永成的字，不称呼职位而直呼其字，二人的关系非同一般啊！杨承烈眉头一蹙，正要开口，卢永成却一把拉他到一旁：“文宣，你我虽然有些矛盾，但说起来也不过是私人恩怨。我今日绝无任何针对你的意思，而且这件事你也插手不得，王长史今日前来并非因为你我，而是咱们的那位县尊老爷。”

杨承烈一头雾水，看着卢永成。

这时候，王长史已经带人冲进了县令平日公干的房间：“那贼人何在？”

“哪个贼人？”杨承烈忍不住问道。

王长史厉声道：“自然是那杀人灭口之后，又冒名顶替的贼人，王贺。”

“你说县尊是贼人？”杨承烈大感疑惑。

一旁卢永成则苦笑道：“文宣，你我都上当了，被这个贼人欺瞒了三年。”

“慢着，到底怎么回事？”杨承烈脑袋一大，这好端端的，县尊怎么变成了贼人？王贺不是太原王家的人吗？王长史也是太原王氏族人，何以口口声声呼骂王贺为贼人呢？

卢永成耐着性子道：“莫说文宣你没想到，便是我也没有想到。王长史乃新任都督府长史，他与我族中叔父有旧，我叔父听闻我最近与县尊有龃龉，所以把我叫去训斥，哪知道与王长史一番交谈，才察觉县尊竟非王长史口中所说的族人，我立即意识到，咱们的县尊很可能是西贝贼人冒名顶替。”

杨承烈脑袋嗡的一声，王县令是假的？他脑子里乱哄哄的，以前颇感困惑之事，似乎都有了答案。王贺上任以来，三年未曾返家探亲；他平日里深居简出，很少与别人接触；发生命案之后，王贺出人意料地想要息事宁人……难道是怕牵连出自己？

“大庵，你确定？”杨承烈依旧不太相信。

卢永成嘴角微翘：“这种事情，我又岂能乱说？没看王长史全无往日风范？昌平县闹出这么一桩事情来，将来传到洛阳，他太原王家说不定也会受到牵累啊！”

杨承烈终究见过世面，很快冷静下来。

“杨县尉，王县令今在何处？”王长史来到他面前，厉声喝问。

杨承烈眸光一凝：“王长史，我不过是个小小的县尉，如何能管得了他？”又扭头对卢永成道，“卢主簿，出了这么大的事情，我看还是禀报一下李县丞为好。若你所说确实，李县丞如今就是昌平的主事者，他虽卧病在床，可现在，只能请他出面主持大局。”

“这个，也有道理。”卢永成表示赞成，他吩咐手下去请李县丞，又拦住了发怒的王长史，“长史休怒，杨县尉所言不差，那贼人是县令，杨县尉是他的属下，又焉能知晓贼人的去处？不如，咱们直接到后衙寻找。”

王长史恶狠狠地瞪了杨承烈一眼，与卢永成带着一干军士直奔后衙，杨承烈与管虎跟在众人身后。虽然目前还不清楚卢永成怎么确认这件事情的，但杨承烈看得出来，卢永成此次与王长史携手前来，绝不会善罢甘休。从某种程度上来说，范阳卢家和太原王家已经谈妥了条件，发生了这种事情，不管是卢家也好，王家也罢，都不会愿意张扬得天下皆知。所以，卢永成并没有通禀幽州刺史，而是直接通过幽州都督府来解决此事，意欲把影响降到最低。

杨承烈一路沉默不语。卢永成和王长史闯入后衙，立刻命军士将后衙封锁起来。

几个平日里在后衙服侍王贺的小厮被带过来，卢永成沉声问道：“你们谁知道，县尊今在何处？”

几个小厮面如土色，齐刷刷把目光落在一个少年身上。那少年，是王贺的书童，他颤声答道：“回主簿的话，县尊前两日受了风寒，今天一早出门，说是去医馆抓药，可是到现在都没回来。小人不清楚县尊的去向，不过他临出门时，让我们不必等他回来。”

卢永成和王长史相视一眼：“可知道他去了哪家医馆？”

不等那小厮开口，杨承烈脸色一变，猛然转身喝道：“管虎，你立即去城门打探，看县尊是否已经出城！”又对卢永成道，“若想确认，不妨到他卧室，看他随身物品是不是还在。”

卢永成点头，叫上书童进了王贺的卧室，片刻后，他脸色铁青地走出来：

“贼人的随身衣物已经不见，还有他喜爱的笔砚等一应物品都被带走了，看样子，他肯定是觉察到了什么。此人做事颇为缜密和谨慎，若觉察到不妙，一定会立刻逃走。”

“该死！”王长史狠狠顿足，脸色也变得格外难看。

昌平县闹出这么大一件丑闻，衙门里大乱，很多人并不清楚发生了什么，而那些知道内幕的人，则被卢永成和王长史软禁起来。

正如杨承烈所料，李县丞在得知事情真相后，托病不出，一副事不关己的样子。毕竟，连幽州州府都知道他一直卧病在床，根本不参与昌平的事务，想要让他露面，基本上没太大可能。这一天对杨承烈而言，绝对是漫长的一天。

晚上到家已快到亥时，杨守文还在等他，显然也听到些许风声。

杨承烈详说事情经过，杨守文也吃了一惊：“这么说来，那个假县令倒是有些本事。”

“这厮的确有些手段，据看守城门的民壮武侯说，就在卢永成回来前的半个时辰，他从东门出去便不知去向，说不定这会儿他已经过了潞水。只要他离开幽州，卢永成再想要抓住他，恐怕不太容易。”

天晓得他是怎么冒名顶替的。按照杨承烈的说法，王贺三年前只身前来，手续一应俱全，谁又会怀疑他的身份？他在昌平三年，政绩颇为不俗；万岁通天元年（696年），契丹人李尽忠兵临昌平城外，王贺率众抵御契丹人三日，并最终将之击退，那时候，甚至连当时的幽州大都督狄仁杰，都对王贺赞赏有加。

“阿爹，那现在该怎么办？”杨守文道。

杨承烈摇摇头：“短期内，卢永成应该不会和我撕破脸皮，他这次显然是得了卢家的支持，更有王长史前来，说明太原王家，很可能和卢家达成了默契。闹出这种事，王家颜面无光，定不希望四处张扬，如此一来，他一定会鼎力支持卢永成。”真的天算不如人算，虽然卢永成眼下未必会对他不利，可一旦其稳住阵脚，接下来必会对他发动凶猛的攻势。在下一任县令到来前，卢永成一定会想方设法把三班衙役掌控在手，这样一来，就算是换了县令，他照样可以大权在握，有卢家在背后默默支持，卢永成主簿的位子就不会动摇。说不定，卢家还有可能再让他提升一级，主簿变县丞，正九品变从八品，真到那时，谁还能撼动卢永成在昌平的地位？

杨承烈的心里，有那么一丝不甘。

“阿爹准备放弃了？”

“不放弃，又能如何？”杨承烈苦笑一声，“有王长史坐镇昌平，我又能奈他何？”

“如果王长史走了呢？”杨守文站起身，“阿爹所惧者，无非是王长史给卢永成撑腰，再加上卢家在背后暗中发力。其实，王长史那边倒不必担心，他或许会给阿爹一些打压，却未必真的愿意出力。王家出了这么一档子事，想必他也无心在昌平久留，那时阿爹的对手只剩下一个卢永成。如今县令没了，李县丞又不管事，卢永成所依靠者无非就是范阳卢氏，只要阿爹守好三班衙役，他卢永成又能奈你何？”

杨承烈眼睛一眯：“还有挽回余地？”

“卢永成暗中收买七坊团头，如今回来，怕还没有顾得上他们。那七坊团头若放出去，再加上卢永成背后支持，盖老军未必能撑住。”见阿爹点头，杨守文继续说道，“老军父子是咱们的盟友，若是他撑不住，就会投靠卢永成，到时候便折了阿爹一条臂膀。三班衙役要保，盖老军更要保，阿爹何不展露一下手段呢？”

“你是说……”

“等卢永成稳下来之后，一定会逼迫阿爹释放七坊团头。那七坊团头，是卢永成的爪牙，绝不能放出来！此前阿爹想要靠着王贺，可现在王贺已逃，那就只有用最原始的手段。”杨守文盯着杨承烈，“阿爹，杀了那七坊团头。”

“啊？”

“光脚不怕穿鞋的，用七条人命警告卢永成，也是警告那姓王的，到最后大不了同归于尽。”烛光摇曳，忽暗忽明，杨守文的面庞有一种令人心悸的森然之意。

杨承烈呆呆地看着他，半晌说不出话来，他明白杨守文的意思，无非就是杀鸡儆猴。如果杨守文是一个久经风雨的成年人说出这番话，他不会有任何讶异，可问题是，杨守文还未成丁，竟然能作出如此杀伐决断的决定，的确让他有些无法想象。他知道，杨守文杀过人，可不管是小弥勒寺凌厉一击，或者是从孤竹归途的绝命搏杀，大都有不得已的原因；而现在，开口就要七个人的性命，那森冷语气，让他不寒而栗。

“阿爹，斩草要除根，我知道你不忍杀人，但有时你我都迫不得已，那七个人不死，盖老军就不会安宁，卢永成就不会恐惧。你经营昌平十余载，一直都是与人为善，可到头来呢？说到底，是马瘦被人骑，人善被人欺。”

杨承烈半晌后苦涩一笑：“兕子，你阿娘生前曾说过我心狠手不辣，没想到十几年后，你对阿爹也是这样的评价。”他深吸一口气，仿佛作出了决定。他和卢永成之间，没有个人恩怨，只有权力之争。说穿了，如果他甘心做卢永成的爪牙，一切都好说；可问题是，他怎能心甘情愿？

“王长史怎么办？”杨承烈说道。

“此人，绝不能留在昌平。”

“没错！”杨承烈抬起头，“可问题是，怎么把他赶走？他今天既然来了，恐怕没那么容易离开昌平县城。”

“若是他不得不离开呢？”杨守文从随身的挎包里，取出了那张地图，“这张地图，应该是默啜进军中原的行军图，默啜此次绝非单纯地寇边，而是意欲打入河北道，效仿当年契丹人李尽忠的作为。若阿爹把这张地图交给张仁亶，定能引起他的关注，到那时，王长史身为都督府长史，也会被召回蓟县备战；况且，王长史也未必真要帮助卢永成。”

“可是，地图怎么送到张仁亶手里？”

杨守文笑了。

杨承烈愣了一下：“你的意思是，让伯玉去送？”

“陈家叔父如今还在昌平，他虽然已经辞去了幽州都督府监军一职，可毕竟在都督府待了两年，人脉犹在，有他出面，想必这份地图会很容易送到。”中秋之后，陈子昂随杨承烈一起来到昌平，不过他并没有急于离开，而是一直住在昌平的驿站。杨守文不无恶意地猜想，那陈子昂说不定是因为没有完成任务，所以不得不暂时留在城里。不过，陈子昂这几日没来杨府，也没有和杨承烈有过多交集。

杨承烈轻轻点头，他了解陈子昂，如果地图是真的，陈子昂绝不会袖手旁观，一定会转交幽州都督张仁亶。没有了王长史，卢永成想要打压杨承烈，也绝非易事。想到这里，他冷笑一声，若卢家表现得太过明显，说不定那位洛阳的圣人，会很高兴再扒下卢家一层皮；要知道，圣母神皇对高门贵胄可从无好感的。

“兕子，你通知一下二郎，让他明日一早动身；另外，联络盖老军，告诉他，只要我杨承烈在昌平一日，就不会让他难做。”杨承烈下了决心。

“是。”杨守文立刻躬身一揖，转身出去。

看着杨守文离去的背影，杨承烈的眼神很复杂。那个十七年来混沌呆愣的傻小子，终于清醒了，只是他这一清醒，却变得让人难以琢磨。自己是行伍出身，他的生母郑熙雯是个温婉贤淑的女子，有着菩萨般的心肠，可就是这么两个人，居然会有这样一个儿子，他不知道自己是应该高兴还是难过。

第十八章 凌厉反击

杨承烈连夜离开杨府，直奔县衙。王贺失踪，昌平县群龙无首，哪怕卢永成回来，也需要尽快稳定局面，他可不想让卢永成找到借口，免得到时落了下风。第二天一早，他去了一趟驿站，再回家时，已是正午时分，匆匆吃完午饭，他又匆忙返回县衙。

午饭后，杨守文把杨瑞、杨茉莉和宋安叫来，反反复复交代了一番，才带着他们出了杨府。三匹马已经准备好，杨瑞三人牵着马，跟着杨守文径直来到城门口。

“二郎，到了荥阳多加小心，那是中原腹地，争执只怕更多，你到后，少说多听，千万不要在那里逞强斗狠，遇事多听宋安的话；若有危险，杨茉莉会护你周全。你这次去荥阳，早去早回，莫让阿爹阿娘牵挂。”

杨瑞郑重点点头，在城门口校验户贯后，三人上马离去。

目送三人渐行渐远，杨守文长出一口气，转身往回走，路过关卡时，看到正在一旁值守的盖嘉运，向他使个眼色，而后离开。

距离城门不远有家酒肆，搭着棚子，一杆布幡在微风中飘摆。杨守文走进去，酒肆里很冷清，这原本是供贩夫走卒歇脚的地方，由于最近局势紧张，贩夫走卒少了很多。他在角落里坐下，要了一碗汤饼，两个小菜。

“没想到杨大郎居然会在这里吃这些粗鄙的食物，而且还吃得津津有味。”盖嘉运走进来，把刀放在桌案上。

杨守文看他一眼：“食物没有粗鄙和高贵，只因人的内心，才有高低之分。二郎不妨尝尝这汤饼，用料实在，滋味也算不错。”

“我天天吃这些。”盖嘉运说完，让酒肆里的伙计送来一盘烤肉，“大郎，我阿爹让我问你，县衙里到底发生了何事，怎的从昨天开始变得神神秘秘？”

杨守文慢条斯理地吃完汤饼，把碗往旁边一放，抹了一把嘴：“衙门里出事了，县尊下落不明，如今是卢永成当家做主。”他不认为这事能长久隐瞒下去。

“县尊下落不明？”盖嘉运大吃一惊。

杨守文点头道：“不过，你转告老军，就说之前的协议不会有变化，而且七坊团头活不过今晚，让他不必担心手中的地盘，短期之内，卢永成还不会对你父子下手。我阿爹只要还是昌平县尉，就保你老军客栈无虞，现在，就看老军怎样抉择。”杨守文的意思非常清楚，现在是盖老军选择站队的时候了，“明天晌午，我还会在这里，到时我要听到老军的选择。”

“就一晚上？”盖嘉运盯着杨守文。

这时候，酒肆伙计送上了酒肉，杨守文也不客气，抓起一块放进嘴里：“一晚上已经不少了，你要知道，一个晚上可以让很多人丢了性命。”说完，杨守文起身离开。

蟒山坊，老军客栈。夜已经深了，盖老军靠在榻床上，一名胡姬正在为他轻轻揉腿。他看着面前的两个儿子，脸上露出古怪的笑容：“大郎以为，我们应该投靠卢永成吗？”大郎是他的长子盖嘉行，跟盖老军的粗豪相比，盖嘉行的身上带着一股书卷气。

盖嘉行点头道：“阿爹，大郎以为，杨承烈绝不可能是卢永成的对手，若再与他合作，只怕会受到牵累。”

“可是大兄，如果咱们背叛，只怕杨承烈还没倒，咱们就完了。”盖嘉运叹了口气。

盖老军转过头，看着身边为他揉腿的胡姬：“斡哥岱（在突厥语里，斡哥岱是聪明的意思），现在，我要你用聪明的头脑思考一下，我们应该如何选择呢？”

胡姬斡哥岱抬起头，一双碧绿的眸子透着几分诡谲气息。不管是盖嘉运还是盖嘉行，这一刻全都闭上了嘴巴，盖家兄弟知道，她虽身为胡姬，却是盖老军的智囊和杀手。据说，当年盖老军在塞外救了她，之后她就一直跟随在盖老军身边，忠心耿耿。

斡哥岱脸上蒙着一面轻纱，她朱唇轻启，声音悦耳：“老军，卢主簿是高门贵胄子弟，焉能与你结交？况且，如果你驳了杨县尉的面子，老军客栈还能撑过明晚？虽说客栈里有些好手，可若是对抗官府，又有几个能留下？

杨承烈，始终是官。”

斡哥岱的话，让大厅陷入了沉寂。说穿了，卢永成就算收留了他们，也是为了利用他们，寇书生的前车之鉴，值得老军一家深思，甚至连跟随卢永成多年的卢青，还不是命丧黄泉？

良久，盖老军坐起来：“斡哥岱，截杀黄七的，是哪个？”

斡哥岱轻声道：“为了万无一失，奴让阿布思吉达前往。”

盖老军嘴角微翘，打量斡哥岱两眼后，笑道：“突骑施的战矛出手，一定可以马到功成，想必明天阿布思吉达就会回来，到时候你让他去拜会一下杨大郎。”

“阿郎何意？”斡哥岱身子一颤，轻声问道。

盖老军道：“阿布思吉达武艺高强，留在我身边难免委屈，与其跟在我身边，做个见不得光的刺客，倒不如给他找个前程。大丈夫当搏杀疆场，我想让他投靠杨县尉，算是我的见面礼，如今杨县尉情况不妙，正需要吉达这样的人才。”又道，“二郎，你明日去见杨大郎，就说我们之前的协议仍在；大郎，你要尽快安抚七坊，莫要让那些小家伙没了主心骨，再闹出什么麻烦来。”

次日，天降大雨，气温骤降。

杨守文清早起床，拉开房门，忍不住哆嗦了一下，都说幽州苦寒，果然不假，看起来今年要想办法弄些取暖的玩意儿，否则还真有些扛不住。

“婶娘，我出去一趟。”杨守文用过早饭，打过招呼，打着油纸伞出了杨府大门。

一路走来，街上行人稀少，沿途倒是不时有民壮武侯巡逻，可看上去无精打采的。也难怪，时局混乱，难免让昌平人心惶惶。杨守文来到昨日那座酒肆，要了两盘烤肉和两张蒸饼，然后坐在棚子里一边吃，一边等。

没多久，盖嘉运就来了。他在食案旁坐下，也不说话，只是对着那两盘烤肉一顿狼吞虎咽。杨守文笑了笑，静静地看着盖嘉运吃完，然后取出一串开元通宝，放在食案上：“我先回去了。”

盖嘉运愕然抬头：“我什么都还没说呢。”

杨守文道：“二郎今日过来，就已经告诉了我答案了，代我向老军转一句话，老军不负杨家，杨家必不负老军！这昌平，总有咱们一席之地。”

“你这人，真没意思。”盖嘉运笑了。

杨守文点点头："过两日我会让我阿爹设法把你调到衙门里，这样彼此间联络就能方便不少，且先做个白直吧，事情不多，比较清闲，一个月下来也能有两百文收入。"

盖嘉运心中一喜，连连点头。所谓"白直"，在南北朝时，泛指诸王或镇帅出行时夹车护卫的武士，不过入唐之后，白直泛指官府的额外差役。这是个不入流的职务，但比之前杨瑞的执衣，要强上一些，至少在收入上，白直的收入要比执衣高出一倍还多。

就在杨守文和盖嘉运会面时，县衙左厢里，却是剑拔弩张。

卢永成怒视着杨承烈，咬牙切齿道："文宣，好端端的七坊团头，怎么能一夜间全都死了？而且都是自尽身亡，到底怎么回事？"返回昌平的第一天，他并不知道七坊团头被抓，处理完手中事务，才听人说起七坊团头被一网打尽的消息。不过，他并没有放在心上，他了解杨承烈，所以决定先缓一缓，等第二天再让杨承烈把人放出来。在他想来，这并不是什么难事，杨承烈这时未必敢与他反目，毕竟他此次归来，实力大增。可没想到，当他找到杨承烈时，却被告知昨夜那七坊团头在大牢内悬梁自尽。一个人悬梁自尽也就罢了，蹊跷的是，七个人一同悬梁自尽，这让他始料未及，怒不可遏。

杨承烈嘴角一撇："卢主簿，那几人想必是私下里与那假冒县令的贼子勾结，听闻假冒县令的贼人逃走，他们也感到惊慌，故而昨天晚上畏罪自杀。"说到这里，他看了一眼在一旁端坐的王长史，"其实，下官早就觉察到那贼子不对劲，哪有上任三年，不见回家探亲，而家中也没人前来联系的事情？这似乎不太合人伦常理。所以卢主簿走后，我就秘密将那七人抓捕，可就在准备审问他们时，卢主簿突然返回，更惊走了那贼人，以至于我此前种种安排都付之东流。"

杨承烈倒打一耙，话里话外透着卢永成和那假冒县令的贼人勾结的意思，这让卢永成更加羞恼。杨承烈心里清楚，只要他不放弃昌平县的武装力量，他和卢永成之间，就不可能有缓和的余地，既然如此，又何必与他客气？

王长史脸色铁青。太原王氏的族人失踪，被人冒名顶替三年，王家竟然没有察觉，简直可笑！这事如果传到朝堂上，王家不但颜面尽失，更会被武则天再趁机打压。

杨承烈这一席话，妥妥地戳在王长史的伤口上。

"杨承烈，你休得胡言，明明是你杀了那七个人！"

"王长史这话未免可笑，我与那七个人无冤无仇，为何要杀他们？"杨承烈也勃然大怒，挺身而起。

“文宣息怒，这又何必呢？”卢永成见状，把他按坐下来，“王长史并无恶意，只是被顶冒亲族如今下落不明，不免有些生气。你我同僚十余载，我还能不相信你吗？只是这种时候，一下子死了这么多人，恐怕传出去对你名声有碍。”

杨承烈顺势坐下，冷笑道：“我怕什么？无非就是一顿斥责，难不成还能要我性命？”

“这当然不能。”卢永成发现，杨承烈此刻就像只刺猬，根本碰不得，他强压火气，强挤出一丝笑容道，“文宣不要急，衙门里假冒县令的贼人逃走，如今又一下子死了这么多人，传出去百姓们也会为之惶恐，现在事情繁杂，文宣何不专注抓贼？”

杨承烈眼睛一眯：“大庵何意？”

卢永成道：“我的意思是，文宣不如专注抓贼，城里之事可以暂时不用理睬；不过，最近城中不太平，不如由我暂领民壮，维持城中治安，等抓到那贼人之后，文宣再回来接掌民壮武侯，如何？”

站班皂隶只有几十个人，快手捕班也不过十几个人，昌平最重的武力就是民壮武侯，有三百人之多。卢永成一上来就想拿走三班衙役中最重要的一班，杨承烈的脸色顿时变得难看，他冷笑一声道：“卢主簿不用费心，贼我会抓，更不敢烦劳主簿费心民壮；若主簿想要掌管民壮，不如呈报州府，请州府罢免了我县尉一职。”

“文宣这话从何说起？”

“哼！”杨承烈看了卢永成一眼，又看了看王长史，“好了，我还要忙着去抓贼，两位只管在这里慢慢说话，我先告辞。”说罢起身就走。

卢永成脸色变了变，可话到嘴边，又生生咽了回去，脸色越发阴沉。

“大庵，此人忒狂妄！”看着杨承烈甩手离去，王长史骂道。

卢永成嘴角一撇，勾出一丝冷意：“我倒是一直小觑了这田舍汉，原本以为他不过一介莽夫，不想竟如此果断。那七个人哪是什么畏罪自尽，分明是这田舍汉向我发出的警告！”

“那该如何？”王长史眉头一蹙，“此次卢王两家合作，你我都身负使命。此前，武逆鹰犬田雨生从黑沙城盗走了书信，虽毙命于虎谷山，但那封书信却至今下落不明；若这次任务再失败，恐怕族里对你我都会不满。”

卢永成脸色更苦：“这也是我为什么一定要掌控昌平的缘由，若不能把持住民壮武侯，一旦发生变故，你我都将陷入困境。杨承烈不怕和我们两败俱伤，我们却不能在这时再出意外，实在不行，先把他调到城外？”

“杨承烈桀骜不驯，他会乖乖去城外？”

卢永成轻声道：“我虽然调动他不得，可这昌平县里，总有人能调动他。”

“你是说……”

卢永成点点头：“了不起，给那老儿些好处，他定会出头。”

是夜，杨承烈没有回家。杨守文假借送饭，在县衙里找杨承烈。

表面上，县衙里并无异常，杨承烈和卢永成也相安无事，七坊团头之死，卢永成也没有太追究。可越是如此，杨守文就越感到这平静下隐藏的危机。

“让盖嘉运入白直倒也不难，不过卢永成不会善罢甘休，他想要把持昌平武力，夺走我手中的民壮武侯，这有些不正常。按道理，他要把持县衙，理应先从站班皂隶入手，可现在……”杨承烈沉吟良久，轻声道，“你代我再传话盖老军，让他帮我盯着宝香阁。”

“宝香阁？”杨守文问。

“对，要盯紧宝香阁。此前假獠子被杀，之后县衙遇袭，无不说明这里面有大文章，很可能和卢家有关联，如果卢永成夺不走我手中的三班衙役，难保他还有后招。兕子，让老军盯死宝香阁，如果卢永成找来帮手的话，肯定还是要通过宝香阁的渠道过来。”

“孩儿明白。”

“你回去吧，这两日我会坐镇县衙，看卢永成会使出什么手段。至于姓王的，倒不用太担心，伯玉现在应该已抵达蓟县，姓王的在昌平待不了太久。”

入夜之后，雨势减弱了许多，杨守文打着油纸伞走出县衙。

卢永成此次如此高调地回昌平，让他觉得，事情似乎变得越来越复杂。

“什么人？”杨守文拐过一个街角，将到杨府大门，忽觉面前两道人影闪过，他一惊，手暗里一翻，从袖里滑出一口匕首。

“杨大郎莫动手。”从小巷里走出两个人来，为首一人是个女子，手里也拿着一把油纸伞，脸戴纱巾；她身后，是个健硕青年，夜色昏暗，看不清青年的相貌，从他挺拔的身材能看出来，年纪应该不大。

杨守文将匕首伸向前：“是谁？”

那女人看上去有些眼熟，但杨守文却想不起在什么地方见过。女人上前施礼："大郎贵人事多，记不得小奴也在情理之中，不知大郎是否还记得蟒山坊，老军客栈？"

"你是？"杨守文露出恍然之色，将匕首收起，"我想起来了，你当时坐在老军身边。"

"小奴阿布思斡哥岱，奉老军之命，在此等候大郎多时。"

杨守文脱口而出："你是突厥人？"

"小奴是突骑施人，没想到大郎见识不俗。"女人莞尔一笑。

杨守文对突厥的了解并不多，最近一段时间，因为默啜的事情，他才了解了一些突厥的情况。不过，毕竟是仓促了解，关于突厥人，他也只知道个大概。

"这么晚来找我，何事？"杨守文看了斡哥岱一眼。

斡哥岱轻声道："杨县尉为老军解决了心腹之患，老军不胜感激；作为回报，他也完成了对杨县尉的承诺，今日特地前来向大郎复命。"说完，斡哥岱侧身，站在她身后的青年，朝杨守文丢过来一个带血的包袱。

杨守文捡起包袱，在手里掂量了一下，反手扔了回去："黄七的事情，解决了？"

"正是。"

"老军果然是一言九鼎的好汉，没想到，他的速度竟然这么快。"

斡哥岱笑道："杨县尉吩咐，老军怎敢怠慢？怎么，大郎不准备查验一下吗？"

"我相信老军，把它处理干净吧。"

斡哥岱点点头，拎起包袱，示意身后的青年上来："老军听说杨县尉有些麻烦，所以想给县尉送个礼物。县尉这几日公务缠身，二郎又不在家，家里只剩大郎一人，身边连个使唤的人都没有。这是小奴的兄弟，名叫阿布思吉达，武艺高强，人也机灵，最重要的是，昌平县城里，没有人认得他。"

杨守文一怔："老军这是打算在我家中安个眼线？"

"眼线倒说不上，只是想给大郎送个跑腿的人。"说着话，斡哥岱一招手，阿布思吉达走上前，朝着杨守文躬身一揖。他身高在一米八左右，身材瘦削，腰杆挺直，身上斜背一杆大约九尺的长矛，往杨守文面前一站，一股彪悍之气扑面而来。

"大郎不必担心，我这个弟弟，小时候生过一场病，病愈后说不出话来，不过他头脑好使，老军觉得把他留在客栈，会耽搁了他，所以今日托付大郎，也想为他讨个前程。”夜色中，那双碧幽的眸子里带着一丝恳请。

杨守文又打量了一下那青年，展颜笑道：“老军这个人情，我代阿爹承了就是，请回去告诉老军，县城里局势微妙，请他务必小心一些。”

“小奴一定会将话带到。”阿布思斡哥岱再次施礼，打着油纸伞，施施然离去。

回到杨府，宋氏正在厅堂里收拾，见杨守文带着个衣着古怪的陌生人进来，不禁疑惑道：“兕子，这是什么人？”灯光下，陌生人一副胡人打扮，身披兽皮半臂，一双碧眼，眼窝深陷，高挺的鼻梁，勾勒出一道柔和曲线，看上去好像鹰钩一般。他头发虽略有些鬈曲，但肤色白皙，倒是个帅气的青年人。

杨守文道：“阿娘不必担心，他叫阿布思吉达，是我为家里请来的护院。二郎他们昨日离开，我看家里只剩下老胡头一个，担心人手不够，所以就找他过来看护，以后他就住在前院，阿娘若有用人的地方，只管使唤他。吉达不会说话，但是能够听见，对了吉达，你能够听懂我们的话吗？”阿布思吉达面无表情地点点头，杨守文松了口气。

“居然是个哑的，可惜了。”宋氏没再追问，招呼老胡头过来安排住处。

前院厢房外，幼娘和青奴带着菩提和四只小狗，好奇地向里面张望。杨守文走过去，一人一个脑镚儿，惹得两个小姑娘一连串的娇嗔。他笑着揉揉她们的脑袋，迈步走进厢房。厢房里，老胡头正帮着吉达铺床，看到杨守文和两个小姑娘进来，老胡头连忙过来问安。

“老胡头，你先出去吧。”

老胡头退出房间，杨守文坐在胡床上，一手抱着幼娘，一手搂着青奴：“幼娘，青奴，这是吉达。吉达，她们都是我妹妹，以后你要多关照她们。我们这个家里，人不多，也没有太大的规矩，你刚才都看到了，除了我父母之外，还有后厨的婶娘，再算上老胡头，这就是杨府所有人了。此外，还有三个人在很远的地方，估计过些日子才能回来。”

吉达点点头，把身上的兽皮半臂脱下来，然后撩衣跪坐在坐榻上。

杨守文笑道：“吉达，咱们丑话说在前面，你若是不愿意，可以离开这里。”说着，他轻轻揉了揉幼娘的脑袋，示意幼娘带青奴出去。

幼娘二人离开后，杨守文凝视着吉达的眼睛：“我不管你和老军是什么关系，也不在乎斡哥岱是你什么人，但你今天入了杨家门，以后就是杨家人。你如果愿意做杨家的一分子，我自会把你当作家人；可若你三心二意，可别怪我到时手辣。”

吉达不以为然，很显然，他并不在乎杨守文的威胁。

“你不相信？”

吉达嘴角抽搐一下，就见杨守文突然抬手，一道寒光脱手飞出。吉达甚至没有来得及做出反应，只觉一抹凉意从头顶掠过，啪的一声打在他身后的铜镜上，铜镜哐当一声倒地，上面立现一个深深的凹坑，一枚铁丸在地上滚动。

这一手铁丸术，是杨守文在清醒之后练成的。前世他在床上躺了十几年，没事就会以铁丸投壶，可谓百发百中；而现在，昔日用来打发时间的游戏，却被他练成了杀人术。

“斡哥岱说你武艺高强，老军推荐你过来，我也相信你不是平庸之辈。今天和你说这些，是先小人后君子，你现在离开还来得及；如果答应留下，再想离开，那就是我的敌人。”说完，杨守文站起身来，“你想清楚，明天天亮前，随时可以离开。”

这一夜，杨守文并没有休息好，好在，有菩提值夜。

第二天凌晨，雨停了，一轮红日喷薄而出。杨守文手提虎吞大枪，来到了前院的天井之中。阿布思吉达已经起来，正在天井中舞动那杆长矛，就见长矛在他手中上下翻飞，呼呼作响，仿佛有了生命一样。杨守文在一旁看了一阵，也不由得暗暗点头。从枪法而言，吉达的长矛算不得出奇，更没有杨守文祖传的九子连环枪精妙，可是他的枪法招数简单，虽平淡无奇，却威力巨大，用一个字形容，那就是快。而且，他的枪法中没有任何花样，直来直去，大开大合，透出浓浓杀意。

杨守文不禁手痒：“吉达，让我来领教一下你的战矛。”说话间，他已纵身跃入场中。没等他站稳，就见一抹矛影唰地向他刺来，这一矛快如闪电。杨守文连忙举枪相迎，战在一起。杨守文的“九子连环枪”分为九路，但归结起来只有一式，就是刺击，正面刺，上面刺，下面刺，左面刺，右面刺，枪枪连环，虎吞大枪划出一条条枪影，将吉达笼罩其中。两人的杀法颇有相似之处，不过杨守文的气力更大，吉达则是那种悍不畏死的杀法。

你来我往，不知不觉就打了十几个回合。两人的比试，惊动了杨幼娘和杨青奴，两个小丫头站在门廊上，大声叫喊，为杨守文加油。不过，幼娘喊了一阵子，眼珠子突然一转，冲着阿布思吉达喊道：“吉达哥哥，加油！”

阿布思吉达的长矛一顿，原本如疾风骤雨的攻势，突然间出现了破绽。杨守文大枪探出，啪地拍在他的腰上，幸亏杨守文没有发力，吉达脚下一个趔趄，差点儿摔倒在地上。

幼娘喊道：“兜子哥哥赖皮。”

“幼娘，你怎么可以临阵倒戈？”

“我哪有？”幼娘笑嘻嘻道，“兜子哥哥说过，今天天亮之后吉达哥哥如果还在，和我们就是一家人，既然是一家人，哪能只为兜子哥哥加油，吉达哥哥也要加油才是。”

阿布思吉达拄着长矛向幼娘看了一眼，碧眼中闪过一抹暖意。

第十九章——杨承烈遇袭

入夜之后，杨守文正帮着杨氏收拾，忽听外面哐当一声响，就看到杨承烈脸色铁青地从外面进来。

“阿郎今天怎回来这么早？”宋氏迎上前，从他手里接过断龙宝刀；见杨守文走进来，宋氏悄悄退出去，顺手把房门合上。

“阿爹，县衙里又出了何事？”杨守文问道。

杨承烈并没直接回答，他沉着脸转移了话题：“你让老胡头传话说，家里又多了个人？还有，黄七的事情解决了？”

“盖老军的人，叫阿布思吉达，黄七的事情是他解决的，这人身手不错。”

“突厥人？”

“阿爹知道他？”

杨承烈摇摇头道：“我不知道他，但我知道阿布思是西突厥的一个大族，分为两支，一支游牧河西，一支却归属多罗斯川的阿史那贺鲁，后来，阿史那贺鲁被灭，那支阿布思人就不知去向。如果他是河西阿布思人，不可能出现在这里，嗯，那就是多罗斯川阿布思人，当初贺鲁被杀后，他的部曲流落四方，没想到会出现在这里。”

杨守文听不懂杨承烈的话，他接着刚才的话题道：“阿爹，县衙里有事？”

杨承烈冷哼一声：“卢永成也不知道怎么说动了李实，他今天突然出现在了县衙里，要主持政务。那老匹夫说城外难民越来越多，让我从明天开始，到城外去看守难民营地，并且要彻查其中是否有静难军奸细，兕子你说，如果不是得了卢永成的好处，他怎会出面？”

李实，就是一直称病卧床的昌平县丞。比上，李实不敢和王贺反目；比下，卢永成和杨承烈在昌平经营多年，根本容不得李实插手，于是乎，李实的位子变得很尴尬，名义上他是昌平的二把手，可实际上，他的命令甚至走不出公房。一晃三年，李实眼看就要到致仕的年纪，趁着最后两年，怎的也要拿些好处。况且当了一辈子官，又怎能心甘情愿地离开舞台？而现在，卢永成愿意给他提供一个机会。

以前，有王贺可以制衡卢永成，可现在，王贺已经被确认是冒名顶替，如今下落不明，昌平县的大权几乎全都落在卢永成的手中。卢永成只比杨承烈高半级，说实话就算卢永成主事，杨承烈未必怕他，可现在李实跳出来就不同了，杨承烈对抗卢永成没有关系，可如果再去硬抗李实，州府那边必会心生芥蒂。

杨守文想通了这里的关节，随之释然："阿爹，看起来卢永成是迫不及待想要掌控昌平，甚至不惜把李县丞也给拉出来。"

"是啊，"杨承烈轻揉太阳穴，"卢永成到底想做什么？兕子，我越来越觉得这事情有古怪，你头脑灵活，帮我想想这其中的玄机。"

杨守文笑了，轻声道："阿爹何必为这些事情耗费心思呢？我觉得，卢永成所为者，一是父亲手中那三百武侯；二是想要把昌平上下换成自己人，至于他究竟想做什么，咱们且冷眼旁观，看他葫芦里究竟卖的什么药。"

杨承烈已经表现了他的强硬，所以卢永成未必敢再动手脚，所以请出李实，把杨承烈逼出昌平，估计是他最后的动作。这时候如果继续和卢永成对抗，绝不是一个明智的选择，杨承烈做了十几年县尉，这里面的道理当然明白。

"既然如此，你立即让那个阿布思吉达联络盖老军，让他们多加小心。卢永成把我赶出县城，很可能会对他进行清洗，这里还有都督府的三百兵马，绝不能掉以轻心。"

"孩儿明白。"

幽州都督府的三百府兵，估计就是卢永成手里的倚仗，只是，他到底想要做什么？联想到此前偷袭县衙的刺客，杨守文越发觉得，卢永成的图谋不会那么简单，甚至有可能会牵扯到他背后的范阳卢氏家族。

杨守文写了一封书信，交给阿布思吉达，让他连夜送去老军客栈。

第二天，杨守文守在家里，县城里的局势，杨氏和老胡头会打听消息，并尽快告诉他。

杨承烈清早就带着民壮武侯离开县城，城外的难民已经聚集了数百人，而且人数还在不断增加，隐隐有破千的趋势。原先王贺修建的营地，已经不足以容纳这么多人，同时，难民良莠不齐，有不良之徒为非作歹，短短十几日，营地里已经因为物资发生了好几次冲突。杨承烈前去进行安抚，倒是可以在某种程度上震慑不良之徒，可问题是，若没有县衙的物资支持，杨承烈也难以长久安抚下去。

是夜，杨承烈回到家中，心情沉重。听从杨守文的建议，他决定明日到县衙，既然是李实主事，还是要找他解决。

“文宣，非是我不肯应你，县里的情况你清楚，那贼子执掌县衙，早就把库府的物资都折腾了个干净，我怎么给你配发粮草？”听说杨承烈要粮食，李实坐在县衙大堂，捻着山羊胡，一脸无奈。

“李县丞，你既然让我安抚难民，难不成让我空手安抚？我手下民壮武侯也需要一应物资，若坐视难民骚乱，我固然要受责罚，但李县丞恐怕也要受牵累。”杨承烈心中冷笑，才不过两日，库府怎可能空虚？王贺在昌平三年，虽不说让昌平夜不闭户，路不拾遗，但至少做到了库府充盈，就连卢永成也承认，王贺的才干不弱。

李实有点不知所措，库府一直掌控在卢永成手里，他哪有资格插手其中？

“文宣，什么事这么生气？”就在李实左右为难时，卢永成走了进来，他笑呵呵地看着杨承烈，手中拿着一卷案牍，“安冉公刚接手政务不久，有些事情不太了解，你又何必为难他呢？”说完，他把那案牍放在李实面前的桌案上。

杨承烈把讨要物资之事又说一遍，卢永成露出恍然之色：“原来是这事，安冉公说得也有道理，如今库府被那贼子几乎倒卖干净，物资的确匮乏。不过也不是没有办法，我记得城西校场那边还有两囷粮食，如果城外确实紧迫，可以暂时抽调过去，以解文宣之难。”

“那，我要多谢了！”杨承烈拱手道。

“文宣别急，那批粮食，本是要送往蓟县的，我也不敢轻易调动。”卢永成说完，盯着杨承烈，“我记得自从张式出事以后，民壮武侯的班头一直都空缺着，以前那贼人把持衙门，我也不好过问此事。文宣，如今城里混乱，若非不得已，我真不想你跑去县城外面驻扎。我倒有个人选，原武侯队正梁允武艺高强，而且做事也认真，文宣何不让他填补武侯班头的职缺，这样一来，城外有管虎和梁允，你也可以轻松一些。”

杨承烈眼中闪过一抹冷色：“大庵对我的手下，倒是很熟悉。”

“也算不得熟悉，只是昨日翻阅卷宗时，看到此人。梁允这几年也立过不少功劳，两年前契丹人打过来时，他还斩杀了五个獠子，论资历，论功劳，他都够了。文宣别误会，我只是觉得，这武侯班头一直空缺，终究不是一件好事。”说来说去，卢永成还是想要民壮武侯的指挥权。

杨承烈熟悉自己的手下，他的手下有三百武侯民壮，共六个队正，梁允就是其中之一。民壮武侯不同于府兵，府兵设旅帅，而民壮只设队正，并听从班头的指挥。正如卢永成所言，梁允确实够格做这个武侯班头。

杨承烈盯着卢永成，沉吟良久道：“梁允武艺高强，做事利落，但为人莽撞，又嗜酒如命，绝非班头的合适人选。倒是之前我曾选中一人，就是那队正陈一，可惜他前几天被人杀了，以至于我不得不重新挑选。”

卢永成脸上的笑容一僵，面颊抽搐两下，目光随之变得阴冷：“我也只是随便说说而已。”

杨承烈问道：“大庵，那粮草之事？”

“粮草怕还是要安冉公想办法。那批粮草要送往蓟县，若耽搁了，恐怕你我都会受到责罚，若安冉公有办法，不妨帮衬一下，莫让文宣为难。”说完，他拿起案牍转身往外走。

杨承烈和卢永成之间发生的这一幕，李实怎能看不出来？只是，他发现自己被夹在了中间，左右都不是。卢永成不能得罪，他之所以能够重新回来，就是得了卢永成的帮助；可杨承烈也有道理，万一难民骚乱，他也会受到牵累。这夹在中间的滋味可真不好受，李实吞了口唾沫，换上一副笑脸：“文宣，你别着急，且容我再想想，再想想。”

王直在公房正襟危坐，见卢永成回来，问道：“大庵，杨承烈答应了？”

卢永成摇摇头，脸阴沉下来：“没想到这杨蛮子，倒是个驴脾气。”

王直冷笑一声道：“左右不过一介庶民，也不知怎的就爬到了县尉的位子上，这种人，万万客气不得。”言语中，流露出一丝不屑的意味。

卢永成看他一眼：“那王兄以为，我该怎么办？”

王直脸色一凝：“不为我所用，那就索性……”他作出一个砍杀的动作。

卢永成连连摇头：“王兄，如果能杀的话，我早就动手了！那杨承烈武艺高强，等闲之辈五六人一起上都不见得是他的对手；再说，县里刚出了这么多事，如果县尉再死于命案，州府那边绝不会坐视不管。”停顿了一下，他接着说道，“王兄你别忘了，张仁亶深得圣上信任，而且与狄阁老也有交情。当初孙承景如何，还不是被张仁亶一道奏疏弹劾，如今被贬为崇仁县令？你来幽州时日不多，不了解张仁亶，此人绝非等闲之辈。之前那假王贺可以抹去，毕竟你我都是受害者，可若是杨承烈再出了意外，到时候张仁亶绝不会坐视不理，杀了杨承烈事小，耽误了族中大事才是真。”

王直沉默了一会儿道：“大庵，此事还要你来决定，我这次随你来，是受族中差遣，尽量配合你行动，如果你解决不了杨蛮子，我没什么，倒霉的还是你。你如今好不容易得了族中看重，若是办砸了差事，恐怕也不好交代。张仁亶虽然厉害，但不是傻子，你觉得他会因为一个庶民与卢家反目吗？张仁亶在幽州，终究还要依靠卢家支持。”

卢永成看了王直一眼，仍旧有些拿不定主意；王直冷笑一声，不再言语。两人你看着我，我看着你，默默对视。就在这时，屋外传来一阵喧哗声，有人高喊：“王长史何在？王长史何在？张都督有令，着王长史火速返回蓟县，请王长史快快接令！”

王直一怔，连忙起身走出公房，就见一名信使风尘仆仆而来，看到他，连忙奉上书信：“王长史，张都督有命，请长史速回！”

王直接过书信打开，一目十行看罢，脸色顿时大变。

卢永成走到他身后：“王兄，出了何事？”

王直把书信收起，冲那个信使道：“我已知晓都督命令，你立刻到城西校场，点齐兵马在城外等候，我这就去与你会合。”

“喏！”信使领命而去。王直则拉着卢永成，返回屋中。

“王兄，你要走吗？”卢永成慌了手脚。

王直深吸一口气：“大庵，刚得到消息，默啜攻破飞狐，兵进定州。”

“啊？”卢永成一愣，脸上露出茫然之色。飞狐好像距离昌平很远吧，又不是幽州所属，关王直何事？

王直见他这副模样，就知道卢永成并不清楚这里面的玄机，只是淡淡说道：“都督下令，要兵发五回岭。”

“那我？”

“大庵，你留守昌平，至关重要，当务之急，是要尽快控制城中兵马，大丈夫做事，不要瞻前顾后，当断则断。那杨蛮子不是不肯交出手中兵马吗？你就想办法让他起不得床、下不得地，自然就能顺理成章地接手民壮武侯。这件事，你可以调动你族中力量，想必他们也有准备。”见卢永成面露苦色，王直拍了拍他的肩膀，“不用担心事情闹大，就算真的闹大，张仁亶现在也没工夫理睬，他正忙着调兵遣将，哪有工夫理睬这点小事？总之，我走之后，昌平的事情就拜托大庵。”说完，回屋从桌上抄起宝剑，转身就要离去。

卢永成一把将他拉住：“王兄，你能不能告诉我，族里到底是什么打算？”

王直拍了拍卢永成的胳膊：“非是我不告诉你，时候一到，自然会有人来告知。”说完，打马扬鞭而去。

看着王直的背影，卢永成心里更加忐忑，他觉得，自己似乎上了贼船，可问题是，他现在想下船，似乎下不去了。

突厥人攻破飞狐的消息，一天之内就传遍昌平，一时间人心惶惶，许多人开始准备南下，逃往蓟县，他们对两年前契丹人兵临昌平的惨状，仍记忆犹新。

杨承烈站在城门楼上，手扶垛口观瞧，只见城门下已经乱成了一团，不少人正成群结队，赶着车马想要出城，城门口变得格外拥挤。

“县尉，要不要阻止他们？”管虎忍不住开口问道。

杨承烈苦笑一声：“他们要走，就让他们走吧。”

“县尉，你说慕容玄Д真会打过来？”

杨承烈想了想，轻声道：“这个说不好。”的确，居庸关有精兵驻守，而且地势险要，易守难攻；静难军想要攻破居庸关，绝非易事，只要居庸关不失，那么昌平县城就稳如泰山。话虽这么说，但杨承烈总有些心神不宁，他总觉得自己好像忽略了些什么。

夜幕降临，城门口也渐渐安静下来。

杨承烈对管虎道：“这边暂时交给你，要注意城外的动静，若有情况，速派人到我府中禀告。”说罢，杨承烈翻身上马。

天空突然飘落雨丝。从城门口到番仁里，需要穿过两条大街，此时，天已完全黑下来，街上几乎不见人影。杨承烈怀着心事，没有太注意街上情况，当骑马经过第一条大街，正准备拐弯时，心中突然生出一丝警兆，他本能地勒住缰绳，胯下马儿长嘶一声，抬起前蹄，身体忽地直立起来。咻！一支利箭从长街拐角的巷子里射出，正中杨承烈胯下马。那利箭劲道十足，马惨嘶一声扑通倒地。

杨承烈甩镫腾身而起，马倒地的一刹那，他已双脚落地，拔刀出鞘。

咻咻咻！从小巷中再次飞出三支利箭，品字形射向杨承烈。杨承烈心中一惊，暗道：连珠箭！他身形一扭，挥刀劈斩，只听铛铛铛三声响，在电光火石间把那三支利箭劈飞出去。没等他再次身动，从长街两边冲出十几个蒙面人来，这些人各持刀枪，二话不说便扑向杨承烈。

“什么人！”杨承烈大喝一声。对方没人应答，只见一杆长枪刮起一股锐风，唰地便刺过来，那枪在夜色中甚至出现了一道残影。杨承烈眉毛一挑，身形突然暴起，手中断龙宝刀划出一抹青光，眼见与大枪交击，刀影骤然消失。杨承烈从那刺客身旁掠过，身后扬起血光，紧跟着传来了一声惨叫。

面对十几个刺客，杨承烈并不畏惧，他手中断龙宝刀寒光闪烁，再次斩杀一人。

就在杨承烈错步腾挪的时候，一抹冷芒飞来，正中他的大腿。杨承烈闷哼一声，脚下一个趔趄，两个刺客挥刀扑来，杨承烈身形猛然一矮，宝刀探出，正中一个刺客的腰腹，那刺客一声惨叫，但却变得无比凶悍，他弃了手中大刀，一把抓住了断龙宝刀的刀刃。

“给我去死！”杨承烈身形后退，想要拔出宝刀。

另一名刺客见状，二话不说，挥刀斩来。杨承烈想要闪躲已经来不及了，他当下心中一横，身形猛然向前一伸，准备拼着受那刺客一刀，也要将握刀刺客斩杀在身前。说时迟那时快，杨承烈的耳边忽听铛的一声巨响，另一名刺客的大刀被一颗铁丸击中，巨大的力量甚至将刀身一断两截。

“阿爹,我来了！”杨守文从长街另一头飞身赶到,他脚下生风,如同闪电，手中虎吞大枪脱手飞出，铁枪破空，撕裂了雨雾。那名正举刀砍杀杨承烈的刺客，没想到刀被崩断，一愣怔的工夫，一杆凌厉的大枪呼啸着直扎在他的胸口上。

“吉达，干掉弓箭手！”杨守文身后，阿布思吉达手持大枪飞奔而来。

杨承烈大口喘气：“兕子，小心！”

只见又一名刺客从旁边蹿出，举刀劈向杨守文。杨守文速度不减，身子突然一矮，便撞进刺客的怀中，一招鹞子抱爪，猛地抓住了刺客的手臂，手如钢爪，暗中发力一扭，喊杀声中，甚至可以清楚听见那刺客臂骨的碎裂声。杨守文猛然挺身，错步挥肘打在刺客脸上，刺客脸上瞬时血光迸溅，他顺势抓住这名刺客手里的钢刀，错身挥刀向后一探，钢刀正扎在身后另一名刺客的肚子上。

杨守文探手从尸体上拔出虎吞大枪，两腿一屈，身形一矮，旋身大吼一声，大枪便贯入一个扑上来的刺客胸口。杨承烈这时也来了精神，手中断龙宝刀上下翻飞。小巷中，传来金铁交鸣的声音，那边阿布思吉达和暗藏的弓箭手已经交锋。

城门楼方向火光闪动，民壮武侯发现了这边有敌情，赶来支援。刺客见情况不妙，发出一声口哨，剩下的六七个刺客扭头就跑。

杨承烈扑通一声倒在地上，杨守文扑上前把他抱在怀里。

“县尉可安好？县尉可安好？”管虎带着人已经跑到街口，看到杨承烈倒地，大惊失色，“兕子，怎么回事？”

“刺客，有刺客！”杨守文用手往刺客逃离的方向一指，“刺客往那边跑了！”管虎赶忙分出一部分武侯民壮，去追击刺客。阿布思吉达也从小巷子里跑来，朝杨守文比划了两下，那意思是，弓箭手跑了！

昌平县城里刺耳的哨声此起彼伏，一队队民壮武侯迅速向城门方向集结，大街小巷，随处可见武侯巡兵。

第二十章 又见神秘人

阿布思吉达拎着大枪，跟着杨守文快步来到杨府大门外。宋氏、杨氏和老胡头听到了动静，一个个忙不迭就跑上前来。

“兕子，阿郎他怎么了？”

“阿娘不要担心，阿爹刚才在路上遭遇伏击。”说完，杨守文背着杨承烈冲进厢房，把他放在榻上。杨氏把油灯调到了最亮，又拿来了几支火把，把厢房照得通透。杨守文拿了一柄匕首，在火上消毒后，割开了父亲身上的血衣。杨承烈身上有三处刀伤和一处箭伤，伤口很深，血流不止。

杨守文从随身的挎包里取出止血药，撒在杨承烈的伤口上：“阿爹别怕，这止血金创药是田村正所制，你很快就会没事。阿爹，怕痛吗？”

杨承烈脸色苍白，冲着杨守文摇摇头，没等他反应过来，就见杨守文掐住他的腿，一只手握住了箭杆，而后手上猛然发力就把那支利箭拔出。一股血喷到杨守文的脸上，杨承烈大叫一声，昏死过去。杨守文不敢怠慢，迅速为杨承烈清理伤口，而后撒上止血金创药，又用白色绷带把伤口包好，这才起身长出一口气：“阿娘，阿爹的伤口已经处理好了，待会儿医工来了，再让他检查一下。”

这时，郎中在管虎的带领下走进杨府大门，杨守文迎上去，把郎中带进了厢房。

“兕子，县尉没事吧。”管虎眼中流露关切之意。

“管叔父放心，父亲没性命之忧，那些刺客可曾抓到？”

管虎露出羞愧之色，摇摇头道：“刺客对昌平的地形似乎非常熟悉，而且还有援兵，民壮追到关帝庙时，遭遇对方埋伏，更折了三个民壮。”

“这些刺客，不简单啊！”杨守文一蹙眉头，“管叔父再追查时，一定要多加小心。他们当中有高手，阿布思吉达的身手和我差不多，却没能把那弓箭手留下来。而且，他们居然对阿爹的行程了如指掌，显然是早有预谋，绝非等闲毛贼所为。”

管虎冷静下来：“若非兕子提醒，我险些疏忽了。”他喊过来两个武侯，在两人耳边低声说了两句，武侯便匆匆离去。

杨守文在门廊上坐下，把弄着手里的箭矢。这支箭，是从杨承烈身上取下来的，是一支鹰翎鸭舌箭，与此前他在小弥勒寺遇刺时，那刺客射杀觉明和尚所用的箭矢一模一样。杨承烈曾对他说过，这种鹰翎鸭舌箭，是契丹人最常用的箭矢，而且是那种契丹勇士才会使用的箭矢。

杨守文突然起身：“吉达！”

阿布思吉达应声而到，杨守文在他耳边低语两句，吉达点点头，转身离去。

郎中检查完杨承烈的伤势，确认没有大碍，他从厢房里走出，颇为赞叹道：“没想到小郎君也懂得这杏林之术，刚才我看了一下，小郎君处理县尉的伤口十分得体。县尉没有大碍，小郎君不必担心，我留了方子，等县尉醒来之后，让他照方服药即可。”

“多谢。”杨守文道过谢，恭敬地把他送出杨府大门。

“大兄，阿爹不会有事吧。”杨守文转身回府，就见杨青奴站在厢房门口，满脸泪痕。

“青奴不用怕，阿爹睡一觉就没事了。”他安慰着杨青奴，又让幼娘陪着她回房。

这时候，盖嘉运在阿布思吉达的陪同下，从大门外进来。一进大门，他就快步走到杨守文身前：“大郎，父亲听闻县尉遇刺，让我前来探望，他身份特殊，不能亲自过来，所以请大郎莫要怪罪。”

“二郎能来，便是好事。”

盖嘉运又道：“父亲还交代，若大郎需要什么，只管吩咐，老军客栈一定倾力相助。”

杨守文阴沉着脸，在庭院里来回踱步，良久，他在盖嘉运身前停下脚步，低声道：“这次伏击我阿爹的刺客，和之前在小弥勒寺刺杀我，以及此前夜袭县衙的那些凶徒，恐怕是同一伙人。之前他们销声匿迹，可这次……他们对昌平县城非常熟悉，而且在关帝庙那边还设有埋伏，说明他们的背后，一定有一股非常强大的力量。”

盖嘉运不敢插嘴，只是静静听着。

杨守文咬牙切齿道：“我要老军发动昌平所有力量，帮我把这些贼人找出来。”

盖嘉运点头：“前几天，我父亲担心卢永成找麻烦，所以把手下全都收了回去，现在幽州府兵已经离开，也就不用再担心。我这就回去告诉父亲，让他设法找到那些凶手，只要一有消息，我立刻前来禀告大郎。”

杨守文闭上眼睛，负手站在庭院里。说起来，若不是今日他心血来潮，喊上了阿布思吉达出门来迎父亲，说不定他真就会遇到危险。谁要杀死阿爹？谁又能有这么大的能力杀死阿爹？杨守文猛然睁开眼：卢永成！现如今除了卢永成，再无他人，如果今天伏击阿爹的刺客，和那天夜袭县衙的凶徒是一伙人，那和卢永成一定脱不开干系。

杨守文眯起眼睛，慢慢握紧了拳头，对盖嘉运道：“还有一件事情，我要老军帮我弄清楚卢永成的行踪，还有卢永成家里的情况。”

“承蒙大郎看得起，一定弄清楚。”盖嘉运道。

“还有，转告老军，那贼人之中，有契丹高手，射术惊人，就连吉达也没能把对方留下，请老军多加小心！”

盖嘉运心里一惊：“大郎放心，我这就回去，将大郎的话转告父亲。”

“最近一段时间，你先暂时留在民壮，设法接近队正梁允，你什么都不用做，只需要留在他身边即可，到时候，我会告诉你该干什么。”

只是接近梁允吗？盖嘉运想，倒不觉得有什么难度，他原本属于朱成所在小队，如今朱成已经被调入站班皂隶，小队里面也有些混乱，到时候他想办法走动一下，混入梁允的小队并非难事。要知道，民壮武侯之中，也有不少人和老军客栈有联系，从小队里进行调动，对盖嘉运而言不难。

杨府大门紧闭，庭院里寂静无声。

杨守文横枪膝前，盘坐在月亮门前的门廊下，整个人被一团黑影包裹。若不仔细看，很难发现杨守文的存在。在他身后，四只小獒犬趴在门廊上，警惕地看着四周。

卢永成！杨守文心里反复念叨这个名字。

虎谷山脚下的那具无名死尸，惨死在孤竹的绿珠，小弥勒寺树洞里的油纸包，夜袭县衙的凶徒，突然失踪的王贺，迫不及待的卢永成，还有飞狐地图……一幕幕场景在杨守文脑海中不停闪现，他隐隐约约感受到，这一连串事情彼此间似乎有什么关联。可是，还缺一条线，一条把这些事情串联在一起的线。

杨守文觉得，他也许忽略了什么，对了，那个油纸包！想到这里，他伸手想要从挎包里把油纸包取出来。就在这时，身后四只小狗齐刷刷站起来，冲着后院的围墙发出一连串的低吼。杨守文抓住了虎吞大枪，冰凉的枪杆入手，让他顿时冷静下来。

难道说，卢永成还不肯罢休？

雨夜濛濛，墙头上，出现了两个人影，他们在墙头停留片刻，纵身跃入庭院。就在两人跳进庭院的一刹那，两枚漆黑如墨的铁丸从暗影中呼啸飞出，为首一人顺势拔出宝剑，剑光一闪，叮当两声响，他竟然用手中宝剑，准确地将铁丸劈落在地。

没等二人喘息过来，杨守文挺枪就刺。后落地那人举剑相迎，只听铛的一声响，枪剑交击一处，那人只觉得虎口发烫，手里的宝剑再也拿握不住，脱手掉在了地上。

“小哥休要动手！”劈落铁丸的男子见状，滑步挡在同伴身前。

杨守文并不理睬，身形一矮，手中大枪唰地如同毒蛇般刺出，快得只见一道残影掠过。男子连忙举剑相迎，枪剑再次交击，杨守文不禁身形一顿，这男子手中的宝剑，带着一股奇异的力道，轻而易举便化解了他凶狠一枪。杨守文口中发出一声轻叱，大枪再次舞动，以双手为圆心，那杆枪仿佛有了生命，划出一道又一道奇异的弧光。刹那间，枪影重重，把对方包裹在其中。

劈落铁丸的男子不敢小觑，手中长剑翻飞，划出一道道剑光，霎时间，枪影、剑光在庭院中闪动。那同伴见状，拾起地上的宝剑，就在他准备扑出的一刹那，一丝警兆从心头陡起，他身形向后退了两步，转身看去。门廊上，一头大獒站立，绿油油的眸光，透出森森冷意；而在大獒旁边，站着一个青年，他身形笔直，手中一杆虎吞大枪，已杀气腾腾……

“兕子，住手！”打斗声惊醒了院中众人。庭院里，火光跳动，老胡头一手拿着一根烧火棍，一手举着火把，站在月亮门下。宋氏也搀扶着杨承烈，从卧房走了出来。

杨守文手中大枪一颤，枪头幻出数朵枪花，而男子手中长剑也划出一抹广弧，只听叮的一声轻响，枪尖和剑脊交击，那男子的身形仿佛羽毛般飘飞起来，向后退出数米。杨守文也趁势后退，把大枪横在身前。

“尔等是什么人？”杨承烈手持断龙宝刀，厉声喝道。

男子示意随行同伴把兵器放下，从挎包中取出一枚腰牌，甩手丢给杨承烈；又朝杨守文微微一笑：“少年，咱们又见面了。”

杨守文就着火光，这才看清中年人的样貌，不由得心里一咯噔。那男子，杨守文并不陌生，十余日前，他曾在鸿福客栈甲三号院内见过他，正是那群神秘人中的中年男子。

“是你！”杨守文眼睛一眯，“莫非，你也是卢家鹰犬？”

“卢家？”男子笑了，“或为鹰犬，却与卢家没有关系。杨大郎，好枪法，以前我小觑了你，没想到你的枪术竟有这般深厚造诣。”

杨承烈这时也看清了那男子丢过来的腰牌，他推开宋氏，快走两步从门廊上下来，躬身行礼道：“末将杨承烈，拜见大将军。”杨守文大吃一惊，他愕然看着那名男子。

那男子也十分诧异：“杨县尉，你这是……”他看得出来，杨承烈所执乃军中礼节，并非官员之间的礼数。

杨承烈轻声道：“末将曾为左奉宸卫，嗣圣元年迁均州折冲府果毅校尉。”

左奉宸卫？杨守文一脸茫然，疑惑地看着杨承烈。

男子听杨承烈自报家门，也露出愕然之色：“你是左奉宸卫？”所谓“左奉宸卫”，还有一个名字叫左千牛卫，属南衙十六卫之一，专司掌执御刀宿从侍卫，亦可称之大内侍卫。这是皇帝身边的内围贴身卫兵，享有很高的地位。一般而言，能够从千牛卫走出来的人，一定是皇帝非常信任的人。可是，堂堂左奉宸卫，怎么会在这偏荒的县城里做一个县尉呢？

中年男子打量着杨承烈，把宝剑收起：“没想到，这小小昌平，还真是藏龙卧虎。”

杨承烈露出苦涩的笑容，错身让开路，轻声道：“若大将军不弃，何不进屋中详谈？”

“李公子！”随从闻听，连忙唤了一声。

那男子摆了摆手：“能认出我奉宸卫腰牌的人，想必不会说谎，虽然我不清楚你为何会在昌平屈身，但想必会有不为人知的苦衷，杨县尉，咱们便到屋中说话。”说完，他迈步向卧房走去。

杨守文上前一步：“阿爹……”

“兕子，你也来吧。”看得出来，杨承烈对来人非常尊重。杨守文把虎吞大枪往地上一插，朝阿布思吉达看了一眼，便大步流星地跟着杨承烈进去。那公子的随从站在门外。

“你认得我？”走进卧房外厅堂，李公子坐下。

杨承烈摇摇头：“我并不认得阁下，但我却认得左奉宸卫大将军的腰牌。”

李公子脸上依然带着一丝困惑，他摆摆手，沉声道：“你既然屈身昌平，必有你的道理，我也不再询问。我叫李元芳，家祖乃卫国公李靖，万岁通天元年得圣人青睐，接掌左千牛卫大将军之职。今日我来找你，其实是不得已而为之，我奉阁老差遣，来昌平调查一桩秘事，你既然出身左奉宸卫，想必也清楚这其中的分量，我只想告诉你，不管你现在受了多大委屈，但在没有得到我的命令之前，绝不可轻举妄动，更不能擅自向卢永成报复。我不解释原因，你可明白？”

李元芳？杨守文的脑海里，一下想起后世影视剧里那个风靡一时的人物，这怎么可能？

事实上，李元芳是卫国公李靖李药师之孙，他的父亲李德謇，曾官至将作少监，贞观十七年（643 年），太子李承乾谋反，李德謇因为和李承乾关系较好，故而受到牵连，被流放岭南。一直到贞观二十三年（649 年），李靖病故，李德謇承袭卫国公爵位，从吴中返回，之后就赋闲在家中。李元芳表字子建，他口中的阁老，也就是武唐时期鼎鼎有名的狄仁杰。当然，狄仁杰和李元芳并非后世影视剧中的从属关系。这个李元芳，应该直接听命于武则天。

杨守文有些茫然，堂堂左奉宸卫大将军，可以说是女皇武则天身边的心腹，来到这偏荒之地又是何故？杨承烈则眉头紧蹙，盯着李元芳，他刚遭受刺客袭击，现在李元芳却要他放弃报复，他的脸色有些难看。

李元芳目光炯炯：“非但如此，我还要你把民壮武侯的指挥权交给卢永成，在接下来的日子里对外宣称伤势严重，无法下榻。”

“为什么？”杨承烈脸色铁青。

李元芳看着他，烛光下那张棱角分明的面庞，透着一股阴鸷的气息：“不为什么，因为卢永成想要接手指挥权，所以你必须交出指挥权。”

杨承烈心里阵阵发冷，他刚要回答，坐在他身边的杨守文，突然按住了他的手臂：“既然大将军吩咐，我等小民焉敢不遵？”

杨承烈看着杨守文，冷静下来：“兕子所言，也是下官之意。”

“既然如此，就烦劳杨县尉了。”李元芳站起身，迈步往外走。

当他快到门口时，身后传来杨守文清冷的声音：“大将军，我父亲虽然答应了你，可是，他好歹也是昌平县尉，被人在长街刺杀之后，你却不管不问，未免有些说不过去。你也知道，现今居庸关外，叛军蠢蠢欲动，昌平县城，人心惶惶，这件事，总要有个交代才好，不然如何能安抚百姓之心呢？”

李元芳脚下微微一顿，站在门口没有回答。片刻后，他把房门拉开，迈步便走了出去，与随从纵身跃上墙头，旋即便消失在漆黑夜色中。

杨守文看着两人离去的方向，半晌后道："父亲，我虽不认识李元芳，也不了解此人，但卫国公之后，显于圣前，更得国老所器重，想必不是无理取闹之徒，我们且冷眼旁观，看他如何。"说完，杨守文露出笑容，"再说了，凭他的身份，要罢免父亲一个小小县尉，何必亲自上门？他只需要向州府发一道文书，父亲这职务就休想保住。"

杨承烈沉默良久，才轻声道："这昌平，似乎变得越发有趣了！"的确，一座从来不被人重视的小城，突然之间，似乎成了一处数方势力角逐的斗场。

第二十一章——府门飞笺

八月二十六日，突厥军在攻破飞狐之后，并没有停下脚步，而是一路南下，势如破竹攻破定州。让人感到奇怪的是，定州刺史孙彦高几乎没有做什么强有力的抵抗，任由突厥军攻破了城池。而他则躲在刺史府内，在得知突厥人攻入城中之后，甚至躲在木柜里，结果被突厥人发现，生擒活捉，连同数千定州吏民，被突厥人斩杀。据说，那一天定州的上空，弥漫着一股浓浓的血色。

突厥人攻城略地,并非为了占领,一如历代的游牧民族，他们擅长杀戮和破坏，而不精通建设。定州在一夜之间变成了废墟，突厥人纵火焚城，更裹挟近万定州百姓，继续向南挺进。

神都洛阳，铜驼坊。

在一座看上去颇为普通的宅院里，狄仁杰正坐在凉亭之中，手里拿着一封书信。信，是李元芳派人送来的。正如他此前猜测那样，河北道的局势已经岌岌可危，甚至难以挽回。默啜的突然反叛，对于狄仁杰而言并不意外，他甚至已经猜到其中不为外人道的原因，可是却无法向武则天呈报。作为武则天最为倚重的老臣，狄仁杰的内心里，始终还是忠于大唐王朝的，如果把自己的猜测告诉武则天，狄仁杰也能猜到后果：天下血流成河，帝国四分五裂。想到这里，他再次把目光落在李元芳的书信上。

早在七月初，狄仁杰就得到消息，梁王武三思似乎发现了一件事关李唐生死存亡的证据，而那证据就藏在黑沙城东突厥的王帐之中。武三思的手下已经得到了指令，会暗中把那个证据拿到，而后秘密送到洛阳武三思的手里。

适逢李元芳前往幽州，狄仁杰秘密托付他，把那证据取回。李元芳对大唐的忠诚，狄仁杰没有半点怀疑。如今，李元芳传回消息，说盗窃证据的奸细已经被杀，但证据却至今下落不明。证据如果真的丢了，也就算了；可若是没丢……他放下李元芳的书信，又看了一眼从河北道六百里加急发来的战报，眉头紧蹙在一起。

是请圣人做决断的时候了！只有绝了那位的心思，才不至于闹出更多的麻烦，否则一旦暴露，李唐必将危矣。这会是一次非常危险的劝谏，但狄仁杰已没有选择。

凉亭外，秋风萧瑟，卷起院中花叶飞舞。

狄仁杰把书信收起来，整了整衣冠，迈步从凉亭中走出，吩咐道："洪安，立刻备车，我要马上进宫，觐见神皇。"

黑云压城，一场暴雨即将到来，空气中弥漫着浓浓的水汽。

昌平大街小巷，行人稀少。正是午时，往日无比喧嚣的街坊，此时却变得冷冷清清，许多商铺更关上门，撤下布幡。

杨承烈在杨守文的搀扶下，在庭院中踱步。他的伤势并不算太重，除了那处箭伤外，几处刀伤其实都没有伤到筋骨，经过处理，已无大碍，甚至可以在庭院中走动。只是杨承烈的心情并不好，在李元芳拜访之后，他不管是否心甘情愿，最终还是把民壮武侯的指挥权交给了卢永成。

一晃三天过去了，他至今还记得卢永成拿到印绶时的笑脸。

如果不是杨守文一再叮咛，杨承烈当时甚至想从床上跳下来，照着卢永成的脸狠狠来上一拳。凭什么要我交出指挥权？哪怕他知道李元芳的安排别有用心，但如今想来，那晚李元芳不容置疑的命令口吻，着实让他很不满。

"父亲，突厥人攻破了定州。"

"那又怎样？"杨承烈的脸色有些阴沉，没好气道，"这与咱们父子，又有什么关系？"

"父亲，突厥人攻破定州，是在八月二十六。"

"我知道！"杨承烈哼了一声，"大前天你就说过了，那又怎样？"失去了指挥权的杨承烈，这两天就好像一个脾气暴躁的小孩子，说话怪里怪气。

杨守文忍不住笑了："父亲难道忘了那张地图？八二六，定州。"

"哦！"杨承烈露出恍然之色，但旋即脸一黑，气鼓鼓道，"地图已经送到了幽州都督府，张都督也秘密调集人马，准备屯兵五回岭，可这和我有关系吗？"

杨守文知道杨承烈的心里窝了一股子邪火，他耐着性子道："这说明，咱们之前的猜测非常正确，到时张都督如果真能截断默啜归途，那你就是首功一件，凭此功劳，这县尉之位定能稳如泰山。”

杨承烈示意自己累了，让杨守文把他搀扶到了客厅里坐下，而后轻声道：“兕子，你以为我真是为了这小小的县尉而心怀怒气吗？我当年好歹也是均州折冲府的果毅校尉，当年我能二话不说挂印辞官，难不成还会在乎这个县尉的职务？我只是觉得憋屈，如果当年我不走，如今未必会比那李元芳的官位低。哼！不过靠着祖先余荫，在我面前要什么威风！”

杨守文听罢，笑了一声：“阿爹，我虽然不知道你当初为何离开均州，但我觉得，如果你当时留在均州，说不定咱爷儿俩已经变成了冢中枯骨，你又哪里有那个精气神，在这里唉声叹气？”

见父亲的精神似乎有所恢复，杨守文又问道：“阿爹，你当年到底惹了什么祸事？”

“这个……”杨承烈犹豫一下，最终还是摇了摇头，“该告诉你时，我自然会告诉你，反正……你要相信，你阿爹并没做十恶不赦的坏事，之所以带着你跑来昌平，实在是，实在是……算了，还是不要再谈这件事了，再过几年，等你成丁之时，我一定告诉你。”

依照唐律，二十一岁成丁，而古代的习俗，有虚岁的说法，杨守文虚一岁，已经十八，可问题是，距离成丁还有三年。等三年之后再告诉我？杨守文没好气地看了杨承烈一眼。

“对了，这两日卢永成可还安分？”杨承烈问道。

杨守文一撇嘴道：“安分什么，他可是活跃得很呢！他拿了你的印绶之后，第二天就任命梁允为民壮班头，之后他又从捕班抽调了江六郎为皂隶班头，把县衙的站班皂隶，几乎换了一半，如果不是管班头态度强硬，他甚至想把手伸进捕班。看得出来，他是迫不及待地想要掌控昌平三班，这里面似乎颇有些怪异，我到现在还有些看不太清呢。”

“他那么急火火地讨要印绶，甚至不惜派刺客伏击，定然有所图谋。”杨承烈说着，揉了揉大腿，而后说道，“可我还是不明白，李元芳让我交出印绶，把昌平完全置于卢永成手里，到底是什么意思？按道理说，就算卢永成是卢家子弟，也没道理能请得动李元芳出马吧。”他看着杨守文，却发现杨守文似乎并没有听进去。

客厅门外，两个小丫头时不时探头进来，还有四只小狗，在客厅外面徘徊不停。

“好了好了，阿爹，到我给她俩讲故事的时候了！”

杨承烈摇摇头，站起身说道：“你去吧，不过也别光顾着讲故事。”

杨守文笑了笑，迈步往外走，在门口又停下来：“其实阿爹也不必太担心卢永成，突厥人眼看着就要攻入赵州，想必用不得多久，卢永成就会图穷匕见，露出马脚，到那时，李元芳一定会有所动作。还是那句话，咱们现在只管冷眼旁观。”

看着杨守文离开，杨承烈拄着拐杖，慢慢走到了客厅门口。

乌云中，一道银蛇掠过，紧跟着咔嚓一声雷响，大雨倾盆而下，雨幕接天，仿佛把整个天地都笼罩在水的世界里。杨承烈站在门廊上，看着外面的瓢泼大雨，忍不住自言自语：“冷眼旁观，冷眼旁观……只怕那李元芳未必会让咱们清闲啊。”

转眼已经进入九月，虽然以时节论只是深秋，可昌平的气温却一天寒似一天。这里四季分明，远不似千年之后的模糊状态，此时，黄河以南还算得上秋高气爽，可是幽州已算是进入冬季。

杨守文起了个大早，迎着朝阳吐纳金蟾紫气，功行九转之后，这才缓缓收功。

“金蟾引导术”乃仿金蟾吞吐日月精华而创，据说是武当山上炼气士的不传之秘。杨守文从小开始修炼，十几年的光阴，已经把这套功法练得登堂入室，虽然说不上寒暑不侵，可他自己能感受到，气血格外强壮，哪怕气温低，也不会感觉太过寒冷。回房洗漱之后，喝了一碗热粥，吃了一斤肉饼，这才心满意足。

晌午的阳光颇有些温暖，在经过连续几日的凄风冷雨之后，照在身上感觉很舒服。吃饱了肚子，杨守文便坐在门廊下，沐浴在温暖的阳光中。

幼娘和青奴在庭院里嬉戏，四只小狗则围着她们奔跑，显得格外快活。菩提趴在杨守文的身边，一动不动，任由杨守文把一只手放在它的身上轻揉，不时还会发出一两声很舒服的哼唧，那双总带着些许森然之气的眸子，也轻轻闭着。

杨氏正在晒被子，宋氏做着针线活，而杨承烈则拄着拐杖，在庭院中来回踱步。除了远赴荥阳的杨瑞和杨茉莉之外，杨家老小都聚在了这小小庭院。

“阿郎，宋三郎在外面求见。”老胡头走到杨承烈身边，低声禀报。

宋三郎是前天被放出来的，这恐怕也是卢永成的一种示好，他虽然控制了站班皂隶和民壮武侯，但并没有再去触碰捕班的人手。一来，只有二三十人的捕班对卢永成来说，没有太大用处；二来呢，他插手不进捕班的事务，管虎把捕班经营得风雨不透，卢永成虽然可以罢免管虎，但一时间也找不到合适的替代者，而且他也没必要再因此事激怒杨承烈。作为补偿，他放出了宋三郎。

杨守文已经能够确定，陷害宋三郎的人就是卢永成。项庄舞剑，意在沛公，卢永成原本是针对杨承烈，现在杨承烈对他已经构不成威胁，他也没必要再为难宋三郎。只是杨守文没有想到，宋三郎才出来，就跑来登门拜访。

杨承烈停下脚步，对宋氏道："三郎是来找你的，你去吧。"

宋氏离去，看着她的背影，杨承烈欣慰一笑，在门廊上坐下来，院落中复归平静。

只是这平静没持续多久，就听到门外传来一阵急促的脚步声，紧跟着管虎从月亮门进来，他快走几步："县尉，出大事了！今日卯时，静难军向居庸关发动偷袭。"

杨承烈呼的坐直了身子："消息准确？"

"居庸关点起狼烟，我也派人前往查探，已经确认此事。"

杨承烈倒吸一口凉气。八月十日静难军归降突厥人之后，虽然数次南下，但是却一直没有发动攻势，杨承烈甚至以为，静难军不会再有动作，没想到，就在突厥人战事无比顺畅的时候，静难军突然发动攻击。难道说，突厥人打算双管齐下，要攻占幽州？

"管叔，居庸关战况如何？"杨守文也吃了一惊。

管虎看着杨承烈，轻声道："卑下已经打听清楚，卯时静难军以八百锐卒偷袭居庸关，但是被卢校尉击退。如今，静难军主力已经兵临居庸关前，看样子准备强攻。"

"卢校尉？"杨守文脱口而出道，"可是范阳卢吗？"

"就是卢昂校尉，县尉也应该还记得此人。"

杨承烈扭头看了杨守文一眼，说道："卢昂秉性忠直，有他镇守居庸关，当可高枕无忧。不知城里现在情况如何？"

"有些混乱，不过卢主簿已经发出布告，并且派民壮加强了巡逻，所以还不算太坏。但城外的难民，似乎有些慌乱，不少人准备离开，还有一些人想要进城，卢主簿尚未拿定主意，但是已派人前去安抚那些难民。"

杨承烈点点头："这么说来，卢永成做得还不算太差。"

"什么不差，如今梁允接掌民壮，不断打压咱们的人；朱成他们几个，已经被派驻守城外三日，如此下去，用不了多久城里就会变成卢永成的天下。县尉，你还是赶快回来吧！你不在衙门，兄弟们的日子真不好过。”

杨承烈苦笑一声：“我也想早些回去，可我现在伤势未愈，就算回去也没有用。”

管虎有些不解地看着杨承烈，他实在想不明白，杨承烈为什么要向卢永成低头，而且到了这时候，仍不肯出山。

“管虎，你且先回去吧，若有变化，再来说与我知晓。我有些累了，就不送你了。”杨承烈摆出一副送客的模样，管虎只得告辞。

杨守文把他送出杨府大门，管虎拉着杨守文道：“兕子，我有一种预感，县尉如果再不回来，昌平必会发生剧变。我不知道县尉到底怎么想，但请你劝劝他，让他早些回来，如若不然，那些跟随他的老兄弟，说不定会因此离心。”

“管叔父放心，我定会转告。”杨守文点头答应，管虎这才离去。

管虎说得不错，父亲再不回去，他那些手下说不定就会改换门庭。可现在的问题是，李元芳想干什么？他从那天晚上出现之后，已经快七天没再出现，据盖嘉运传来的消息，鸿福客栈甲三号早就没有人居住，也就是说，李元芳等人已经离开了客栈，如今住在哪里，没人知晓，他就算想要联系对方，也无从下手。

在杨府门前呆立一会儿，杨守文转身准备回去，就在他一只脚迈进大门时，忽听有人喊了一声：“杨大郎！”他扭头，就见一包物件挟着风声从他身边掠过，啪地砸在府门上，砰然落地。他连忙冲下门阶，门前大街上，行人匆匆，不远处的巷口，一个衣衫褴褛的乞丐手里拿着一个破碗沿街乞讨，四周查看，并没有发现可疑之人。

杨守文疑惑不解，转身回府，就见老胡头手拿一个黑色香囊，来到杨守文身边。

刚才那黑影，就是老胡头手里的香囊，香囊散发出一种颇为雅致的香气，里面有一块石头，还有一张光滑的笺纸。杨守文把笺纸打开，上面有一行笔力雄浑的字：明日辰时，弥勒寺塔林。这是一张请柬，但没有邀请人和被邀请人的名字，只有一个地址。请柬上所说的弥勒寺，是建造在昌平县城的大弥勒寺，而不是那虎谷山的小弥勒寺，原因很简单，大弥勒寺有塔林，而小弥勒寺没有。只是，是谁邀请？又所为何事？

杨守文把笺纸收好：“老胡头，咱们回去吧。”

“阿郎，是谁砸咱家的门？”

“不用管他。”杨守文迈步走上台阶。阿布思吉达站在大门内，手持长枪，杨守文朝他点点头，吉达旋即退到一旁。杨守文一脸凝重，回到后院，把笺纸交给杨承烈。

“弥勒寺塔林？”杨承烈接过笺纸，在手中翻转了几下道，“这非是幽州所产笺纸，乃京兆特产的冷香笺，非等闲人家可用。此人不留姓名，却表明了身份，不愧是卫国公之后。”

“李元芳？”

“除了他，还能有谁？”杨承烈说着，把冷香笺还给了杨守文。

“父亲，让我去吧。”杨守文道，他想看看，李元芳的葫芦里究竟卖的什么药？

杨承烈拄着拐杖，徘徊几步后道：“你去也好，李元芳找你，我猜可能和居庸关战事有关，你见了他，多听少说，千万不要答应什么。”说完，杨承烈笑了，“你总说要冷眼旁观，可那李子建又怎会容你闲着？”

这一日，居庸关方面虽然不时有战报传来，可昌平县却显得很平静。原因很简单，叛军攻势虽然猛烈，但居庸关却固若金汤，这座早在春秋战国时便修建的关口，自从始皇帝修造长城，取“徙居庸徒”之意而命名为居庸关之后，数百年来一直是兵家必争之地，其地势险要，易守难攻，是幽州要塞。居庸关守将卢昂，字子山，虽算不得名将，但却颇有才干，早在月前，他就防范着静难军突袭，哪怕是静难军一直按兵不动，他也没有一日放松戒备。

据从居庸关传来的消息，静难军一日间三次强攻，都被卢昂击退，也让昌平百姓松了一口气。有天险可守，又有大将坐镇，静难军焉能攻破居庸？

这一夜，杨守文睡得很安稳，一觉睡到了天明。

打开房门，一股寒意扑面而来，空气中夹杂着一丝湿涔涔的水汽，他忍不住打了寒战，这才知道昨夜不知什么时候，竟下了一场小雨。

第二十二章 龟符奉宸

大弥勒寺坐落于昌平城东，与和平寺相互辉映。

武则天假托自己是弥勒转世，命人撰《大弥勒经》并在全国各地修建佛寺。事实上，不仅仅在昌平，整个幽州境内，几乎所有县城都修建了弥勒寺。

大弥勒寺毕竟比不得那些古老寺院，昌平的弥勒寺，满打满算建成不会超过十年，况且幽州是苦寒之地，少有高僧前来。早些年，大弥勒寺来过一个法师在此修行，那法师法号玄硕，据说是玄奘法师的师弟，但只在大弥勒寺修行了两年就离开昌平。玄硕法师离开后，这里的香火也冷清了许多。当然了，若和虎谷山上的小弥勒寺相比，这里的香火倒堪称旺盛。

昨夜一场小雨，枫红叶落，狼藉一片。走进大弥勒寺的山门,沿着一条湿涔涔的幽径而行,尽头处就是塔林所在。

辰时，阳光普照，不过气温很低。杨守文身着一袭白棉布做的长袍，足下蹬一双皮靴，腰系狮子吞口腰带，迈步走进塔林。此时，塔林中冷冷清清，几乎看不到人，几座浮屠佛塔孤零零地坐落在这里，透着一丝庄重的气息。

杨守文并不着急，他在塔林中漫步，感受着那一丝丝庄重的佛家气韵。

在一座佛塔前驻足，杨守文抬起头，仰望佛塔。待一千五百年后，这弥勒寺还会存在吗？反正在杨守文的记忆中，他不记得首都有这么一方景致。

“念天地之悠悠，独怆然而涕下。”杨守文一声轻叹。

正要转身离开，却听到身后传来了一个清雅的声音:“杨守文，弘农杨家子，忠壮公之后，生于永隆二年三月十六，母荥阳郑家女郑熙雯，父杨承烈，十八岁曾在圣前斩黄斑，因而得圣人青睐入奉宸卫，赐千牛刀。二十二岁以战功而入备身，后徙均州折冲府，拜果毅校尉。垂拱元年，杨承烈突然自均州挂印辞官，返还弘农。此后，杨承烈下落不明，而弘农杨家族谱之中，杨承烈的名字也一同消失。”李元芳一袭青袍，站在离杨守文约十几步远的地方，目光灼灼地打量他。

也许是刚才看得太入神了，李元芳来到身后，杨守文竟没有觉察。只是他有点发蒙，李元芳刚才所说，分明就是他的家世。说实话，杨守文除了知道杨承烈出身弘农杨家、母亲是郑家之女外，对自己的身世还真不了解。忠壮公是谁？

杨守文道：“大将军对我们父子还真关心，竟然这么快就打听到我家来历。”

“快吗？”李元芳笑道，“我可是花费了很大工夫，如果不是你父自陈出身奉宸，说不定我还无从下手，只是我不太明白，当年你父亲有大好前程，为何会跑来昌平？”

杨守文搔搔头：“我之前是个痴汉，如何知道原因？别说这个了，就连你刚才说我是忠壮公之后，我也没听明白。大将军，忠壮公为何人？”

李元芳打量了杨守文两眼，摆手道：“既然你不知道，我索性告诉你，省得将来在人前说起时，连自家祖宗是谁都说不清楚。”他说着话，迈步走上台阶，“忠壮公便是北朝汾州刺史杨敷，算起来应该是你曾曾曾祖父。天和六年，北齐平原王段孝先攻破汾州，忠壮公被俘至邺城，愤郁而终，后被追谥忠壮公。或许你对忠壮公比较陌生，但前朝景武公杨素的名字，想必你应该听说过吧，你的曾曾祖父便是杨素的兄弟，名叫杨询，不过他不似景武公那般武功赫赫，更没有景武公那般大的名声。但也幸亏如此，枭玄感趁隋炀征伐高句丽时起兵造反，后被镇压，举家被杀；杨询因为低调，故而知者甚少，所以才得以幸免。令祖杨大方，原本是侯君集手下大将，却因为西征高昌时得罪了侯君集，被罢官遣返。要说，你杨家还真是运气好，侯君集后来造反，许多人被牵连，唯有令祖没有任何影响。只是如今，弘农杨家的族谱中，已经没有了令曾曾祖这一支的记录。”

李元芳说完，看着杨守文。

“当年，到底发生了什么事？”杨守文努力消化着李元芳说的这些事情。

正如李元芳所说，杨敷是谁？他真不太清楚，但杨素这个名字，即便在后世，也很有名。至于枭玄感，应该就是杨玄感吧！杨守文依稀记得他后世看过一本小说，里面就提到了杨玄感，杨玄感兵败之后，举家被灭，更被隋炀帝改姓为枭。

这可不是什么好事，也代表着杨玄感这一支，一辈子都要背着反贼的名声，只是……杨守文抬起头，凝视李元芳。两人目光相触，谁也没有说话，只是你看着我，我看着你。

良久，李元芳笑了："好吧，刚才说的那些并不重要，若非你父现在对外宣称身受重伤，说不定今天我要邀请的人，应该是他才对。我打听过你，小时候因为痴症，拜佛门，得名阿闳奴，十七年来一直浑浑噩噩。三十多天前，你被雷劈中，非但没死，反而一下子清醒过来。你清醒之后，对外表现得很低调，甚至很多人都以为，你虽武艺高强，头脑却不灵光，可我却知道，你在藏拙。之前盖老军之子盖嘉运假杨二郎之名行强盗之事，应该就是被你发现，你更借此收服了盖嘉运，如今就在民壮武侯三队效力。"

杨守文没有说话，他慢慢握紧了拳头，看着李元芳。

李元芳却恍若不知，仍自顾自地说道："此前，你曾夜探鸿福客栈，还和我的人打了一回，不过最后被你跑掉了；之后你又发现宋三郎被卢永成陷害，于是让你父将宋三郎打入大牢。阿闳奴啊阿闳奴，我有时候真的很好奇，你到底是真傻还是假痴？"说完，他脸上笑意更浓。

杨守文深吸一口气，慢慢松开了拳头："这塔林里还有三个人，应该都是你的手下。"

啪啪啪！李元芳轻轻拍掌大笑："好功夫，居然被你发现了！不过那三人，你应该不会陌生。"

从远处几座佛塔后，转出了三个男子。杨守文扫了一眼，没什么印象，于是沉声道："大将军，这猫捉老鼠的游戏一点都不好玩，我实在不知道，这样究竟有什么意思。如果你找我来是想要比试，那只管放马过来。什么弘农杨家，我不清楚，也不知道，我只是个小门小户的傻小子，每天有很多事情要做，可没工夫陪你来玩游戏。"

李元芳的笑声戛然而止，脸上的笑容也渐渐隐去："想走？那也要你有这个本事才行。"话音未落，李元芳身形呼地腾起，十几步距离仿佛一步跨过，便来到杨守文的身前，抬手一拳轰出，快如闪电。

杨守文已有防备，他双手探出，啪地贴在李元芳的拳头上，只是没等他施展出鹞子手，李元芳猛然欺身而上，脚下一顿，就听砰的一声响，青石制成的石阶顿时粉碎。他借力向前一靠，杨守文顿时有一种毛发森然的感受，他激灵灵一个寒战，脚下错步，身体一扭，险之又险地避过了李元芳的攻击。

"反应挺快，再接我几招！"

杨守文的心里瞬间升起一股怒气，卫国公之后就了不起吗？

“大将军，来而不往非礼也，你先接我这‘鹞子三点头’。”说话间，杨守文探手化作鹞鹰铁爪的模样，呼地劈出去。十几年苦练“金蟾引导术”，杨守文的体型看上去虽然单薄，但力量极大，一爪劈出，口中更发出微弱的金蟾叫声。李元芳连忙抬手招架，只听刺啦一声，那做工精良的青袍大袖被杨守文一爪拍碎，化作翩翩蝴蝶在空中飞舞。李元芳的胳膊露出来，上面有一个极为清晰的爪印。

杨守文一招得手，手下更不留情。这“鹞子三点头”讲的就是一鼓作气，一爪劈出，又一爪劈出，眨眼之间杨守文劈出了十余爪，逼得李元芳连连后退。

“这是鹞子手吗？”李元芳连接十余爪后，脸色发青。

杨守文一波攻势结束，也趁势后退，两只手放在身后，不停地甩动。那十几爪可谓使尽了金蟾气，他也需要趁机缓一下。按照杨大方的说法，鹞子手配合金蟾气，力道刚猛，再加上他天生神力，能碎石开碑。可是李元芳却生生接下了他十几爪，胳膊上更有一股奇异的力量透肌而出，震得杨守文两手发麻。

“怎么样？”杨守文沉声说道。

李元芳点点头：“我听祖父说过，景武公有一门绝学叫作鹞子手，能碎石开碑。原以为景武公一脉断绝，这鹞子手也会失传，没想到居然被你们给偷偷继承下来。不错，有这等身手，倒也可以托付。”

“托付什么？”杨守文一怔。

李元芳甩了甩胳膊：“咱们登塔说话，只是可惜了这些石阶。”原来，在杨守文一波攻势之下，塔林的石阶随着二人脚下的移动，已经变得破碎不堪。杨守文瞥了一眼石阶，跟着李元芳直奔佛塔。

佛塔位于塔林的深处，有七层高，两人旋梯而上，很快来到了塔顶。李元芳停下脚步，站在窗口。一个白衣男子从楼下上来，手捧一领斗篷披在李元芳身上，随后又退下。

“田雨生的名单，可在你手中？”

杨守文疑惑地看着李元芳：“田雨生是谁？什么名单？”

李元芳转过身，脸上带着一抹凝重：“田雨生就是你们在虎谷山下发现的无名男尸，此人是梁王细作，从黑沙城带了一份非常重要的名单，却不想被人杀害。陈子昂便是受梁王所托，前来接应田雨生。”他一边说，一边看着杨守文。

杨守文已经猜到了李元芳所说的名单是什么，不过却一脸呆萌地看着李元芳：“慢着慢着，梁王是谁？”

“梁王，便是今圣的侄儿武三思，你可听说过？”

杨守文点头道：“当然知道，我父亲与我提过他。”

“既然你不知道名单，那是最好；事实上，若你真得了这名单，反而会有性命之忧。”李元芳转身向塔外看去，声音低沉地说道，“你在孤竹得到的地图，其实和这件事也有关系，本来，幽州大可置身事外，但因为你那张地图，也使得昌平陷入了危险之中。我此次来幽州，本是奉神皇之命调查一桩秘事，当然，那些事情和你父子没有关系。神皇觉察到一些不好的迹象，所以让我过来察看。我离开神都时，狄国老又叮嘱我，尽量把事情平息下来，可是现在……事情远比我想的要更加复杂。”

杨守文有些发蒙：“我根本听不懂你说的这些。”

李元芳忍不住笑了：“听不懂最好，其实你不需要懂这些。”他转过身，看着杨守文，目光炯炯，“一旦居庸关告破，昌平必有危险。”

“居庸关告破？”杨守文蹙眉道，“我读书少，你可别骗我，我父亲说了，居庸关守将卢昂不是庸常之辈，况且居庸关地势险要，叛军怎可能攻破？”

李元芳有一种想要抓狂的感觉，因为他发现，眼前这个小子完全不像十七岁的孩子。他苦笑着摇摇头：“杨守文，有些事情你现在还不懂，恕我不能相告。”

杨守文点点头：“既如此，那我告辞了。”

“你给我站住！”随着李元芳一声厉喝，从楼下冲上来三个人，李元芳示意那三人退下，并对其中一人吩咐道，“敬虎，把龟符给我。”

“喏！”

名叫敬虎那人，杨守文觉得有些眼熟，对了，这不就是那天在鸿福客栈里射箭得到李元芳夸奖的那人吗？另一个……哦，是在突围时，被他用石子打破鼻子的那个家伙，原来是手下败将啊。杨守文忍不住扑哧笑出声来。

敬虎从肩膀上取下包袱，递给李元芳，听到杨守文的笑声，他扭头瞪了杨守文一眼。

杨守文眼皮子一翻，忍不住打趣道：“我记得你，只是不知道，你最近箭术可有提高？”

敬虎的脸都黑了，瞪着杨守文，半晌后哼了一声，转身下楼。

李元芳把包袱递给杨守文，但是杨守文没有接。

“拿着！回去之后，把它交给你父亲，他知道是什么。”李元芳似乎已经懒得再做解释，沉声道，“告诉你父亲，一旦居庸关有危险，他务必要坚守昌平三日。”

“什么？”杨守文不高兴了，“李大将军，你已经让我父亲把民壮武侯交出去，如今昌平的主事人是卢永成，我父亲手里除了捕班，根本没有可用之人。大将军把我父子当成什么人？就算我父亲愿意，也有心无力啊！”

李元芳看着杨守文，半晌才说道：“本来我一直在犹豫，该如何应对当前局面，没想到你父亲站出来，这倒让我有了兴趣。他在奉宸卫的时候，我还没有到长安，不过我听说过他，不仅武勇有力，而且颇知兵法。想想也是，景武公族人怎可能是庸人？至于那县尉印绶，你还真个当真吗？卢永成要印绶，给他就是，你把这件物品给你父亲，拿它可以调动昌平兵马，昌平所属，当尽归你父亲调遣，又何必为小事较真？”说到这儿，他长舒一口气，“别以为我不知道，你父亲交出了民壮，但里面至少有两队民壮是他的亲信。此外，蟒山坊盖老军手里，同样握有一支人马，他不是和你父亲结为盟友了吗？相信真到那时，盖老军不会坐视不管。再说，管虎手里还有二三十快手，也能派上用场。我会让敬虎、张超和张进三人留下来帮忙，这样算来，你父亲手里至少有四五百人，坚持三天没有问题。”

杨守文看了一眼李元芳手中的包袱，不由地眯起了眼睛。

“之所以让你父亲交出印绶，我就是想看看，卢永成和他背后的卢家，究竟想要做什么。对了，卢昂也是卢家人，不过不用担心，他是禁婚三家，而非帝师房，他和卢家主房从来都不对付，到时你父亲凭这包袱里的物品，可以让他听命。”

杨守文犹豫着把包袱接了过来：“那你呢？”

“我要即刻前往幽州府，面见张都督。回去转告你父亲，就说只要他守得三日，我就欠他一个人情。”

“包袱里到底是什么？”

李元芳犹豫了一下，轻声道：“龟符奉宸第一。”

杨守文不知道那是什么，只点头表示知道。

李元芳继续说道：“要记住，卢永成不动，你们不得轻举妄动；只要卢永成有动作，你们只管行动。”

杨守文告辞，拎着包袱走下佛塔。李元芳站在佛塔窗后，目送杨守文消失在满眼枫红的曲折幽径里，他伸出胳膊，见手臂上青一块紫一块，更有好几道血淋淋的爪痕。

敬虎三人露出惊讶之色。李元芳号称奉宸卫第一高手，同时也是整个南衙禁军的第一高手，可现在看来，他和杨守文交手时，吃亏不小。

“这小子了不得，才这般年纪，就有如此身手。他老子当年在奉宸卫号称能徒手搏虎，不过和他比起来，还差得远了。”

敬虎道：“大将军，为何我没听说过杨承烈此人？”

“杨承烈入奉宸卫的时候，连我都还在吴中呢。我听别人提起过他，说他少年得意，被圣人赏识，后来还娶了荥阳郑家的第一才女为妻，后来他得罪了一些人，无奈之下才离开神都。”

“第一才女？”敬虎笑道，“我看他那浑家，也普通得很。”

一旁张超叹了口气，轻声道：“敬虎，怪不得公子说你是憨虎，公子刚才不都说了，他娶了郑家第一才女，如今他的浑家姓宋，是昌平本地人，根本就不是一个人。”

李元芳道：“张二郎说得不错，有道是红颜薄命，果真如此。郑家女容貌极美，诗词歌赋无所不通，只可惜身体不好。杨承烈去均州时，郑家女执意跟随同往，均州那地方苦得很，郑家女过去没多久，听说就过世了。”说完，李元芳叹了口气。

敬虎等人面面相觑，他们知道，李元芳怕是想起了自家的事情。事实上，李元芳和杨承烈的经历颇有些相似，只不过杨承烈是少年得意，而李元芳则是少年凄苦，他早年曾娶了一房妻室，两人非常恩爱，可惜当时李元芳只是个小吏，后来吴中发生瘟疫，娇妻也在那场瘟疫中离去。此后，李元芳也没再续弦，膝下也无子嗣。

“不说这些了！”李元芳从回忆中清醒过来，“敬虎、张超、张进，你三人留在这边，一定要听从杨承烈的指挥。”

“喏！”敬虎三人躬身答应。

第二十三章 —— 居庸关破

杨守文回了杨府，已是正午。

掌沿有些发红，而且伴随着刺痒，他明白，这应该是和李元芳交手时受的暗伤。他把包袱交给杨承烈，然后敷上药膏。药膏是用虎骨配置而成，活血化瘀，颇有神效。敷好药膏，杨守文来到卧房，就看到杨承烈坐在案边，案子上放着一个金丝楠木制成的盒子，盒子已经被打开，里面放着一枚铜牌，样式非常奇特。

“父亲，这是何物？”

杨承烈一笑：“龟符奉宸！就如同兵符，也是左奉宸卫大将军的身份证明。你看，这上面写了‘龟符奉宸第一’的字样，代表着李元芳的身份。”说着，他仿佛自言自语道，“当年我也有一块，不过是奉宸十五。”

见杨守文一脸疑惑，杨承烈解释道：“这奉宸卫分左右两府，设将军一人。除此之外，还有十二奉裕，以前也叫作千牛备身。十二奉裕之下，便是备身。当年我在百名备身之中排名第一，整个左奉宸卫里，也只有十四人在我之上。”似乎想起了当年的风光，他颇有些意气风发。

杨守文笑了笑，坐下来，拿起腰牌把弄着：“父亲，李元芳说，居庸关很可能守不住。”

“我知道，他上次一出现，我就隐约猜出些许端倪。”杨承烈从杨守文手里拿过腰牌，放在了随身的挎包里，“兕子还记得，咱们上次从孤竹回来时，遭遇粟末靺鞨人的追杀吗？”

“当然记得。”

“祚荣自乞乞仲象死后，接掌了粟末靺鞨人部落。此人狼子野心，从他那贼老子开始，对朝廷就颇有不满，屡次兴兵作乱。两年前李尽忠造反，乞乞仲象和祚荣父子就是契丹人的先锋，后来乞乞仲象死了，祚荣率余部迁至天门岭，更重创朝廷大军。当时都督王孝杰，也死在那一战中。祚荣这个人很有手段，这两年我听说他召集了高句丽移民，东守桂娄故地，据东牟山修建城池，颇有自立的嫌疑。而且，去年他与东突厥结盟，如今又怎会坐视东突厥出兵而置之不理？据我所知，今年东牟山遭遇水灾，所以物资极为短缺，若我是祚荣，一定会趁着东突厥出兵的机会，狠狠捞上一笔。”

祚荣，也就是后世所称的大祚荣。此人对大唐素有敌意，多次反唐，后来还自立震国，号震国王，史称旧国，也就是后来的渤海国。大祚荣建国之后，占据了现今东北地区的东部和南部，以及朝鲜半岛北部和俄罗斯沿海州一带，多次寇边，给大唐制造了许多麻烦。直到后来，唐中宗亲政，派使者前往招抚，大祚荣这才接受了招安，并且派次子大武艺入侍唐廷。

杨守文大吃一惊："父亲，你的意思是……"

“前年开设孤竹的时候，我曾建议王贺，让他呈报都督府，尽量不要接纳粟末靺鞨人，可惜没有任何回应。当时从营州迁徙的胡人中，掺杂了大批的粟末靺鞨人，所以这次东突厥出兵后，我就一直担心粟末靺鞨人会有所动作。”

祚荣打算寇边，抢掠粮草物资和人口，于是就派人去孤竹和那里的族人进行联络。绿珠呢？生活艰难，还要养一个特别能吃的儿子，单凭客栈的收入恐怕不够，杨茉莉，那时候还叫乌力吉，一顿吃两三斤饭，别说绿珠，普通一点的人家都受不了，所以，绿珠估计还有其他的生计，比如说……于是在偶然中，绿珠得到了那张地图。

慢着慢着，好像也说不过去啊！

杨守文挠挠头，如果祚荣只是为了寇边，何必拿那张地图过去？而且，地图上的行军路线是突厥人的行军路线，祚荣拿了又有什么用处？除非，祚荣已经和突厥人勾结，这倒是有可能。也不对，绿珠死的时候，淮阳王武延秀似乎还没有到黑沙城吧。

突厥人不是说，他们是因为受了武周的羞辱，只认可李唐宗室，所以才起兵造反吗？也就是说，祚荣和突厥人早就计划起兵？也不对，那时候慕容玄崱还没有造反，静难军也没有一点反叛的迹象。

杨守文闭上了眼睛，如果这一切，都是有人在幕后策划呢。

好吧，让我们再重新梳理一次。

有人联系突厥单于默啜，希望默啜起兵反唐。默啜同意了，并且和祚荣取得了联系，双方决定联手。那个幕后主使者，能量很大，甚至说服了慕容玄崱配合默啜的行动，于是就有了后来静难军起兵造反的局面。

幕后黑手和默啜约定了进军路线，默啜为了让祚荣配合，把进攻计划交给了祚荣。祚荣得知到时候静难军会配合他，于是就联络了在孤竹的粟末靺鞨人，结果，地图被绿珠偶然发现。不管绿珠出于什么样的考虑，她最终偷走了那张地图，也因此招来杀身之祸。

由于地图的丢失，祚荣不得不暂停了他的计划。

可是默啜起兵，如同箭在弦上，于是按时发兵，并且扣押了武延秀。

之后，慕容玄崱归降，静难军造反。

只不过由于祚荣的不配合，慕容玄崱无法立刻出兵，所以就一直屯兵在居庸关外。而这时，杨守文把地图呈交给了张仁亶。张仁亶决意出兵五回岭，默啜担心归途被断，于是让慕容玄崱攻打居庸关，为的是能把张仁亶的兵马再调回来。

如果祚荣知道居庸关一线兵力空虚，一定会再次启动寇边的计划，到时候孤竹的粟末靺鞨人也会予以配合。粟末靺鞨人和慕容玄崱里应外合，则居庸关必然会被攻破。

慢着，这里面还有一个问题。杨守文忍不住吞了口唾沫，那个幕后黑手究竟是什么人，竟有如此巨大的能量？他可以说动默啜，可以说服慕容玄崱，这都算不得什么，最可怕的是，他能够让突厥人兵锋所向之处，河北道的城关全都放弃抵抗？要有何等的能量才能做到这一点！

杨守文想到这里，再也忍不住了："父亲！"他从挎包里取出了那个油纸包，然后放在案上，慢慢推到杨承烈面前。

"这是何物？"杨承烈露出诧异之色，不解地看着杨守文。

"父亲还记得那具无名男尸吗？"

"记得。"

杨守文的声音有些发颤，轻声道："今天李元芳对我说，那个人名叫田雨生，是梁王武三思派往黑沙城的细作，他在黑沙城拿到了一件非常重要的东西，准备交给武三思，结果却死在了虎谷山下。李元芳还说，陈子昂是受武三思所托，前来接应田雨生。可是没想到，他还没有到，田雨生就被人发现，并死在虎谷山下。不过，他偷来的那样东西，后来被我找到了。陈子昂曾提醒我说，这东西谁看过谁就会倒霉，所以我也一直担心，没有打开过。"

这一次，轮到杨承烈傻了。眼前的油纸包，似乎一下子变成了烫手山芋，让他也感到了一阵阵发自内心的恐惧。

"父亲，卢永成也在找它。"

“你是说……”杨承烈道，“这东西和范阳卢家有关？”

杨守文点点头，又摇了摇头道：“和范阳卢家有关，但估计他们也是受人所托。”

杨承烈突然站起来，在屋中踱步，那幕后之人，隐隐约约已有了头绪。良久，杨承烈又坐下来：“兕子，你怎么看？”

杨守文已彻底冷静下来：“李元芳说，如果居庸关有失，让咱们务必死守昌平三日。我想，他很可能是想要讨回天门岭的公道；或者说，圣人已经觉察到了卢家的不妥……”甩甩头，理着自己的思路，杨守文继续说道，“卢家受人所托，想要确保突厥人能够顺利撤离，所以，他必须想办法让都督府的兵马留在昌平，而慕容玄崱的静难军屯兵居庸关外，也是为了这个目的。”

杨承烈手抚着油纸包：“要不要打开来看？”

杨守文深吸一口气，目光炯炯：“天知地知。”

“你知我知。”杨承烈道，“不管这里面有什么，看过之后，必须把它销毁，绝不能再让第三个人知道。”

杨守文点点头：“既然如此，那我们还等什么？”

油纸包里，是一封封书信，以及一份名单。书信的内容各不相同，从笔迹上可以辨认出，应该是出自不同人之手，但核心内容却几乎相同，就是表示已经得到了命令，愿意配合突厥人的行动，但落款处皆为空白。

名单上是一串串人名，对杨守文而言，这些名字大都很陌生；但杨承烈不同，他拿起那份名单看过，脸色一下子变得非常难看，两手也在轻轻颤抖。

“父亲，你怎么了？”

杨承烈努力让自己平静下来，深吸一口气：“兕子，这份名单，还有这些书信，都销毁吧，没想到这么多人参与其中。”

“父亲认得名单上的人？”

杨承烈点点头：“看了这份名单，让我想起了一些往事。两年前，乞乞仲象死后，祚荣在东牟山建城，召集了很多高句丽的余孽。当时王都督得知消息，秘密出兵，可是在天门岭却遭遇祚荣伏击，几乎全军覆没，他自己也以身战死。我一直很奇怪，祚荣怎么可能那么准确地把握住王都督的行踪？此后，狄国老暂领幽州都督，短短数月间就杀了许多人。我和狄国老没什么交集，但是我知道，他不是个杀性很重的人。可是那段时间，幽州、檀州、营州死了上百人，让我感到非常吃惊。现在想来……”杨承烈说到这里，轻轻叹了口气。

杨守文拿过名单，扫了两眼道:“这上面的人，父亲都认识?”

“嗯，知道一些。”他说着，把名单又拿在手中，“慕容玄enemy我不用介绍了，静难军使，如今正攻打居庸关;喏，这个王思道，飞狐守将，定州折冲府折冲校尉，出身太原王氏；还有这个卢怀义，你应该也听说过吧，范阳卢家的族长，也是帝师房子弟……”

说起范阳卢氏的源头，可以追溯到春秋战国。据说卢氏出于姜姓，是齐国后裔，因封地名卢邑而受姓卢氏。秦汉之后，卢氏迁居涿水一带地区，定居在涿县。到东汉末年，卢植平定了黄巾之乱，卢氏从此起家。南北朝时期，范阳卢氏进一步崛起，在李冲的策划之下，与清河崔氏、太原王氏以及荥阳郑氏得以和北魏皇室缔结婚姻，因而被魏孝文帝定为四姓大家，从此成为豪门。

时光荏苒，进入隋唐之后，卢氏已经发展成为顶级豪门。其族群大体分为南北两支，共十房子弟。两支由卢谌而分，当时西晋南下，长子卢勗前往南方，成为南祖；四子卢偃留在北方，成为北祖。只是后来南支比不得北支，这范阳卢氏也渐渐以北支代表。

北支分为六房，其中卢度世的四个儿子分别成家，建立北祖四房；此外卢偃玄孙卢静因有三个儿子先后成为三个皇帝的老师，故而又名帝师房，独立于北祖四房之外。

显庆四年（659 年），唐高宗李治为压制世族门阀的力量，限令七姓十家不得通婚。其中范阳卢氏就占据了三家。而这三家，恰巧就是北祖四房中的三家，帝师房得以独大。卢怀义，就是当代帝师房的家主，也是范阳卢氏的族长。

杨守文暗自咋舌，连范阳卢氏的族长都要听从对方的命令，那这个幕后的主使者，已经呼之欲出了。能够主使这么多大人物造反，这个人，非李唐宗室还能有谁？怪不得狄仁杰拜托李元芳，让他尽量拦截这份名单；怪不得田雨生刚抵幽州，就被人追杀；怪不得那些人为了名单，不惜偷袭昌平县衙；怪不得那个假县令会提前逃离。

“还有这个人，”杨承烈又一指名单，“唐波若可是功勋之后，他老子更是凌烟阁二十四功臣之一的唐俭。你敢想象吗？这代表着整个李唐的元勋功臣，都打算造反。此前神皇大开杀戒，几乎杀光了那些勋贵子弟，怕也是这个原因。”

杨守文暗自骇然，唐波若是谁？他不知道，可是他听说过唐俭，更听说过凌烟阁二十四功臣的名字。李贺那首诗是怎么写的？“男儿何不带吴钩，收取关山五十州。请君暂上凌烟阁，若个书生万户侯？”由此可见，凌烟阁在唐代，有着何等重要的意义。

“父亲，这个唐波若如今官居何职？”

杨承烈想了想：“若我没有记错，唐波若如今好像是在赵州担任司马。”

“那岂不是说，赵州会有危险？”

杨承烈点点头：“不过也不必担心，那赵州刺史高睿乃名臣之后，他爷爷就是前朝九老之一的高颎。高睿是个文武双全的人物，唐波若未必能骗得过他。”

杨守文笑道：“那也要他知道才行。”对他来说，高睿同样是个陌生的名字，不过杨承烈能如此评价这个人，想必是有真才实学，但他也要防备唐波若才行，否则赵州怕也会危险。要知道，那唐波若也是名臣之后，高睿会提防这个人吗？

杨守文和杨承烈相视对望，最后只能苦笑一声。赵州太远了，他们也帮不上什么忙。而且，他们眼前就有一脑门子的官司，昌平自身难保，又哪儿来的精力顾念赵州死活？

“这件事到此为止，就当从来没有看到过，接下来，我们还是想想，怎么解决昌平的麻烦吧。”杨承烈把书信和名单收拢起来，顺手丢进了一旁的火盆里，又取出那枚龟符奉宸，交给杨守文，“你拿着它立刻去找盖老军，请他严密监视卢永成；还有，李元芳留了三个人给你，知道怎么找到他们吗？”

杨守文刚要开口说不知道，就听到门外传来杨氏的声音：“阿郎，门外有三个人，说是奉命前来见兕子，要不要见呢？”

父子相视一眼，同时站起身，杨承烈轻声道：“我去招呼他们，你立即去见盖老军。”

杨守文没有想到，当他拿出那枚龟符奉宸后，盖老军一眼就认了出来。他把龟符奉宸拿在手里把玩许久，这才恋恋不舍地把龟符还给了杨守文。

“老军，看样子你的来历也不简单啊！”

“我的来历，说了你也不知道。”盖老军坐在床榻上，斡哥岱依旧在他身边。

盖老军闭上眼睛，思忖良久后道：“兕子，我和你父亲有过盟约，所以我一定会帮你盯住卢永成。不但如此，我这老军客栈里还有一百多死士，都是亡命之徒，他们受过我的恩情，所以留在这里帮我。这些人，我也可以交给你父亲指挥。”

原本杨守文还想着，怎么让盖老军交出他手里的人，没想到龟符奉宸一出，盖老军就主动配合，他既然这么主动，肯定有所求。杨守文眯起眼睛，静静地看着盖老军："老军，你有什么条件？请说出来。"

"这件事结束后，如果我没死，我想让文宣帮我讨要一个前程，我想去庭州。"

没等杨守文开口，斡哥岱一声惊呼，同时又捂住了嘴巴。

盖老军扭头，看着斡哥岱微微一笑："斡哥岱，我以前答应过你，一定会带你回到故乡，而今我已经快五十了，如果再不去做，怕就没有机会了。"说完，他看着杨守文，"文宣好手段，居然搭上了奉宸卫大将军。之前我还觉得奇怪，他为什么会交出印绶，现在我明白了，有奉宸卫撑腰，小小的县尉印绶也就不再重要。我要去庭州，同时我家大郎和二郎也要有一个身份。"

庭州，也就是后世的新疆奇台西北。杨守文蹙眉沉吟片刻道："你想要什么样的身份？"

"北庭都护府里那么多的位子，总能容纳我两个儿子，我可不想到了庭州还做这劳什子团头，我要文宣为他们争取两个身份，什么身份都成，只要能光明正大就好。"盖老军说完，目光直勾勾地盯着杨守文。

这件事，杨守文还真做不得主，能做主的是李元芳，可是李元芳是否会答应，杨守文也不敢保证。他沉吟片刻后道："这件事我父亲怕也做不得主，不过会尽量为老军争取，没想到老军还有怜香惜玉的情怀，以前倒是看错了老军。如果你们走了，吉达可要跟你们走？"

说实话，杨守文不太舍得放走吉达，要知道这样一个好手，千金都难换来。

盖老军看了一眼斡哥岱，斡哥岱摇摇头："大郎如果觉得吉达还算有用，就让他留在大郎的身边吧。我和老军去庭州，几乎是重起炉灶，吉达跟随大郎，大家彼此也能有个照应。"

杨守文道："如此也好。"说完，起身准备告辞。

就在这时，房门被人拉开，盖嘉行从外面冲进来："父亲，出大事了！"

盖老军浓眉一蹙，脸上露出不快之色："出了什么事，怎如此惊慌？"

盖嘉行扶着门框，大口地喘着气："刚得到消息，居庸关被叛军攻破。"

"什么？"盖老军无法冷静，呼地从榻上站起来，一双虎目圆瞪，"居庸关被攻破了？怎么可能！"事实上，以居庸关的天险，加之历代经营，虽不说一夫当关，万夫莫开，可也是一处雄关。以静难军之兵，要在短时间里攻破居庸关，不是件容易的事情。况且在此之前，居庸关守军刚打退了静难军，怎么一眨眼……

杨守文开口问道：“可是孤竹的粟末靺鞨人？”

盖嘉行这才跟杨守文施礼，点头道：“没错，据外面消息，居庸关守军本来守得很顽强，却不想孤竹的粟末靺鞨人发动偷袭，静难军和粟末靺鞨人前后夹击，居庸关才被攻破，居庸关守将卢昂如今正向昌平撤退。叛军和粟末靺鞨人合兵一处，暂时没有追击，不过昌平城已经乱套了，大家担心叛军会攻破城池，所以许多人都想逃出城去。”

第二十四章 血染和平寺

居庸关失守，幽州门户大开，若昌平被攻破，整个幽州将暴露在叛军铁蹄之下。

消息传来，昌平乱作一团，李实也带着家童神色慌张地来到城头。此时，天近黄昏，城门楼下人声鼎沸，而城外，校尉卢昂带着百十人拥在城下，要城上守军立刻打开城门。

“卢校尉，非是永成不肯开门，实在是不能开啊！”卢永成一脸无奈，大声道，“兄长在居庸关战败，叛军马上就会抵达，你也看到了，城外难民人数众多，城中人心惶恐，若打开城门必会乱成一团，到时候叛军抵达，小弟又该如何是好？如今之计，恳请兄长带难民离开吧。”

“卢永成，你混蛋！”卢昂破口大骂，“卢永成，现在立刻给我打开城门，否则休要怪我攻城了！”要在平时，似卢永成这种边缘子弟，卢昂甚至都懒得理睬。如今不同，叛军不知何时就会追来，情势紧急。

“若兄长强人所难，小弟只好得罪。”

“给我冲！”卢昂一恼，下令所部冲击城门。

城头上，卢永成的笑容没了踪迹，眼中霎时透出一抹寒意：“放箭！”

昌平是座小城，城墙高不过四丈，也算不得坚厚。卢昂手里没有攻城器械，也没有强弓硬弩，没等冲到城下，就被城上的箭雨逼退。冲城未果，卢昂下令停止攻击，他手指城上的卢永成：“卢永成，你等着，这事咱们没完！”说完，召集人马，准备绕城而过。

城外难民见状，知道进城无望，只得拦住卢昂等人苦苦哀求，希望能将他们一起带走，一时间，城外哭喊声一片。李实见此情景，犹豫了一下：“卢主簿，就让他们进城吧，卢校尉手下还有百十人，若他们进城，岂不是平添几分战力？”

“安冉公，这道理我明白，我这样做，也是无奈。你看那些难民，谁保证里面没有细作？一旦我放卢校尉进城，那些难民要不要进城？到时候叛军兵临城下，外有强敌，内有细作，这昌平还能不能守得住？你我战死事小，可若昌平失守，则蓟县危矣！”卢永成一脸沉痛。

李实不知该如何反驳，拱手告辞离去。

目送李实的背影消失在驰道上，卢永成松了口气。他举目北望，火光照映着他的脸庞，他脸上的光忽明忽暗，阴晴不定，他知道，过了今晚，他将再无退路！

城下，卢昂准备带着数百难民南下，他的心里已经有了计较，等到了蓟县，一定要把此事禀报族中长辈，在卢怀义面前一定要讨个公道。想到这里，卢昂拨转马头，正要催马离开，猛地听见身后一阵金铁交鸣声响，有军卒在大声喊喝，卢昂转身看去，就见一个人影冲进队伍里，朝他飞奔而来。那人手持一口长枪，枪法精妙，手下军卒虽竭力想要拦下他，却无人能挡住他一枪。看得出来，来人并不想杀人，他只是把军卒打倒在地，而没有大开杀戒。

卢昂催马上前，却见那人猛然抬手向他掷来一件物品，卢昂抬手抓住，入手还有些温热，显然是来人贴身收藏。

“全都住手！”卢昂大喊一声。有军卒举火把来到卢昂身前，他就着光亮，低头向手里的东西扫了一眼。

“嘶！”卢昂倒吸一口凉气，翻身下马，“你是奉宸卫？”火光中，卢昂看清了来人样貌，很年轻，一副胡人面容，身形挺拔而修长。

来人指了指他，又指了指他手中的奉宸卫腰牌。

卢昂沉声道：“我乃折冲校尉卢昂，你是谁？”

来人从怀中取出一封书信。卢昂一摆手，军卒上前把信接过来，他心里有些奇怪：这厮怎么不说话，难不成奉宸卫如今也招收哑巴？不过，那腰牌是真的！卢昂族中也有人在南衙十六卫里效力，所以见过奉宸卫腰牌的样子。他打开书信，凑到火把下看过，脸色顿时变得铁青，盯着来人：“此事当真？”

来人指了指他手里的信，那意思是：该说的，都写在信里。

这让卢昂一下子犯了难。相信信中所书吗？可是听上去，似乎有些匪夷所思；可不相信，万一信里所说是真，那昌平可就危险了！昌平危险倒不要紧，要紧的是很可能会牵连到卢家。

“你叫吉达，阿布思吉达？”

来人点点头，然后手舞足蹈地比画了一下，像在询问卢昂：你到底听不听令？

卢昂深吸一口气，下定了决心："末将听从吩咐。"说完一挥手，招过几个军卒，在他们耳边吩咐了两句，然后对吉达道，"你来带路。"

天已经彻底黑了，聚集在城门口的人们也都开始散去，城头上也渐渐安静下来。

卢永成看了看天色："梁班头，今晚你来值守。"他朝梁允使了个眼色。

梁允心领神会，跟着卢永成顺着驰道来到城下，小声问道："卢公，咱们真要这么做吗？"

"咱们有别的选择吗？"卢永成道，"叛军势大，又有粟末靺鞨人相助，不是一座昌平县可以阻挡的，一旦城破，咱们都要死。你跟着我，等这件事结束咱们去黑沙城。"

梁允轻轻点头："卢公，三队朱成，五队马思道还有六队沙兹里素与杨承烈那匹夫亲近，到时候他们出来阻拦，会不会有麻烦？"

卢永成微微一笑："你不用担心，到时我会让他们去城里，城门处只留下你和燕小六两队人马。"

卢永成心满意足地离开，梁允则登上城门楼，带着民壮在城楼上来回巡视。

时间一点点流逝，不知不觉已经过了戌时，长街上冷冷清清。

杨守文翻过围墙，贴着墙脚站立，他向左右看了两眼，口中打了个呼哨，就见从院墙里面蹿出两个人来。"咱们走！"杨守文一摆手，贴着墙脚便走。

敬虎和张进身着黑衣，三人很快就来到了和平坊坊墙外。

大战将至，人心惶惶，今夜昌平显得格外安静，街上的巡兵民壮似乎少了许多。杨守文三人跳进了和平坊内，顺着冷清的街道，来到和平寺山门外停下脚步。他嘬口发出口哨声，就见从和平寺山墙两侧的小巷里，涌出二三十个男子，为首之人，正是管虎。

这和平寺，是由名将尉迟恭营建，山门上的横匾，据说是太宗李世民御笔亲书。古时候，人言北京寺庙，有"先有和平寺，后又潭柘寺"的说法。这和平寺山门紧闭，寺前石阶有三十三阶，分东西两个院落。寺后，隔墙便是巍巍青山，景色优美。在昌平，和平寺和弥勒寺是两座齐名的寺院，武则天登基前，这和平寺的香火，称得上鼎盛。

“兕子，兄弟们都在这里，县尉有什么吩咐？”管虎已接到了杨承烈的通知，带人早早埋伏在和平寺外。

杨守文道：“管叔，今晚会有大事发生，我父亲也是得了消息，让我配合你行动。那日刺杀我父亲的刺客，就藏在和平寺的东院。我和这两个朋友从后面进去，封住他们的退路；一刻钟后，你去砸门，从正门发起攻击，到时咱们里应外合，绝不能放过一个贼人。”

管虎下意识看了一眼杨守文身后两人，二人看着眼生，但是管虎能够觉察出二人身上的彪悍气息：“兕子，太危险，要不你从前门攻进去？”

杨守文轻声道：“管叔，咱们就不要再争执了！记住，一会儿发起攻击，我会在后面堵住他们退路，绝不能再放走他们！”

奉宸卫，可以理解为带刀侍卫。他们的人数虽然不多，但个个身怀绝技。杨承烈告诉过杨守文，奉宸卫和其他南衙十六卫的不同，在于他们有极为特殊的情报体系。其实想想也很正常，武则天女主天下，经常让奉宸卫去执行一些秘密任务，怎可能恪守官面上的手段？

否则，她又怎可能执掌朝堂十余年？奉宸卫的情报系统是什么模样？杨守文不知道，但他清楚，李元芳这帮人来昌平没多久，就能如此清楚地掌握刺客的藏身之处，没有耳目，绝无可能！而且，杨守文相信，李元芳的耳目比盖老军的手下厉害，因为盖老军都没找到那些人的藏匿之所，可是李元芳却能够在短时间内找到。

杨守文没有再和管虎啰唆，带着敬虎两人绕过和平寺山墙。

“就在那里。”敬虎用手指着和平寺后门外的一座祠堂。祠堂早已经被废弃，残破不堪，半间房舍在夜色中矗立，牌坊已经倒塌，只剩下一根石柱子。

敬虎轻声道：“据大将军查访，这祠堂里有一条地道，直通关帝庙的后院，这也是上次他们刺杀令尊，又在关帝庙伏击官差后消失得无影无踪的原因。从祠堂出来，可以直奔寺院后门。”

“地道入口在哪里？”杨守文问。

“宗祠神龛的背后。”

杨守文点点头，对敬虎道：“我记得你射术不错，你就守在外面，一旦刺客突围，把他们射杀，不必留下活口。”他取下虎吞大枪，“我和张进守在里面，堵住地道入口。”

“明白。”

杨守文和张进如同两只灵猫没入祠堂，敬虎也找到一处视野开阔之地，藏身其中。

只一刻工夫，和平寺山门外火光跳动，紧跟着传来金铁交击的声响。杨守文知道，管虎在那边已经动手，他屏住呼吸，把大枪横在身前。

片刻后，凌乱脚步声起，紧跟着八九人跑进了祠堂。这些人手持刀枪，衣装各异，进入祠堂便直奔神龛而去。杨守文把弹弓拉开，放上一枚铁丸，瞄准走在最前面一人，猛然松手。他这支弹弓，是让老胡头专门打造，有一石半的力道。走在前面那人猝不及防，惨叫一声，翻身倒地。

杨守文一动手，张进立刻从暗处蹿出，他一手持剑，一手拎着一只好似流星锤般的武器拦住了三人。

敬虎曾介绍过张进、张超兄弟，他俩曾在少林寺出家，兄弟二人一个善于使剑，一个精于用枪，同时两人还有一手绝活，名为双头蛇。这双头蛇，是少林寺罕见的奇门兵器，想要练好非常困难。只见张进舞动手中宝剑，剑光闪闪，双头蛇在他手中翻飞，好像一条巨蟒环绕身前。三名刺客瞬间手忙脚乱，其中一人被双头蛇的铁球击中，翻身倒地。

“有埋伏，撤！”一名头领模样的刺客大喊一声，其他刺客扭头往外跑。只是他们才跑出祠堂，就听到弓弦声响，两支利箭从暗中飞来，其中一个被当场射杀。

杨守文不再躲藏，他丢掉了弹弓，从废墟中杀出，他的目标，就是刚才头领模样的刺客。就见那人髡发结辫，身背弓箭，手持一口合扇板门大刀，刀背上挂着九枚金环，舞动大刀时，会发出哗棱棱的刺耳声响。只看这口刀，就知道这家伙不好对付，而让杨守文更在意的，莫过于此人身上的弓箭。

是那个神射手，那个曾经在阿布思吉达手中逃脱的弓箭手！

从这些人的行动可以看出，此人应该是个头领。

有道是射人先射马，擒贼先擒王。杨守文虎吞大枪呼地探出，刺向那弓箭手。弓箭手毫不慌张，合扇板门大刀呼的一声扬起，带着一股猛烈罡风，恶狠狠地便劈斩下来。刀枪交击，只听一声巨响，杨守文只觉对方刀上传来一股巨力，脚下不自觉就退了两步。弓箭手脚下噔噔噔退了四五步，脸上露出骇然之色。

月光皎洁，杨守文不等脚下站稳，身体猛然向下一矮，旋身暴喝：“破甲枪！”

弓箭手只看到一抹残影从眼前掠过：“好快！”

杨守文哼了一声，滑步向前，一手握住枪杆，胯部发力，狠狠地把刺客撞飞出去。与此同时，他拔出大枪，两腿微微弯曲，迎着另一个偷袭刺客扑来的身形，口中发出沉喝声："无回枪！"

偷袭刺客的大刀从他头顶掠过，杨守文却已经撞进他的怀中，大枪贯入刺客胸口，杨守文抬脚把他踹翻在地。从杨守文逼退弓箭手，枪杀两名刺客，中间不超过十息。

张进也在这十息之间用双头蛇再杀一人，祠堂内连带弓箭手只剩三个人。

那弓箭手看着杨守文，猛然丢掉身上的弓箭，用突厥语发出一连串喊喝，而后向前探了一步，猛然回身扑向张进，与此同时，两个同伴联袂向祠堂外冲去。弓箭手知道，想要从这里冲进地道，绝不是件容易的事，他决定拦下杨守文和张进，让另外两个同伴逃走。

张进没想到，弓箭手会找上他，手中宝剑匆忙封挡，却被弓箭手踹飞出去，倒在地上。

弓箭手没再理睬张进，而是背对着杨守文，大刀横扫，一招"玉带缠腰"，身随刀走。刀刃破空，金环乱响，哗棱棱，弓箭手恶狠狠地斩向杨守文，口中更连声呼喝。

好快的刀！

杨守文"铁锁横江"，大枪斜刺里向外一封，刀枪交击，发出巨响。

杨守文被巨力推动，身形向后一仰，差点儿摔倒在地。他一只脚向后踏了一步，只听砰的一声闷响，脚下尘雾飞扬，地面上显出一道道裂纹，原本后仰的身体，随着腰部发力，如同弹簧般又挺回来，同时手中虎吞大枪呼地刺出："连环枪！"枪影翻飞，化作一道道残影。

如雨打芭蕉的声音不断响起，伴随着金环撞击的声响，在祠堂里回荡不息。那弓箭手身形游走，大刀翻飞。杨守文也听不懂他在叫喊什么，两人眨眼工夫便交手十余招，杨守文突然身形急退，一手拄着大枪，弓着身子大口喘息。

这片刻光景，杨守文身上的衣服已经变成一条条的布条飞扬。

他自幼修炼"金蟾引导术"，耐力悠长，同时又天生神力，枪法过人。只是，他毕竟才十七岁，刚才这一连串猛攻，看上去似乎是轻松自如，但实际上却凶险万分，耗尽了他全部力气。他拄着大枪，额头上汗水密布，面带笑容地看着弓箭手。

"我说了，今天定要取你性命！"

在那弓箭手的肚子和胸口，有两个触目惊心的血窟窿，鲜血正汩汩地向外流淌。

张进挣扎着站起来，而管虎也带着人从外面闯进来。

两个刺客，一个在冲出祠堂后被敬虎射杀，另一个则死在了管虎的刀下。

这批刺客，共有十六个人。管虎带人冲进和平寺东院时，有七个人留下断后，不得不说，这真是一群亡命之徒，竟没有一人投降。管虎杀了那七人追过来时，正好看到杨守文的大枪从弓箭手的胸口拔出，退后喘息。直到这时，张进、管虎等人才看到，杨守文的一条臂膀已经被鲜血染红，鲜血正顺着指尖，滴在地上。

“管叔，这家伙倒是个好汉，颇有些盗跖之风，回头给他找个棺材埋了吧！”

管虎点点头：“现在怎么办？”

杨守文扶枪而行，沉声道：“解决了这些人，算是解决了外患。接下来，咱们要解决内忧。敬虎，发鸣镝传讯，告诉盖老军，他露脸的时候到了。”

敬虎答应一声，走出祠堂，朝天射箭，鸣镝刺耳的声音回荡夜空。

蟒山坊内，盖老军一拍大腿：“大郎，告诉孩儿们，准备动手！”

“喏！”盖嘉行脸上露出兴奋之色，立刻转身出去。

斡哥岱却微微蹙起眉头，轻声道：“阿郎，二郎那边，会不会有危险？”

盖老军笑了：“城里最危险的存在已经解决了，二郎那边的危险，根本不值一提。好羡慕杨文宣，竟有麒麟儿如斯，我现在很期待，二郎把事情能做好。”

斡哥岱闻听，扑哧笑出声来，不过眼中旋即露出担忧之色：“可是吉达还在城外。”

“斡哥岱，雏鹰长大，总要经历风雨，吉达只有展现出足够的能力，将来才能跟随在杨大郎左右，今晚，将会是他最好的展现机会。”

戌时，昌平城内突然走水，而且不止一处。

站在城门楼上，可以清楚地看到城中到处都有火光，平静的昌平一下子变得热闹起来。梁允眼中透出一抹疯狂之色，颤声吼道：“是哪里走水？”

“回禀班头，城里有多处地方走水，可能有细作捣乱。”一个稚嫩的声音传来。

梁允并未在意，厉声道：“赶快派人去救火！”

“班头，朱队正和沙队正带人去救火了，马队正则带人去抓捕可疑之人，咱们要再去的话，可就没人了。”

梁允释然，转身吩咐道：“这火源出现得古怪，大家要小心些，来人，把城头的篝火点起来，大家精神一点，居庸关被攻破，叛军很可能随时出现。”梁允一声令下，城头上立刻点燃了篝火，火光冲天，将夜空照亮。梁允时不时往城内看两眼，但更多的精力，放在了城外。

大约篝火点燃后小半个时辰，突然有民壮大声喊：“班头，城外好像有人！”

梁允手扶城墙向外查看，只见一队骑军正从远处疾驰而来，大约有三四百人的模样，全都是官军打扮。来到城下，有一人纵马而出，高声喊喝道：“城上何人值守？我们是从燕州辽西赶来的援兵，听闻叛军攻破居庸关，故而前来打探。”

燕州位于昌平东面，怀柔北方，也是一座羁縻州。

梁允脸上的笑容更盛，大声喊道：“我是昌平民壮班头梁允，请援军稍候，我这就让人开城门。”

“班头，这样不妥吧，”旁边的民壮低声道，“之前居庸关守军过来，主簿就不让开门，现在城楼下的人，万一是叛军怎么办？”

“这是主簿的意思，”梁允厉声喝骂道，“燕州早就派人通知过卢主簿，卢公此前还专门提醒，说要等候援军。休得废话，田狗子，打开城门！”

昌平城门分内外两层，外面有一座瓮城，值守民壮正是梁允的心腹。田狗子听到梁允喊叫，连忙答应一声，便带人过去开门。这时候，就见一队人马从城中赶来，为首之人没等上驰道，就在城下高声喊喝：“杨县尉有令，所有民壮务必警惕，小心叛军诈城！没有县尉的命令，任何人都不得打开城门，违者格杀勿论！”内城城门的民壮扭头看去。

是朱成？他不是在城里灭火吗？怎么会在这里？

“朱成，你想谋反不成？”梁允顿时急了，他趴在城门楼上大声喊道，“我是民壮班头，听我命令，立刻开门！”

朱成站在城门后，向城楼上的梁允看去：“梁班头，这是杨县尉亲自发布的命令。”

梁允怒道：“我还有卢公的手令呢！朱成，你休拿杨县尉来吓我，如今昌平做主的是卢公，我只听卢公差遣。来人，打开城门，违背军令者，定斩不饶！”

此时，外城城门已被田狗子带人打开，城外骑军齐声呐喊，冲进了瓮城。

“杨县尉有令，擅自开城者，就地格杀！”朱成大吼。

梁允大笑：“朱成匹夫，我是民壮班头，谁敢杀我！”

话音未落，耳边听得钢刀出鞘的龙吟声响，紧跟着有人喝道：“我来杀你！”那声音很是稚嫩。梁允连忙回身，却见眼前刀光一闪，脖子一凉，一颗好大头颅飞起……

盖嘉运手持一口唐刀：“奉县尉差遣，梁允勾结叛军，意图献城，格杀勿论！”

与此同时，朱成的手下已经冲上城楼。朱成快步走上驰道，一边走一边喊道：“尔等休要慌张，城外是叛军诈城，所有人与我登城御敌！”

城下民壮已醒悟过来，齐声呐喊：“我等谨遵县尉差遣。”

城楼上，那些反应过来的民壮面面相觑，盖嘉运鼓足丹田气，大声喊喝：“大家不用慌张，县尉已经知晓，尔等是被梁允欺瞒，此事与你们无关，尔等只需合力奋力杀敌，立下战功！”

“二郎说得不错，县尉有令，只追究首恶，与尔等无关。”朱成登上城楼，厉声喝道，“所有人听我命令，开弓放箭，射杀叛军獠子！”

瓮城里的骑军也反应过来，大声喊道：“卢永成误我，快撤！”只是，瓮城空间狭小，三四百骑军拥挤不堪，他们想要冲出瓮城，城头上却已箭如雨下。民壮的射术算不得精湛，可问题是，三四百骑军加上几十个民壮挤在小小的瓮城里，根本不需要瞄准，就能射中目标。

“梁允蠢货，害死我了！”田狗子是梁允的跟班，也是队正，眼看事情败露，顿时慌了神，还没等他拔刀出鞘，十几支箭矢就插在了他身上。

“往外冲！”叛军头领大喊，一边拨打箭矢，一边向城门方向冲。

就在这时，城门外传来一阵喊杀声，一队官军从城外的野地里蹿出，似神兵天降，飞奔至城门口，把城门堵得水泄不通。为首两人，正是卢昂和阿布思吉达，两人一左一右，堵在城门下。眼见叛军骑兵冲来，阿布思吉达挺枪就刺，他的枪很快，招数诡谲。卢昂这时候才真正见识到了阿布思吉达的身手，这家伙招出无回，枪枪致命，眨眼工夫，三名叛军就被他刺落马下。

叛军越发慌乱起来，城门被人封堵，城上箭矢如雨，他们被困在狭小的瓮城之中，失去了优势。虽说民壮大都是乌合之众，可痛打落水狗的功夫，比官军还要凶狠，那箭矢疯狂落下，夺走了一条条性命。

县衙里，卢永成脱下身上官服，换上一身胡人装束。虽从县衙外传来阵阵喊杀声，可他毫不慌张，对着铜镜反复整理衣冠。他不过是一个微不足道的小人物，从出生在卢家的那一刻起，他的命运就已经不受他控制。二十五年前，他本有资格改变命运，参加科举，可惜明经落榜，回家后，他发现自己越发不被家族重视。毕竟，卢家庞大的族群，两支十房加起来，有近万人之多。为生计，无奈来到昌平，一晃二十年，他在昌平站住了脚跟。本以为一辈子也就如此，却不想突然得到家族召唤，让他掌控昌平，并要求他配合叛军行动。他心里并不情愿，可这是家族命令，他岂能违抗？若顺利的话，他可以继续留在昌平，还能得到家族扶持，甚至有机会争取县丞的位子；可若是不顺利，他就要配合行动，献出昌平，而后流落塞外。

卢永成走出县衙，侧耳倾听，从城门方向传来的喊杀声越来越小，而城内，到处是火光，但之前的嘈杂声，仿佛一下子消失了。县衙外的长街上，更冷冷清清，他的心中突然有一种不祥的预感，卢永成下意识地握紧了佩剑。

长街的一头出现了一群人，举着火把，正迅速向县衙靠近。为首之人，卢永成不陌生，是盖老军和他手下那些泼皮。说来奇怪，盖老军这伙人一边走，一边不断有人丢出柴草等引火之物。

“盖老军，你们这是做什么，难道想要造反不成？”卢永成心里一阵发慌。

盖老军一副浑不在意的模样，笑着答道：“卢公，今夜的确是有人想要造反，但不是我。老军人虽不肖，但也读过圣贤书，老军非昌平人，却在这里生活多年，这里就如同我的家园。今日有奸贼数典忘祖，想要献城投降，老军不才，便舍了这好大头颅，也绝不能让奸贼得逞。”盖老军骂完，突然拔刀出鞘。他身后的泼皮们齐声呐喊，更有人把火把丢在路旁的柴草堆上。

刹那间，一溜火光从县衙大门口，沿着长街的边缘扩展，火焰熊熊，一直延伸到了长街尽头。尽头处，有一群人静静站立，为首之人相貌俊美，身形挺拔，他身穿官服，手持断龙宝刀，颌下黑须随风飘动。

那人迈步走来，仿佛踏火而行。卢永成脸色一变：“杨文宣！”

杨承烈登上县衙台阶，盖老军等人停止了呼喊，县衙大门外陷入一派宁静。他没有理会卢永成，而是扫视着他身后的皂隶：“现在放下兵器，我可以当作什么都没有发生过，你们还是我杨承烈的兄弟。”

一连串金铁落地的声响，那几十个皂隶把手中兵器丢下，从卢永成身边鱼贯而过。台阶上，只剩下杨承烈和卢永成两个人。

“大庵，你这是何苦？”杨承烈这才问道。

“世家子，不得已。”卢永成叹了口气，把手中佩剑递给杨承烈，“我输了！不过文宣不要得意，你的苦日子才刚开始。慕容玄崱和祚荣已经合兵一处，天亮之后将兵临城下，昌平算不得坚城，若无援军，只怕难以守住，你也多多保重。”说完，他沉默了片刻。

杨承烈的心情同样复杂，看卢永成这副模样，心中竟没有半点胜利的喜悦，反而有一种莫名的悲哀。世家子的苦楚，谁又能理解？

卢永成朝杨承烈一笑，拱拱手，转身往县衙里走去。

杨承烈朝盖老军拱手：“老军，今日多谢了！”

盖老军哈哈大笑，扭头道：“孩儿们听到没有，县尉老爷在感谢咱们。”那些泼皮立刻齐声呐喊，声音在县衙上空回荡，久久不息。

杨守文带伤回到杨府时，已过了子时，一家人都迎了上来。

“你说，这卢主簿怎么想的，好端端的却要跑去勾结獠子？”在厅堂上坐下，杨氏取来绷带，为杨守文清理胳膊上的伤口；幼娘则在一旁看着，不时在杨守文的伤口上吹两口气，想要驱散杨守文的疼痛。

“身不由己吧。”杨守文笑了笑，然后揉了揉幼娘的脑袋。

宋氏点点头，露出忧虑之色：“兕子，你说这一次，咱们能守住吗？”

“放心吧阿娘，父亲连这点困难都无法解决，也做不得十几年县尉。”

宋氏露出释然之色，她点点头，仿佛自言自语道：“二郎和茉莉也不知道到哪里了……”

赵州，平棘。后世这里更名为赵县，位于河北省石家庄东南八十里。如今，这里是赵州的治所，也是赵州的中枢所在。

八月二十六日，突厥人攻破定州后，裹挟万余百姓南下，直逼平棘而来。一时间，赵州风声鹤唳，人心惶惶。

杨瑞、杨茉莉、宋安九月初五抵达平棘。按照他们之前拟定好的行程，在平棘稍事休整后，就会继续南下。可是，进入平棘之后，他们就觉察到不妙。九月五日，也就是他们抵达平棘的当天，突厥人攻破鼓城，前锋军已兵临斯洨水，与平棘隔河相望。

这种情况下，平棘全城戒严，四门紧闭，开始强行征召民壮，一行三人被强行征召，他们在这里被充当民壮，干的都是体力活。

第二十五章 兵临城下

咚，咚咚，咚咚咚！昂扬战鼓声在耳边响起，杨守文猛然睁开眼睛，翻身从榻上坐起，快步走到门口，拉开房门。晨光照在门廊上，仿佛撒上一层金粉，他侧耳倾听，那鼓声是从城门方向传来。

“婶娘，为何擂鼓？”杨氏端着水盆从门前走过，杨守文连忙询问。

“好像是叛军到了，阿郎已经调集人马登城，应该是在擂鼓助威吧。”

杨守文顿时清醒过来，探手从墙边抄起大枪。

杨氏把他拦下来，递给他一个包裹：“登了城头，想吃饱肚子可不容易，这里面是我和娘子连夜做好的巨胡饼，还热着，你带在身上。这里还有两囊酒！”

杨守文一把接过包裹，迈步就往外走，大门口，阿布思吉达已经在等候。两人相视一眼，杨守文朝阿布思吉达一摆手，打开门正要出去，就听身后传来幼娘的呼唤声：“兕子哥哥，你要小心，到了城上要听阿郎的话，千万不要逞强。”

杨守文扭头看去，就见宋氏带着幼娘和青奴站在客厅门外的门廊上；菩提则带着四只小狗，站在幼娘身边。看到杨守文回头看来时，菩提汪汪叫了两声。

“幼娘、青奴听阿娘的话，等我回来。”杨守文和阿布思吉达走出大门。

两人沿着大街，一路来到城门，就见内城城门已经被沙袋和砖石木方封闭起来，几处宽敞之地更是架起了投石车。

“大郎你可来了。”杨守文抬头看去，就见敬虎和一个身披明光甲的武官并肩而行，远远朝他挥手，“杨县尉让我派人找你，没想到你已经来了，正好省了我一趟腿脚，杨县尉在上面等你。”杨守文点点头，带着阿布思吉达往城上走。

跟着敬虎的那名武官停下脚步，好奇地看着杨守文的背影："敬奉宸，他就是杨县尉的儿子吗？我以前听人说，他是个痴汉。"

敬虎哈哈大笑："卢校尉，你说杨兕子是痴汉？他以前什么样子我不知道，不过我和他打过几次交道，他实际上机灵得很呢，我家将军对他也很重视。"

这武官正是卢昂。昨夜，他配合杨承烈全歼叛军前锋军，然后进入县城，原本以为可以接手昌平防务，却不想进城之后才发现，他需要听命于杨承烈，因为杨承烈手中有代表李元芳的龟符奉宸第一。

"敬奉宸，咱们还是先去看看守备吧。"卢昂道。

城楼上，人声鼎沸。此时，已快到辰时，城外弥漫着一层薄薄的雾气，站在城头上，可以看到远处旌旗招展，人影憧憧，人喊马嘶声不断传来，令人感到莫名心悸。

叛军人数不少啊！杨守文嘴角微微抽搐了一下，心情变得有些沉重。这时，杨承烈和盖老军在张进、张超、管虎三人的陪同下从另一边走过来。在他们身后，杨守文还看到了李实，不过看他的样子，显得惶恐不安。

"兕子，你来了！"杨承烈看到杨守文，高声招呼。

杨守文忙快步上前，躬身道："父亲，可有我能效力之处？"

"当然。"杨承烈说着，用力拍了拍杨守文的肩膀。

管虎陪着李县丞继续巡视，杨承烈把杨守文拉到女墙后，两人手扶垛口向外观瞧，只见雾气正渐渐消散。"父亲，怎么把李县丞请来了？"杨守文问道。

"打仗我不需要他，可是安抚百姓，招募勇壮，却需要他出面。"雾气渐渐散去，从叛军营地中，传来了一阵阵号角声，隐约可以看到有骑军在营前驰骋，似乎正在集结人马。

杨守文见此情景，眉头不禁一蹙："父亲，叛军人数有多少？"

杨承烈向身后看了一眼，压低声音道："据卢永成的说法，静难军倾巢出动，慕容玄崱亲自督帅。他们有五千兵马，昨夜又在居庸关与祚荣派来的三千号室靺鞨人合并一处，加上他们掳掠的民壮，估计兵力总数，当在万人上下，我没敢和大家说，只说是数千叛军而已。"整个昌平，兵不过千，人口不过万余，这叛军人数几乎抵得上整个昌平人口。

"那卢永成？"

"服毒自尽了，"杨承烈眼中露出一抹复杂之色，"不过将来我会呈报州府，说他战死城头。他也是个可怜人，我也曾为世家子，所以心里知晓那种身不由己的无奈。”

“杨县尉，杨县尉！”城楼下传来卢昂的叫喊声，紧接着他就像一阵风，从驰道上呼啸而来，转瞬之间就来到了城头上，看上去神色格外激动，“杨县尉，你猜我找到了什么？快点抬上来。”就见十几个彪形大汉，光着膀子，抬着体积巨大的器具从城下走来，那器具上蒙着一块黑布，卢昂不等杨承烈发问，健步上前，抓住黑布，然后用力扯下。

“绞车弩？”杨承烈眼睛一亮。

卢昂嘿嘿笑道：“没错，就是绞车弩，一共有两架。”

杨承烈顿时兴奋不已，挥手道：“那还等什么，立刻把绞车弩装上。”

“父亲，这是什么？”杨守文诧异地看着那架式样古怪的器具，忍不住轻声问道。

“这可是守城利器！”不等杨承烈回答，卢昂开口道，“若居庸关有此神器，焉能被叛军攻破？”

盖老军在一旁低声解释道：“此为车弩，安置于城头，可以击毁攻城楼橹。想当年太宗还未登基时，与王世充激战洛阳，那王世充就在城头置放了车弩，数次击退太宗，更令太宗损兵折将。这玩意的威力很大，绝非血肉之躯能够抵挡。”说完，他问了卢昂，“这东西力有几石？”

卢昂头也不回道：“少说有八石力道。”

“那就是五百步射程，倒是勉强可用。”盖老军说道。

卢昂闻听，回头向盖老军看过来，他就报了个力道，这家伙就能准确算出射程来，这昌平县城藏龙卧虎啊！先不说有个百人难敌的阿布思吉达，有作战经验丰富杨承烈，现在又蹦出来个盖老军，据说是昌平的大团头，这样的人，竟堂而皇之也成了将领？

盖老军上前，指挥人把一架车弩装置在城门楼上，卢昂则带着人去安装另一架。

“如果是十二石强弩，至少需要六名力士方能张开。”把车弩装好，盖老军又对杨守文说道，“这种八石强弩，也要四名力士；一旦开战，至少要准备八个人轮番开弓。”

杨承烈招手，示意手下找力士来。杨守文却开口道：“父亲，四个人开一具弓弩实在有些浪费，不如让我试试。”

杨承烈看了杨守文一眼：“兕子，这玩意力道不小，你别小看了它。”

这时，卢昂也安装好了另一架车弩走了过来，他听到杨守文的话，忍不住道："杨公子，这可不是玩笑！"

"我试试。"杨守文说着话，脱下身上的半臂，走到车弩旁，伸手抓住了绞盘，然后笑着说道，"若不成，那再换人；如果成了，就给我安排四个人，安置箭矢，这样一来，也可以腾出几个人手。可惜杨茉莉不在，若不然我们两个，就足以操控车弩，可以省下好几个力士呢。"

杨承烈点点头，心里不禁嘀咕：一个杨茉莉，至少能抵得上八个力士，也不知道二郎他们如今身在何处，算算日子，应该已经过了赵州，进入邢州了吧。一时间，杨承烈有些失神。

这时，杨守文已经握紧了绞盘，他两臂用力，气沉丹田，猛然一声沉喝，慢慢转动绞车。八石强弩，差不多需要一千斤的力道才能张开，只听绞盘发出嘎吱嘎吱的声音，弓弦缓缓张开。杨守文把绞车锁好，摆手道："快点把箭矢装到矢道上，待会儿试射。"他的语调平稳，气息也不乱。

盖老军忍不住上前抓住了杨守文的胳膊，惊喜道："兕子神力啊！"

有人把准备好的特制箭矢装入矢道，那居中巨箭，长三尺五寸，粗五寸，以铁叶为翎；左右六支小箭，虽不似居中巨箭那么惊人，但也都有三寸粗，两尺五寸长。三尺五寸是多长？按照公尺计算，差不多将近一米的长度，二十公分粗。这样一根巨箭若射在身上，可以直接把人拦腰折断。

"大郎好气力！"卢昂不得不承认，杨守文的气力惊人，他突然有些好奇，那杨守文口中的杨茉莉会是什么模样？

咕隆，咕隆隆，咕隆隆隆！从城外叛军营地中，传来了隆隆战鼓声。紧跟着，号角声响起，呜，呜呜，呜呜呜……一队队军卒，踏着整齐的鼓点从营中鱼贯而出，那阵型呈锋矢阵的形状，两边还有一队队骑兵纵马疾驰，口中发出一连串嗷呜的喊叫声，在昌平城外上空回荡。

杨承烈脸色一变，厉声喝道："所有人，伏身！"民壮和兵士齐刷刷蹲下身子，靠在女墙上。

杨守文微微屈身，站在杨承烈身旁，透过垛口向外看。叛军已经列阵在城外，旌旗在风中猎猎飘扬。一队骑兵从军阵中飞驰而来，为首的是一个身穿明光甲，头戴虎头盔的将领："我乃静难军使者裴忠义，奉我家将军之命，前来问话。敢问昌平县城，而今谁人做主？"

杨承烈一袭青衫，头戴纶巾，身披软甲，手握断龙宝刀："某家杨承烈，奉命镇守昌平。裴忠义，尔不过一介反贼，何来忠义之名？至于静难军，早已非我大周部曲，不过是一群不忠不义之徒，焉敢在这里叫嚷？”

卢昂在旁边提醒：“裴忠义，河东裴氏族人。”

河东四姓，裴氏当先。杨承烈眼睛一眯，心里却叹息一声，只怕又是一个身不由己的世家子吧！那份名单上没有裴忠义的名字，可是他隐约能够猜到，这其中隐藏着猫腻。卢家卷进来，王家参与其中，那么裴氏族人谋反，不足为奇。只怕不止裴氏，五姓七宗，河东四姓，山东士族里不乏有人与默啜勾结。在这些人的背后，究竟隐藏着何等可怕的力量？

裴忠义厉声喝道：“叫你这田舍汉知道，我等绝非谋反，所为者乃大唐江山，你也是大唐子民，难道不知牝鸡司晨之祸吗？我们为的是大唐未来，这才是真正的忠义；倒是你这种田舍汉，被武逆所蒙蔽。现在开城，为明智之举；若待到城破，就休怪我等不留情面。”

城头上，民壮们窃窃私语。是啊，这天下到底是谁的天下？即便武则天登基数载，可是在许多地方，人们仍旧把自己视为大唐子民，若按照这样的说法，叛军可就不是叛军了，而是勤王之师。

杨承烈厉声喝道：“尔等逆贼，休要以忠义二字为名，平白羞辱了忠义之说。某为昌平县尉，当保一方平安，我不知道你们是否真的是为大唐江山谋，我只知道，定州八千吏民冤魂不散。你们口口声声是勤王之师，却与獠子勾结，残害百姓，今日尔等既然来到我昌平城下，某虽不才，定要为定州八千冤魂讨回公道！”

说完，杨承烈退后一步，劈手从一名力士手里夺过来一柄木槌，狠狠地砸在绞盘机括之上，只听嗡的一声响，弓弦颤动，绞车弩上七支利箭顺着矢道飞出。那居中巨箭，更如同闪电般射向裴忠义，裴忠义想要躲闪已经来不及，就见巨箭撕裂他胸前的明光甲，噗地贯入体内。巨大的力量，把裴忠义从马上射飞出去，狠狠地钉在了地上，顿时气绝身亡。

叛军瞬间躁动起来！

旗门下，慕容玄崱嘴角微微翘起，露出古怪的笑容。他身为静难军使，这次突然投降突厥，其中也有重重内幕。他是鲜卑人，能够执掌一军，足以说明他背景不凡，但他清楚，所谓投降不过是一时之举，待时机成熟，他就可以反戈一击，回归朝廷。因为在慕容玄崱的背后，同样有一个极为庞大的家族在暗中支持。

卢永成失败，有些出乎慕容玄崱的意料，但这并不重要，从一开始，他得到的命令就不是什么攻城略地，而是要拖住幽州兵马。能打下昌平最好，若是打不下，也要制造出足够的声势，牵制朝廷。

现在，他可以实施第二步计划了。

“慕容将军，我早就说过，那中原蛮子不可信。”从远处驰来一队骑军，为首的是一个身穿兽皮的粗壮汉子，他剃了个光头，不过在后脑勺留下一缕发辫，身高大约五尺五寸，也膀阔腰圆，生得一个硕大的屁股，举手投足间透着彪悍。他身后众人，也都是这般打扮。

一行人来到慕容玄崱身前，那粗壮汉子甩镫下马，大声道：“关键时候，还要靠咱自己才成，你之前说什么不战而屈人之兵，没用。”

“堇堇佛尔衮大王，你说怎么办？”慕容玄崱脸上带着一抹笑容，温和地问道。

堇堇佛尔衮是号室靺鞨人，乞乞仲象死后，祚荣整合靺鞨人，虽然大部分靺鞨人臣服，但依旧有一部分对他表示不满，号室靺鞨人就是其中之一。当年靺鞨人离开白山，号室靺鞨人却留在了故地，他们被高句丽战败后，又迅速与高句丽人融合，形成如今的号室靺鞨人。这支靺鞨人，对中原汉人，不论是大唐还是如今的大周，都怀有深深的敌意。准确地说，这些人不属于游牧民族，而是渔猎民族，他们天性好斗，破坏力甚至远超游牧民族，在白山黑水之间纵横多年，一个个骄狂贪婪。

见闻慕容玄崱询问，堇堇佛尔衮几乎不假思索道：“多么简单，打进去就是！区区昌平又能有多少人？我靺鞨勇士只需要几次冲锋，就足以攻克县城。”

“哦？”慕容玄崱道，“他们可是有车弩，说明早有准备。”

“怕他个鸟，如果将军同意，我号室靺鞨愿为先锋。”

见慕容玄崱有些犹豫，堇堇佛尔衮道：“不过咱说好，若我号室靺鞨攻克了县城，你们不能进去。这一路走来，我的族人几乎没有什么收获，攻克了昌平，城里的粮草和财富都归我，女人也要归我。”

说到底，还是为了财富和女人，慕容玄崱微微一笑：“若堇堇佛尔衮大王能为我攻破昌平，一切都可依大王所愿。”

“哈哈哈，一言为定！”堇堇佛尔衮大笑，翻身上马离去，身后扬起滚滚烟尘。

慕容玄崱抬手示意：“传我命令，静难军后撤三百步，让我们一起来欣赏一下，号称营州第一强兵的号室勇士，如何攻取昌平。”众将领听命而去。

“父亲！”慕容玄虓身边的年轻将领蹙眉道，“就让这群没开化的獠子猖狂下去吗？”

“猖狂？”慕容玄虓冷笑道，“我看他猖狂不得多久！明玉，你可留意到，昌平城上不见一名守城军士？由此可以看出，那个昌平县尉有些手段，至少能够做到令行禁止。他们连车弩都装备上了，说明城内的军械应该不少，咱们的攻城器械尚未抵达，若强行攻打，只怕会损失惨重。别小看这小小的昌平县，两年前李尽忠带了两万契丹人强攻昌平十日，到最后都未能成功，最后只得转道而行，昌平，没那么容易攻克！让那些獠子去试探一下，也可多一些了解，獠子们不但能帮我们了解昌平的守备，还可以为我们消耗一些力量，何乐而不为？”

“可是……”慕容明玉眉头一蹙，“如果獠子伤亡太大，祚荣那边会不会生气？”

慕容玄虓看了慕容明玉一眼，轻声道：“你又怎知道，这不是正合了祚荣的心愿？”

慕容明玉身子一颤，看着慕容玄虓。

“相对于粟末人而言，号室的力量太强大了。祚荣在东牟山建城，是要以粟末人为主，如果号室太过强大，他又怎好统领七部？”号室靺鞨人，有精兵数千，更兼两万余高句丽遗民做基础，相比之下，祚荣手中的实力虽然不弱，也只能说是与号室人持平。这样一个强大的部族，绝不是祚荣所希望的；加上堇堇佛尔衮桀骜难驯，嚣张跋扈，麾下号室人更是只知破坏，难有建设，令祚荣也很头疼。更重要的是，祚荣想接收号室人手里的高句丽遗民，如此一来，号室人就成了祚荣的心腹之患，其危害甚至大过朝廷。

慕容明玉怎能听不出慕容玄虓的弦外之音？这次堇堇佛尔衮过来，恐怕也是祚荣驱虎吞狼之计，他要借助中原的力量，消耗号室人的实力。

“父亲，这祚荣倒是个枭雄。”

慕容玄虓微微一笑：“好了，咱们且好好欣赏号室人的雄姿。”

慕容明玉心领神会，扭头厉声喝道：“儿郎们，擂鼓，为号室勇士助威！”

战鼓敲响，号角长鸣。

杨守文直起身子，向城外眺望，只觉体内的热血都随之沸腾。这种冷兵器时代的攻城，在后世只能从影视剧里看到，不过谁都知道，那里面有太多的虚假成分，根本不可相信。而现在，他将要亲历这样一场大战。

杨守文轻声道："父亲，叛军攻城了！"

"不对，这不是静难军！"卢昂看出了问题，说道，"这似乎是靺鞨人，慕容玄𣋉怎么派他们攻城？"

"全都稳住，没有我的命令，不得反击。"杨承烈握紧了手中的宝刀。

"稳住，大家不要慌。"杨守文在一旁连声喊喝，"听县尉指挥，大家稳住，千万不要露头，听从指挥。"说完，杨守文从一个力士手里接过木槌，目光对准了城外的号室人，那些号室人狰狞的面孔已越来越近，那古怪的发式，让他突然有一种不好的感觉。金钱鼠尾辫吗？他眉头一蹙，把车弩调整了一下，居中巨箭便对准了冲在最前面一个彪形大汉，深吸一口气，握紧木槌，扭头向杨承烈看去，等他发令。

"八百步！"盖老军毫无感情的声音在城头回荡，"六百步！五百步……准备。"

女墙下的弓箭手，利箭上弦，神色肃穆。

"四百步……三百步……一百步！"

"放箭！"杨承烈拔刀出鞘，大吼一声，断龙宝刀在阳光照耀下，折射出森冷的光芒。杨守文手中木槌狠狠地砸在机括上，只听嗖的一声响，七支箭离弦射出，居中那支巨箭，在空中飞速旋转，破空发出一声刺耳锐啸。

冲在最前面的彪形大汉全无防备，被这突如其来的巨箭射中，拦腰折成两段。大汉凄厉的叫喊声，似乎也激发起了城头民壮们的嗜血性情，弓箭手齐刷刷地从女墙背后站起，探身出去便开弓放箭。

惨叫声，喊杀声，刹那间汇聚在一起，昌平攻防战拉开了序幕，整个天空都仿佛被战云笼罩。

蓟县，幽州府。

哐当一声巨响，都督府那张沉甸甸的书案被掀翻，李元芳脸色铁青，盯着站在庭前的王直，咬牙切齿地说道："你再去见豆卢钦文，就说最迟后日正午，我若是还没有看到他檀州的援兵在昌平出现，那就休怪我在圣前与豆卢望之撕破脸。他豆卢家的那些事我不想过问，但如果做得太过，就别怪我不讲情面！"

王直苦着脸，看着李元芳："李将军，非是卑职不愿前往，实在是豆卢将军那边也抽调不出人手啊。"

李元芳目光森然，冷笑道："他檀州两镇兵马，兵力多达八千，居然抽不出三千人马？王直，你道我是傻子，还是张都督是傻子？檀州两镇三戍外加北口守捉，可谓固若金汤，就连鞑鞨人都不敢直面檀州，需绕道而行。契丹人现在元气大伤，根本不敢南下，而祚荣正在东牟山建城，也无心窥觑他檀州地方。我现在把丑话说在前面，昌平若有失，咱们就圣前见！我倒要看看，到时候你们五姓七家，河东四姓，再加上豆卢满门两支五房，可否受得天子的雷霆之怒！”

王直顿时变了脸色：“李将军，这话从何说起？”

“咱们从黑沙城那边说起？”李元芳一脸震怒，“现在是正午，你六百里加急赶往檀州，豆卢钦文有一整天的时间调动兵马，后日正午，若檀州先锋军仍未抵达，咱们就洛阳见。”

王直感到心惊肉跳，李元芳这一番话信息量太大，哪怕李元芳身为勋贵之后，要想和天下门阀对抗，也是毫无胜算，除非，他手里握有世族的把柄。难道说，那东西在李元芳手中？

王直不敢再耽搁，忙转身离去。

李元芳则慢慢走到堂前，看着王直的背影，苦笑道：“好你个张仁亶，怪不得一定要去五回岭，原来……算了，左右是为了这天下生灵，如果再胡闹下去，到最后谁都脱不得身。”他的目光向北眺望，仿佛穿越过了时空，“也不知道，昌平的情况怎么样了……”

日头已经开始偏西，昌平城上下弥漫着血色。

伴随着号室人数次失败，昌平城下尸横遍野。堇堇佛尔衮的脸已经涨得通红，他万万没想到，在小小的昌平城下，竟然折损了这么多部曲。

“堇堇佛尔衮大王，家父命我送来挡箭车。”就在他快要发狂时，慕容明玉纵马来到他面前，躬身行礼道，“家父也未料到，昌平如此难攻，他特让小将送来二百挡箭车助大王一臂之力。家父还说，如果大王不愿继续强攻，可以暂时收兵，待明日攻城器械抵达后，再向昌平发动总攻。”

堇堇佛尔衮大怒：“号室人从来不会半途而废！”他挥舞手臂，手中弯刀在空中划出一道道弧光，“请小将军回去告诉慕容将军，就说我佛尔衮多谢他的相助之情，天黑之前，我一定攻下昌平。”已经付出了这么多勇士的性命，现在放弃，那昌平县城里的钱粮和女人，岂不是飞走了吗？

送走慕容明玉，他一脸狰狞地看着手下的部曲：“看到没有，我们号室人，被那些蛮子看轻了，他们不想我们攻下昌平，那样的话，城里的钱粮和女人就不再属于我们。孩儿们，给我拿出你们的真本事，天黑前无论如何都要攻入昌平县城。”

“吼！吼！吼！”一群没有开化的獠子，发出鬼魅般的嘶吼。

慕容明玉回到本阵，把情况向慕容玄崱解说一遍，笑道：“父亲果然神机妙算，那獠子不肯罢休，还口口声声要在天黑前攻克昌平，我看那佛尔衮快疯了。”

慕容玄崱冷笑一声：“让他们去疯吧，他们攻得越疯狂，明日咱们破城也就越轻松。明玉，可弄清楚那城上指挥是何人？”

“是昌平县尉杨承烈。”

“原来是他！”

“父亲知道此人？”

“我听人说过，两年前李尽忠在这里吃了大亏，当时就是这个县尉在城上指挥。那时候，有县令王贺坐镇，还有卢永成协助，说起来他们能保住昌平，逼走李尽忠也算是大功一件。结果到头来，却平白便宜了孙承景。所以明玉，你看到了吗？武家在朝堂上一手遮天，有真本事的人想要出头，困难重重。王贺是冒名顶替不用理睬，这杨承烈倒的确是个人才。”说完，慕容玄崱叹了口气，“牝鸡司晨，终究不是正道，那武曌是个精明的女人，可毕竟是个女人。”他的脸上，露出可惜的模样。

慕容明玉犹豫了一下，轻声道：“武曌不是召回了庐陵王，欲还政李氏吗？”

慕容玄崱看了他一眼：“庐陵王回来了，可那皇位，却只有一个。”

慕容明玉沉默了，好半天，他叹了口气，抬头向昌平县方向看去，自言自语道：“要开始了！”

“叛军登城了！”

斜阳西照，把昌平染红。伴随着城头上撕心裂肺的叫喊，号室人终于冲破防线，登上了城头。

杨守文没有理睬，只操控着车弩，对准一辆挡箭车，猛击机括。嗖！巨箭飞出，击中一辆距离城墙大约二百步的挡箭车，巨大的力量，把挡箭车上的木牌击得粉碎，车后的车手也被箭矢贯穿，钉死在地上。

“吉达，把他们赶下去！”杨守文射出一箭，立刻转动绞盘，“装箭！”

不知何时，杨守文身边的装箭手变成了盖嘉运，他话音未落，盖嘉运已经冲上去，把一根一米多长的巨箭填装进了矢道。一箭七发，过于浪费，效果并不好，所以杨守文射了几轮之后，就让人只装巨箭，对准挡箭车攻击。

阿布思吉达早在号室人冲上城楼的刹那，就冲进瓮城驰道，那杆大枪如同一头巨蟒在人群中翻动，十几名冲上城头的号室人，纷纷从城头栽落。在吉达身边，管虎紧跟不舍，一口大刀上下翻飞，配合着吉达疯狂砍杀。不过，冲上城头的号室人越来越多，瓮城驰道上的民壮只能节节后退。

杨承烈面色冷峻，扭头道："卢校尉，你继续指挥。"说完，他带上张超、张进两名奉宸卫，纵身跃入瓮城驰道。

"儿郎们，把这些獠子赶下去！"杨承烈大喊，手中断龙宝刀一闪，砍下了一个刚从外墙爬上来的号室人的脑袋。杨承烈一出现，瓮城城墙上的民壮精神大振。一边有吉达和管虎，一边有杨承烈三人，五个人如同五头下山猛虎，带领民壮发起了反击，驰道上留下了一具具残尸。

城外，堇堇佛尔衮已经杀红了眼，为了攻破昌平，他付出了近八百勇士的性命，好不容易登上城头，却很快又被打了下来。二十多名号室人丧命城上，让佛尔衮暴怒，他从马上下来，刀指昌平："给我冲，所有人都给我冲上去！"

一阵震耳欲聋的嚎叫再次响起，千余名号室人向昌平城头发起了决死冲锋。堇堇佛尔衮更是一马当先，他撤下身上的铠甲，舞动弯刀，劈落飞来的箭矢，如同一头受伤的野兽。

盖嘉运装上巨箭，箭矢对准了堇堇佛尔衮。杨守文不认得佛尔衮，只是看这个小矮子猖狂至极，于是就锁定了目标。

砰！木槌砸在机括上，巨箭离弦。

那支射出的巨箭如同闪电，唰地就到了佛尔衮面前。佛尔衮身手敏捷，他一手弯刀，一手巨斧，身形在奔跑中猛然跳跃，抬手一斧劈在了巨箭上，巨大的力量，令他再也拿不住斧头，同时也让他身形为之一顿。

当第一支巨箭落地的刹那，第二支巨箭已经瞄准了他。

砰！木槌再次砸在机括上。第二支巨箭呼啸而出，佛尔衮再想要闪躲已经不及，身体只能硬生生向旁边横挪，紧跟着就见一蓬血雾喷溅，巨箭直接射断了他的胳膊。佛尔衮惨叫一声，中箭倒地，身后十数名獠子立刻扑上来，两个獠子手持盾牌遮挡，其余人把佛尔衮抬起来。此时，佛尔衮已经疼得昏死过去。

杨守文再次把一支巨箭填上，而后将那沉甸甸的架子抬起，瞄准瓮城驰道。

驰道上，一个光着膀子的号室人手持双斧，将杨承烈逼得连连后退。杨守文把巨箭瞄准那号室人，大声喊道："二郎，发射！"盖嘉运抓起木槌，狠狠砸在机括上。

杨承烈架住对方的斧头，连连后退，就在气尽力竭之际，眼前一道寒光掠过，一支巨箭正中那号室人的前胸，号室人一下子被掀飞起来，栽下城头。

"父亲，我来助你！"杨守文丢下车弩，从墙边抄起虎吞，纵身跃入瓮城驰道。他身形微微低伏，两腿弯曲，脚下的步点忽快忽慢，诡异非常。每走几步，杨守文就会出枪，每一枪刺出，必有一名号室人倒地身亡。瓮城驰道不过百余步的长度，杨守文一路杀过去，在身后留下了十数具尸体，只杀得号室人心惊胆战。

"父亲，你先退回，这里有我！"杨守文来到杨承烈身边，举枪刺杀了一个号室人。

杨承烈也不纠结，只道了一声："兕子，你自己小心！"

"我知道！"杨守文答道，身体原地一转，大枪呼地刺出，又刺杀了一个号室人。

杨承烈退回城门楼的时候，杨守文已经带着张进、张超，与阿布思吉达、管虎会合一处，二十多个民壮跟随在这五人身后，一路搏杀，将冲上城头的号室人击退。号室人在城头上下留下了两百多具尸体后，再也无力继续冲锋。

第二十六章 幼娘被劫

夜幕降临，昌平城头上点燃了火把，把夜空照得通红。

杨守文一屁股坐在地上，感觉身子有些发虚，两臂发酸，脑袋发空，耳边嗡嗡嗡作响。他用力搓揉着面颊，说实话，这战斗的场面的确可怕，厮杀搏斗时还不觉得，现在松弛下来，他也有点承受不住，这是他历经两世的第一次血战。

“杨大郎，你这枪使得真好。”盖嘉运吞下半张胡饼后，夸赞起了杨守文的枪法。

“若苦练十年，你也可以。”

“我比不得你，”盖嘉运笑道，“我爹以前也教过我刀法，可是我总觉得无趣，练了一阵，就再也没有兴致；再说他那陌刀太重，来来回回不过三招。”

“你父亲会使陌刀？”杨守文惊奇地看着盖嘉运。

盖嘉运道：“会啊，他屋里就有一口陌刀，据说是他从军时所用，重十五斤呢。”唐代十五斤，差不多是后世的二十斤。

杨守文不禁微微骇然，他的虎吞也不过十几斤重，没想到盖老军居然能使得动那么重的武器，心中更多了几分敬佩，说道：“那回头可要让我见识一下。”

几个人围坐歇息，而杨承烈等人则在城门楼上，听敬虎呈报上来的折损。

今日一战，杀敌近千，可昌平的伤亡也达百余人！这战损比例听上去绝对是大获全胜，但杨承烈清楚，昌平的情况要比叛军更加严峻。昌平民壮不过三百，算上盖老军的手下以及卢昂从居庸关带过来的残兵，总数不超过六百。这还没有刨除昨夜梁允开城，折损在瓮城里的那一队民壮，如果刨除的话，昌平守军的人数，不到五百五十人。今天这一战，就损失了五分之一还多。

“今天攻城的，全都是獠子。”卢昂神色凝重，看着杨承烈道，“慕容玄鼐一直在观战，根本没有参与进攻。若是野战，静难军未必是獠子的对手，可若是攻城拔寨，三万獠子也比不上那五千静难军，明日，静难军一定会发起攻击，那时才是对咱们真正的考验。

杨承烈点头，显然赞同卢昂的话。

“你说，慕容玄鼐今天这算何意？”盖老军问卢昂。

“消耗，”卢昂笑道，“慕容玄鼐在试探我们，同时也在消耗我们。”

“消耗？”盖老军蹙眉道，“那些獠子不是他的手下？他这样消耗有什么好处？”

卢昂道：“他的确是在消耗獠子，獠子未必是他的手下。”

“此话怎讲？”

卢昂深吸一口气，说道：“居庸关之战，獠子并没有正面参战，而是背后偷袭，今天出现的这些獠子，很明显是在居庸关被攻破之后，才和静难军会合在一起。我不知道这里面有什么恩怨，但我能感觉出来，慕容玄鼐是让这些獠子送死，同时也在消耗我们的力量。今日一战，我们已经用了一万多支箭矢，还有一百多支巨箭，滚木礌石以及火油都消耗了不少。你们不了解慕容玄鼐，此人在塞外有个绰号，叫‘灵狐’，他今天越安静，明日的攻势就会越凶猛；最重要的是，他手里还有一批攻城器械，今天没有出现，那明天一定会用上。”

杨承烈揉了揉脸：“如此说来，这个慕容玄鼐不是等闲之辈。”

卢昂点头：“他今日让獠子送死，很可能是和祚荣有关。我听说祚荣在东牟山建城，准备重建靺鞨七部，今天这些獠子应该就是其中之一，我估计，祚荣是想借此机会消耗他们的力量，而后方便整合。”说完，他转身向城外看去。

“卢校尉，我们可不可以夜袭叛军？”杨承烈问。

卢昂头摇得像拨浪鼓一样：“杨县尉，你最好不要有此想法。我镇守居庸关多年，以前和他有过接触，这个人用兵非常谨慎，想要夜袭营寨绝无可能。我敢和你打赌，慕容玄鼐现在说不定正等着你过去呢，他这个人，不好对付。”

“守不住，又攻不得，咱们等死吗？”盖老军大吼，“按照你的说法，咱们岂不是必死无疑？”

三人的情绪一下子跌落谷底，显得有些消沉。卢昂和杨承烈还好，毕竟经历过大场面，所以还能稳住心境；盖老军的反应则有些强烈，看上去更低落。

他也曾从军，可说是从底层爬起来，最后成为军官，后来一场波折，令他多年心血付诸东流，于是才隐姓埋名躲在昌平。

“老军，莫非你怕了？”杨守文从驰道上走来，纵身跃上城门楼，笑呵呵地看着盖老军，“这可不是我所认识的老军啊。”

“哼！”盖老军老脸一红，有些尴尬。

“父亲和卢校尉说得有道理，但要说十死无生，我看未必。”杨守文说着话，把一个酒囊递给杨承烈，里面还有半囊酒。

杨承烈拧开塞子，狠狠地喝了一口，低声道：“兕子莫非有高见？”

“这行军布阵我不懂，也没有读过兵书，但我相信，李元芳说让我们守三天，一定有他的道理，我想，三天之内，必有变数，所以咱们只管守住昌平就是。三天后，一切都会明了，最坏的结果，也只是慨然赴死罢了，大丈夫立于天地间，生而何欢，死而何惧？”

盖老军的脸变成了紫色，看着杨守文一言不发。

看盖老军这副模样，杨承烈和卢昂朗声笑起来。众人这么一笑，原来紧张的气氛一下子被驱散，更让城上的民壮也轻松了许多。

深秋时节的昌平，入夜后气温很低。

城外的叛军大营，隐隐约约传来陌生的刁斗声响，那是营中的信号。

杨守文站起身来，环顾四周，杨承烈还在城头上巡视。他走上前，杨承烈的眼睛通红，从昨天晚上到现在，他已经一天两夜没有合眼，再加上日间那场惨烈战斗，使得整个人看上去非常疲惫。

“父亲，你现在是一城主帅，责任重大，你眯一会儿，我帮你盯着。”杨守文道。杨承烈的确累了，他犹豫了一下，顺从了杨守文的意见，靠在角落里。杨守文找来一条毯子盖在他身上，让盖嘉运在一旁照顾，自己则横枪在肩，两只手搭在枪杆上，用力舒展了一下身体。

这时候，盖老军走过来，招呼道：“兕子，跟我到下面走一趟，清点一下军械。”

杨守文答应一声，跟着盖老军从城上走下来。城下，是一副热火朝天的景象，只见来来往往的都是人，正把物资往城上搬运。

“起雾了？”杨守文道，不知什么时候，空气中笼罩了一层薄薄的雾气。他随着盖老军来到一架砲车边，这砲车，也就是投石车，“老军，昨天开战时，咱们好像没有使用这个吧。”

“你阿爹不让用，说那獠子不足为虑，砲车应该留给叛军。”

杨守文赞同地点头，问：“一共多少台投石车？”

“县衙库府里有两台，后来在宝香阁里又找出三台，一共五台。嘿嘿，天亮以后慕容玄崱不攻城也就罢了，若是攻城，这投石车怎的也要给他些颜色看看。”

夜色里，雾气渐浓。打了个盹的杨承烈醒来，正和卢昂说话。

“起雾了，有点不妙啊。”卢昂扶着女墙，眉头拧成了一个川字。

“寒露多雾，的确是有些麻烦。”杨承烈行伍出身，早年又是个世家子，兵书读过不少。这种天气，他杨承烈能想到的事情，慕容玄崱也会想到，“子山，立刻让人往城下投掷柴草，用火油浸泡，记住，柴草要分垛，五十步一个火垛，然后用火点燃，虽然不一定有什么用处，但至少可以让视线清楚一些。”

卢昂点头，招来了仆从亲随，把命令传递下去。

城中不缺柴草，用火油浸泡过后，成束丢掷在城外，只一会儿工夫，城外就堆起了七八个柴垛。卢昂命人把火箭从城头射出去，刹那间七八个柴垛便燃烧起来，犹如七八个巨型火把，将城外映照得通透，视线也随之变得清晰起来。

“文宣，这主意不错！”卢昂笑着对杨承烈说道。

杨承烈脸一红，轻声道：“这可不是我的办法。两年前李尽忠攻打昌平时，也出现过类似情况，当时县令……我说的是那个假冒县令的西贝货，想出这个主意，使李尽忠数次夜袭失败。说起来，如果那个人还在的话，我们会轻松很多。”

“你是说那个冒充王家子，当了三年县令的人吗？”卢昂笑起来，扭头看着杨承烈，“文宣，别误会，我并不是讥笑你，我只是奇怪，文宣并非粗鄙之人，难道就没有看出半点破绽？”

杨承烈老脸微红，叹了口气：“你别小看了那人，那人的才干不差，你看这三年，他把昌平治理得井井有条。说实话，卢永成告诉我时，我还是不太相信……”杨承烈说到这里，摇了摇头，没有再说下去。

这时候，杨守文从城下跑上来：“父亲，城里巡街士卒人数太少，恐怕不足以稳定城中局面，请父亲下令，立刻分发兵器给老军的手下，让他的手下暂代民壮，协助城中巡务，否则一旦城里出事，我们根本无法顾及。”

“老军的手下？”杨承烈愕然道，“兕子，你不会是说老军手下的那些泼皮吧？”

“管他泼皮不泼皮，至少能派上用场。”

一旁的卢昂蹙眉道：“兕子，非是我们不分发兵器，你也知道那些泼皮是什么秉性；再说了，卢永成已死，他的手下也被灭了，这县城还能再有什么麻烦出来？”

杨守文焦急道：“卢校尉，你敢确定城里只有卢永成一伙人吗？叛军既然能联系到卢永成，未必就不能联系其他人。”

“这个……”

杨守文把目光转向了杨承烈，目光中带着恳请之色，这让杨承烈一时有些犹豫。正犹豫间，盖老军也从城下上来，快步走到了杨承烈身前。

“老军，你手下之人可靠吗？”杨承烈问。

盖老军大声道：“我的兄弟平日里游手好闲，或许还喜欢偷鸡摸狗，甚至横行霸道，可如今，我敢用我的脑袋担保，我盖老军的儿郎，都有一腔热血。谁要是敢在这个时候惹是生非，只要被你看到，有一个杀一个，我盖老军决不护短。”

杨承烈沉吟片刻，最终还是答应了：“老军，你立刻把兵器分发下去，我要三百人不间断地巡街，绝不能让城里再出意外。”

“好！”盖老军二话不说，扭头跑去城下。

卢昂却紧蹙着眉头，对杨承烈的决定似乎不以为然，他想劝杨承烈收回成命，却听到有人在高声叫喊：“县尉，县尉……城里走水了！”

城里走水了？杨守文脑袋嗡的一声响：“哪里走水？”

“好像是番仁里。”

那民壮话音未落，杨守文一手抄起大枪，一手按住了墙头，纵身便翻过了城墙，落了八九米的时候，他用大枪照准了城墙狠狠一戳，身体借力在空中横移数米后下落，而后在一根光秃秃的树枝上再次跃起，飞出去五六米后，砰地落地，而后顺势在地上滚了一圈。

“父亲，我去番仁里，你小心叛军！”杨守文站起身，撒腿就跑。

盖老军正在城下分发兵器，先看到杨守文从城头上跳下来，紧跟着就见盖嘉运顺着驰道跑来。

“二郎，怎么回事？”

“番仁里走水，我去帮忙。”

盖老军一激灵，心中有一种不祥的预感：“大郎，你也立即带人去帮忙。”

“好！”正在清点人手的盖嘉行抓起一口唐刀，“兄弟们，跟我走！”

几十个泼皮见状齐声呐喊，跟着盖嘉行就往城里跑。与此同时，杨承烈发现，城中又出现了几个起火点，而且根据他的判断，那些起火点都是在坊内民居，而不是像前天夜里那样，起火点都是在坊外的长街之上。

不好！杨承烈也慌了神，他正要下令，就听有人高喊：“敌袭！叛军攻上来了！”

杨承烈翻身跑到女墙边，举目向城外看去，浓雾中，只见一队队兵马正迅速朝城墙逼近。幸亏之前命人在城外点了篝火，以至于叛军在距离城墙还有百余步时，就暴露了行踪。

眼见行踪暴露，城下叛军索性不再隐藏，伴随着一阵急促的战鼓声，刹那间城下喊杀声四起，叛军朝着昌平城再次发起了潮水般的攻击。这一次，叛军并不像号室人那样一窝蜂地攻击，而是彼此间拉开距离，一队队发起冲锋。同时，几架云梯从浓雾中现身。云梯底架以木为床，下置六轮，梯身以一定角度固定在底盘上，同时还配置了一具可以活动的副梯；顶部装有一对辘轳，在登城时，云梯可以沿城墙壁自由地移动，而不是耗费人力人抬肩扛地冲锋。

一旦云梯停靠城下，就可以在主梯上搭建副梯，士兵则能够登梯而上。

是慕容玄崱！只看这云梯，杨承烈和卢昂就知道，是静难军出动了。

杨承烈冲到一具车弩前，大喊：“开弓装箭，准备攻击！子山，告诉老军，让他用投石车！”

卢昂扑到内墙边，冲城下大喊：“老军，投石车，投掷！”

城头上的民壮也反应过来，手忙脚乱地冲到女墙后，张弓搭箭向城外乱射。这时候，那云梯已经冲出浓雾，距离城墙只有几十步。

“吉达，守住瓮城！”杨承烈大喊。

阿布思吉达听到命令，提枪跳到瓮城的驰道上。在他身后，跟着张进、张超两兄弟，他们在女墙后大声呼喊：“不要急，瞄准了再射！”

“老军，好了吗？”

“三十步！”盖老军大声喊道，不断催促手下人操纵投石车。

“还有十步！”卢昂在城上提醒。

杨承烈这时候则沉住气，巨箭瞄准了一架云梯后，抓起木槌，砰的一声就砸在机括上。嗖！巨箭化作一道寒光离弦射出，紧跟着就听啪的一声响，云梯的一根臂轴断裂了。只是这对于云梯的行动并没有影响，它的速度虽然缓慢，但却不断逼近城墙。

“投掷！”盖老军举着火把，一声令下，五枚巨大的礌石呼啸着从城里飞起，在天空中划出一个绚丽的弧线，朝城外砸去，礌石落在地面上，发出一连串的闷响，火星四溅。

只是，云梯已经搭在了城墙上，几十名叛军立刻冲上云梯，顺着梯子飞快冲上了城头。

“子山，你来指挥。”杨承烈见状，吩咐一声，抄起宝刀和一面盾牌便冲了过去。刹那间，昌平城头上喊杀声一片，叛军源源不断地顺着云梯往上冲，城头上的民壮顿时死伤惨重。

杨承烈手中宝刀上下翻飞，忽而劈砍，忽而刺杀，浑身上下都被鲜血染红。“给我顶住！”他嘶声吼叫，盾牌扬起，啪地把一个叛军砸翻在地，顺势一刀取了对方性命。

“县尉，小心！”

一名叛军冲上城头，偷偷摸摸地靠近杨承烈身后，就在叛军举起刀的一刹那，一个浑身是血的民壮突然从地上爬起来，冲上前一把抱住叛军的身体，而后腾空而起，两人从城头上直挺挺地摔了下去。

“沙兹里！”杨承烈认出，那舍命救下他的民壮，是昌平民壮的队正沙兹里。

这是个老实巴交的庄稼汉，平日里沉默寡言，也不太喜欢和人争执。说实话，如果不是两年前民壮死伤惨重，而沙兹里的资历够深，这民壮的队正根本轮不到他，可就是这样一个鳏夫，却一直对他忠心耿耿。杨承烈的眼都红了，如同一头受伤的野兽，咆哮着冲了过去，死守在一架云梯前，手中宝刀划出道道弧光……

杨承烈拼死搏杀，可城头民壮越来越少，叛军却越来越多。

轰隆！一声巨响，瓮城城门被撞开，黑压压的叛军登上了瓮城驰道。

“给我毁掉瓮城城墙！快！”卢昂厉声咆哮。

城内，投石车几十枚礌石呼啸而出，狠狠砸在瓮城的门楼上，几个呼吸之间便彻底塌陷。尘土飞扬间，有几人狼狈不堪地跑过来，跳到了城楼上。

“朱成呢？”卢昂认出来人是阿布思吉达和张进，他记得，守卫瓮城的人好像叫朱成，可现在，却找不到那张胖乎乎的圆脸。

“谁让你攻击瓮城的？”张进疯了一样，一把抓住卢昂的胳膊，“我兄弟也在门楼！”

“如果我不击毁瓮城，叛军就可以借助瓮城趁势攻上来，你觉得我们能挡得住吗？”卢昂的眼睛也红了，火光中，依稀能看到他眼角的晶莹。

张超战死，朱成战死……这样的结果不是他想要的，可是他却没有其他选择。

阿布思吉达同样也血染征袍，只是，他看不出有半点颓然，身上所透出的锐气越来越盛。登上门楼后，他根本没有理睬张进和卢昂，而是握枪冲入驰道，那杆大枪化作万朵梨花飞舞，吉达所过之处，瞬间血流成河。

“这笔账，咱们以后算！”张进哭吼一声，挺刀杀入人群。

卢昂拔出宝剑，另一只手抄起一杆铁矛，也迎着冲上城头的叛军杀了过去。

千钧一发之际，城下驰道里传来盖老军的大吼：“文宣，子山，我来了！”

百十个衣装各异的青壮跟在盖老军身后冲上了城头，这些人手持各种各样的武器，在驰道中拦下了叛军。论身手，这些人并不算强大，可是这些人的手段却千奇百怪。一名叛军冲上来，正迎上了一个瘦小的男子，叛军狞笑着扑过来，却不想那瘦小汉子突然从背后抽出一只手，抬手掷出一物，刹那间，叛军眼前白蒙蒙一片，疼得他惨叫一声，丢下兵器便去搓揉。只是这生石灰进入眼睛，最怕就是他这种反应，趁着他失去抵抗能力的刹那，那瘦小汉子冲上来，尖刀狠狠地插在对方肚子里，瘦小汉子哈哈大笑：“军爷，我田不辣拔了头筹。”

似田不辣这样冲上城头的百十个泼皮，都使出了看家本领。

一个手持斧头的壮汉，气势汹汹地冲向叛军。那叛军还以为对方要和他搏杀呢，却不料他手里突然多了一块砖头，啪地就砸在叛军脸上，那叛军当时被拍翻在地；更有那泼皮喊叫着冲向叛军，可是到了叛军身前，却突然倒地一滚，把对方绊倒在地，在他身后，另一个泼皮满脸狞笑，手持钢刀就扑上来……

被这些千奇百怪的招数打得昏头转向，原本占据上风的叛军竟节节败退，被赶下城头。

城外浓雾中，慕容玄明自信满满地在阵前督战。

早在他和卢永成联络时，为防万一，他秘密埋下了一个暗子。按照他的想法，若卢永成成功献城，暗子就不必再行动；可如果卢永成失败了，暗子出动，一样可以将昌平县城拿下。为此，他丢出号室人做炮灰，一方面弄清楚了城中的守备；另一方面也是通知暗子。

董董佛尔衮那蠢货如今还昏迷不醒，就算他清醒过来，号室人也不再构成威胁，到时候他还可以趁机把号室人吞并。这样一方面能壮大自己的力量，毕竟号室人在骑战方面，远远强过静难军；另一方面祚荣会承他一个人情。等这件事结束，他可以率静难军北上，纵横于滦河与武列水之间，成为一方霸主。虽说滦河是奚人的天下，但是有祚荣帮助，他可以轻易地在那里站稳脚跟；待他实力再壮大些，再主动向朝廷请降……可他没想到，昌平的韧性会如此可怕！

隔着浓雾，他还是能够从前方探马口中清楚地了解当前战况。

“父亲，下令吧，若不然城上的弟兄恐怕保不住。”

慕容玄斢没有理睬慕容明玉的劝谏，他纵马向前奔跑几步，目光紧盯着城头火光，喊杀声，在变弱。

“城内可有信号？”

“回禀将军，昌平城内没有信号发出。”

慕容玄斢倒吸一口凉气，他紧蹙眉头，看着昌平县城的城墙，有些踌躇，就在这时，从昌平城头上传来了一阵震耳欲聋的欢呼声。

“父亲！”慕容明玉再次上前，看着慕容玄斢。

慕容玄斢目光深邃，他凝视昌平，仿佛要透过浓雾，看清楚了昌平城头的动静。

“收兵！”沉吟良久，他轻声道。

慕容明玉一愣：“父亲！”

“传我命令，收兵！”

雾气越来越重，杨守文心急如焚，沿着长街飞奔。

慕容玄斢怎么可能只安排卢永成这一条线？按照卢昂的说法，慕容玄斢好谋定而动，若没有万全之策，他绝不会随随便便出击，所以，城里一定还有内奸。城中好端端的怎会走水，一定是那些奸细在暗中配合。身后，城门楼上传来的喊杀声此起彼伏，更进一步证实了他的猜想，这也让杨守文的心里，变得越发焦急。

浓雾中，突然冲出三个黑衣人，看到杨守文，他们先是一怔，二话不说便迎上来。杨守文一见对方打扮，就知道不妙。现在城中巡街的人以快手和皂隶为主，快手和皂隶是什么打扮，杨守文怎可能不清楚？

这三人穿着夜行衣，蒙着脸，一看就不是自己人。杨守文手腕一翻，一枚铁丸便脱手飞出。杨守文脚下不停，身形一矮，大枪呼地探出。那为首之人没想到杨守文出手如此凌厉，连忙闪身躲避铁丸，就在他错步的刹那，大枪已经到了近前，枪刃贯入他的胸口，黑衣人惨叫一声，没等他身体倒地，杨守文已经把大枪拔出，身体猛然一转，顺手从腰间拔出一柄匕首，猛然长身而起，匕首已经没入第二个黑衣人的面门，而后擦身而过。

第三个黑衣人还在发蒙，杨守文已经到了他身前。

"苍熊贴身靠！"杨守文脚下错步，旋身一扭，身体狠狠地撞进对方的怀中。这"苍熊贴身靠"，是杨家祖传的八大招之一，刚猛至极，练到极致可以将石碑撞断。黑衣人终究是血肉之躯，被杨守文直接撞得凌空飞起，砰地甩出去四五米远，口中吐出一股黑血。

杨守文看也不看，从他身边掠过。

这时，盖嘉行、盖嘉运兄弟带着人也追上来，当他们看到地上三具尸体时，高声齐喊："看清楚他们的装束，相同打扮，格杀勿论！"

"喏！"一帮子泼皮齐声高呼。

杨守文脚下生风，很快来到了番仁里大门口。坊门洞开，门口倒着两具尸体，鲜血从他们身下流出，浸透了坊门前的土地。看装束，是快手，他心里不祥的感受越来越浓，来不及查看两名快手的状况，便纵身跃入坊门。

番仁里，已经变成了火海，许多房舍被烈焰吞噬，哭喊声此起彼伏。杨守文一路上连杀十余名黑衣人，才冲到了杨府门外。杨府大门洞开，老胡头倒在血泊中，已经气绝身亡。汪汪汪，从府中传来菩提狂暴的咆哮，杨守文不敢耽搁，冲进杨府。

"兕子，快去后面！"杨府前院，十几个黑衣人正围攻管虎。院子里，横七竖八地倒着几具尸体，清一色快手装束。管虎浑身是血，如同一头疯虎，手中鬼头大刀翻飞，把那些黑衣人牢牢拦住。

还有敌人？杨守文脑袋嗡的一声，提枪冲进了庭院。

杨氏倒在门廊上，身下鲜血汩汩流淌；宋氏抱着杨青奴，在两名带伤男子的保护下往屋里且战且退。火光中，杨守文一眼认出来，那两个浑身是伤的男子，其中一个赫然是宋三郎；而另一个看上去年纪不大，也就在十七八岁的模样，他手里拿着一口唐刀，拼命将一个黑衣人拦住。

杨守文大吼一声，手中大枪脱手掷出，虎吞犹如一道霹雳，把那黑衣人一下子钉死在廊柱上，又闪身躲过另一名黑衣人的攻击。

“迎门三不顾，霸王硬折缰。”啪啪啪，一连串清脆的击打声响起，杨守文运掌如飞，在瞬息间将十余掌打在对方身上。那黑衣人连退七八步，喷出一口鲜血，而后便一头栽倒在地。

“阿娘！”幼娘从里面哭着跑出来。

杨守文回身正要上前，哪知从前院闪进一名黑衣人，看到眼前的景象，扬手打出一片金芒。杨守文猝不及防，闷哼一声，被那金芒打中。

管虎和盖嘉行等人从外面冲进来，黑衣人眼见不妙，纵身一把抱起幼娘，手中唰地甩出一条一丈八尺长的青索，啪地搭在探入庭院的树枝上，身体腾空而起，轻飘飘地落在了树上之后，又纵身离去。

“兕子哥哥！”幼娘凄厉的哭喊声在空中回荡。

杨守文大喊一声：“幼娘！”想要追上前，可才走出两步，脚下一软，扑通栽倒在地上。他咬着牙想站起来，可是两腿使不出一点力气，在他腿上，扎着几支大约十公分长的金针，那针体上似雕刻有精美图案。

“管叔父，快去救幼娘！”杨守文嘶声吼道，管虎二话不说，回身冲了出去。

幼娘的哭喊声越来越远，已经变得非常模糊。外面，浓雾弥漫，看不清黑衣人的行踪。

“兕子，你没事吧！”宋氏顾不得怀中哇哇大哭的青奴，冲到了杨守文的身前。

杨守文觉得，两腿好像要失去了知觉一样，他指着杨氏道：“阿娘，救婶娘，我房间里有上好的金疮药，快救她。”

“三哥，你来扶住兕子。”宋氏扭头朝宋三郎喊道，然后冲进了杨守文的房间。

这时候，杨守文才看到，门廊下还倒着一具尸体，赫然是菩提。

“菩提！”他挣扎着想要过去，可是两腿使不出半点力气。跟在宋三郎身后的少年把他搀扶到了门廊上。

菩提的腿断了，肚子上有一道清晰可见的刀口，鲜血已经浸透了它的毛发。看到杨守文，菩提那双冷漠的眼中露出一丝欣喜之色，它呜呜叫了两声，努力想抬起头，可是却没能成功。杨守文抱住了它的脑袋，菩提伸出舌头，舔了一下杨守文的脸。

“呜呜呜……”它好像要说话，却无法表达。

从幼娘的房间里，跑出来四只小狗，它们在门廊上无助地张望，好像是在找幼娘；不过，它们很快就发现了菩提，连忙跑过来。

“呜呜呜……”菩提再次发出一阵呜咽，又舔了舔杨守文的手，目光落在了四只小狗的身上。

“我懂，我懂，我会照顾好悟空它们……菩提，你别走，我还要带你去救幼娘呢。”

菩提没有再回应杨守文的呼唤，它把脑袋放在了杨守文怀中，慢慢闭上了眼睛。

杨守文的脑袋里一片空白，他抬起头，仰天嘶喊：“啊！啊啊！”

为什么会这样？为什么我连身边最亲近的人都无法保护？到底是什么人在幕后操纵了这一切？我绝不会就此罢休！我要找到你，我要救回幼娘，然后把你碎尸万段！

第二十七章——神秘梅娘子

“兕子哥哥，快来救我！”幼娘在黑暗中发出凄然的声音，娇小的身影，被一团朦朦光亮包围，她的身影正在不断模糊，似乎在虚空中飘飞，“兕子哥哥，救我啊！”

“幼娘！”杨守文嘶声喊道，他想要追过去，可是身体却动弹不得。

“兕子哥哥，救我！”幼娘的身影消失在漆黑的虚空之中，眼前的色彩也随之一变，化作漫天的血色。

杨守文蓦地睁开眼：“幼娘！”

他呼地坐起来，惊动了身边的小人儿。杨青奴迷迷糊糊睁开眼，先愣了一下，旋即发出一声惊喜的尖叫：“大兄醒了，阿爹，阿娘，大兄醒了！”房门被拉开，一群人从外面冲进来。

“兕子,你可醒了！”杨承烈冲过来,欣喜地扑到榻床边。

杨守文掀开了被子，从榻上下地。慢着，我的腿？他依稀记得，他的腿被暗器所伤，以至于失去了知觉，只能眼睁睁地看着幼娘被黑衣人掳走。现在他的腿似乎恢复了知觉，只是还隐隐作痛，这让他突然多了几分期盼，他一把抓住杨承烈的胳膊：“阿爹，幼娘呢？”

杨承烈神色一暗，目光里多了一丝愧疚之色，这让杨守文感到不安。

不对，幼娘的确是被人掳走了，那不是幻觉！他此刻的记忆不太清晰，他只依稀记得，菩提在他怀中死去；再之后，脑海里一片空白。

“兕子，你当时气郁攻心，以至于神志不清，管班头想要把你和菩提分开，可你却死死抱着菩提，差点儿伤了管班头，后来还是你阿爹赶回来，把你打昏过去。不过你别担心，老军已派出手下，只要那贼人还在昌平，就一定能找到。”宋氏抚摩着杨守文的头，说道。

杨守文转过头，看着宋氏：“婶娘她……”

宋氏轻声道：“杨家妹子已经救过来了，虽说还没醒过来，但医工说了，她没有性命之忧。”

“爹，一定要找到幼娘！”杨守文又一把抓住杨承烈的手，激动地喊道。他这一激动，身上的伤口再次破裂，渗出的鲜血染红了绷带。

杨承烈吓了一跳：“兕子你放心，就是把昌平掘地三尺，我也会找回幼娘。”

杨守文松了口气，慢慢呼吸，让自己平静下来：“我的腿……”

“你的腿没事，医工说你腿上中了贼人的暗器，暗器上面涂抹了麻沸散，以至于你当时失去了知觉。等麻沸散的药力过去后，你的腿就能恢复知觉，没有大碍。”

杨守文点点头，挣扎着要站起来。

杨承烈搀住他：“兕子，你要干什么？”

“我要去看婶娘，还有菩提！”

“我打算战事结束后，把菩提埋在虎谷山脚下，你看可好？”杨承烈小心翼翼地说，生怕刺激到杨守文。

杨守文眼中闪过一丝哀色，他推开杨承烈，慢慢往外走。门外，阿布思吉达和盖嘉运守候着，四只小狗看到杨守文出来，立刻跑上前，围着他打转，口中不断发出悲鸣。特别是悟空，几次立起来，用前爪抱住杨守文的腿，似乎是在询问杨守文：妈妈呢？幼娘呢？

杨守文的眼中有泪光闪动，他转身往杨氏的房间走去。

杨氏躺在榻上，双眸紧闭，眉头紧锁。

“杨家妹子是为了阻拦贼人，被贼人所伤，好在救治及时，已经没有危险。”宋氏在他身后说道。

杨守文没有说什么，走出房间，朝宋氏躬身一揖道：“阿娘，请找人照顾好婶娘，一定不要有差池。”

宋氏连连点头，把房门关上。杨守文又去前院祭拜了老胡头，据宋氏说，那些黑衣人突然冲进杨府，老胡头上前阻拦，被对方所杀。

天还没有亮，杨府院中灯火通明，十几个闲汉模样的青壮在大门口走动，一个个神色凝重，格外警惕。青石板铺成的石径上还残留着血迹，空气中弥漫着浓浓的血腥味。昨晚，除了老胡头外，还有六名快手战死，如果不是管虎恰好带人来府中探望，说不定真的要出大事。庭院里，摆放着老胡头的尸体，已经用一副棺椁装好。菩提则用一张锦缎做成的被子包裹着，静静地躺在客厅外的门廊上。这是菩提最喜欢的地方,而那床锦被,则是杨守文使用的被褥。

杨守文在门廊上坐下，就坐在菩提的身边。他没有打开锦被，只是静静地坐着，一只手轻轻放在了它的身上。

“阿爹，城上战况如何？”

“叛军已经退兵，瓮城被卢子山下令摧毁。今天晚上，咱们死伤惨重，民壮三个队正战死两人，朱成和沙兹里都死了，马思道被砍断了手臂，正在那边救治。除此之外，张超战死，三百民壮而今只剩下一百二十人；老军派来的死士，也折损大半；而卢子山的手下，几乎全军覆没。”

杨守文闻听，顿时倒吸一口凉气：“那岂不是没人守城了？”

杨承烈道：“老军给我补充了两百人；此外，昨夜一场血战后，城里那些缙绅也怕了，所以抽调了一些仆从和家丁过来，东拼西凑也有五百人。”

“那贼人……”杨守文神色平静，看着杨承烈。

杨承烈道：“昨夜出动的贼人，约有百人之多，不过已全部伏法，尚有几个活口，卢子山正在审问他们，相信用不得多久，就能得到确切消息。”

“审问个屁！”杨守文呼地站起来，扯动了腿上的伤口，他身体一晃，险些瘫坐下来。盖嘉运连忙扶住了杨守文，面露紧张之色。

“还问什么！”杨守文吼道，“这昌平县城里，还有谁会和叛军勾结？宝香阁，除了宝香阁还能有谁？别忘了，之前那些刺客曾出没宝香阁，我不信卢永成的事情他们没有参与！卢永成是卢家子弟，我就不信宝香阁的屁股能有多干净。阿爹，卢子山是卢家子弟，自然想要维护卢家，可幼娘被人抓走，正身处危险之中，你怎能由着那卢子山？”

“可是，没有证据。”

“杀进去自然能找到证据。”杨守文再也无法冷静，怒视杨承烈，“父亲，你已经不是杨家的人，请不要用杨家的方式考虑事情，这些年来，杨家没有给过咱们任何关照，咱们和卢家更没有一丝一毫的交情，在他们眼中，咱不过是一门田舍汉，一群粗鄙之人，你又何必在这里纠结？”

“可是……”杨承烈的确是有些纠结。不管怎样，他曾是弘农杨氏子弟，哪怕弘农杨氏早已经把他父子除名，可骨子里，杨承烈还是把自己视为世家子。

杨守文看着他，厉声喝道：“吉达！”

阿布思吉达立刻跑过来，躬身一揖。

“随我去宝香阁！”

“兕子大哥，我也陪你去。”盖嘉运突然开口，同时冲着门外喝道，“兄弟们，打起精神，陪大郎走一趟。”

杨守文朝众人拱拱手：“兕子谢过兄弟们！”又看了杨承烈一眼，“父亲，城上公务繁忙，你就别管这些了。”话音未落，阿布思吉达提着两杆枪跑过来，他把虎吞递给杨守文，然后握紧拳头，砸了两下胸口，咧开嘴冲着杨守文笑了。

杨守文接过枪，转身朝杨承烈躬身一揖：“阿爹，孩儿找证据去了！”

天边，露出了鱼肚白。

昌平长街上，弥漫着浓浓雾气。杨守文身边，是阿布思吉达和盖嘉运；在他身后，则跟随着二三十名混迹街头的闲汉泼皮。杨守文一行人一路走来，人数非但没有减少，反而越来越多，许多正在巡街的闲汉得知杨守文要去砸宝香阁，二话不说就跟了过来。等来到宝香阁大门外，他的身后已经跟了五十多人，浩浩荡荡，颇有声势。

宝香阁坐落在青山坊，一幢雄伟的宅院，分上下两层，不过原本颇为热闹的坊市，如今却冷冷清清。

“兕子，这就是宝香阁。”盖嘉运走到杨守文身边，轻声道，“接下来怎么办？”

杨守文眼眉一挑，提枪紧跑两步。麻沸散的药力已经完全消失，杨守文在奔跑时，已感觉不到难受，不过，他的速度不快，脚下也格外沉稳，每一步迈出，落地时都会发出砰砰的闷响。刚开始，那声音还不大，可是跑出十步之后，那声音如同巨雷。眨眼间，杨守文已经到了大门前，一口金蟾气流转四肢百骸，口中发出金蟾吞月般的如雷巨响。手中虎吞大枪猛然探出，砰的一声刺在门上。

那大门，看不出是什么材质，门上还包着铁皮，但是随着杨守文这一枪刺出，那扇大门砰地碎开，木屑飞溅。这巨响声，也惊动了宝香阁里。

杨守文才一进门，就听到院子里传来一阵呐喊：“什么人，敢来宝香阁闹事！”

两个小厮冲上前，杨守文根本不理睬，抬手运转大枪，把两个小厮当场刺杀。

“杀人了！”宝香阁的人，一个个都停下脚步。杨守文沉着脸，目光扫视院中众人，院中众人衣装整齐，手执兵器，还举着火把。

杨守文冷笑道：“谁是管事？”

“你是什么人，敢来我宝香阁闹事？知不知道，宝香阁可是……”

“我知道你宝香阁姓卢，用不着拿来吓唬我，我今天既然敢来，就没把你们放在眼里。我再问一遍，谁是管事？”杨守文说完，大枪在地上重重一顿，杀气腾腾。这是在经历了昨日血战之后凝聚的杀气，院子里那几只狂吠的恶犬，嗷呜一声夹着尾巴，溜到了角落里。

“我道是谁，这不是杨大郎吗？”从院子那座两层楼里，走出来一个人，身后还跟着十几个仆从，“不知杨县尉公子光临，小老儿未能远迎，恕罪，恕罪！”

那人年纪大约在五十发上下，生得干瘦，但从眉宇间依稀可以看出年轻时的俊美。

“小老儿卢挺之，见过杨大郎。”

“你是这里的管事？把幼娘交出来，我可以放你一条生路。”

卢挺之露出愕然之色，笑道：“大郎说笑了，我这里可是正经生意，哪里来的什么幼娘？”

“我再说一遍，交出幼娘！”

“大郎，我是真不知道。”

就在此时，从宝香阁后院里传来一阵喧哗，几个家丁模样的人从侧门里跑出来，浑身是血：“卢管事，死了，都死了！”话音未落，侧门轰的一声飞出，阿布思吉达带着十几个闲汉，押着几个男女从后院走出来。

“杨大郎，你眼里还有王法吗？”卢挺之看到这一幕，喝问杨守文。

杨守文没有理他，目光越过宝香阁的仆从，落在了阿布思吉达的身上。只见阿布思吉达摇了摇头，然后做出几个只有杨守文能够理解的手势，他明白了。

“卢管事，我再问你一遍，你把幼娘藏哪里了？”

“别以为你是县尉之子就可以为非作歹，我要禀报我家阿郎，到时候找你爹问罪。”卢挺之手指杨守文，厉声呵骂。只是没等他说完，眼前人影一闪，杨守文已到他身前，手中大枪横扫，一下就抽在他的腿上。这一枪，直接打断了卢挺之的腿，卢挺之疼得满地打滚，惨叫不停。两个仆从刚要上前搀扶，杨守文大枪探出，就把那两个仆从刺翻在地，而后厉声道：“盖二郎，给我再搜一遍！”

盖嘉运大声应命，手一挥，身后的闲汉蜂拥而上。

“拦住他们！”卢挺之喊道。宝香阁的仆从二话不说，便要冲上来阻拦。

"吉达！"

杨守文话音未落，阿布思吉达已经纵身跃入人群，那杆大枪在他手里翻飞，发出嗡嗡的声响，只眨眼工夫，已经有六七人死于吉达的枪下。

"别打了，我们投降。"一群仆从未见过如此凶狠之人，吓得丢了兵器，蹲在地上。

"谁知道幼娘在哪里？"杨守文沉着脸，"若我今天找不到幼娘，你们所有人，全都要死在这里。"

"杨大郎，你疯了！"卢挺之强忍着痛，骂道，"我都说了，我宝香阁是正经生意，哪有什么幼娘。"

杨守文没有理他，目光在人群中扫动："我叫十个数，还没有人开口，我就开始杀人。"说着，他把大枪交给盖嘉运，从盖嘉运手中接过一把唐刀，"一、二、三……"

众人的目光齐刷刷地落在人群中一个青年身上，他们知道，这青年是卢挺之的心腹，如果卢挺之有什么秘密，这个青年一定知道。杨守文走过去，一把揪住那人的头发，把他从人群中拖出来。

"大郎饶命，我说……"青年惊恐万分。

"卢大彤，你敢乱说，小心家法！"卢挺之躺在地上，大喊。

杨守文扭头看了盖嘉运一眼，盖嘉运心领神会，冲上前把卢挺之按住，啪啪啪一顿耳光，打得卢挺之满脸是血。

"卢管事，你自己做的好事，难道要我们这些人跟着你陪葬吗？我早就劝过你，这件事不能做，好歹咱宝香阁在昌平也是百年老店，你这么做，分明就是毁了咱宝香阁的名声。"卢大彤脸色惨白，骂完了卢挺之，对杨守文道，"杨大郎，这件事和我等真没有关系，我们也只是在这里干活，有些事情我们就算不愿意也做不得主。"

杨守文从牙缝里吐出一个字："说！"

卢大彤激灵灵一个寒战，连忙道："大约十天前，我家管事从外面带回来一个人，那人喜欢穿红色衣服，不过戴着帷帽，有一层青纱遮面，我看不清楚长相，管事叫她'梅娘子'，对她非常尊敬，而且不许我们接近。小人因为被管事看重，所以送过几次饭菜，但每次见她，她总是戴着面纱，故而也不知道她的长相。前天晚上，城里大乱，管事让我召集人手，后来发现外面都是民壮，他又让大家回去休息。昨日日间，城外打得很凶，管事再次找到我，让我听从梅娘子吩咐。梅娘子让我把家丁都召集起来，入夜之后都换上了夜行衣，可是小人当天吃坏了肚子，在茅厕里根本起不得身，所以梅娘子就没有使唤小人。再后来，我听人说城中大乱，就知道是梅娘子所为，小人当时怕极了。我原以为管事只是说说，可谁料想他竟真的做了这等事情，和小人真没有关系。”

杨守文闭着眼睛，听卢大彤把话说完，目光便落在了卢挺之的身上。

“卢大彤，那个梅娘子呢？”

“小人不知道，梅娘子出去之后，就没有回来，不仅梅娘子没有回来，好多人都没有回来。小人正担心呢，大郎你就带着人来了。”

“那你可知道，这卢挺之，或者说宝香阁，在昌平还有别的产业吗？”

“卢大彤！”卢挺之惊怒吼道。只是不等他话音落下，杨守文已经闪身来到他跟前，刀光一闪，一蓬鲜血喷溅，卢挺之的脚，被杨守文生生砍断，鲜血喷了盖嘉运一身。卢挺之的惨叫声在宝香阁上空回荡，杨守文面无表情，又看向卢大彤。

“和平坊，和平坊弥勒巷，卢永成那里养了个小妾，还有一个儿子。他家有妒妇，所以不敢养在家里，就拜托管事在那边找了一个房子，让那小妾和儿子住在那边，日常的用度，都是小人送去，若大郎不相信，我可以带你们去。”

“吉达！”杨守文喝了一声，阿布思吉达飞奔过来。

“跟着他，去弥勒巷。”阿布思吉达点点头，一把抓起了卢大彤。

杨守文努力让自己保持冷静，他在卢挺之身前蹲下来：“两军交战，各凭手段，生死由命。我最讨厌有人拿家眷做事，那太下作！可如果你敢做得初一，我就敢做十五，别以为你是卢家的人，我就不敢杀你，你现在最好祈祷，我家幼娘没事；否则的话，我会让你尝尝，什么叫千刀万剐！”

卢挺之那张干瘦的脸，此刻已没有分毫血色，他看着杨守文，眼中流露出怨毒之色，咬牙切齿道：“杨大郎，尔不过一田舍汉，今日你敢伤我，我早晚让你后悔。”

杨守文的目光，陡然一寒。

就在此时，门外传来一阵脚步声，卢昂冲进宝香阁的大门，他看到眼前这一幕，心里顿时一紧：“杨兕子，你干什么？”卢昂怒发冲冠，厉声喝问。他身为卢家子弟，自然要维护卢家脸面，哪怕他北祖二房已经不再主事，可只要他一天还姓卢，这卢家的脸面就必须维护。

杨守文坐在卢挺之身旁，大枪横在身前，轻声道：“杀人！”

“你……”

“卢校尉，看在咱们昨日并肩作战的份儿上，我就当你没有出现过。天快亮了，估计慕容玄啣不会善罢甘休，依我看你最好还是登城督战，莫要在这里耽搁工夫。”

杨守文说得越是轻描淡写，卢昂就越是感到心惊，在那平静的背后，他可以感受到那扑面而来的杀机：“大郎，你冷静些。”

“卢校尉，我很冷静！”杨守文微微一笑，那张俊秀的脸，因为这笑容变得狰狞起来，“正是因为冷静，我现在才没有大开杀戒。我知道，你们世家子弟，一个个都高贵得很；我这种田舍汉，没资格和你们相提并论，所以，你最好别轻举妄动，杀了你，我大不了带着阿爹阿娘流浪天涯。可你这么珍贵的身子，若是栽在了这里，那可真就不值了！”杨守文的声音突然高亢起来，虎吞大枪呼的挺起，火光照在枪刃上，泛起一抹幽光，如同毒蛇的双眸。

卢昂向前走了两步：“兕子……”

“别叫我兕子，咱们没这交情。”

卢昂闻听，心中感到无比苦涩。昨日并肩作战的袍泽之情，他很看重；同时他更看重的是杨承烈一家的未来，甚至希望能够与之交好，日后说不定还可以助他北祖二房一脉一臂之力。杨承烈的身份绝不简单，他可以从杨承烈的谈吐中，感受到那世家子弟所独有的气质。这也让他相信，杨承烈一家来历不简单。可他是卢家子弟，同样要维护住卢家的脸面，如果杨守文今天杀了卢挺之，砸了宝香阁，范阳卢氏绝不会就此善罢甘休。所以，他也很纠结，就如同之前杨承烈的纠结一样，根源就在他们身后的家族。

卢昂深吸一口气，手中出现了一枚金针，那金针长约十公分，成六角棱形，直径大约两公分，做工极为精致：“大郎，可认得吗？”

杨守文怎能不认得金针，一下子站起来。

“这是我在你家地上找到的，和你所中的暗器一样，你别急，我想说的是，这针名为勾魂针，也叫梅花针，是因为它的使用者而得名。此物主人，绰号梅娘子，真实姓名无人知晓，不过我听说过，此人并非幽州人氏，来历无人知晓，此前一直是在江南活动。因她与另外两人交好，故又称岁寒三君，是江湖中鼎鼎有名的杀手。这梅花针是她最常用的暗器，故而又有‘玉笛休三弄，岁寒只三君’的说法，这是个很神秘的女人。”

岁寒三君，梅娘子？杨守文的脸色缓和了一下。

卢昂松了口气，接着说道：“如今昌平城门封闭，那梅娘子只要还在城里，就一定能够找到。你父亲已经拜托盖老军，几乎发动了城中所有的地头蛇，一旦有消息，你就会立刻知晓。大郎，今天的事情，是我卢家理亏，等事情过去之后，我会返回范阳，为你力争一个公道。”卢昂已经不是在劝说，而是有些低声下气了。

话说到这个份儿上，杨守文的脸色慢慢缓和下来。

就在杨守文准备放开卢挺之时，阿布思吉达从门外冲进来，他来到杨守文面前，手舞足蹈地比划着，他告诉杨守文，他们找到了那间屋子，不过，卢永成的小妾和儿子已经被人杀死，屋内空无一人，但从残留痕迹看，的确有人来过这里；他拿出一枚钗子递给杨守文。

那钗子，是幼娘所有，也是杨守文送给她的礼物。杨守文接过钗子，脸色大变，猛然转身，一把掐住卢挺之的脖子：“说，梅娘子藏在哪里？”

“大郎……”卢昂一下子懵了，忙要上前，可盖嘉运和十几个闲汉，呼啦啦地把他围在中间。

卢挺之脸色憋得通红，说不出话来。

杨守文松开手，卢挺之喘了口气惨笑道：“杨大郎，我不知道那梅娘子躲在什么地方。事实上，梅娘子根本不是我卢家请来的人，而是慕容玄崱派来助我之人，你找不到她的，除非你有本事抓到慕容玄崱，说不定他会告诉你。如今慕容玄崱就在城外，你去啊！”

“卢挺之！”卢昂分开众闲汉，上前厉声喝道。

卢挺之看了他一眼，微微一笑：“卢子山，从我决定行动的那一刻，卢挺之已经不再是卢家子弟，此事和卢家没有任何关系，今日所为，乃我一人决定。”说完，他猛然撑起身子，纵身扑向阿布思吉达。阿布思吉达猝不及防，本能地挺枪就刺，却一枪刺穿了卢挺之的胸口。

阿布思吉达愣住了！卢昂也愣住了！

杨守文的脑袋里，变成了一片空白：慕容玄崱！慕容玄崱……他脑海中只剩下了这个名字，片刻后他转身往外跑。

“大郎，你要干什么？”盖嘉运想拦住他。

“我要抓了慕容玄崱！”杨守文说着话，已经冲出大门。盖嘉运和阿布思吉达相视一眼，二话不说跟了上去。

卢昂呆愣在院中，看着乱成一团的宝香阁大院。他知道，经过今日之事，宝香阁已经无法在昌平继续立足。对于卢家为什么会做出这样的决定，卢昂也很茫然，可是他清楚，今天的事情如果传扬出去，不仅卢家，连杨守文也要倒霉。

“你叫什么名字？”卢昂一把拉住一个正要追出去的闲汉。

那闲汉道：“小人田不辣。”

“好，田不辣你听着，今天你们看到的事情，还有听到的事情，绝不能传出去，否则兕子就会有大麻烦；你也知道宝香阁是卢家产业，当知道卢家的手段。”

田不辣闻听，脸色一变：“卢校尉，你这是何意？”

“昨夜昌平遭遇叛军奸细在城中闹事，宝香阁也受到波及，阁中所有人被叛军奸细所杀，一应财物被抢掠一空。田不辣，你是个聪明人，应该明白我的意思，现在天还没亮，该怎么做，你自己决定。”卢昂说完，转身走出宝香阁大门，他要把所有的痕迹抹去，不仅为了杨守文，同样也是为了卢家。卢家已经有了一个卢永成卷进来，再出来一个宝香阁的话，卢家卷入得就太深了。

田不辣呆呆地站在院子里，目光掠过院中的那些仆从，眼里顿时闪过一丝寒意。

第二十八章 结义

赵州，平棘。

朝阳从地平线上升起，阳光普照大地。古老的县城上空，此刻战云密布，兵器折射过来的太阳光线，化作一道道寒光在斑驳的城墙上跳动。一队队突厥兵马列阵在城外，肃穆而沉静，令人感到莫名的恐慌。

杨瑞跟在高睿身后，登上城楼，他到现在还没有弄清楚是什么状况，怎么一转眼的工夫，就变成赵州刺史高睿的亲随？昨日，他和杨茉莉因为肚子饿，在藏兵洞里偷偷哭泣，不想被正在巡视城防的刺史高睿发现。一问之下，高睿得知杨瑞和杨茉莉只有十三岁，大吃一惊，按照唐律，杨瑞和杨茉莉刚好是中男，根本不算成丁。两个十三岁的孩子被强征民壮，也让高睿非常不满。再后来，高睿得知杨瑞他们是要去荥阳找人，而他们要找的郑灵芝，居然和高睿相识，他立刻意识到，这两个小孩子来历不凡。

高睿是雍州人，属关陇贵族，而荥阳郑氏则是老牌世族，论威望和底蕴，远非雍州高家可比。高家与郑家也有通家之好，不过并非高睿这一支，但凭此关系，足以让高睿对杨瑞两人多有关照。只是城门已经封锁，高睿也不能擅自把杨瑞他们放走，可把杨瑞丢在军中，好像也不太合适，于是高睿干脆把杨瑞三人纳为自己的亲随。他告诉杨瑞，只要战事结束，他会亲自派人送杨瑞他们前往荥阳。

相比呆呆傻傻而食量惊人的杨茉莉，高睿更喜欢聪明的杨瑞，所以今日登城时，他把杨瑞带在了身边。

“陈将军，情况如何？”高睿登上西城门楼，迎面走来守将陈令英，陈令英显得无比愤怒，一张白脸涨得通红。

听高睿询问，陈令英怒道：“阎知微该死。”阎知微是大唐著名画家阎立本的侄孙，甚得武则天宠信，更拜为三品春官尚书。七月，他随武延秀一同出使黑沙城，这会儿应该被关在黑沙城。

高睿不禁好奇，怎么突然说起了阎知微？

陈令英道："阎知微已经降了突厥，更甘愿做突厥先锋，刚才还在城下与末将说话。"

"阎知微投降了？"高睿脸色一变。

陈令英怒道："他刚才大言不惭地要末将投降，否则就要大开杀戒，末将本不想理睬，谁料想突厥大军抵达之后，他竟与突厥人联手踏起了《万岁乐》。"

高睿眉头一蹙，脸上浮现怒容。唐代时流行踏歌，所谓踏歌，是一种歌与舞的结合，分为宫廷踏歌和民间踏歌。阎知微踏歌《万岁乐》，分明是把突厥视为朝廷。

陈令英道："末将问他，你身为春官尚书，怎能投降突厥，还在这里踏歌？他却回答说，'万岁乐，不得已！'末将很生气，裴怀古可以'宁守忠以就死，不毁节以求生'，宁死不降，更趁着突厥人出兵妫州时逃回长安，他阎知微何以就'不得已'呢？"裴怀古是右豹韬卫大将军，也是随同武延秀出使突厥的使者。

高睿不禁默然，他和阎知微也相识，还受过阎知微的恩义，可这时候，却不能为阎知微说话，私交归私交，公义归公义，他分得很清楚。他走到女墙后，举目向城外眺望，只见突厥兵马列队整齐，军纪森严。

高睿有些担忧："陈将军，城里都已经做好准备了？"

"刺史放心，别看他们之前畅通无阻，其实不过占了出其不意的便宜，如今他们已经不复奇兵优势，我城中儿郎早已枕戈待战，绝不会让突厥人讨得便宜。"

陈令英是高睿的心腹，听他信心十足，高睿点头："那此地就交给你了。"

陈令英躬身领诺，目送高睿一行人下了城楼。

杨瑞突然有一种冲动，他轻声道："府尊，有件事，小子不知当讲不当讲。"

高睿笑道："有话就说，有什么当不当得？"

杨瑞深吸一口气，道："小子奉家父之命前往荥阳前，曾经得到一张地图，准确地说，那地图并非小子得到，是家兄发现的。府尊还记得跟我一起的杨茉莉吗？他本是孤竹胡儿，因母亲被奸人所害，后来被家兄收留，改名杨茉莉。那地图，原本就藏在杨茉莉的身上，家父和家兄带他回昌平的路上，还遭遇粟末人追杀。"

高睿一听，顿时来了兴趣："二郎接着说。"

杨瑞鼓足勇气，接着道："那是一张河北道地图，家兄和我后来发现，地图上的关隘，都标注有用突厥文书写的数字。一开始我们都没弄明白那些数字是何意，直到有一天，家兄听闻突厥起兵攻破妫州，静难军投降的消息后，便意识到，那些数字很可能是突厥人用兵的时间。事实上，之后发生的事情，也证明了家兄的推断，八月二十日，飞狐关被攻破；八月二十六日，定州被攻破。"

高睿激灵灵打了个寒战，他停下脚步："二郎，你所言当真？"

"当真！"

"那地图呢？"

"家兄觉察之后，就让家父委托右拾遗陈子昂把地图送到了蓟县的幽州都督府。"

高睿倒吸一口凉气。他的祖父高颎是开隋九老之一，也是史上一位名臣，后世甚至有人说，如果高颎不死，隋朝未必会亡。只可惜，高颎站错了队，站在了太子杨勇的队里，最终被杨广杀掉。高睿家学渊源，自幼熟读兵书，从杨瑞这一番话里，他听出了别样的味道："二郎，那你可记得，地图上有赵州吗？"

"有！"

"那你是否记得日期？"

杨瑞搔搔头，一脸苦恼地答道："日期记不大清楚了，不过肯定有标注。"

高睿脑海中，瞬间闪过了赵州几个实权人物，谁是奸细？他原本想继续巡视，此时却意兴阑珊："回府！"他立刻转道，直奔府衙。而此时，正在北门等候高睿前去巡视的赵州司马唐波若仍站在城楼上，等待高睿到达。

回到府衙，高睿立刻取来河北道地图，让杨瑞尽量回忆。只可惜，当初杨瑞也是匆匆看了两眼地图，并没有记得很清楚，无奈之下，高睿让杨瑞先离开。

从府衙书房出来，杨瑞顿时轻松了许多。早上起了个大早，陪着高睿巡视城防，甚至没有来得及吃早饭，此刻他已经饥肠辘辘。回到住处的院子，杨瑞闻到一股香味，小院角落里，杨茉莉和宋安凑在一起，在烧烤着什么。扑鼻的肉香，让杨瑞顿时口水直流，他跑过去，就见杨茉莉和宋安生了一堆火，上面放着一只好像烤鸡般的禽类，那烤肉表皮油亮焦黄，烤得正好。

看到杨瑞过来，宋安道："少爷快来，茉莉今天射死了一只鹰，正说要改善生活呢。”

杨瑞也不客气，走上前一屁股坐在地上。宋安取了腰刀，割下来一只鹰腿，递给杨瑞。

“呼呼！”杨瑞吹了两口气，一口咬下去。一根烤腿落肚，他突然灵光一闪，“宋安，你刚才说茉莉射落一只鹰？这平棘城里，哪儿来的鹰？”

昌平之战已进入白热化。

天亮后，重整旗鼓的叛军在大雾掩护下再次发起攻击。这一次，慕容玄阆没留后手，随着大批辎重抵达城外，投射车、云梯、冲车纷纷出动，同时十架绞车弩也被推到城下，参与进攻。十二石强弩，六百步距离可穿透城墙，但天寒使得昌平的城墙变得格外坚硬，从某种程度上抵消了强弩的劲道。

慕容玄阆面色沉冷，立于旗门之下。已过了半个时辰，兵士们攻势如潮，但昌平如同磐石，牢牢矗立，一次又一次把攻势化解。

“杨承烈倒是个人才啊！”慕容玄阆把儿子叫过来，“明玉，此战结束后，若未能攻破昌平，你代我去趟长安，到太平观把这次战况亲自呈报上去。杨承烈绝不是个简单的县尉，请那边调查一下他的来历，若有可能，此人倒是值得拉拢。”

慕容明玉道：“父亲，咱们一定可以攻破昌平。”

慕容玄阆笑了：“这是当然，昌平弹丸之城，想要攻破并不难，只是我们没这个时间了。我们此次南下，是为了迫使幽州调回兵马，可现在看，五回岭方面迟迟没有动静，所以此次就算攻破昌平，又能如何？蓟县那边已经传来消息，张仁亶虽然不在，但李元芳在，此人乃勋贵之后，论威望和权力，都非张仁亶可比，他坐镇蓟县，一定是有其他打算。”说到这里，他朝昌平城头望了一眼，“堇堇佛尔衮醒了吗？”

“已经苏醒！”

慕容玄阆示意慕容明玉附耳过来：“你告诉他，昌平破城在即，他若想报仇雪恨，就趁现在，如果他能攻破昌平，之前的约定依旧有效。此次务必让号室人再顶上去，我担心，李元芳已经开始行动，咱们必须立即撤退。”

慕容明玉一怔：“撤兵？”

“正是。”慕容玄阆撇了撇嘴，“昨晚我想了一夜，昨夜未能破城，此次南下就是失败。本来我还想收编号室人，但仔细想来，这些人凶蛮成性，野性难驯，留在身边反而招致麻烦，那就让他们留在这里顶着吧！天黑以后，你找个机会离开，然后去长安。”

“父亲，那你呢？”

“我北上，可以趁机收编平狄和清夷两部溃兵，而后前往滦河和武列水扎根。你到了长安后，就留在那边，听从差遣，这样一来，我们父子可以相互呼应，等时局变化，我回归朝廷，你也可以暗中出力。今圣母神皇年迈，恐怕也撑不得太久，他日新皇登基之时，就是咱父子相见之日。”

慕容明玉眼中噙着泪光，在马上欠身道：“孩儿遵命。”

父亲北上后会遇到什么情况，慕容明玉很清楚，绝不会如父亲所说那么轻松。穷山恶水，到处都是蛮夷，慕容玄崱孤军前往滦河，一定异常艰苦，自己若能在长安站稳脚跟，倒是能给父亲一些帮助。慕容明玉想明白这其中的缘由，拨马就直奔号室人的大营而去。

看慕容明玉离开，慕容玄崱下令：“收兵，待休整后再战。”

悠长的牛角长号声回荡在战场上空，叛军的攻势突然减弱，并开始撤退。大雾慢慢散去，昌平城上，原本灰黑的城墙，被血染成了暗红色。

杨承烈一屁股坐在地上，他从头到脚都是血，如同血人一般；不远处，盖老军和卢昂席地而坐，甚至连说话的力气都没了；杨守文与阿布思吉达倒能勉强站立，不过他二人的情况，也不见得比杨承烈三人好多少。

“兕子，帮我巡视一下，清点伤亡。”杨承烈吩咐杨守文。

杨守文二话不说，转身就走。再上城楼，杨守文好像变了个人似的，大多数时候都沉默寡言，他话不多，可是杀伐却越发凶狠。今天在城楼上，死在虎吞大枪下的叛军，估计至少有五六十人。他一个人，几乎解决了近三分之一的登城叛军。

“文宣，兕子不对劲啊！”盖老军也觉察到了杨守文的变化，忍不住上前低声道。

杨承烈隐隐猜到杨守文心里在想什么，但又不知道该怎么劝解，幼娘被劫，家中遭难，也是他的疏忽，他有种无颜面对的愧疚，心里有些发苦。他犹豫了一下，挣扎着站起来，慢慢走到卢昂身边坐下：“子山，你老实告诉我，你们在宝香阁里，究竟说了什么？”

杨守文把战况呈报后，一个人孤零零地站在女墙后，向城外眺望。此时，大雾散去，可以隐约看到投射车的轮廓，以及正在清理打扫战场的叛军。他站在那里，如同一块万年寒冰制作的雕像，周身都散发着一股阴仄仄的冷意。

“吉达！”杨守文突然开口，不远处阿布思吉达跑了过来。

杨守文用手指了指外面的军营，又指了指天，那意思是：天黑之后，咱们出城去救人。

阿布思吉达用力点了点头。杨守文拍了拍吉达的胳膊，而后转过身，却看到盖嘉运不知道什么时候站在他的身后。

“你是鬼啊，神出鬼没的！”杨守文吓了一跳。

“你才是鬼呢。”盖嘉运气呼呼道，“你和吉达在干什么？还比比划划的。”

杨守文咳嗽一声道：“没什么，只是看风景。”

“看风景？有什么好看的？”盖嘉运说完，硬是挤到杨守文和阿布思吉达中间，扶着女墙，伸着脖子往外看，压低声音道，“你是不是想出去找慕容玄崱？”

“你怎知道？”

“我还不清楚你吗？你那么宠幼娘，怎可能置之不理？不过，想要出城可不容易，城门已经堵死，你要从城楼上出去，肯定会惊动县尉，到时候就麻烦了。”

杨守文沉默片刻，突然伸手搂住了盖嘉运的脖子：“你有办法吗？”

“你先松开，松开我！”盖嘉运满脸通红，拼命挣扎。

杨守文松手，盖嘉运扶着女墙大口喘息了一会儿道：“办法当然有，不过我有个条件。”

“什么条件？”

“带上我，我就带你们出城去。”

杨守文看着他，半晌后轻声道：“二郎，我们是去救人，那可是叛军大营，很危险，到时候，我顾不得你。”

“说得你好像天下无敌一样，我盖嘉运何需你来照顾？”盖嘉运眼中，露出了兴奋之色，轻声道，“再说了，我又不是杀不得人！”

杨守文知道，盖嘉运跟他去，是为了帮他救人，这一刻，他心里突然多了些感动：“二郎，吉达和你都是我的兄弟，既如此我们效仿‘桃园结义’如何？”

盖嘉运和阿布思吉达面面相觑，你看看我，我看看你，有点发蒙。

“我的意思是，咱们三个结为异姓兄弟。”杨守文解释道。

“兕子，你看得起我，我高兴，可你要弄清楚，你是县尉之子！而我呢，不过是一个团头的儿子，你要和我结为兄弟，那是我高攀了，可是县尉会不高兴。”

“我交朋友，何需他来问。”杨守文扭头看向阿布思吉达，“吉达，你同意吗？”

阿布思吉达点了点头。

“这样最好！”杨守文手指城外道，“古有‘桃园结义’，今日咱们就在这城楼歃血为盟！你我三兄弟，虽非同年同月同日生，但求同年同月同日死，从此以后手足相望，绝不背叛。我杨守文愿与阿布思吉达和盖嘉运结为兄弟，请天地为证！”

说完，杨守文退后一步，撩衣跪下。他这一跪，吉达和盖嘉运也蒙了。杨守文说结义的时候，两人以为就是嘴巴上说说，没想到他竟会做出这般郑重的举动，二人心中，顿时有一股暖流涌动。阿布思吉达忙走到杨守文身边，学着杨守文的模样，和他并肩跪下，举手向苍天祷告。盖嘉运深吸一口气，在杨守文下首也撩衣跪下，大声道：“我盖嘉运，愿与阿布思吉达和杨守文结为异姓兄弟。虽非同年同月同日生，但求同年同月同日死，从此以后手足相望，绝不背叛，请天地为证！”

三人目光相触，刹那间心领神会，向着苍天叩拜三次。

阿布思吉达年纪最大，是大哥；盖嘉运年纪最小，是三弟；而杨守文就变成了二哥。三人结拜后，站起来相视而笑。

“二兄，你说的‘桃园结义’，是何意？”盖嘉运问。

还没等杨守文回答，忽听城外一声巨响，紧跟着数十个巨大的火球从城外叛军阵地上携烟带火朝昌平城楼飞来。

“敌袭，所有人闪避！”盖老军那粗犷的声音，回荡在城楼。

城上的人们立刻靠着女墙蹲下来，只看到一枚枚燃烧的礌石掠过空中，轰隆隆地向城里飞去；紧跟着，从城下传来了一阵号叫声。

“还击，投射车还击！”卢昂跑到内墙边上大声喊喝。城下，盖嘉行和敬虎带着人立刻调整投石车，向城外还击。

杨守文探头，透过垛口向城外观望，只见一群身穿兽皮的家伙，手持刀斧向城楼扑来。

“靺鞨人？”杨守文辨出对方身份，“怎么靺鞨人又上来了？”

“不知道！”盖嘉运抄起一口大刀，便冲了出去。

“大兄，跟着他。”杨守文叮嘱阿布思吉达。吉达点点头，提枪跟在盖嘉运身后。

“兕子，有古怪啊！”杨承烈走到杨守文身旁，看着蜂拥而来的号室人。

杨守文看了杨承烈一眼：“估计慕容玄崱有诡计，父亲要小心！”

“你也当心！”杨承烈松了口气。杨守文终于开口了，也让他放心许多，不过，大战即将来临，他没有工夫和杨守文废话，便转身离去。

比起静难军的攻势，号室人的攻击显得杂乱无章，若非有叛军以箭阵和投石车进行压制，他们的威胁会减弱很多。不过比之昨日，号室人今天的攻击显得更加凶猛，而且他们获得了更多攻城器械，使得城头上的伤亡数字，也在不断增加。

夕阳斜照昌平，杨守文站在女墙后，看着正在后退的号室人，眉头紧锁。阿布思吉达和盖嘉运走过来，站在杨守文身后。

“这些獠子，可真够凶悍！”盖嘉运手中的武器，已经从之前的大刀换成了一口斧头，他把斧头丢在了一旁，骂道，“这些家伙就不怕死吗？一个个不要命地往前冲，比静难军凶悍多了。”

“可是他们的威胁，没有静难军大。”杨守文低声答道。

盖嘉运点点头：“这话倒是不假，獠子攻势虽然很猛，杀法也很凶悍，可我们的压力没有静难军带来的大。如果是静难军攻击，咱们的伤亡至少要增加一倍。”

杨守文没有再接话，沉吟片刻，他转身跑到了杨承烈身旁。

杨承烈、卢昂、盖老军等人也正在议论这件事，杨守文道：“父亲，外面的叛军不对劲。”

杨承烈三人相视一眼，不约而同地点了点头。

“兕子说得不错，慕容玄崱老谋深算，怎可能在这个时候，犯下这种错误？若是他静难军继续攻击，说不定我们的伤亡会更加惨重，最迟明早，昌平将无兵可用，只能束手就擒。可他却派上靺鞨人，难道他想保留实力？”杨承烈目光灼灼，盯着城外。

昌平城外，烟雾缭绕，一具具投射车仍在那里，而静难军的弓箭手，则颇为有序地向后撤退，杨承烈一激灵：“慕容玄崱要跑！”

众人的目光齐刷刷对准了杨承烈。

杨承烈道：“我这两日在想一个问题，叛军攻占了昌平，有什么好处？”见卢昂面露疑惑，他继续说道，“子山，你仔细想想，叛军是何时发动的攻击？”

“是在张都督兵发五回岭之后。”卢昂回忆道。

“对，静难军虽然兵势咄咄，但看得出来，慕容玄鼑并不想消耗自己的人马，他真正攻击居庸关，是在我交了地图，张都督随后兵发五回岭之后。慕容玄鼑攻克居庸关，兵临昌平并非是真的想要占领昌平，而是要借此机会，迫使张都督率兵从五回岭回援。”

杨守文也反应过来：“所以，占不占领昌平，对慕容玄鼑并不重要，他真正的一击，应该是在今天凌晨那次。凌晨攻击失败之后，他已经决意撤兵。”

杨承烈看了他一眼：“差不多是这样。”

“既然如此，父亲为什么不出兵追击？”杨守文顿时兴奋起来。

杨承烈道：“你觉得，我们有反击之力吗？”

“我……”话到嘴边，杨守文闭上了嘴巴。两日鏖战，昌平已经没有什么力量可以反击了。如今昌平，只剩下三四百乌合之众，真正的战斗力几乎死伤殆尽，剩下能战之人，或多或少都受了伤，可是他不甘心。

“兕子，我知道你的想法，但恕为父无能。”杨承烈盯着杨守文，“现在，我们只能固守昌平，等待援军到来。”

杨守文眼中透着怒意，瞪着杨承烈：“幼娘生死不明，叛军眼看就要逃走，这个时候，你让我固守待援，谁去救幼娘？”

“杨守文！”杨承烈的语气也变了，“如今正值交战，这是在军中，你可知道，抗命不遵是什么结果吗？”

“那你来杀我。”杨守文的情绪顿时被引爆了，他一拳打在墙上。

“来人！”杨承烈也怒了。

原本，卢昂和盖老军还在旁边看热闹，可没想到这父子竟变成这副模样，他俩顿时慌了。卢昂上前拦住杨承烈，盖老军则过去抱着杨守文往外推，一边走一边道：“兕子，你这是干什么？文宣毕竟是县尉，他要从昌平安危考虑，冷静，你冷静些……大家都看着呢。”

城楼上，阿布思吉达和盖嘉运站在杨守文身边，手足无措。

“来人，把这混账东西给我带下去，送到家中禁闭，没我的命令，任何人不得放他出来。”杨承烈铁青着脸，沉声下令。

管虎带着几个快手上来，轻声道：“兕子，别冲动，等过会儿我们向县尉求情。”

杨守文看了杨承烈一眼，哼了一声，转身往城下走去。阿布思吉达和盖嘉运回过神来，忙朝杨承烈躬身一揖，而后快步追了过去。

“文宣，你这是何必呢？”盖老军见杨守文走了，忍不住责备道。

杨承烈呼吸急促，好半天，他才长出一口气：“这混账小子骨子里倔强得很，我如果不这样，他肯定会跑出去找慕容玄旉。”

盖老军和卢昂不禁摇头苦笑，是啊，这个时候，恐怕谁也无法劝住杨守文。

杨守文回到家，看到门口徘徊着十几个闲汉。

“怎么回事？”杨守文愣了一下，扭头向盖嘉运看去。

“田不辣。”盖嘉运认出其中一人，把对方喊了过来。

田不辣个头不高，看上去精瘦，头发稀疏，不过短粗的眉毛却很浓，一双三角眼，高鼻梁，嘴上还留着两撇小胡子，透着精明之气。他一溜烟跑过来，一脸笑模样：“小人田不辣，拜见杨兕子，见过二郎。”

“你们围在这里，打什么歪主意？”盖嘉运显然认得田不辣。

这本是一句玩笑话，可是田不辣却脸色大变：“二郎，红口白牙，你可别乱说话，传出去我会被弟兄们打死的。”他摆着手，忙不迭地解释道，“今天城里还算安静，弟兄们在街上巡查，腰杆都觉得比往常要硬，路过这边，我看到杨府上好像没什么人保护，所以就带着兄弟在这里盯着。杨兕子在城上和獠子们血战，我们不能上阵杀敌，就要保他家人安全。”

盖嘉运在杨守文耳边道：“这小子叫田不辣，是个孤儿，后来跟了我阿爹，你别看他瘦瘦弱弱，却是个狠角色，当初有几个泼皮惹怒了他，被他拎着斧头追得满城跑。他人机灵，颇有几分胆色，最重要的，很讲义气。”

杨守文笑了一下，从挎包里取出几串铜钱，塞到田不辣手里。

“请弟兄们吃酒，辛苦大家了！如今外面战事差不多快结束了，让弟兄们都回去吧。”

“就知道杨兕子豪爽。”田不辣也不客气，接过钱，兴高采烈地走了。

“二郎，让他想办法接我出去。”杨守文在盖嘉运耳边低语道。他一边说，一边偷偷向身后看了一眼，管虎等人跟在后面。

盖嘉运点头，大声道：“二兄，我去买些酒食，累了一整日，正好可以饱食一顿。”说完，盖嘉运匆匆走了。

杨守文和阿布思吉达走进杨府，扭头对管虎道：“管叔，进来坐吧。”

管虎摆了摆手：“兕子不用客气，城上还有一堆事要处理，我留几个人在这里盯着，就不进去了。兕子，别和县尉较真，他也没办法，你多多体谅。”

走进杨府，就看到宋三郎带着妻儿，正在院子里忙碌。看到杨守文和吉达回来，宋三郎带着一个少年走上来，打招呼道：“兕子，怎么回来了？”

昨晚宋三郎得知杨府里没人，就带着妻儿过来陪伴。那少年名叫宋平，是宋三郎的次子，平日里也不喜读书，更不愿意做生意，后来跟着几个江湖客学了些拳脚，没想到昨晚派上了用场。若不是宋三郎父子，估计连宋氏母女也会有危险。

“三舅辛苦了，外面战事停下来，我回来禁闭。”

“禁闭？”宋氏走过来，诧异道，“好端端的，谁要禁闭你？”

“哼！”杨守文冷哼一声。

就在这时，从后院传来青奴的尖叫声，她跑了出来，看到杨守文先一愣，旋即扑过来，抱住杨守文的胳膊：“大兄回来得正好，婶娘醒了！”

夜幕降临。相比于昨晚，今天的气温升高了些，最重要的是没有起雾。一轮皎月高悬，把大地普照，远处的虎谷山、蟒山尽披银装，在夜色中格外妖娆。

昌平城头上点着了火把，城外一如昨夜那般，把引火之物丢在城下，然后纵火点燃。

杨承烈、卢昂、盖老军站在门楼上，一边观察着对面的叛军大营，一边低声交谈。

这时候，管虎回来了。

“那混账小子还老实吗？”杨承烈阴沉着脸，看着管虎问。

管虎答道：“兕子倒是没有为难卑职，已经返回家中了。”

“哼，他没为难你，可尽为难我。”杨承烈松了口气，但嘴上却仍带着浓浓的怒意。

盖老军拎着一囊酒，递给了杨承烈：“文宣，兕子不是不懂事，不过是担心那个幼娘的安危，所以才会有那样的反应。不过文宣，我倒是有些好奇，那个小姑娘，莫不是兕子的婆娘？”

“怎么可能？”杨承烈摆摆手，“他从小看着幼娘长大，以前脑袋不清楚时，幼娘和他最亲近，所以才会这么关心。那小丫头，又怎可能配得上我家兕子？”

“其实，可以的！”卢昂没头没脑地来了一句。

“子山，你说什么？”杨承烈一恼，在他心里，哪怕自己已经不是弘农杨家的子弟，但杨守文日后终究要回归家族，幼娘决非合适的妻子人选。

卢昂一愣，立刻反应过来，连忙摆手：“文宣别急，咱们说的不是一件事。”

“那你说的是什么？”

卢昂道：“咱们今晚可以尝试着，对叛军发动偷袭。”

“你疯了不成？”杨承烈轻声道，“城外至少还有几千叛军，城里不过几百乌合之众，这点人手，怎么可能偷袭？那不是飞蛾扑火吗？”

卢昂按住杨承烈的肩膀：“咱们无力反击，你知道，我知道，城外的慕容玄崱也知道，正是这样，他才不会有提防！若正如咱们猜测的那样，慕容玄崱想跑，他现在恐怕正忙着撤离，而不是下令戒备。咱们不用太多人，一百人，或者五十人，偷偷摸进大营，纵火烧了他们的军械粮草，咱们不求杀伤多少敌人，只求烧毁他们的军械粮草。万一咱们猜错了，他们并没想撤退，烧了他们的攻城器械，明天我们也会少些压力，你说是不是？”

“这个……”杨承烈心动了。

第二十九章 偷营擒蛮

杨府后院。

杨氏房间里，弥漫着一股中草药的味道，她脸色苍白，靠在褥子上。

“婶娘，吃药。”杨守文捧药，端到了她面前。

“兕子，幼娘她……”

“婶娘放心，我一定会把幼娘救回来！”

“兕子，你一定要把她带回来啊！幼娘可怜，从小就没有父亲，我好不容易把她带大，原本以为可以平安地过一辈子，可没想到……我可怜的女儿，现在也不知道怎么样了。”

“就算婶娘不说，我也会这么做的。”杨守文搀扶着杨氏躺下来，轻声道，“婶娘好好休息，也许醒来就能看到幼娘了。”

杨氏闭上了眼睛，泪水顺着眼角无声滑落，打湿了枕头。杨守文心里一阵发酸，转身走出房间。

“二兄，已经安排好了。”盖嘉运迎上前来，“我已经吩咐田不辣，戌时一刻，他会在外面接应咱们，到时候咱们直接去关帝庙，然后从那里设法出城。”

杨守文轻轻拍了拍盖嘉运的肩膀，算算时间，距离戌时一刻还早，杨守文让阿布思吉达和盖嘉运下去休息，他回到房间，换了一身衣服，然后把枪横在身前，闭上眼睛，慢慢吐纳，平稳呼吸，让心境越来越平静。

戌时刚过，门外传来脚步声，杨守文纵身落地，把房门打开。阿布思吉达站在门外，不过却换上了一身黑衣，背着一副弓箭，长枪也用黑布包裹起来。杨守文关上门，二人轻步来到后院墙下。

咚咚咚！从墙后传来了敲击墙壁的声响，杨守文和阿布思吉达相视一眼，纵身跃起，双手搭在墙头上，两臂用力，身体呼地腾空而起，轻飘飘地翻过了墙头。墙后是一条小巷，盖嘉运和田不辣守在墙下。

杨守文拍了拍田不辣："兄弟，多谢。"

"杨兕子这是哪里话，能为杨兕子做事，是田不辣的福分。对了，刚才上面传下话来，要我们加强警戒，外面的巡兵增加了不少，路上要小心一点，关帝庙那边我已经安排妥当，只要咱们一到，那边会有人接应。"

一行人走出小巷，沿着长街而行。街上不时会有巡兵出现，好在田不辣地头熟，带着杨守文一行人穿梭在坊间，左一拐右一转，神不知鬼不觉竟穿过了大半个昌平县城。

"前面就是关帝庙。"田不辣手指城墙下一座庙宇，轻声道，"里面有一个狗洞，顺着狗洞出去，就是云水泽。小人已经命人提前出去找船，现在应该就在外面等着，你们出去后直接登船，然后上岸。小人也就这些本事，只能帮杨兕子你到这里了。"

明月皎洁，夜晚更显静谧，可这静谧于战场而言，却显得有些诡异。

杨守文三人趴在山丘上，举目观察。叛军大营灯火通明，不时会传出一阵微弱的马嘶声响。辕门外堆放着鹿角、拒马，以防止有人偷袭。瞭望楼上，插着两支火把，却看不见哨兵的踪迹，倒是辕门内人影憧憧，似乎有卫兵把守。卫兵在辕门里站岗，手持长枪，一动也不动。

"二兄，看样子不好进去啊。"盖嘉运说着，下意识地把身上的袍子衣领紧了紧，低声道，"咱们不如从侧门进去？"

"嗯，也好。"杨守文想了想，便点头答应。

他们今晚是来救人，不是为了杀敌，如果从正门闯入，肯定会惊动对方。哪怕杨守文艺高人胆大，也没有狂妄到一个人对抗几千人，如果侧门的守备比较松懈的话，从侧门进去是最好的选择。想到这里，他起身慢慢从山丘上溜下来。

阿布思吉达守在山丘下，杨守文和盖嘉运和他会合之后，杨守文接连打出几个手势，阿布思吉达点点头，也回应了几个手势，三人沿着山丘猫腰而行，绕过了山丘，来到一片灌木丛后蹲下。杨守文眯着眼睛，向不远处的叛军大营看去。叛军大营的侧门，位于山丘侧后方，从灌木丛这边看过去，整个大营可以说是一目了然，这里的光线不似正门那边的通透，但足够让杨守文三人看清楚营盘内的情况。

“有酒味。”盖嘉运抽动了两下鼻子。

阿布思吉达点了点头，比划了几个手势，那意思是说：这是草原上独有的烈酒气味。

“咱们过去，三弟跟着我，大兄要多小心。”阿布思吉达早习惯了独来独往，他们三人兵分两路，彼此也能有个呼应。

杨守文和盖嘉运一进营门，就感觉到大营里的酒味更浓。

“二兄，这是獠子营地。”盖嘉运提醒杨守文。杨守文也留意到了，不过他现在唯一的想法就是找到慕容玄崱，救出幼娘；至于獠子……他没心情理睬。

“怎么回事,獠子好像都喝多了。”二人停下脚步,躲在一顶帐篷后面观瞧。

营地里空荡荡的，从帐篷里，散发出浓浓的酒臭味，且伴随着如雷轰鸣的鼾声。不对！杨守文好像想到了什么，心里顿时咯噔一下。

“三弟，随我来。”他不再隐藏行踪，而是直奔中军。

盖嘉运也奇怪，这一路走下来，竟然不见人影。二人穿过侧营，到了中军大营。两营之间有一排栅栏墙，栅栏门里隐约可见几个人影，杨守文视若不见，直接冲进栅栏门，一枪就挑翻了一个卫兵，那卫兵，没有任何抵挡和反抗，扑通就倒在地上，头盔骨碌碌地在地上滚了两圈，停在盖嘉运的脚边。

盖嘉运这才发现，所谓的卫兵，其实就是几个木头人。他反应过来，探手从帐篷上取下一支火把,跑到杨守文身边,手指前方灯火通明的帐篷道:“二兄，那就是中军大帐吧！”

二人跑向中军大帐。中军大帐外，竖着一面大鼓，想必是点将鼓。大帐门前有几个木头人做成的军卒，但里面空荡荡，不见一个人影。

慕容玄崱跑了？杨守文心头，顿时大恨，他一把从盖嘉运手中夺过火把，狠狠地扔进了中军大帐。火把落地，立刻蹿起了一团火焰，刹那间，火焰迅速向四处蔓延，中军大帐里的红毡地毯燃烧起来，地毯下露出一个黑洞洞的陷坑，火把掉进了陷坑，轰的一声，一股烈焰冲天而起，一下子把整个中军大帐吞噬在熊熊烈焰中。

“二兄，怎么回事？”二人跑出去几十步才停下来。盖嘉运扭头看去，就见中军大帐似乎变成了一支巨大的火把，整个帐篷已经倒塌，烈焰冲天。而且，那火焰还在蔓延，旁边的帐篷也燃烧起来。

杨守文的脸色格外难看，看着眼前的大火，咬牙切齿道：“慕容玄崱跑了！”

“跑了？”

“这家伙临走还设下陷阱，你看到没有，毡毯周边全是火盆，如果有人偷袭，冲入大帐的话，就会掉进陷坑之中，毡毯会把周围的火盆全部扯倒，然后所有掉进陷坑的人，就会被大火烧死。这家伙，真不愧是灵狐。”

盖嘉运面色惶然。他原以为自己武艺不错，可以有朝一日仗剑杀敌，在疆场上建功立业，可眼前这幕景象，却好像给他推开了另一扇大门。功夫好算什么？有此智谋，何愁杀不得万人敌？

“三弟，咱们走！”

火势越来越大，一些喝醉了的鞑靼人被惊醒，从帐篷里跑出来。鞑靼人大声喊叫着什么，杨守文听不懂，他只阴沉着脸，冲上去大枪舞动，幻化出万道枪影纷飞；盖嘉运跟在他身后，手持唐刀拼命砍杀。

鞑靼人越来越多，杨守文牙一咬，口中发出一声暴喝，猛然一矮身，跨步向前，一枪贯穿了一个鞑靼人的胸膛，顺势从鞑靼人手中抢下一柄板斧，旋身时，就看到盖嘉运被两名鞑靼人缠住，他手中斧头脱手飞出，砰地正中其中一名鞑靼人的胸口，盖嘉运趁势将另一个鞑靼人劈翻，来到杨守文的身边。

“冲出去！”杨守文眼睛通红，挺枪刺杀，一时间天昏地暗。

就在此时，鞑靼人大营突然骚乱起来，马蹄声响，人影晃动，就见阿布思吉达从营地后面冲出，他骑马擎枪，身后还带着三匹马，手中火把四处放火；在他身后，一座大帐已经燃烧起来，烈焰冲天而起，黑烟滚滚。

阿布思吉达大枪翻飞，犹如出海蛟龙，很快就杀到了两人身前。他把缰绳扔给二人，二人翻身上马。杨守文发现，除了他们三人三马，另一匹马上还横绑着一个人，但却看不清那人模样。

“咱们冲出去！”杨守文喊一声，催马就走，盖嘉运在中间，阿布思吉达则在后面掩护，三人四马如同一阵风，呼啸着便冲出了鞑靼人的营地。身后，传来鞑靼人的鬼哭狼嚎声，两个大营的大火已经连在一处，火势越来越猛。

叛军大营外，杨承烈、管虎和敬虎蹲在野地里，身后是从城里抽选出来的五十名死士。他们原本打算偷营纵火，可没想到刚刚抵达叛军大营外，就发现叛军大营烈焰冲天。

“怎么回事？”杨承愕然看着大火。

管虎一脸茫然：“会不会走水了？”

敬虎没好气道："你见过走水会如此模样？那可是几千人的叛军大营，即便走水，也不可能引发如此大的火势，除非……除非有人放火。"

"兕子！"杨承烈脸色阴沉。他实在想不出，除了杨守文，谁会有这么大胆子跑来叛军大营放火。

管虎和敬虎面面相觑，不约而同地盯着杨承烈。他们今晚出来的目的是偷营，烧掉叛军的攻城器械，可眼前大火，攻城器械根本不可能保存下来。目的已经达到，他们这五十来人，接下来做什么？

杨承烈一指远处的山丘："咱们上虎尾丘，那里距离敌营近，若是兕子放火，此刻定然陷入重围，咱们在虎尾丘上找机会，设法救出兕子。"管虎和敬虎点头。

三人带着五十名死士很快上了虎尾丘。蹲在虎尾丘上，视野变得更加开阔，此刻整个叛军大营已经变成了火海，烈焰冲天而起，蒸腾着滚滚浓烟。

"这把火，放得够狠啊！"管虎忍不住感慨道。

敬虎连连点头，轻声道："奇怪，怎么只有侧营有动静？"侧耳聆听，中军大营只听见火焰噼啪声响，反倒是侧营之中，隐约传来喊杀声。

杨承烈猛然站起身来："老虎，咱们下去打探。"一群人飞快从山丘上下来。

就在这时，忽听马蹄声响，杨承烈忙停下脚步，一摆手，身后众人跟着蹲了下来。就见从大营方向驰来一匹马，马上似乎不止一人，还有一人横趴在马鞍上，正飞速朝杨承烈等人驰来。

"是盖家二郎！"马越来越近，管虎低声道。

杨承烈也看清楚了来人，他长身而起，拦住了去路："二郎，是我。"

盖嘉运浑身是血，他收刀勒马，战马长嘶一声，仰蹄立起，把那马背上横趴之人摔了下来，盖嘉运也给掀翻在地，他哎哟一声，唐刀脱手。

杨承烈跑上前把盖嘉运扶起："二郎，你受伤了？你怎在这里？兕子呢？"

盖嘉运龇牙咧嘴，看上去有些痛苦，他咬着牙道："回叔父话，二兄和大兄追击慕容玄崱去了，他们抓了个俘虏，让我带回来。"

"俘虏？"

"大兄说，这厮叫堇堇佛尔衮。"杨承烈扭头看向躺在地上一动不动的家伙，这家伙身材短粗，一看就是个凶悍货色。不过，他一只胳膊没了，面色惨白没有半点血色，身上还有一股浓浓的酒味。

"二郎，到底是怎么回事？"

盖嘉运喘了一口气，慢慢把事情经过讲述了一遍。

三人冲出重围后，这才搞清楚横趴马上那人的来历。原来，阿布思吉达和杨守文二人分开后，无意中摸到了堇堇佛尔衮的大帐，甚至还找到了一个清醒些的号室人。虽然吉达不会说话，但是用手势，还是让那人明白了他的意思。那号室人被逼着，不但道出了堇堇佛尔衮的身份，更把号室人这几天发生的事情告知了吉达。

堇堇佛尔衮受伤后，直接昏死过去，等他醒来，得知自己的人马要被撤换下来，顿时大怒，还跑去找慕容玄崱吵闹了一顿。慕容玄崱并没怪他攻击昌平不利，反而让慕容明玉送来酒肉，犒赏号室人。号室人嗜酒如命，再加上伤亡太大，这些家伙也就放开了肚子，一个个喝得酩酊大醉。吉达放了那号室人一条命，绑了堇堇佛尔衮，抢了四匹马，并放火烧了堇堇佛尔衮的大帐。吉达两手飞快比划着事情的经过，也告诉杨守文，慕容玄崱和他的静难军不见了踪影。

杨守文一听就急了，他让突围时受伤的盖嘉运带着堇堇佛尔衮回昌平，而他则和阿布思吉达打马扬鞭，趁着夜色向居庸关方向追去。

“事情的经过就是如此，我本想一同追去，可我那匹马突围时被射杀，这匹马驮了我和这个家伙，实在追不上。”盖嘉运一脸懊悔之色。

杨承烈等人面面相觑，慕容玄崱已经跑了？

此前，他们的确察觉到了一些蛛丝马迹，但没有想到，慕容玄崱会如此果决，说走就走，一点都不留恋。

杨承烈的嘴角，轻轻抽搐了一下，心里不由一阵烦躁，他伸手把盖嘉运的那匹马牵了过来：“老虎，敬奉宸，你们立刻派人回去通知城上，让老军和卢子山调集所有人马出城，阻击截杀那些獠子。”

“县尉，你呢？”

“我要去把那两个混账东西追回来。”杨承烈咬着牙道，“这两个混账东西，胆子也太大了，两个人就想追杀几千静难军？慕容玄崱的实力并未受损，他二人就算追上了，也是自寻死路。”说完，他两脚一叩马肚子，朝着居庸关方向追去。

天亮了，山谷间萦绕着薄雾。昌平城外一片狼藉，叛军大营经过一夜焚烧，大火在天亮前终于熄灭。整个大营，化为一片灰烬，那些从火场中逃离的无主战马，在废墟中徘徊，发出一声声凄婉的悲鸣，为这个宁静的清晨，平添一丝悲意。

鞑靼人有一大半葬身火海，剩下的逃出火场，又遭遇到管虎等人的截杀。

鞑靼人数量虽多，可一来宿醉未醒，二来惶恐不安，更失去平日里引以为傲的战马，战斗力自然可想而知。管虎等人并没和对方短兵相接，而是不断用弓箭射杀;后来，盖老军等人带着援兵抵达，也使得鞑靼人再无抵抗之力。

一夜过后，逃走的鞑靼人大约也就一百多人，剩下的要么被杀，要么做了俘虏。

不过，盖老军等人并不轻松，他们一边派人打扫战场，一边在城门口神色焦急地等待着，一直快到辰时，从远方驰来一匹战马。

那匹马，周身大汗淋漓，蒸腾着雾气。马背上，杨承烈神色黯然，他来到城门口翻身下马，两腿一软，险些栽倒在地上，盖老军连忙上前搀扶。有人取来一囊酒，杨承烈二话不说，拔掉塞子，对着壶嘴咕咚咕咚一阵狂饮，而后把酒囊狠狠地摔在地上，酒囊里的酒，洒了一地。

“文宣……”

“就当我杨承烈没这个儿子！”杨承烈咬着牙，低声说道。

“没追上？”

杨承烈闭上眼睛，平静了一下情绪，一脸颓然道:“子山，老军，这边的事情就拜托你们了，我现在脑子很乱，要回去静一静。”说完，他谁也没理睬，牵着马径自入城。

圣历元年九月十日，赵州战局风云突变。

突厥大军兵临城下，赵州司马唐波若意图开城献降，却不想被赵州刺史高睿看出了破绽。他秘密调集陈令英所部，埋伏在城门口。是夜，唐波若带人准备打开城门时，高睿突然出现，令唐波若猝不及防，他命家臣强攻城门，试图把城门打开，哪知道城门口跳出来了一个杀神，手持一对铁槌，一夫当关，万夫莫开，硬生生把唐波若的手下击退。同时，陈令英率部杀出，唐波若大败。见大势已去，唐波若拔剑自刎，临死前，他对高睿说道:“千般算计，波若实不得已。”

同日，武则天在洛阳终于下定决心，她下诏立庐陵王李显为太子，入主东宫。随后，武则天拜李显为河北道兵马大元帅，狄仁杰为副帅，并由狄仁杰坐镇邺城，招兵买马。以李显之名招兵，一时间从者如云。

狄仁杰得知赵州未失，急调各路兵马，前往赵州驰援高睿。

突厥人得知消息后，弃赵州北上，不过在临走前，默啜下令把他们从定州裹挟而来的百姓近万人斩杀于赵州城下。随后，突厥人试图从五回岭退回塞外，却不想被张仁亶率部伏击。此战，默啜虽然最终成功撤走，却付出了数千突厥人的性命。张仁亶在成功阻击突厥人之后，立刻返回蓟县。一时间，捷报频传，笼罩在神都上空两个月的阴云也一扫而去。

一切，似乎都很美好。

这一刻，人们好像把昌平遗忘在角落里。

第三十章 追击

清晨，皑皑白雪映得天际发白。

上党县城外的一个小村庄里，一户人家打开了房门，从屋中走出一个身材高挑的女人，看模样三十出头，一头青丝用一方黑底红碎花布制成的方巾包裹着，身穿一件厚厚的冬装，足下是一双黑色的暖靴。往她脸上看，是一张异域面容，白皙的肌肤，颧骨高耸，眼窝深陷，如果仔细观瞧，就会发现她的眼睛里透着一抹绿色。

她把庭院积雪扫开，清出了一条小径。

女人走到马厩里，牵出一匹白马和一头大黑驴，黑驴背上放置两个筐，一大一小。女人把马放开，任由白马在庭院中游走。她牵着黑驴走到门前，把缰绳拴在了门前的柱子上，而后回了屋子。不一会儿，她提着一个硕大的包裹，手里还牵着一个年纪不大的女童。

“幼娘，咱们走啦。”

“嗯。”女童点点头，顺从地任由女人把她抱起来，放在黑驴背上的大筐里。

“我家幼娘，可真听话。”女人的眼中流露出一抹暖意，伸出手轻轻揉了揉女童的脸颊，然后把披在她身上的那件黑色狐皮大氅紧了紧，又从门口拿起一顶帷帽，戴在头上，青纱垂下来。

“等到了江南，就没这么冷了。”女人顾自说着，把手指放进口中，嘬出一声口哨，原本在庭院里打转的白马立刻跑过来。这是一匹西域大宛良驹，高在一百五十公分以上，通体雪白，没有半根杂毛。这匹马，有个名字，叫作照夜玉狮子。有唐时节，中原虽不缺马，可这样一匹照夜玉狮子，仍旧是万金难求的宝马良驹。

女人把大黑驴的缰绳系在马鞍上，然后牵着马走出小院。此时，天还未大亮，她牵着马，踩着厚厚的积雪，嘎吱嘎吱的声响回荡在小村街头。

走出村庄，女人翻身上马：“幼娘，坐稳了，咱们出发。”

“知道了，姨娘。”

一马一驴沿着官道缓缓而行，大约走出了二十里，前方有一队人马挡住去路，路旁凉亭中，走出一个少年，面带微笑，向女人招手示意。

女人催马过去：“三郎，你怎么来了？”她在少年身前勒住马，甩蹬离鞍，从马上下来。

那少年一副温雅气度，样貌俊美，面颊瘦削，透出一种棱角分明的阳刚之气，他站在路边欠身道：“闻梅娘子南下，身为地主，怎的也要相送，否则岂不被人说我李三郎不懂礼数？”

“三郎这么说，奴家愧不敢当。”女人一边说，一边微微欠身，“这次未能帮到三郎，以至于功败垂成，奴家实在羞愧。”

李三郎哈哈大笑：“有道是谋事在人，成事在天，此次梅娘子能北上相助，三郎已经非常感激。至于失败，三郎却不以为然，太子入主东宫，终究是一桩好事，武氏未得如愿，现在怕正恼怒得很，我又怎会责怪梅娘子？”说完，他朝黑驴背上的女童看了一眼，“倒是要恭喜梅娘子，此行喜得高徒啊！”

“是啊，奴家也很开心，我家那死鬼阿郎生前独创一门奕剑之术，要求甚高，以至于到死都未能找到传人。这次我在昌平，意外发现幼娘根骨清奇，正适合学那奕剑之术。我这次返回江南，短期之内不会再北上，要一心传授幼娘剑术。若三郎再有差遣，可以派人去苏州找我姐姐，抑或派人往巴西县请我兄长出山，幼娘剑术未成之前，奴家不会再走出天柱山一步，还请三郎多多见谅。”

李三郎点点头：“公孙先生剑术绝伦，父王此前犹自感慨，说公孙先生故去后，那超凡绝伦的剑舞之术就不得再见，常引为遗憾。今奕剑术喜得传人，相信父王得知，也会为之开怀。”说完，他从腰间取下一枚玉佩，“尚未知奕剑传人，如何称呼？”

“她名幼娘，如今既然要得我阿郎奕剑真传，自然要随阿郎的姓，就叫公孙幼娘。”

“哦，以后还请幼娘多为关照。”李三郎说着，把手中玉佩递了过去。

大黑驴背上的公孙幼娘，顿时露出慌乱之色，依稀间，脑海中有一个模糊的面孔浮现，并伴随一个幽幽的声音在脑海中回响：“这是送给幼娘的礼物。”

幼娘脸上露出了痛苦之色，眸子里更有一种奇异的光彩：“姨娘，幼娘头好痛。”

梅娘子大惊，上前把她抱在怀里，然后从怀中取出一粒白色药丸，轻声道：“幼娘不怕，把药吃了就不头痛了。”

“忘情丹？”李三郎心里一动。

幼娘听话地把药丸吞下，在梅娘子怀中，慢慢放松下来。

“这孩子根骨极好，且天赋异秉，只是有些头痛症，等我回去之后，再慢慢为她诊治。三郎，时间不早，奴家还要赶路，就不再耽搁了，告辞。”说完，她把幼娘放进驴背上的大筐里，又取来一张裘皮盖在幼娘身上，朝李三郎欠身一礼，上马牵着大黑驴走了。

看着梅娘子的背影，李三郎的面庞浮现起一抹古怪的笑容，他对旁边的仆从道：“立刻前往昌平，着人打探那幼娘的来历。岁寒三君虽说是父王手下，可却不听我差遣，我已成人，更需帮手，待奕剑传人出世，正好可以为我所用。”

滦河，古称濡水，因发源地有众多温泉而得名，后因讹而改名为濡水。随着胡汉交融越来越深入，到了唐代才更名为滦河。滦河水直入渤海，而在其上游，也就是后世的围场地区，此时还是一片蛮荒之地。

圣历元年（698 年）十一月，一场暴风雪突然来袭，大雪持续了两天才停下来，厚厚的积雪可以没至膝盖，千里莽原冰封，白皑皑满目苍茫，令人顿生寂寥之意。

此时滦河已经结冰，河面上甚至可以行驶马车。

滦河东岸的一个部落里，草原上的牧民们穿着厚厚的皮袄，正清扫着积雪。

“杨大郎，歇歇吧。”一个三十多岁的健壮女人穿过部落，来到河边的一顶帐篷外。

帐篷不是很大，只能容两个人居住。帐篷外的拴马桩上，系着一匹神骏的高头黑马，那马身体呈管状，胸部窄，背部长，肋骨架浅，趾骨区长而不显，后区则略窄，但强健有力。此刻，这匹黑马正静静地站在马桩边，不时发出一两声轻弱的响鼻。而在距离黑马不远的帐篷门口，则插着一根鹅卵粗细的大枪。

帐篷旁边，有一个简易棚子，里面垒砌了一个火炉。一个体形单薄的少年，正光着膀子，抡锤敲打着通红的铁块，那柄大锤，约莫有十几斤重，但是在少年的手中，却轻若无物。少年头发披散，只一根黑色带子扎起，好似马尾一般拖在身后。他挥舞铁锤，那单薄的身体，竟突起曲线柔和的肌肉。

“杨大郎，这么早就开工了？”女人站在棚子外面，与少年招呼。

少年停下锤，转过身来：“原大娘，你来了。”少年，赫然是杨守文；而棚子外面的女人，是那个当初在孤竹托付了杨茉莉的原大娘。

“狼矛又去打猎了？”

“是啊，反正待在这里，也无事可做。”

原大娘口中的狼矛，就是阿布思吉达。吉达，在突厥语里本来就有长矛的意思，加上他性子坚忍，又不能说话，且出手狠辣，一如草原上的孤狼，所以，这部落里的人们，都称呼吉达为“狼矛”。

杨守文和原大娘相遇，是一个偶然。那日，他和阿布思吉达从昌平一路北上，追踪慕容玄崱的叛军，他要抓住慕容玄崱，打听幼娘的消息。可慕容玄崱却非常小心，他坐镇中军，身边总跟随着三百人的卫队，守卫森严。

那三百卫队，号称灵狐卫，据说是慕容玄崱从静难军挑选出来的锐士。一对一，乃至一对十，杨守文都不会畏惧和退缩；可一对三百，就算是有吉达相助，也不可能取胜，更不要说抓住慕容玄崱。慕容玄崱机警如狐，一旦失败，再想动手就会变得非常困难，对付这个家伙，杨守文和吉达都认为，需要一击即中。

慕容玄崱撤离昌平后，出居庸关，过妫州，一路向北。他先是收拢了清夷军的溃兵，而后攻占广边军，强渡潞水后出长城继续东进。一路上，他不断收拢溃兵，袭扰那些弱小的部落，等到了滦河时，原本只有三千多人的静难军，竟然壮大到了上万人，声势颇为浩大。杨守文眼看慕容玄崱的兵马越来越多，不禁暗自叫苦。刚开始，杨守文以为这会是一次速战速决的追击，但随着时间的推移，他意识到，这次追击将是漫长的。

一路潜行追击，十月中旬，他们于滦河下游，也就是武列水和滦河交界处，遇到了原大娘一行人。

原大娘他们是从孤竹逃难而来。靺鞨人偷袭居庸关，把本在孤竹讨生活的原大娘他们也都卷入了战乱之中，一开始，原大娘等人在观察局面，可随着慕容玄崱败北，原大娘等人也不敢在孤竹继续居住。天晓得，朝廷大军回来后，会不会对孤竹进行报复。毕竟，那些靺鞨人出自孤竹。

乍遇杨守文两人，原大娘非常惊讶，她没有询问杨守文两人的目的，甚至还为杨守文掩饰身份，让两人在部落中落脚。

可是，武列水和滦河交界之处兵荒马乱，荒凉贫瘠，更可怕的是，他们还要面对来自于奚人的袭扰。这里，依旧是大唐治下，名为饶乐都督府，不过，朝廷对这里的控制几乎为零。生活在这里的游牧民族，以奚人为主，这是个喜欢蛇鼠两端的民族，既归附朝廷，同时又与突厥人交好。武则天登基后，对外战事接连失败，令奚人渐渐向突厥靠拢。

万岁通天元年的契丹人之乱，奚人同样也有参与，只是他们后来见情况不妙，又马上和突厥人联手，从背后狠狠地捅了契丹人一刀。之后，奚人靠着突厥人稳住阵脚。

奚人的不断袭扰，令部落也无可奈何，无奈之下，部落的人们经过商议之后，决定继续北上，前往赤山落脚。赤山归属于松漠都督府，同时又是契丹人控制的地区。如今的契丹人虽然已不复早先李尽忠时期的强盛，但盘踞赤山，依旧是不可小觑的力量；最重要的是，赤山契丹与突厥和靺鞨人交好，正不断招拢契丹子民。

他们这个部落里，以契丹人为多，投靠赤山，自然能够得到关照。

杨守文本不愿意同行，可后来听说这支队伍会路过滦河，也就是如今慕容玄崱盘踞之地，他改变了主意。只是没想到，就在他们抵达滦河时，一场暴风雪突然袭来，令他们不得不暂时停下，在滦河畔安营扎寨，等待风雪停息。

“大郎，我们要出发了，”原大娘看着杨守文，轻声道，“虽然不知道你们此行的目的，但我想你不会和我们一起走吧。”

杨守文轻轻点头。

“我就知道，大郎肩负使命，怎会随我们同行？”她说完，上前拍了拍杨守文的肩膀，“帐篷就留给你，待会儿我让人再送些酒食，再过几日，还会降温，如果你们打算在这里长留的话，最好找个妥当的地方安顿。已经隆冬了，天晓得暴风雪何时会再来，这帐篷撑不久，你们要早作打算。”

杨守文心中一暖，直到现在，他都没有告诉原大娘自己此行的目的：“大娘，你这一去赤山，就不回孤竹了吗？”

原大娘苦笑道：“我倒是想回去，可现在的情况，实在太危险。你们汉人，本就对我们有提防，这次又出了战乱，估计你们的女皇不会善罢甘休，我会在赤山住一阵子，如果大郎有空闲，可以来赤山看我，赤山的姑娘很热情呢。”

原大娘一番打趣，说得杨守文满脸通红。

“好了，我就是道个别，等乌力吉回来，代我向他问好，就说有机会，让他也来赤山，我请你们吃最好的牛肉。”说完，原大娘挥挥手，转身离去。

杨守文目送原大娘走远，转过身，抄起铁锤，又开始敲打铁片。待一个马蹄形的铁片敲出来后，他将烧红的铁片放进一旁铁桶里，融合了马尿和雪水的液体，吱的一声响，冒出一股白色雾气，棚子里，顿时弥漫着一股子难闻的味道。他走出棚子，从柱子上拿下一件皮袄，穿在身上，然后，他回到帐篷里，坐在暖乎乎的兽皮毡毯上，拿着小锉子，把已经打好的马蹄铁锉平。

帐篷外，那匹高头大马发出一声声响鼻。

那马，是一匹汗血宝马。事实上，那晚杨守文和阿布思吉达从大营里冲出来时，并没有留意到这一点，一直到天亮，杨守文才发现胯下战马的肩胛上好像在流血。一开始，他还以为是战马受了伤，下来查看才发现，那所谓的“血水”,其实是战马流淌出来的汗水。这匹马,竟然是传说中的汗血宝马!

其实，这也不奇怪。阿布思吉达是从堇堇佛尔衮王帐后面的马厩里找到的这几匹马，想必此前是佛尔衮的坐骑，因为马鞍是用黄金打造的，甚至连马镫上都镶嵌着绿松宝石。杨守文此次追击，身上没带什么盘缠，他后来在广边军把马鞍卖掉，换了一副上等的马鞍。这匹马，因为头顶有一撮金黄色的毛发，被杨守文唤之为“大金”；后来和原大娘说起来时，原大娘又给大金起了一个突厥名字，叫作阿拉塔，也是黄金的意思。

阿布思吉达的那匹马同样来历不凡，虽不是汗血宝马，却是纯正的河曲马，也是雄壮威武，吉达却给它取了一个“苏赫”的名字。苏赫，在突厥语之中，是“斧头”之意，吉达不能说话，可是能和马用眼神和手势沟通。

杨守文担心战马受伤，于是打了几副马蹄铁出来。

他刚把马蹄铁锉好，就听外面一阵人喊马嘶。原来，是原大娘派人送东西过来，有两匹突厥马，还有一些衣服和酒食，以及两百支鹰翎箭。原大娘的好意，杨守文没有拒绝，他直接把东西收下。突厥马可以做驮马，在某种程度上，更方便他们行动。

向对方道谢后，杨守文来到河边，只见营地里人声鼎沸，部落的人们已经把行囊收拾妥当，准备启程。远远的，杨守文看到了原大娘，她骑在马上，冲着杨守文挥手：“杨大郎，早点离开这里，估计天黑之后，还会有风雪。”

“原大娘保重！”杨守文拱手，朝着原大娘躬身一礼。

原大娘摆了摆手，拨转马头喊道：“走了！天黑之前，必须渡过鹦鹉河，今晚在河源宿营。”

“走喽！上路喽！”部落的人们高声喊喝，车马缓缓在雪地上行进。

看着他们的背影越来越远，杨守文心里生出一丝感慨。

营地已经空了，只剩下杨守文他们住的那顶帐篷，孤零零地立在河畔。杨守文转身回到帐篷里，把东西收起，用一块兽皮包裹好后，从帐篷里出来，从地上反手拔出那杆虎吞大枪，紧走两步，来到棚子下，一枪把火炉捣毁；又从水桶里，取出那块打好的马蹄铁装起来，走出棚子时，他大枪舞动，啪啪两下打断了两边的木头柱子。

棚子轰然倒塌时，远处传来一阵马蹄声。阿布思吉达纵马行来，马背上还驮着一头血淋淋的小鹿。看到空荡荡的营地，吉达一愣，翻身下马，跟杨守文比划了几个手势。

“他们要去赤山，已经出发了。”杨守文搔搔头，一边比划手势一边道，“原大娘说，今天晚上可能还会有风雪，让咱们换个地方宿营，你这几天四处狩猎，可曾发现能藏身的地方？”

阿布思吉达想了想，一边点头，一边用手势比划着。他的意思是说：我知道有个地方，不过距离有些远，但那里，距离叛军很近。

距离叛军很近？杨守文眼睛一亮：“既然如此，咱们收拾一下，准备动身。”

他把那头小鹿连同酒食一起，放在一匹突厥马背上，然后把收拾好的行李放在另一匹马身上。两人擎枪上马，杨守文看了一眼帐篷，而后纵马从棚子的废墟里抄起一根燃烧的木头，引燃了帐篷。

两人四马缓缓而行，风从雪原上吹来，卷起片片雪花，在空中飞舞。

杨守文两人在天黑前抵达四道沟，这里距离慕容玄崱的叛军营地，大约有十里，周围山峦起伏，地势颇为险要。吉达带着杨守文，在四道沟找到了一个山洞。这山洞很深，面积也大，洞口很隐蔽，仿佛与洞外的冰天雪地隔绝，洞里有条地下河，水质清澈；而在山洞深处，还有一个天然温泉，水汽蒸腾。

杨守文牵马进来，不禁发出一声赞叹：“吉达，这地方你怎么找到的？真是一个绝佳的藏身之处。”

夜幕降临，一如原大娘所说，快到戌时，暴风雪袭来。

叛军大营绵延十数里，风雪中，依稀可以看到火光闪烁，人影晃动。在距离大营约百步的一处树林中，杨守文和阿布思吉达身上都用白棉布制成的大氅把身体包裹起来，脸上戴着风巾，透过林木的间隙，仔细观察营地的动静。

隐隐约约，从营地里传来犬吠声。

杨守文蹲在雪地里一动不动，大约半个时辰后，才起身示意阿布思吉达跟上。两人在雪地里艰难行进，围着营地转了两个多时辰，一直快到寅时，两人才返回四道沟的山洞里。天气太冷了，一进山洞，杨守文就脱得赤条条，跳进温泉。

阿布思吉达把洞口的痕迹清理干净，在温泉边上点上篝火。

“吉达，能混进去吗？”

阿布思吉达想了想，点头表示可以。

绵延十数里的营地，如果只在外面打转，恐怕很难接近慕容玄崱。只有混进去，才可以得到更准确的消息。吉达生就突厥人的面孔，又不会说话，而且武艺高强，足以自保。如果他能混到营地里的话，事情会变得容易很多。

“你混进去之后，设法打听一下慕容玄崱的动静，不要太心急，咱们可以等。我会在这边接应你，每两天咱们设法碰一次头。”

吉达点头，表示明白。

篝火熊熊燃烧，把山洞照映得忽明忽暗。杨守文靠在温泉的边沿，感受到一种莫名的疲惫。一转眼，已经快过去两个月了，他们从昌平一路追来，行程近千里，可是幼娘却杳无音讯，这让杨守文有些焦急。不知为什么，他有种感觉，自己和幼娘似乎相隔越来越远。

他从温泉出来，换了一件干爽衣服，然后铺开两张兽皮毡毯，靠着篝火躺下。

吉达在另一边和衣而卧，发出均匀鼾声。

杨守文翻了个身，仰面朝天地躺着，目光直勾勾地盯着山洞顶部的那些形状各异的钟乳石，脑海中又浮现出了幼娘那纯真动人的小脸，他闭上眼，心里默默念道：幼娘别怕，我马上就来救你。

“兕子哥哥，快来追我啊！”

杨守文仿佛又回到了虎谷山，只见满山遍野枫红似火。幼娘在红枫中奔跑，菩提跟在她身边，不时停下脚步，扭头冲他吠叫两声。他的心情，一下子变得愉悦很多，他跟在幼娘和菩提身后奔跑，可渐渐的，他发现自己和幼娘的距离越来越远，任凭他如何发力，始终无法拉近两人间的距离，这让他感到心慌：“幼娘，慢点跑。”

可是幼娘却好像没有听到，越跑越远。

杨守文急得满头大汗，眼见幼娘的背影只剩下一个黑点，他嘶声喊叫：“幼娘！”

哐当！杨守文一不小心，踢倒了放在脚边的虎吞大枪，他猛地睁开眼睛，一下子坐起身来，身上的衣服，已经被冷汗湿透。

又在做梦！他呼出一口浊气，站起身来，才发现篝火已经熄灭，阿布思吉达已不见了踪迹，不过他的枪还在。

杨守文想起来，自己昨晚让吉达设法混入静难军营地。他回到洞内，披上大氅，戴上帷帽，提枪走到洞口，牵着大金往外走。在洞外骑上大金，他围着四道沟转了一圈，用铁丸弹弓射杀了一只狍子。

这里，应该就是后世的木兰围场，千年后，这里将会变成满清皇帝的御用猎场，只是现在还很荒凉。他纵马上了一座山丘，举目向四周眺望，白茫茫一片，不见一个人影。慕容玄崱倒是有眼光，选择这里作为他立足的据点。

可以想象，这家伙如果真的能够在这里建城成功，说不定能有一番作为。西北，是突厥人的地盘；东北，则是契丹人的松漠都督府。向东，他可以与祚荣结盟，联手打压奚人；同样，他也可以和奚人合作，联手阻止祚荣向西挺进。如果祚荣和奚人联手，慕容玄崱可以选择和契丹人结盟，也能够向突厥人求援。这里，还真是一块风水宝地。

想到这里，杨守文不禁蹙了蹙眉头。

慕容玄崱为什么不直接去投靠突厥人，却带着手下跑来这荒山野岭里自立门户呢？按理说，他帮过突厥人，而且手里有兵，如果投靠突厥，肯定能获重用，总好过现在自己打天下；抑或说，他有野心，想要在这塞北之地另起炉灶？这有可能，但可能性不大。

杨守文觉得，慕容玄崱来这里，肯定有他的目的。

难道说，他还想再回中原吗？杨守文脑海中，又浮现出那张名单，以及那封用突厥文书写的信件。虽然杨守文并不清楚信件里的内容，但他能猜出，那信来自何方。

看样子，朝堂之上恐怕也不会太平静吧！

第三十一章

被遗忘的名字

洛阳，东宫。

太子李显一大早就入宫请安，太子妃韦氏正端坐梳妆台前画眉。已过而立之年的韦氏，依旧美艳动人，丝毫不显老态，她是名门之后，乃京兆韦氏之女。李显第一次做太子时，韦氏因为姿色美艳，被封立为太子妃，之后，她为李显生下一子四女，更得李显宠爱。

本来，韦氏身居高位，注定了一生享受荣华，特别是李显在嗣圣元年登基之后，韦氏立刻被册立为皇后，可谓母仪天下，风光无限。可就在人生最巅峰时，李显得罪了武则天，被武则天罢黜，贬为庐陵王，而后又被赶出长安，前往房州。

被幽禁在房陵期间，韦氏和李显经历了种种苦难，而她的家族，更在李显被废黜之后，境遇惨痛。韦氏的父亲韦玄贞流放钦州，并死于钦州；母亲崔氏，乃博陵崔氏之女，随着韦玄贞一同发配，被钦州首领宁承杀害；四个兄弟，客死容州；两个妹妹，下落不明。

时隔十四年，韦氏重返神都，已不复当年的轻佻恣狂。她深知，李显虽然被册立为太子，但位置并不稳固，外有武家兄弟蠢蠢欲动，内有自家兄弟虎视眈眈，尤其那个李旦，果真就甘心吗？

当年李显被贬，李旦随后登基，但没过多久，武则天登上皇位，李旦不得已禅让。失去皇位的李旦，为了讨好武则天，甚至把自己的姓氏做了更改，改名为武旦，而后在东宫整整居住八年。谁料想，八年之后，武则天复立太子，但人选并不是他。

李显回来时，已改回了原来名字的李旦表现得非常亲热，可韦氏能看得出，李旦眼中流露出来的不甘，以及那极力掩饰的浓浓恨意。这，也让韦氏变得更加小心。

“母亲,母亲!”韦氏梳妆完毕,正准备出门,门外传来一阵杂乱的脚步声。

门外走进来一名少年，十七八岁的模样，姿容不凡。只是他此刻却显得非常慌张，进来后甚至顾不得见礼，便开口道:“母亲……”

“卢舍那，注意仪表。”韦氏脸一沉。这少年是李显的长子李重润，小名卢舍那，之所以叫卢舍那，也是为了讨武则天的欢心。因武则天崇佛，李显和韦氏干脆给李重润起了一个佛家的名字。

李重润不怕李显，但是对母亲韦氏却颇有些畏惧，听到母亲呵斥，他束手站在一旁。

韦氏见他安静下来，才轻轻点点头，看了一眼身后的宫女:“你们先下去吧，我与皇太孙有话要说。”

“是!”宫女连忙一福，躬身退出房间。

韦氏这才道:“卢舍那，我与你说了多少次，要注意姿容仪表。你如今是皇太孙，他日你父皇登基，你便是太子，似你刚才那样慌慌张张，若被圣人看到，定要说你不懂礼数了。”

李重润早在李显第一次被册立为太子时，就被册立为皇太孙。听了韦氏的话，李重润一吐舌头:“母亲，孩儿记下了。”

“好了，你刚才慌慌张张，到底何事?”

李重润闻听，走近韦氏身旁，轻声道:“母亲，可还记得杨守文?”

韦氏一愣:“这名字听上去有些耳熟，却想不起来是哪家子弟?对了，我还没有问你，太子让你随国老前往郸城，是要你跟随国老学习，你不老老实实待在郸城，怎的跑回来了?杨守文是什么人?你怎么突然提起这个名字?”

“我就知道，母亲已经忘了此人,”李重润轻声道，“母亲是否还记得，均州武当山下，那救了咱们的祖孙二人?”

“你是说……”

李重润用力点了点头。

韦氏那美艳的面庞上，笼罩了一层阴霾:“已经十二年了吧，我记得那时候你才五岁，你为何提起这个名字呢?当年太子到了房陵后，也派人去打听过，不过，传回来的消息说，那一家人已经离开均州，下落不明。十二年了，若你不提起这个名字，我险些忘了这件事。这么多年，想必他们都已经死了吧。”最后一句话，韦氏的语气有些阴冷。

李重润摇头道:“母亲,我在郸城看到一份战报,杨守文的名字就在其中。”

韦氏脸上淡定地笑道:“就算是，也可能是同名同姓，卢舍那，不会那么巧吧。”

“那战报上说，杨守文年十七岁，与孩儿同岁；他父亲名叫杨承烈，是昌平人。我记得，母亲当年派人打听回来的消息也说，那人的父亲叫杨承烈，对吗？”

“可一个是弘农杨家，一个是……”

“弘农杨家，已经把他除名了。”

韦氏坐在榻上，呆呆发愣：“你真的认为，是同一个人吗？”

李重润用力点了点头：“世上没有这么巧合的事，有一个同名同姓的杨守文也就罢了，又恰好都有一个叫杨承烈的父亲，母亲，这种巧合，你相信吗？”

韦氏摇摇头，站起来，在屋中徘徊：“那封战报，狄国老可曾看过？”

“国老身体不适，所以当天在府中休养，那封战报只我一个人看到，然后我藏了起来。”

“这样最好！”韦氏露出赞赏之色，轻声道，“太子重回神都，根基不稳，圣人喜怒无常，随时都可能把我们赶回庐陵。卢舍那，阿娘不想再回去了，太子显然已经忘记了那件事情，就不要再让此人出现在他面前。前些日子，梁王在圣人面前提出请求，有意和太子结为亲家，想要把裹儿嫁给他的儿子武崇训。圣人对这桩婚事，似乎也颇有些意动。阿娘以为，这对于太子而言，是一件天大的好事，如果太子能够和梁王结亲，有助于他在朝堂上站稳脚跟。要知道，太子离开中枢多年，在朝中全无根基，虽说有狄国老支持，但是……如果太子能早回来五年，哪怕三年，都不至于如此。”说完，韦氏重重叹了口气。

李重润明白韦氏的心意，但脸色却更加难看。

“卢舍那，有困难吗？”

李重润点点头：“杨守文的生母，是荥阳郑氏女，而他的舅舅，就是河南校尉郑灵芝。”

韦氏闻听，顿感头痛。一个被弘农杨氏除名的杨氏父子不可怕，可怕的是他背后还有一个荥阳郑氏。虽说五姓七宗这些年被打压得厉害，但底蕴犹存，而郑灵芝更不在那被禁婚的七姓十家之内，他的妻子出身清河崔氏，母亲则来自于太原王氏，这一下子，就卷进来三姓大族。交好武三思固然重要，可若是得罪了三姓豪门，同样麻烦不小。郑灵芝为人低调，但其背后的实力可不小啊。

“那杨守文流落昌平多年，郑氏都没有联络他们，难道他们会改主意？”

李重润苦笑道："改没改主意孩儿不知，但孩儿知道，高睿派人护送杨守文同父异母的弟弟杨瑞去荥阳了，估计这个时候，他们已经抵达，并且见到了郑灵芝。"

"高睿？怎么他也卷进来了？"

李重润轻声道："说来也巧，据说杨承烈在昌平遇到了麻烦，让杨守文的弟弟代他去拜见郑灵芝。不想那杨瑞在赵州意外遇到了高睿，还破坏了突厥人的阴谋，高睿因此非常喜爱他，于是收杨瑞为义子，还让高仲舒亲自把他们送去荥阳。"

高仲舒是高睿的次子，他博通经史，在关陇地区名声极大。

韦氏这下是真头痛了！一个杨守文，竟然把这么多人卷进来。韦氏也是个果决的女人，可是面对这样的局面，她不得不小心，一个不谨慎，就会激怒整个关陇贵胄，以及中原世族。

"母亲，孩儿以为，也不必太在意杨守文，他父子在昌平隐姓埋名这么多年，孩儿就不相信，他知道父亲身在何处？若他有心投奔父亲，早十年他就可以去房陵，可是十几年来，他一家宁可躲在苦寒之地，也没有和父亲联络，说明他本就没这个心思。孩儿派人去盯着他们，只要阻止他们和父亲相见就好，等裹儿婚事完成，他就算有心捣乱，也没有用。"

韦氏不禁连连点头："很有道理，那这件事，千万不要让裹儿知道。"

话音未落，门外传来一个如银铃般悦耳的声音："母亲，什么事不要让裹儿知道啊？"

母子二人心里一颤，抬头向外看，却见一个十三四岁的绝美少女，正昂首挺胸地从外面走进来。少女美貌，只是她那一身装束……明明是一个倾城倾国的美少女，却偏偏一身男儿家打扮，甚至还挎着一口宝剑。

"裹儿，你怎么又穿你兄长的衣服！"韦氏头痛不已，怪罪道。

李重润指着那少女道："裹儿，这衣服是我刚在幽兰坊请朱夫人亲手制作，我都没来得及试过，你怎么找到的？"

"你以为把衣服藏在阿娜日房里我就找不到了吗？裹儿想要找的东西，就算是你埋在地下都能翻出来，更不要说在阿娜日那小丫头了。哼，我就吓了她一下，她什么都招了。"

韦氏则哭笑不得："你这丫头，好好的女装不穿，偏喜欢这男儿的服饰。"

"父亲喜欢嘛。"

"你……"韦氏对于裹儿没有丝毫办法。她四个女儿，其他三个都规规矩矩，唯独这个裹儿……偏偏李显还最喜欢她，什么都宠顺着她，以至于严肃如韦氏，也拿她没办法。

“母亲，刚才你们说，什么事不要裹儿知道啊？”

韦氏眼睛看向李重润，裹儿见状，瞪着乌溜溜的眼睛，也天真地看着李重润。

李重润苦笑道：“再过两个月，就是裹儿的生日，母亲让我给你一个惊喜，并且不许我告诉你。”

“有礼物吗？”少女笑逐颜开，上前抱住李重润的胳膊，“大兄，裹儿前两日在宝香阁看到一棵漂亮的珊瑚树，比姑姑那棵还要漂亮，裹儿想要，却囊中羞涩。”她的姑姑，就是武则天的女儿，太平公主。

李重润心里一阵发苦，求援似的向韦氏看去。

哪知道，韦氏把头一扭，当作没看见。太平公主那棵珊瑚树，据说价值万金，是武三思今年送她的生日礼物。李显虽贵为太子，但初来神都，哪有闲钱？

进入十二月了，天气越来越冷。这已经是一年中最冷的时候，或许比不得东北，但相较于中原，饶乐都督府堪称极寒。

慕容玄崱率灵狐卫出了饶乐都督府，如释重负。

这饶乐都督府，又名奚王牙帐，坐落于土护真河以西的丰饶土地上。奚族历史悠久，相传早在殷商时就有奚族的记载。东汉经学家郑玄曾注云：奚，女奴也。又有奚隶一词，泛指男奴、女奴。根据后世专家分析，奚族可能是被贵族役使的一个民族，甚至被铸在青铜器上。但到了唐朝，奚族逐渐强盛。唐太宗李世民征讨高句丽时，有奚族大酋苏支从征有功；后来其子可度者内附，唐太宗为其专开饶乐都督府，并且拜可度者使持节六州诸军事，饶乐都督，封楼烦县公，赐李姓。

现任奚王名叫李大酺，万岁通天元年，契丹造反，李大酺跟着造反，并与突厥互为表里，号称两蕃。他时而依附唐，时而又依附突厥。朝廷为了稳定东北边境，对李大酺只能尽量采取安抚的政策。于是乎，奚族逐渐强大。

慕容玄崱此次来饶乐都督府，自然瞒不过李大酺的眼睛。

不过，李大酺很聪明。饶乐都督府地广人稀，的确需要大量人口，虽然奚族已经强盛，可是相比起突厥、契丹以及靺鞨人，不论是人口还是实力，都有很大差距，为此，奚人有时也要面临契丹人和靺鞨人的夹击，更需臣服突厥。

慕容玄斛的到来，无法改变整体局势，但他若是留在饶乐，便可以使其作为沟通突厥的桥梁，也能成为奚人的屏障；同时还能强化饶乐的实力，对抗契丹以及靺鞨人。至于慕容玄斛是否会吞并饶乐，李大酺倒是不担心。饶乐之所以为饶乐，是因为他李大酺在这里驻扎，一旦饶乐都督府被慕容玄斛吞并，第一个不答应的，恐怕就是中原的朝廷。

慕容玄斛之所以亲自来牙帐，也是不得已而为之。他带着上万人马长途跋涉到饶乐后，准备开春后建城，可没想到，粮食出现了短缺。毕竟上万人，每天吃喝拉撒，用度非常惊人；再加上饶乐苦寒，还需要有御寒之物。进入十一月末，营地里的物资就变得短缺起来。

他可以去找突厥借粮，但是黑沙城距离饶乐路途遥远，远水解不了近渴；更何况，找突厥人借粮容易，还的时候会非常痛苦，那可是一帮吃人不吐骨头的野兽。突厥人不能倚仗，契丹人更不可靠，他和契丹人没什么交情，怎可能借来粮食？至于靺鞨人，祚荣那家伙不见得比默啜强到哪儿去。而且，慕容玄斛面临和突厥相同的问题，那就是从饶乐到东牟山，路程遥远，道路呢？恐怕比去突厥更困难。

相比之下，只有李大酺最好说话。

事实也证明，慕容玄斛登门拜访时，李大酺毫不犹豫地答应了他的请求。只不过，李大酺要求，一旦奚人对外开战，慕容玄斛必须予以协助，对此，慕容玄斛求之不得。两人一拍即合，剩下的事情就变得容易起来。

得到奚人的物资支援，慕容玄斛的心情大好，他率领灵狐卫踏上返回围场的归途。

“过了前面鹦鹉洲，就可以看到咱们营地了。”慕容玄斛勒住马，手指前方一片苍茫雪原，大声笑道，“咱们这就催马扬鞭，今晚就能在营地里吃酒。”

身后灵狐卫齐声喊喝，回应慕容玄斛。

战马奔腾，扬起漫天雪尘。一行人快到鹦鹉洲的尽头，远处依稀可见营地的轮廓了，就在这时，迎面一匹快马拦住了去路。

“前面可是慕容将军？”慕容玄斛连忙勒住马，马上骑士年纪不大，身穿静难军的衣甲，想必是自己的手下，“禀告将军，营地遭遇契丹人偷袭。”

慕容玄斛一惊，催马紧走两步，上上下下打量对方：“你是何人？”

“卑下木易，在左领军帐下听命。”

左领军是慕容玄斛造反之后，重新为手下设定的编制，因为他的兵马增加了不少，又担心突厥人会产生误会，干脆就抛弃了唐军军制，设立左右领军。这是慕容玄崱到达围场之后才确定的军制，外人不会知道。可不知为何，慕容玄崱并没有就此放松警惕。

他盯着对面骑士，哈哈大笑："无知小儿，你究竟是何人，竟敢哄骗本将军！"

"将军此话怎讲？"

"高味道的手下我虽说不上全都认识，但能叫上名号的我都知道，可你，我却非常陌生。小儿，你一口昌平口音，休想瞒过本将！来人，把这奸细给我拿下！"

慕容玄崱一声令下，身后灵狐卫纵马上前。那骑士见状，并不慌张，他抬手摘下大枪，胯下马呼地一下子窜出，直向慕容玄崱扑来。

"好马……这是堇堇佛尔衮的坐骑？"慕容玄崱一眼认出那骑士胯下坐骑，这是号室首领堇堇佛尔衮最爱的汗血宝马，名叫呼雷豹。慕容玄崱不由得催马向前两步，眼中流露出诧异的表情。

骑士已经被灵狐卫包围起来，慕容玄崱大喊："休要杀他，留活口。"

灵狐卫齐声呐喊，攻势随之一缓。

木易在马上左封右挡，看上去似乎很狼狈。不过慕容玄崱能看出，他虽被灵狐卫围在中间，但大枪还能保持章法，若调教得当，倒是个可培养的胚子。

慕容玄崱不禁生出了爱才之心，他催马向前走了两步，就在此时，木易突然大吼一声，气势顿时发生了变化，原本的慌乱似乎随着这一声大喝不见了踪迹，枪法随之变得凶狠起来。

"吉达！"马上骑士一声大吼。

声音未落，慕容玄崱身侧雪地中，突然间雪花飞扬，一道人影从厚厚的积雪中蹿出来，一杆大枪翻飞，瞬间就挑翻了慕容玄崱身旁的一名灵狐卫。他身法不停，在空中一个横挪，便生生向慕容玄崱扑去。

事发突然，可慕容玄崱并没慌乱，他探手拔出腰间宝剑，举剑封挡，只听叮的一声，枪尖击中了剑脊，发出一声脆响。那杆大枪钉在了慕容玄崱的剑上，两力相抵，枪杆随之出现了一个极为诡异的弧度，而那刺客好像凝固在空中一样，枪身弯曲的弧度越来越大。慕容玄崱久经沙场，他立刻从那弧度中，感受到了一种强烈的危机。本能的，他奋力挥舞宝剑，说时迟，那时快，枪剑分离的刹那，刺客如雄鹰般猛然加速俯冲下来。

不好！慕容玄崱拨马欲走，可坐骑呼的仰蹄而起，他在马上顿失平衡，连忙抓紧缰绳。待战马前蹄落地瞬间，刺客已经坐在他的马背上，抬手狠狠地砸在慕容玄斛的后脖颈，他只觉得眼前一黑，顿时昏了过去；而刺客则抓着缰绳，打马就走。

这一系列突变，不超过十息，等灵狐卫反应过来，刺客已经带着慕容玄斛离去。

与此同时，木易手中大枪化作数十道枪影，五六名灵狐卫瞬间被刺落马下。灵狐卫彻底蒙了！而木易趁此机会,纵马冲出了重围,朝着刺客方向驰去。

“将军出事了！”灵狐卫们催马就追。

只是，木易胯下这匹马是汗血宝马，而慕容玄斛的坐骑，同样是千金难买的良驹。两匹马仰蹄翻飞，如同两道闪电。灵狐卫虽拼命追赶，奈何战马不如对方，只能眼睁睁地看着两匹马越来越远。

慕容玄斛幽幽醒来，发现自己置身于一片漆黑之中，他想要挣扎着坐起来，可是身子却被绳捆索绑，动弹不得。

脚步声响起，慕容玄斛扭头看去，只见一个挺拔的身影过来，伸手架起他就走。

“尔等何人，竟敢绑架本将军！”

“慕容军使，你已经背叛了朝廷，早不是什么将军了。”

幽幽的声音传入慕容玄斛耳中，眼前的视线也变得明朗起来。这是一处幽深的山洞，洞里弥漫着一股水汽，不远处点着篝火，火上架着一只狍子，那狍子已经被烤得金黄，油脂落在篝火上，发出噼啪声响，篝火旁边坐着一人，他手里拿着棍子，正挑动篝火。

慕容玄斛被拖到篝火旁，搀扶他的人把他按坐下来，自己则走到了篝火旁，取刀从狍子身上切下一块，比划了几个手势，才把烤肉放进口中咀嚼。

“我叫杨守文，昌平县尉杨承烈是我父亲。”篝火旁那人看着慕容玄斛。

“杨守文？木易？”

“多谢慕容将军手下留情，否则我也不能全身而退。”杨守文说着话，咧嘴一笑，露出一口雪白的牙齿。

“昌平县尉？”慕容玄斛坐直了身体，上下打量着杨守文，“原以为杨承烈了不得，不想他的儿子也有如此手段。你们从昌平一路追来，想必费了不少心思，今日把我掳来，不知有何指教？”说着话，他眼睛打转，向周围看去。

杨守文切下一块烤肉，递到了慕容玄斛嘴边：“将军怕是一天水米未进吧。”

慕容玄眴翻了个白眼，张口把那烤肉咬下来：“你抓我，到底要干什么？”他的确饿了，一边咀嚼烤肉，一边含糊不清地问道。

杨守文看着他，半晌后才开口道：“那日你驱虎吞狼失败，又在夜晚勾结奸细，偷袭昌平。慕容将军，我不为难你，也不想害你性命，只要你能把那天从城中掳走的小姑娘还给我，我会放你离开。”

“小姑娘？”慕容玄眴露出茫然之色，“什么小姑娘？”

“就是你勾结梅娘子，夜袭我家，从我家里掳走的小姑娘！”

慕容玄眴忍不住笑了：“原来如此，那小姑娘是你什么人？”

杨守文没有回答，眼睛紧紧盯着慕容玄眴。

慕容玄眴长出一口气道：“杨守文，梅娘子虽受我所邀，潜入昌平城内，但却不听我的差遣。我们之间不过是钱帛交易，我给她五百金，让她协助宝香阁在昌平城内制造混乱，至于如何行动，我没有过问。”

杨守文下意识地握紧了拳头。

慕容玄眴接着道：“任务失败后，梅娘子已经完成了约定，她并没来找我。你说的那个小姑娘我一无所知，只有问梅娘子本人才会知道。”

杨守文的心沉到了谷底。一路追踪，到头来却得了这么一个答案！杨守文握刀的手，在轻轻颤抖。吉达见状，把手放在杨守文的肩膀上。感受到了吉达的安慰，杨守文伸手抹去眼角的泪珠，平静下来：“那你告诉我，怎么才能找到梅娘子？”

慕容玄眴打量着杨守文：“若你归降于我，我便告诉你。”

只是不等他说完，杨守文已经健步上前，一脚踹在他的胸口上。慕容玄眴哇地喷出一口鲜血，身体在地上骨碌碌滚了几滚才停下来。杨守文再也抑制不住心头怒火，冲上去一阵拳打脚踢，慕容玄眴被打得满脸是血，刚开始，他还能坚持，可随着杨守文下手越来越重，慕容玄眴顶不住了。

“住手，住手！”他大声喊道，“我说过，你就算打死我也没用，因为我也不知道梅娘子的下落。”

“你胡说！”

“杨守文，你相信我，我真的不知道梅娘子在哪里。岁寒三君行踪飘忽，而且精于易容，变幻莫测，他们常年在江南走动，我又怎可能知道他们的下落？”

“那你怎么找到的梅娘子？”

“这个……”

杨守文见慕容玄崱迟疑，抄起一把短刀：“你再吞吞吐吐，就别怪我心狠手辣！”

“好吧，我说，”慕容玄崱挣扎着从地上坐起来，“我的确不知道梅娘子的下落，但我知道，岁寒三君彼此间联系密切，其中竹郎君好像住在绵州，经常在江南出没；其他两人很低调，特别是梅娘子，她的行踪最诡异。梅娘子的丈夫叫公孙奕，曾是驰名江南的剑手，声名颇为响亮。后来公孙奕与人斗剑失败，就没人再见过他。梅娘子做事神秘，到现在我也只知道她是个女人，甚至连她的样子都不清楚。”

“那你怎么请她来的？”

慕容玄崱道：“你以为我能找到梅娘子吗？若真能够，我又何必受这皮肉之苦。当初是她找到我，并且开价五百金。梅娘子行事素来如此，只有她找上你，你要找到她很困难。”

杨守文的心神已经彻底乱了，他扭头向吉达看去，却见吉达冲他打出了几个手势，意思是：问他背后的指使者！对啊，那封用突厥文书写的信件没有落款，所以杨守文也猜不出那人的身份。不过，那人显然和慕容玄崱有联系，更是幕后主使。

想到这里，杨守文刚要回身，却听到吉达发出一声怪叫。

杨守文吓了一跳，转身看去，却见慕容玄崱不知何时竟站起身来，冲着洞中石壁一头撞了过去。吉达反应很快，伸手想要阻拦，可还是慢了一步，只听砰的一声闷响，慕容玄崱一头撞在岩石上，顿时脑浆迸裂。

杨守文连忙过去，把慕容玄崱翻了个身。吉达伸出手，在他鼻子下试了试呼吸，然后摇了摇头，都脑浆迸裂了，哪还有命在？

“好端端的，为何要自杀？”杨守文看着慕容玄崱的尸体，喃喃自语。

不过，杨守文很快明白了这里面的关键：这次昌平之战，既然有卢家参与其中，说明背后一定大有问题。他无法问出梅娘子的下落，一定会追问是谁指使他反叛。慕容玄崱很清楚，自己的罪过有多大，武则天多么恨他，如果杨守文无法找回那个小姑娘，得偿所愿的话，未尝不会把他抓回中原，而他，则会生死两难。他是绝不会让杨守文把他抓回去的。

杨守文一屁股坐在地上，感觉全身力气都被抽空了一样。

“吉达，我们准备一下，离开这里。”杨守文咬着牙，半晌后道，“慕容玄崱说，是梅娘子主动找上他的，我想，梅娘子不会无缘无故从江南跑来这苦寒之地，找他谋划掉脑袋的事情。梅娘子的背后一定有人，而且和慕容玄鼿的背后是同一个人！我们去神都，去洛阳，去长安……能够让这么多人心甘情愿背负叛贼之名的人并不多，虽然我不知道那人是谁，但我知道，他一定是能量极大的人。咱们去神都找线索，我不相信那个梅娘子真的神出鬼没，只要她是人，就会露出马脚。”

阿布思吉达点点头，又用力拍了拍杨守文的肩膀。